wie

ines Songs.

ist die Melodie.

d ich bin der Text.

DUSTIN THAO

BLEIB BEI MIR, SAM

DUSTIN THAO

BLEIB BEI MIR, SAM

Aus dem amerikanischen Englisch
von Bernadette Ott

cbj

Wir reduzieren und vermeiden die Emissionen, die an unseren Produkten entstehen, fortlaufend und gleichen die verbliebenen Emissionen über ein Klimaschutzprojekt aus. Weitere Informationen zu dem Projekt: www.ClimatePartner.com/14044-1912-1001

FSC www.fsc.org MIX Papier | Fördert gute Waldnutzung FSC® C083411

Penguin Random House Verlagsgruppe
FSC® N001967

1. Auflage 2023

die Originalausgabe erschien erstmals unter dem Titel
»You've Reached Sam« bei Wednesday Books, einem Imprint
der Verlagsgruppe St. Martin's Publishing Group, New York.
Translation rights arranged by Sandra Dijkstra Literary Agency

Aus dem amerikanischen Englisch von Bernadette Ott
Umschlaggestaltung: Suse Kopp, Hamburg unter
Verwendung der Vorlage von Kerri Resnik
Umschlagillustration: © Zipcy
Illustration auf dem Einleger: © kirisy
kk • Herstellung: AW/UK
Satz: Vornehm Mediengestaltung GmbH, München
Druck: CPI books GmbH, Leck
ISBN 978-3-570-16712-0
Printed in the EU

www.cbj-verlag.de

PROLOG

Sobald ich die Augen schließe, setzt die Erinnerung ein, und ich bin wieder dort, wo alles begann.

Ein paar Blätter fegen herein, als er die Buchhandlung betritt. Er trägt eine Jeansjacke, die Ärmel hochgeschoben, darunter einen weißen Sweater. Es ist das dritte Mal, dass er in den Laden kommt, seit ich hier vor zwei Wochen zu arbeiten angefangen habe. Sein Name ist Sam Obayashi. Er ist der Junge aus meinem Englischkurs. Ich habe heute die ganze Zeit aus dem Fenster geschaut, ob er wohl wieder kommt. Aus irgendeinem Grund haben wir noch nicht miteinander gesprochen. Er mustert jedes Mal die Regale, während ich an der Kasse stehe oder neue Bücher einräume. Ich habe keine Ahnung, ob er nach etwas sucht. Ob es ihm nur gefällt, in einer Buchhandlung zu sein. Oder ob er kommt, um mich zu sehen.

Als ich ein Buch aus dem Regal ziehen will und mich frage, ob er wohl meinen Namen kennt, fange ich aus dem Augenwinkel das Aufleuchten brauner Augen ein, die mich von der Seite anschauen. Wir schweigen einen Moment zu lang. Dann lächelt er, und ich habe das Gefühl, dass er etwas sagen will – aber bevor es dazu kommt, schiebe ich das Buch zwischen uns. Und schon bin ich im Hinterzimmer verschwunden. *Was ist mit mir los? Warum habe ich nicht zurückgelächelt? Wie konnte ich nur diesen Augenblick so ruinieren?* Nachdem ich genug mit mir geschimpft habe, nehme ich all meinen Mut zusammen. Ich gehe wieder zurück in den Laden, um ihn anzusprechen. Aber er ist bereits fort.

Neben der Kasse finde ich etwas, das vorher nicht dort lag. Eine Kirschblüte aus Papier. Ich drehe und wende sie in den Händen, bewundere das kleine Faltkunstwerk.

Hat Sam das hiergelassen?

Ich stürme auf die Straße, vielleicht erwische ich ihn ja noch. Aber kaum bin ich zur Tür hinaus, verblasst die Straße, es ist zwei Wochen später, und ich bin dabei, ein lärmendes Café an der Ecke zur Third Street zu betreten.

Runde Tische wachsen aus den Holzdielen empor, Teenager drängeln sich um sie, machen Selfies, trinken aus großen Tassen. Ich trage einen bequemen, kuschligen grauen Pulli, meine braunen Haare fallen mir in weichen Locken auf die Schultern. Ich höre Sams Stimme, bevor ich ihn sehe. Er steht hinter der Theke und nimmt gerade eine Bestellung entgegen. Ich erkenne seinen dunklen Haarschopf wieder. Vielleicht ist es die Schürze, aber er wirkt größer als sonst. Ich suche mir einen Tisch am anderen Ende des Raums und lasse mich dort umständlich nieder. Es dauert eine Weile, bis ich alle meine Sachen – Hefte, Stifte, Bücher – ausgebreitet habe. Auch wenn ich bei ihm nur einen Latte macchiato bestellen will, muss ich allen Mut zusammennehmen, um zu ihm zu gehen. Als ich aufblicke, steht er plötzlich neben mir, eine große Tasse in der Hand.

»Oh …« Seine plötzliche Anwesenheit verwirrt mich. »Ich hab noch gar nichts bestellt.«

»Dasselbe wie letztes Mal«, sagt Sam und stellt die Tasse vor mir ab. »Ein Honig-Lavendel-Latte, stimmt doch, oder?«

Ich schaue auf die Tasse, dann zur Theke, an der sich die Kunden drängen, dann zurück zu ihm. »Soll ich dort bezahlen?«

Er lacht. »Nein, geht aufs Haus. Mach dir deswegen keine Sorgen.«

»Oh.«

Schweigen zwischen uns. *Sag was, Julie!*

»Ich kann dir auch was anderes bringen«, bietet er an.

»Nein, ist schon in Ordnung – ich meine … danke schön!«

»Alles gut«, sagt Sam und lächelt. Er steckt die Hände in die Taschen seiner Barista-Schürze. »Dein Name ist Julie, richtig?« Er zeigt auf sein Namensschild. »Ich bin Sam.«

»Ja, ich weiß. Wir sind im selben Englischkurs.«

»Stimmt. Hast du schon alle Bücher auf der Liste gelesen?«

»Nein, noch nicht.«

»Da bin ich aber froh.« Er seufzt. »Ich auch nicht.«

Wieder Schweigen, während er vor mir steht. Er duftet leicht nach Zimt. Keiner von uns beiden weiß, was er jetzt sagen soll. Ich blicke umher. »Machst du gerade Pause?«

Er dreht sich kurz zur Theke um, reibt sich das Kinn. »Na ja, könnte man vermutlich so sagen.« Er grinst. »Mein Chef ist heute nicht da.«

»Bestimmt hast du sie verdient.«

»Wäre schon die fünfte heute, aber wen kümmert das.«

Wir lachen beide. Meine Schultern entkrampfen sich etwas.

»Was dagegen, wenn ich mich kurz zu dir setze?«

»Natürlich nicht …« Ich schiebe meine Utensilien auf dem Tisch zur Seite und er setzt sich neben mich.

»Wo kommst du eigentlich her?«, fragt Sam. »Ihr seid erst vor Kurzem hierhergezogen, oder?«

»Aus Seattle.«

»Regnet es dort wirklich so viel, wie man sagt?«

»Ja.«

Ich muss lächeln, während wir nebeneinander am Tisch sitzen und das erste Mal miteinander reden, über die Schule und die Kurse, die wir besuchen. Wir erzählen uns gegenseitig ein paar Dinge aus unserem Leben – er hat einen jüngeren Bruder, mag Musikdokumentationen und spielt Gitarre. Von Zeit zu Zeit wandern seine Blicke durch den Raum, als wäre er mindestens genauso nervös wie ich. Nach einer Weile quatschen und lachen wir beide, als wären wir schon lange miteinander befreundet. Irgendwann geht draußen die Sonne unter und taucht Sam, der direkt am Fenster sitzt, in ein goldenes Licht. Dieser goldene Schein, der ihn umgibt, entrückt ihn wie in eine andere Welt. Erst als eine Gruppe von Sams Freunden und Freundinnen durch die Tür kommt und seinen Namen ruft, blicken wir beide auf und merken, wie viel Zeit inzwischen verstrichen ist.

Ein Mädchen mit langen blonden Haaren legt den Arm um Sams Schultern, umarmt ihn von hinten. Sie streift mich mit einem Blick. »Wer ist das?«

»Das ist Julie. Sie ist gerade erst hergezogen.«

»Ach … Woher denn?«

»Aus Seattle«, antworte ich.

Sie mustert mich.

»Das ist meine Freundin Taylor«, sagt Sam und tätschelt ihren Arm, der immer noch auf seiner Schulter liegt. »Wir gehen nachher alle zusammen ins Kino. In einer Stunde ist meine Schicht zu Ende. Komm doch auch mit.«

»Es ist ein Psychothriller«, fügt Taylor hinzu. »Wahrscheinlich nicht so dein Ding.«

Wir schauen uns beide an. Ich kann nicht sagen, ob sie es unfreundlich meint oder nicht.

Mein Handy fängt auf dem Tisch zu vibrieren an und ich blicke auf die Uhr. Es fühlt sich an, als wäre ich aus einem Tagtraum erwacht. »Schon in Ordnung. Ich sollte jetzt besser nach Hause.«

Kaum bin ich aufgestanden, lässt Taylor sich auf meinen Sitz gleiten. Ich frage mich, ob sie wohl zusammen sind. Ein kurzes Winken zum Abschied. Doch bevor ich gehe, mache ich noch einen Umweg an der Theke vorbei. Als ich mir sicher bin, dass Sam gerade nicht hinschaut, ziehe ich eine Papierblume aus meiner Tasche und lege sie neben die Kasse. Eine Woche lang habe ich damit verbracht, mir im Internet Anleitungen anzusehen, wie man eine Kirschblüte faltet. So eine, wie ich sie in der Buchhandlung neben der Kasse vorgefunden hatte. Aber die Schritte waren für meine ungeübten Hände zu schwierig. Eine Lilie war einfacher.

Ich ziehe den Reißverschluss meiner Tasche zu, haste aus dem Café, und plötzlich befinde ich mich auf den Stufen vor unserer Haustür und schaue über die Rasenfläche zur Straße. Das Gras ist noch feucht vom Morgentau. Sam kommt im Auto vorgefahren, das Seitenfenster heruntergelassen. Am Abend zuvor hatte er mir eine Nachricht geschrieben.

Hey. Hier ist Sam. Ich hab meinen Führerschein!
Soll ich dich morgen früh im Auto mitnehmen?
Ich kann bei dir vorbeikommen, wenn du magst.

Ich steige ein, sinke auf den Beifahrersitz und ziehe die Autotür zu. Ein angenehmer Geruch nach Zitrusfrüchten und Leder steigt mir in die Nase. *Ist das ein Aftershave?* Sam schiebt die Ärmel seiner Jeansjacke hoch, während ich mich anschnalle. Ein USB-Kabel verbindet das Soundsystem des Wagens mit seinem Smartphone. Ein Song ist zu hören, den ich nicht kenne.

»Du kannst auch ein anderes Lied aussuchen, wenn du magst«, sagt Sam. »Hier – stöpsel einfach dein Handy an.«

Eine Panikwelle durchflutet mich und ich presse mein Handy fest an mich. So weit bin ich noch nicht. Ich will noch nicht, dass er erfährt, was ich gern höre. *Was, wenn es ihm nicht gefällt?* »Nein, ich mag den Song.«

»Oh, bist du auch Radiohead-Fan?«

»Wer mag die nicht«, antworte ich. Auf den Straßen, durch die wir fahren, ist es ruhig. Von Zeit zu Zeit werfen wir uns verstohlene Blicke zu. Ich grüble, was ich sagen könnte. Als ich eingestiegen bin, habe ich bemerkt, dass hinten eine Anzugjacke hängt. »Ist das dein Auto?«

»Nein, das von meinem Vater.« Sam stellt die Musik leiser. »Donnerstags arbeitet er nicht, deshalb ist das der einzige Tag, an dem ich das Auto haben kann. Aber ich spare, um mir ein eigenes zu kaufen. Deshalb jobbe ich auch in dem Café.«

»Ich versuche auch, Geld zurückzulegen.«

»Wofür?«

»Fürs College«, antworte ich. »Vielleicht auch für eine Wohnung, wenn ich von hier wegziehe.«

»Wohin willst du denn? Du bist doch gerade erst hergezogen.«

Ich weiß nicht, was ich darauf antworten soll.

Sam nickt. »Also ein Geheimnis …«

Da muss ich lächeln. »Vielleicht sage ich es dir ein anderes Mal.«

»Hört sich gut an«, sagt Sam und schaut mich an. »Wie wär's mit nächstem Donnerstag?«

Ich muss lachen und dann sind wir auch schon da. Sam biegt mit dem Auto in den Schulparkplatz ein. Die Fahrt dauert nicht lange, aber der Donnerstag wird gerade zu meinem neuen Lieblingswochentag.

Die Erinnerung wechselt wieder. Scheinwerfer tanzen über den Boden der Turnhalle und laute Musik ertönt. Ich durchschreite einen Bogen aus silbernen und goldenen Luftballons. An der Schule ist der große Herbstball und ich kenne niemanden. Ich trage das neue Kleid, dass Mom mit mir gekauft hat, aus dunkelblauem Satin, mit eng anliegendem Bustier und weit schwingendem Rock. Mit den hochgesteckten Haaren habe ich mich im Spiegel kaum wiedererkannt. Am liebsten wäre ich gar nicht auf dieses Fest gegangen, aber davon wollten meine Eltern nichts hören. Ich müsse unbedingt mehr Leute kennenlernen, sagten sie, und ich wollte sie nicht enttäuschen. Schon eine Stunde lang stehe ich an die kalte Betonwand der Turnhalle gelehnt da. Immer mehr Schülerinnen und Schüler strömen herein, tanzen und lachen. Von Zeit zu Zeit checke ich mein Handy, tue so, als würde ich auf jemanden warten. Aber ich werfe nur einen Blick auf den Startbildschirm. Es war ein Fehler, zu kommen.

Irgendetwas hält mich davon ab, zu gehen. Sam hat zu mir gesagt, dass er vielleicht auch da sein würde. Vor ein paar Stunden habe ich ihm getextet, aber es kam keine Antwort – vielleicht hat er sein Handy irgendwo liegen lassen? Als die Musik langsamer wird und viele Leute die Tanzfläche verlassen, schiebe ich mich zwischen den Paaren hindurch, um nach ihm zu suchen. Es dauert eine Weile. Als ich ihn schließlich finde, bleibe ich wie erstarrt stehen. Er hat die Arme um Taylor gelegt. Sie tanzen dicht aneinandergeschmiegt. Mir wird schlagartig übel. *Warum bin ich bloß hierhergekommen?* Ich hätte zu Hause bleiben sollen. Ich hätte ihm nicht schreiben sollen. Schnell drehe ich mich um, bevor er oder sie mich bemerken können, und stürme zum Ausgang.

Dunkelheit umgibt mich, während die Musik hinter mir immer leiser wird. Ich kann wieder atmen. Der Parkplatz ist so still im Vergleich zu dem Lärm dort drinnen. Nur ein paar Straßenlampen werfen ihr Licht. Es nieselt ein wenig. Ich sollte nach Hause, bevor es richtig zu regnen anfängt. Aber es ist noch zu früh, um meiner Mutter zu schreiben, dass sie kommen und mich abholen soll. Ich will nicht, dass sie mich fragt, was los ist. Vielleicht gehe ich einfach zu Fuß nach Hause und schleiche mich hoch in mein Zimmer. Mit den hohen Absätzen wird es nicht leicht sein, die Füße tun mir jetzt schon weh, aber ich achte nicht darauf. Während ich über den Parkplatz zur Straße gehe, höre ich die Musik einen Augenblick wieder lauter, dann ertönt eine Stimme, die ich sofort erkenne.

»Julie –«

Ich drehe mich um. Sam läuft mir hinterher. In seinem schwarzen Anzug wirkt er viel ernster und erwachsener als sonst.

»Wo willst du hin?«, fragt er.

»Nach Hause.«

»Im Regen? Zu Fuß?«

Ich weiß nicht, was ich ihm darauf antworten soll. Ich fühle mich wie eine Idiotin und zwinge mich zu einem Lächeln. »Ach was. Nieselt nur ein bisschen. Und außerdem bin ich aus Seattle, schon vergessen?«

»Ich kann dich nach Hause bringen, wenn du willst?«

»Schon okay. Ich hab nichts gegen einen kleinen Spaziergang.« Meine Wangen fühlen sich warm an.

»Sicher?«

»Ja, mach dir mal keine Sorgen.« Ich will nur noch weg. Aber Sam rührt sich nicht.

Ich starte einen neuen Versuch. »Wahrscheinlich wartet dadrinnen deine Freundin auf dich.«

»Ähm, was?« Er kommt ins Stottern. »Ach, du meinst Taylor? Sie ist nicht meine Freundin. Wir sind nur gut befreundet.«

Es gibt so viel, was ich ihm sagen möchte, aber ich bringe kein Wort heraus. Zu viele widersprüchliche Gefühle sind in mir. *Bin ich eifersüchtig?* Dabei sind Sam und ich noch nicht einmal zusammen.

»Warum willst du so früh gehen?«

Ich sehe ihn im bunten Scheinwerferlicht vor mir, die Arme um Taylor gelegt. Aber das sage ich ihm natürlich nicht. »Ach, weißt du, ich kann mit solchen Schulbällen einfach nicht viel anfangen. Das ist alles.«

Sam nickt und steckt die Hände in die Hosentaschen. »Ja, ich weiß genau, was du meinst. Kann ziemlich langweilig sein.«

»Hat irgendjemand an solchen Veranstaltungen wirklich Spaß?«

»Na ja, vielleicht bist du ja nicht mit der richtigen Person hingegangen.«

Einen Moment setzt bei mir der Atem aus. *Was will er damit sagen?* Durch die halb geöffnete Turnhallentür ist zu hören, wie ein weiterer langsamer Song aus den Lautsprechern kommt.

Sam steht vor mir und wippt in seinen eleganten schwarzen Schuhen vor und zurück. »Willst du nicht … tanzt du nicht gern?«

»Ach, keine Ahnung … Ich kann es einfach nicht besonders gut. Und ich mag es nicht, wenn andere mir dabei zusehen.«

Sam wirft kurz einen Blick in alle Richtungen. Dann grinst er und hält mir seine Hand hin. »Darf ich bitten? Hier sieht uns keiner …«

»*Sam* –«, fange ich an.

Er lächelt. »Nur ein einziger Tanz.«

Ich halte den Atem an, als er einen Schritt nach vorne macht, nach meiner Hand greift und mich an sich zieht. Niemals hätte ich gedacht, dass mein allererster Tanz so sein würde, Sam und ich im Sprühregen draußen vor der Turnhalle, auf dem Parkplatz vor der Schule. Ich rieche den vertrauten Duft nach Zitrusfrüchten und Leder, als ich meine Wange an seine Brust lehne. Als ich mich enger an ihn schmiege und die Hände auf seine Schultern lege, fällt ihm etwas auf.

»Was ist das denn?«

Die Kirschblüte aus Papier. Ich trage sie an einem Band am Handgelenk.

Wieder habe ich das Gefühl, dass meine Wangen warm und rot werden. »Kein Tanzpartner, kein Sträußchen. Deshalb habe ich mir selber eins gebastelt.«

»Die habe ich dir geschenkt.«

»Ja, ich weiß.«

Sams Lächeln wird größer. »Ich wollte dich eigentlich bitten, mit mir zum Ball zu gehen. Aber ich hatte Angst, dass du Nein sagen würdest.«

»Wie kommst du darauf?«

»Weil du mir damals nicht geschrieben hast.«

Ich schaue ihn fragend an. »Aber woher hätte ich denn nach unserer Begegnung in der Buchhandlung deine Nummer wissen sollen?«

Sam blickt nach unten, fängt zu lachen an. »Was ist daran so lustig?«, frage ich. Da greift er nach meiner Hand, zieht die Kirschblüte von meinem Handgelenk und faltet sie auseinander. Ich will dagegen protestieren, aber er hält bereits das aufgefaltete Blatt in der Hand. Und auf dem Papier sind sein Name und seine Telefonnummer zu lesen.

»Das hätte ich mich nie getraut …«, stammle ich.

»Wahrscheinlich mein Fehler.«

Wir müssen beide lachen. Dann blicke ich ihn traurig an.

»Was ist los?«, fragt Sam.

»Jetzt ist die Blüte kaputt.«

Alles, was davon noch übrig ist, ist ein vom Regen durchweichtes Blatt Papier.

»Keine Sorge«, sagt Sam. »Ich kann dir wieder eine falten. Ich kann dir tausend Kirschblüten falten.«

Ich lege meine Arme wieder um ihn und aneinandergeschmiegt tanzen wir auf dem Parkplatz weiter, die Musik dringt gedämpft durch die halb geöffnete Tür der Turnhalle zu uns nach draußen, der Regen um uns wird dichter, hüllt uns ein wie Nebel, bis die Wolken sich verziehen und die Sterne am Nachthimmel leuchten und die Erinnerungsszene wieder wechselt.

Aus dem Schlafzimmerfenster meiner Eltern segeln Kleidungsstücke auf den Rasen vor dem Haus. Meine Eltern haben sich bei einem nächtlichen Streit eine Stunde lang angeschrien und ich halte es nicht mehr aus. Ich wusste immer, dass es irgendwann so enden würde, aber ich hatte nicht erwartet, dass es so bald sein würde. *Wohin soll ich denn jetzt?* Ich habe Sam gebeten, mich zu holen, aber er ist noch nicht da. Ich stehe vorne an der Straße und spüre, wie die Nachbarn mich von ihren Fenstern aus beobachten. Ich kann nicht mehr länger hier herumstehen und auf ihn warten. Ich biege um die nächste Ecke und fange an zu rennen. Ich renne, bis alles hinter mir verschwunden ist.

Ich weiß nicht einmal, wohin ich renne. Ich renne so lange,

bis mir nichts mehr bekannt vorkommt. Erst als ich schon am Stadtrand bin, dort, wo sich Weideland und Felder bis zu den fernen Bergen erstrecken, merke ich, dass ich mein Handy vergessen habe. Scheinwerfer tauchen hinter mir auf und beleuchten die leere Straße. Ich trete zur Seite, um das Auto vorbeizulassen, da bremst es ab und kommt neben mir zum Stehen. Es ist Sam.

»Alles in Ordnung?«, fragt er, als ich einsteige. »Ich bin bei dir zu Hause vorbei, aber du warst nicht da.«

Wenn ich mein Handy dabeigehabt hätte, hätte ich ihm meine Koordinaten schicken können. »Woher hast du gewusst, dass ich hier entlanglaufe?«

»Hab ich nicht … Ich hab einfach überall nach dir gesucht.«

Schweigend sitzen wir eine ganze Weile nebeneinander.

»Willst du, dass ich dich wieder nach Hause fahre?«, fragt Sam schließlich.

»Nein.«

»Wohin willst du dann?«

»Irgendwohin.«

Sam fährt los. Wir fahren kreuz und quer durch die Stadt, bis wir jedes Zeitgefühl verloren haben. Die Lichter in den Geschäften gehen nacheinander alle aus und Dunkelheit senkt sich über die Straßen. Als wir nicht mehr weiterfahren wollen, biegt Sam auf den Parkplatz eines Tag und Nacht geöffneten Minimart ein und stellt den Motor ab. Er fragt mich nicht, was zu Hause passiert ist. Er sitzt einfach nur ruhig neben mir, während ich den Kopf gegen das Seitenfenster lehne und die Augen schließe. Das Letzte, woran ich mich erinnere, bevor ich einschlafe, ist die Leuchtschrift des Minimart-Zeichens. Und Sam, wie er seine Jeansjacke über mich breitet.

Ich wache auf einer Wiese auf. Es ist Abend und alles ist in goldenes Licht getaucht. Sonnenlicht wärmt mir die Wangen, während ich mich aufsetze und mich umschaue. Die Bäume sind mit unzähligen handgefalteten Papierblüten geschmückt, sie hängen an langen Schnüren herab, die in der leichten Brise wie die Zweige einer Trauerweide sanft schaukeln. Ich bemerke, dass ein Pfad aus Blütenblättern von mir fort in die Ferne führt, an einen Ort, von dem Gitarrenklänge zu mir dringen. Ich folge den Klängen, schreite durch einen Vorhang aus Papierblüten und weiß dann, wo ich bin. An unserem geheimen Platz am See. Dort, wo wir uns so oft getroffen haben. Als ich zwischen den Bäumen heraustrete, spiegelt sich das Licht der untergehenden Sonne im See. Der Strahl zeigt direkt auf mich. Sam erwartet mich am Ufer.

»*Julie* –«, ruft Sam und setzt die Gitarre ab. »Ich war mir nicht sicher, ob du kommen würdest …«

»Und ich war mir nicht sicher, ob du hier sein würdest«, sage ich.

Er nimmt meine Hände. »Ich werde immer für dich da sein, Jules.«

Ich antworte darauf nichts. *Nicht jetzt, nicht in diesem Augenblick.*

Wir sitzen am Ufer und schauen aufs Wasser hinaus. Wolken ziehen langsam über den rosarot gefärbten Himmel. Manchmal wünsche ich mir, die Sonne würde nie untergehen. Wir könnten für immer hierbleiben, uns freuen, dass wir zusammen sind, miteinander reden wie immer, über Scherze lachen, die nur uns gehören, so tun, als könnte nie etwas Schlimmes passieren. Ich schaue Sam an, nehme sein Gesicht in mich auf, sein wunderschönes Lächeln, seine schwarzen Haare, die ihm schräg in die Stirn fallen, seine braun gebrannte Haut, und ich wünsche mir, ich könnte diesen Moment einfrieren und für immer festhalten. Aber das kann ich nicht. Selbst im Traum kann ich die Zeit nicht anhalten. Die Wolkendecke über uns wird immer dichter und schwärzer und die Erde unter uns fängt leicht zu beben an. Sam muss es auch bemerkt haben, denn er springt auf.

Ich fasse nach seiner Hand. »*Geh noch nicht.*«

Er blickt mich an. »Julie … wenn ich bleiben könnte, würde ich dich nie verlassen.«

»Aber du hast mich verlassen.«

»Ich weiß … es tut mir unendlich leid.«

»Ohne dich von mir zu verabschieden.«

»Weil ich nie gedacht hätte, dass es so kommen würde …«

Wie aus dem Nichts faucht hinter uns urplötzlich eine Windbö auf, als sei sie gekommen, ihn mir wegzunehmen. Hinter den Bäumen am anderen Ufer geht die Sonne unter, lange Schatten fallen aufs Wasser. Die Welt verliert ihre Farbe. So war es nicht gedacht. Das war doch erst der Anfang. Unsere Geschichte hatte gerade erst begonnen. Mir pocht das Herz wie wild. Ich umklammere Sams Hand noch fester. Er soll mich jetzt nicht verlassen.

»Das ist nicht fair, Sam …« Aber ich bringe den Satz nicht zu Ende. Tränen steigen mir in die Augen.

Sam küsst mich ein letztes Mal. »Ich weiß, dass wir andere Pläne hatten. Aber wenigstens hatten wir diese Zeit miteinander. Ich will, dass du weißt, Julie … Wenn ich alles noch einmal erleben könnte, würde ich es tun. Jede Sekunde, die ich mit dir zusammen war.«

Aber wenn das Ende so schmerzhaft ist, frage ich mich, ob es das wert war.

Ich lasse seine Hand los. »Sorry, Sam …«, sage ich und weiche einen Schritt zurück. »Ich bin mir nicht sicher, ob ich alles noch einmal so erleben will …«

Sam blickt mich an, als warte er darauf, dass ich meine Worte zurücknehme. Aber dafür ist keine Zeit mehr. Er löst sich vor mir auf, verschwindet, bis von ihm nur noch ein Wirbel aus unzähligen Kirschblüten übrig ist. Ein heftiger Windstoß fegt durch die Luft. Ich strecke die Hand aus, um eine der Blüten zu fangen, und halte sie fest. Aber irgendwie entgleitet sie meinen Fingern und entschwebt in die Lüfte. Verschwindet in den Himmel, wie alles von ihm.

ERSTES KAPITEL

JETZT

7. März, 23 Uhr 11. Jetzt brauchst du mich nicht mehr abzuholen. Ich kann zu Fuß nach Hause.

Ich bin tatsächlich zu Fuß nach Hause gegangen. Mitten in der Nacht. Die ganzen acht Kilometer vom Busbahnhof. Und habe dabei hinter mir einen vollgestopften Rollkoffer mit einem kaputten Rad hergezogen. Sam hat immer wieder versucht, mich zu erreichen. Zwölf ungelesene Textnachrichten, sieben nicht angenommene Anrufe, ein Spruch auf die Mailbox. Aber ich habe alle diese Versuche ignoriert und bin immer weitergegangen. Wenn ich seine Nachrichten jetzt lese, wünschte ich, ich wäre nicht so wütend auf ihn gewesen. Ich wünschte, ich wäre drangegangen. Vielleicht wäre dann heute alles anders.

Das Morgenlicht scheint durch die Vorhänge. Ich liege zusammengerollt im Bett und höre wieder und wieder Sams Nachricht auf der Mailbox an.

»*Julie – bist du da?*« Gelächter im Hintergrund und das Knistern eines großen Feuers. »*Es tut mir leid! Ich hab das total vergessen. Aber ich fahr jetzt los! Okay? Warte einfach auf mich! In ungefähr einer Stunde bin ich da. Ich weiß, ich hab deswegen ein echt schlechtes Gewissen. Bitte sei nicht sauer auf mich. Ruf mich zurück, okay?*«

Wenn er nur auf mich gehört hätte und mit seinen Freunden zusammengeblieben wäre. Wenn er an dem Abend nicht vergessen hätte, dass er mich abholen wollte. Wenn es ihm nur ein einziges Mal egal gewesen wäre, ob ich wütend auf ihn war oder nicht. Wenn er nicht wie immer versucht hätte, alles wiedergutzumachen – dann würde niemand mir die Schuld daran geben, was danach in dieser Nacht passierte. Und vor allem würde ich mir nicht die Schuld daran geben.

Ich höre mir die Sprachnachricht noch ein paarmal an, danach lösche ich alles. Dann stehe ich auf und ziehe alle Schubladen auf, suche alles heraus, was Sam gehört hat. Oder was mich an ihn erinnert. Fotos von uns beiden, Geburtstagsglückwünsche, Kinokarten, Papierblüten, idiotische Geschenke wie den Plüschdinosaurier, den er letztes Jahr auf dem Jahrmarkt gewonnen hat, alle Mix-CDs, die er mir über die Jahre gebrannt hat (wer brennt heute überhaupt noch CDs?). Ich stopfe alles in eine Schachtel.

Jeden Tag fällt es mir schwerer, all die Dinge, die mich an ihn erinnern, anzusehen. Man sagt immer, dass es mit der Zeit leichter wird, dass das Leben weitergeht. Aber es fällt mir schwer, ein Foto von Sam in der Hand zu halten, ohne dass ich zu zittern anfange. Meine Gedanken wandern zu ihm, das machen sie ununterbrochen. *Ich kann dich nicht hier um mich haben, Sam. Dann glaube ich, dass du noch da bist. Dass du wieder zurückkommst. Dass ich dich eines Tages wiedersehe.*

Als ich alles eingesammelt habe, lasse ich meinen Blick durch das Zimmer schweifen. Einen langen Blick. Mir war gar nicht klar, wie viele Dinge von ihm ich in meinem Zimmer hatte. Es fühlt sich jetzt so leer an. Als wäre da ein großes Loch. Als würde etwas fehlen. Ich atme mehrere Male tief durch, bevor ich die Schachtel nehme und das Zimmer verlasse. Es ist das erste Mal in dieser Woche, dass ich es schaffe, vor zwölf Uhr mittags aufzustehen. Aber schon nach zwei Schritten im Flur fällt mir ein, dass ich etwas vergessen habe. Ich setze die Schachtel auf dem

Boden ab und kehre um. In meinem Schrank hängt noch Sams Jeansjacke. Die mit dem gestrickten Kragen und seiner privaten Sammlung von Aufbügelbildern (Bandlogos, Flaggen und Wappen von Orten, an denen er war). Ich habe die Jacke schon so lange und trage sie so oft, ich habe ganz vergessen, dass sie eigentlich ihm gehört.

Ich ziehe die Jacke vom Bügel. Der Jeansstoff fühlt sich kühl an, beinahe feucht. Als hätte er noch die Regentropfen aufgesogen vom letzten Mal, als ich sie getragen habe. *Sam und ich rennen in strömendem Regen die Straße entlang, springen über Pfützen, am Himmel hängen schwere Gewitterwolken, es blitzt und donnert. Wir sind auf dem Nachhauseweg vom Screaming-Trees-Konzert. Ich habe die Jeansjacke über den Kopf gezogen. Sam hält seine signierte Gitarre fest an sich gedrückt, damit sie nicht nass wird. Volle drei Stunden haben wir am Hinterausgang gewartet, bis Mark Lanegan, der Frontmann der Band, herausgekommen ist.*

»Ich bin so froh, dass wir gewartet haben!«, ruft Sam.

»Dafür sind wir jetzt pitschnass!«

»Ach, so ein bisschen Regen …«

»Das nennst du ein bisschen?«

Von allen Dingen, die mit ihm zu tun haben und die ich jetzt aussortiere, erinnert mich die Jacke am meisten an ihn. Er hat sie jeden Tag getragen. Jedenfalls bevor er sie mir letzten Sommer geschenkt hat. Vielleicht spielt mir ja meine Erinnerung einen Streich, aber ich finde, sie riecht immer noch nach ihm. Ich hatte eigentlich versprochen, sie ihm zurückzugeben. Ich drücke die Jacke an mich. Einen Augenblick überlege ich, ob ich sie nicht doch behalten soll. *Warum soll denn alles von ihm verschwinden?* Ich könnte sie ganz hinten in meinem Schrank noch aufheben, unter meinen dicken Pullovern oder Jacken oder sonst wo versteckt. Schade um so eine hübsche Jacke, egal wem sie gehört hat. Dann werfe ich zufällig einen Blick in den Spiegel und komme zur Besinnung.

Meine Haare sind total zerzaust, ich bin noch blasser als sonst, habe seit Tagen dasselbe T-Shirt an und klammere mich an Sams Jacke, als könnte ich ihn dadurch wieder zum Leben erwecken. Ein Gefühl von Scham und Verlegenheit durchflutet mich und ich blicke hastig weg. Die Jacke zu behalten, wäre ein Fehler. Ich muss mich von allem befreien, sonst werde ich nie nach vorne schauen und weiterleben können. Ich mache die Schranktür zu und gehe schnell aus dem Zimmer, bevor ich meine Meinung ändere.

Drunten in der Küche spült meine Mutter gerade ab und schaut dabei aus dem Fenster. Es ist Sonntagvormittag, deshalb ist sie ausnahmsweise noch nicht in ihrem Büro. Wie immer knarzt die letzte Treppenstufe, als ich drauftrete.

»Julie?«, fragt meine Mutter, ohne sich umzudrehen.

»Ich bin's. Kein Grund zur Sorge.« Ich hatte eigentlich vor, die Schachtel unbemerkt an ihr vorbeizuschmuggeln. Ich habe keine Lust, mit ihr darüber ein Gespräch anzufangen. »Was ist da draußen?«

»Wieder mal Dave«, flüstert sie und späht weiter hinaus. »Ich habe ihn dabei beobachtet, wie er vor seinem Haus neue Überwachungskameras installiert hat.«

»Oh.«

»Genau, wie ich es mir gedacht habe.«

Unser Nachbar Dave wohnt seit sechs Monaten hier. Aus irgendeinem Grund glaubt Mom, dass er ins Nebenhaus gezogen ist, um uns zu überwachen. Seit sie vor ein paar Jahren von offizieller Stelle einen Brief erhielt, dessen Inhalt sie mir nicht mitteilen will, hat meine Mutter solche paranoiden Gedanken. »Besser, du weißt nicht, was drinsteht«, sagte sie damals zu mir. Ich glaube, es hat mit der Vorlesung zu tun, die sie damals an ihrer alten Uni gehalten hat. Es kam daraufhin zu Krawallen. Studierende sollen in Gruppen über den Campus gezogen sein und an allen Wänden die Uhren zertrümmert haben. Wogegen sich der Protest richtete? Ganz allgemein gegen den Begriff der Zeit. Zu Moms Verteidigung muss angeführt werden, dass die Studierenden, wie sie sagt, »das alles falsch verstanden haben«. Die Universität beschloss jedenfalls danach, dass »ihr Unterrichtsstil zu radikal« sei. Man hat ihr gekündigt. Mom ist überzeugt, dass über den Vorfall ein Bericht verfasst und an die Regierung geschickt wurde. »Hemingway ist dasselbe passiert«, erzählt sie jedes Mal. »Aber keiner hat ihm glauben wollen. Faszinierende Geschichte. Solltest du mal googeln.«

»Letzte Woche soll bei ihm in die Garage eingebrochen worden sein«, sage ich. »Wahrscheinlich bringt er deshalb die Kameras an.«

»Merkwürdiger Zufall«, sagt meine Mutter. »Wir leben hier – wie lange? Fast drei Jahre? Und nie ist bei uns in dieser Zeit irgendetwas gestohlen worden, nicht einmal ein Gartenzwerg.«

Die Schachtel fühlt sich allmählich etwas schwer an. »Mom, wir hatten noch nie einen Gartenzwerg«, sage ich. *Zum Glück.* »Und wir sammeln auch keine alten Sportwagen.«

»Auf wessen Seite stehst du eigentlich?«

»Auf unserer natürlich«, verkünde ich. »Sag mir, wie ich ihn außer Gefecht setzen soll, und ich tu's.«

Meine Mutter dreht sich zu mir und seufzt. »Hab's kapiert … ich leide unter einer paranoiden Persönlichkeitsstörung.« Sie atmet tief ein und wieder aus, wie ihre Yogalehrerin es ihr beigebracht hat, dann blickt sie zu mir. »Wie auch immer, ich bin froh, dass du aufgestanden bist«, sagt sie. Ihr Blick wandert zur Uhr über dem Kühlschrank. »Ich wollte gerade los, aber ich kann dir was zum Frühstück machen, wenn du hungrig bist. Eier?« Sie tritt an den Herd.

Im Wasserkocher fängt das heiße Wasser zu sprudeln an. Neben einer Tasse liegt ein Tütchen Instantkaffee bereit.

»Nein – ich hab keinen Hunger.«

»Wirklich nicht?«, fragt meine Mutter, die Hand bereits am

Griff einer Bratpfanne. »Ich kann dir auch etwas anderes machen. Lass mich mal nachdenken …« Sie scheint mehr in Eile zu sein als normalerweise. Ich schiele zum Tisch und entdecke darauf einen Stapel Prüfungsarbeiten, die sie noch korrigieren muss. Stimmt, es sind ja gerade Prüfungen an der Central Washington University hier in der Stadt, an der sie unterrichtet. Sie ist Assistenzprofessorin im Philosophie-Department. Nach dem *Zwischenfall*, wie wir nur noch sagen, war es eine der wenigen Unis, die sie zu einem Bewerbungsgespräch eingeladen haben. Zum Glück hat einer ihrer alten Kollegen hier eine Professur. Er hat sich für sie verbürgt. Ein Fehler von ihr und sie können beide ihren Job verlieren.

»Danke, aber ich hab was vor«, sage ich, werfe mehrmals einen Blick auf die Uhr und tue so, als ob ich in Eile wäre. Je länger ich stehen bleibe, desto mehr Fragen kann sie mir stellen.

»Was hast du denn vor?«, fragt Mom. Sie stellt den Wasserkocher aus und wischt sich die Hände an einem Geschirrtuch ab.

»Nur einen kleinen Spaziergang.«

»Ach so … Okay. Ich meine, großartig.« In der vergangenen Woche hat meine Mutter mir dreimal am Tag Essen ins Zimmer gebracht und in regelmäßigen Abständen besorgt den Kopf durch die Tür gesteckt. Kein Wunder, dass sie zögerlich und unsicher klingt.

»Ich treffe mich mit jemand.«

»Wunderbar.« Meine Mutter nickt. »Etwas raus an die frische Luft, irgendwo einen Kaffee trinken. Deine Freundinnen zu sehen, wird dir guttun. Ach ja, übrigens – hast du mit Mr Lee von der Buchhandlung gesprochen?«

»Noch nicht …« *Ich habe seither mit niemandem gesprochen.*

»Schau doch mal bei ihm vorbei, wenn du magst. Oder melde dich kurz bei ihm. Er hat ein paarmal auf den AB gesprochen.«

»Ich weiß –«

»Ein paar Lehrer von dir auch.«

Ich greife zusätzlich zur Schachtel noch nach meiner Tasche. »Beruhige dich, Mom. Ich rede am Montag mit ihnen.«

»Heißt das, dass du nächste Woche wieder in die Schule willst?«

»Bleibt mir nichts anderes übrig«, sage ich. »Wenn ich noch eine Woche fehle, lassen sie mich nicht zur Abschlussprüfung zu.« Ganz zu schweigen von den Hausaufgaben, die sich bei mir stapeln, und dem Stoff, den ich nachholen muss. Ich muss wieder in die Spur kommen und mich auf die Schule konzentrieren. *Was soll ich sonst tun? Die Welt dreht sich weiter, egal, was passiert.*

»Mach dir mal deswegen keine Sorgen, Julie«, sagt meine Mutter. »Sie werden verstehen, wenn du noch Zeit brauchst. Weißt du, was? Ich rufe gleich mal an.« Sie dreht sich suchend um die eigene Achse. »Wo hab ich dieses Ding nur …«

Ihr Handy liegt auf dem Küchentisch. Als sie danach greifen will, stelle ich mich ihr in den Weg.

»Mom, es geht mir gut.«

»Aber, Julie, es –«

»Bitte.«

»Bist du dir auch sicher?«

»Ja, Mom. Bei mir ist alles gut, okay? Du musst niemand anrufen.« Ich will nicht, dass sie sich um mich Sorgen macht. Ich komme schon allein klar.

»Na gut«, seufzt meine Mutter. »Wie du meinst.« Sie streicht mir über die Wange und versucht zu lächeln. Wir schauen uns an. Dann fällt ihr Blick auf die Schachtel. »Und was ist da drin?«

So viel zu der Hoffnung, dass sie nichts bemerken würde. »Nichts weiter. Ich hab nur in meinem Zimmer aufgeräumt.«

Ohne mich zu fragen, hebt sie den Deckel hoch und wirft einen Blick auf den Inhalt. Sie braucht keine Sekunde, um eins und eins zusammenzuzählen. »Oh … Julie, willst du das wirklich tun? Bist du dir ganz sicher?«

»Das ist wirklich keine große Sache …«

»Du musst dich nicht von allem trennen«, sagt sie. »Behalte doch ein paar Erinnerungsstücke an ihn.«

»Nein«, sage ich. »Ich brauche das alles nicht mehr.«

Meine Mutter macht einen Schritt zurück. »Wie du meinst. Ich will mich da nicht einmischen.«

»Ich muss jetzt los. Bis später!«

Ich gehe durch die Garage nach draußen. Vorne an der Straße lasse ich die Schachtel mit Sams Sachen zwischen den Briefkasten und die Abfalltonne fallen. Sie macht beim Aufprall ein klapperndes Geräusch wie Münzen oder Knochen. Der Deckel ist verrutscht, und ein Ärmel von Sams Jeansjacke hängt heraus, als würde ein Gespenst hervorkriechen wollen. Ich richte mich auf und mache mich auf den Weg in die Stadt. Das erste Mal seit Tagen scheint mir die Sonne ins Gesicht.

Ich bin schon fast an der nächsten Kreuzung, als ein Windstoß mir Blätter vor die Füße weht. Unsicher verlangsame ich meine Schritte. Ein seltsamer Gedanke kommt mir. *Wenn ich mich jetzt umdrehe – steht er dann vielleicht vor unserem Haus, zieht die Jeansjacke heraus und starrt auf den Rest seiner Sachen?* Ich stelle mir den Ausdruck auf seinem Gesicht vor und was er wohl dazu sagen würde. Dann überquere ich die Straße und setze meinen Weg fort, ohne mich umzudrehen.

Trotz der Sonne fühlt sich die Luft frisch an. Ellensburg liegt an der Ostseite des Kaskadengebirges, deshalb bläst immer mal wieder kalte Hochgebirgsluft durch unsere Straßen. Die Stadt ist klein, mit vielen historischen Backsteingebäuden und viel freier Fläche. Es ist ein Ort, an dem nie etwas Aufregendes passiert. Vor drei Jahren bin ich mit meinen Eltern aus Seattle hierhergezogen, als meine Mutter den Lehrauftrag an der Central Washington University bekam. Als daraus später eine Vollzeitstelle wurde, sind nur sie und ich geblieben. Dad ist wieder zurück nach Seattle in seinen alten Job und hat es keine Sekunde bereut. Ich habe ihm nie Vorwürfe gemacht, dass er es in Ellensburg nicht ausgehalten hat. Er hat einfach nicht hierhergehört. Manchmal habe ich das Gefühl, dass ich auch nicht wirklich hierhergehöre. Meine Mutter nennt Ellensburg eine Stadt aus einer anderen Zeit, die noch nicht ganz in der Gegenwart angekommen ist. Modernes Großstadtleben gibt es hier jedenfalls nicht. Obwohl ich es kaum erwarten kann, von hier wieder wegzuziehen, muss ich zugeben, dass der Ort seinen eigenen Charme hat.

Als ich in die Stadtmitte komme, fällt mir auf, wie viel sich innerhalb einer Woche verändert hat. Es ist Frühling geworden. Blumenkörbe hängen unter den Straßenlampen. Entlang der Hauptstraße sind für den wöchentlichen Bauernmarkt weiße Zelte aufgebaut. Ich biege in eine Nebenstraße ein, um das Gedränge zu vermeiden. Ich habe keine Lust darauf, jemandem zu begegnen. Normalerweise macht es Spaß, durch das Zentrum von Ellensburg zu spazieren. Aber alle Straßenecken erinnern mich jetzt an ihn. *Hier hat Sam auf mich gewartet, bis ich mit meiner Schicht in der Buchhandlung fertig war. Hier haben wir am Marktstand immer Falafel gekauft. Hier haben wir im Kino sonntags Filme geguckt, die Vorstellung für fünf Dollar, und sind danach Händchen haltend nach Hause gegangen.* Mir ist, als müsste er hinter der nächsten Straßenecke auf mich warten. Mein Herz fängt zu rasen an. Vielleicht sollte ich besser umkehren. Aber hinter der Straßenecke steht nur eine Frau, in ein Telefongespräch versunken. Sie bemerkt nicht einmal, dass ich an ihr vorbeigehe.

Meine Freundin Mika und ich haben uns am anderen Ende der Stadt auf einen Kaffee verabredet. In der Stadtmitte gibt es Coffeeshops in Hülle und Fülle, aber ich habe ihr gestern Abend getextet, dass ich auf keinen Fall jemandem über den Weg laufen will, den ich kenne. Sie hat geantwortet: *Geht mir genauso*. In dem altmodischen Diner suche ich einen Tisch an der Fensterseite aus, in der Nähe eines alten Ehepaars, das gerade die Speisekarte studiert. Als die Bedienung kommt, bestelle ich eine Tasse Kaffee, ohne Milch und Zucker. Normalerweise trinke ich meinen Kaffee immer mit

Milch, aber ich gewöhne mir gerade an, ihn schwarz zu trinken. Irgendwo im Internet habe ich gelesen, dass das wie bei Wein ist. Man muss sich an den Geschmack gewöhnen.

Ich habe erst ein paar Schluck getrunken, als die Glöckchen an der Eingangstür bimmeln und Mika hereinkommt. Suchend blickt sie sich nach mir um. Sie trägt eine schwarze Strickjacke und ein schwarzes Kleid, das ich noch nie an ihr gesehen habe. Sie sieht besser aus, als ich erwartet hätte. Mom hat mir erzählt, dass sie auf Sams Beerdigung eine Rede gehalten hat. Mika ist seine Cousine. Wir haben uns über ihn kennengelernt. Sam hat uns auf einer Party vorgestellt, kurz nachdem ich hergezogen bin. Seither sind wir eng miteinander befreundet.

Als Mika mich entdeckt hat, steuert sie auf meinen Tisch zu und setzt sich mir gegenüber auf die rote Plastiklederbank. Sie legt ihr Handy auf den Tisch und schubst ihren Rucksack darunter. Die Bedienung erscheint, stellt, ohne zu fragen, eine zweite Tasse vor sie hin und schenkt ihr Kaffee ein.

»Extra Zucker und Milch wäre großartig«, bittet Mika.

»Okay«, sagt die Bedienung.

Mika hält die Hand hoch. »Haben Sie vielleicht auch Sojamilch?«

»Sojamilch? Nein.«

»Oh.« Mika runzelt die Stirn. »Na gut, dann normale Milch.« Kaum hat die Bedienung sich umgedreht, sieht Mika mich streng an. »Du hast mir nicht mehr geantwortet. Ich war nicht sicher, ob du wirklich kommst.«

»Tut mir leid. Ich antworte gerade nicht besonders oft auf Nachrichten.« Eine andere Entschuldigung dafür habe ich nicht. Tatsächlich habe ich mir angewöhnt, das Handy oft auf stumm zu schalten. Aber diese Woche war natürlich alles noch mal anders, da wollte ich mit der Welt nichts mehr zu tun haben.

»Ja, schon klar«, sagt sie und runzelt wieder leicht die Stirn. »Aber ich habe tatsächlich kurz geglaubt, dass du vielleicht nicht kommst und mir nur nicht abgesagt hast. Du weißt, dass ich so was nicht mag.«

»Dafür war ich besonders pünktlich da.«

Wir lächeln beide. Ich trinke einen Schluck von meinem schwarzen Kaffee.

Mika nimmt meine Hand. »Ich hab dich so vermisst«, flüstert sie.

»Ich dich auch.« Auch wenn ich gerade am liebsten nur noch allein sein will, freue ich mich sehr, Mika zu sehen. Es tut gut, ein vertrautes Gesicht zu sehen.

Die Bedienung kommt, stellt Milch auf den Tisch, holt ein paar Päckchen Zucker aus der Schürze und verschwindet wieder. Mika reißt drei davon auf und schüttet Zucker in ihren Kaffee. Dann greift sie nach dem Kännchen, hält es mir hin und fragt: »Milch?«

Ich schüttele den Kopf.

»Weil sie keine Sojamilch haben?«

»Nein … ich gewöhne mir gerade an, den Kaffee schwarz zu trinken.«

»Hmm. Beeindruckend.« Sie nickt. »Sehr stylish von dir. Seattle-mäßig.«

Mikas Handy leuchtet auf und meldet neue Nachrichten. Gleichzeitig fängt es zu vibrieren an. Mika schaut auf das Display, dann zu mir. »Ich steck das Ding besser mal weg«, sagt sie, lässt das Handy in ihrem Rucksack verschwinden und greift nach der Speisekarte. »Hast du was bestellt?«

»Nein, ich hab keinen Hunger.«

»Oh, okay.«

Sie legt die Speisekarte wieder auf den Tisch. Verschränkt die Finger ineinander, während ich einen weiteren Schluck Kaffee trinke. Die Jukebox blinkt mit orangefarbenen und blauen Lichtern zu uns herüber, aber es spielt keine Musik. Zwischen uns macht sich Schweigen breit, bis Mika schließlich die Frage stellt:

»Willst du mit mir darüber reden?«

»Nein, nicht wirklich.«

»Wirklich nicht? Ist das nicht der Grund, warum wir uns treffen?«

»Ich wollte vor allem mal raus.«

Sie nickt. »Das ist gut. Aber wie geht's dir denn so mit allem?«

»Okay, glaube ich.«

Mika sagt nichts. Sieht mich an, als warte sie auf mehr.

»Und du, was ist mit dir?«, frage ich stattdessen.

Mika starrt auf die Tischplatte. »Ich weiß es nicht«, antwortet sie schließlich. »Die Trauerrituale waren hart. Es gibt hier in der Nähe keinen buddhistischen Tempel, deshalb haben wir versucht, uns so gut wie möglich zu behelfen. Bei den Zeremonien sind so viele Traditionen und Gebräuche zu beachten. Die meisten kannte ich gar nicht.«

»Das ist mir alles völlig fremd …«, sage ich. Mika und Sam haben eine viel engere Verbindung zur Kultur, aus der sie kommen, als ich. Meine Eltern stammen beide aus Familien von irgendwoher in Nordeuropa, aber das spielt für mich überhaupt keine Rolle.

Zwischen uns breitet sich wieder Stille aus. Mika rührt lange in ihrem Kaffee, ohne ein Wort zu sagen. Dann hält sie inne, als würde sie sich an etwas erinnern. »Wir haben für ihn Totenwache gehalten«, sagt sie, ohne mich dabei anzuschauen. »Am Tag danach. Ich habe die ganze Nacht bei ihm verbracht. Habe ihn noch einmal gesehen …«

Mir krampft sich bei diesem Gedanken der Magen zusammen. Sam noch einmal zu sehen, nachdem er … Ich verbiete mir, es mir vorzustellen. Ich trinke noch einen Schluck Kaffee und versuche, das Bild aus dem Kopf zu kriegen, aber es gelingt mir nicht. Mir wäre lieber, sie hätte mir nicht davon erzählt.

»Ich weiß. Nicht viele Menschen wollten ihn in diesem Zustand noch einmal sehen«, sagt Mika, ohne mich anzuschauen.

»Ich habe es auch fast nicht geschafft. Aber ich wusste, dass es die letzte Gelegenheit sein würde, noch einmal mit ihm zusammen zu sein. Deshalb bin ich hingegangen.«

Ich sage nichts. Trinke meinen Kaffee.

»Zur Beerdigung waren sehr viele da«, fährt sie fort. »Wir hatten gar nicht genug Sitzplätze. Leute aus der Schule, die ich nicht mal gekannt habe. Und es gab jede Menge Blumen.«

»Wie schön.«

»Ein paar haben nach dir gefragt«, fährt Mika fort. »Ich hab gesagt, dass es dir nicht gut geht. Und dass du dich lieber allein von ihm verabschieden willst.«

»Das hättest du nicht machen müssen«, sage ich.

»Ich weiß. Aber sie haben immer wieder nach dir gefragt.«

»Wer?«

»Spielt keine Rolle«, sagt Mika.

Ich trinke den letzten Schluck meines Kaffees, der inzwischen kalt geworden ist und unangenehm bitter schmeckt.

Mika schaut mich an. »Warst du bei ihm? Hast du dich von ihm verabschiedet?«

Ich brauche für meine Antwort eine Weile. »Nein«, sage ich dann. »Noch nicht.«

»Willst du jetzt hin?« Sie greift wieder nach meiner Hand. »Wir könnten zusammen zum Friedhof gehen.«

Ich ziehe meine Hand aus ihrer. »Ich … ich kann nicht … nicht jetzt …«

»Warum nicht?«

»Ich habe nachher noch was vor«, weiche ich aus.

»Was denn?«

Ich weiß nicht, was ich darauf antworten soll. *Warum muss ich mich rechtfertigen?*

Mika beugt sich über den Tisch und sagt leise: »Julie, ich weiß, dass das alles schrecklich für dich ist. Für mich ist es auch schrecklich. Aber du kannst es nicht ewig aufschieben. Lass uns zusammen auf den Friedhof gehen. Erweise ihm die letzte Ehre. Jetzt erst recht.« Und flüsternd, beinahe unhörbar, fügt sie hinzu: »Bitte, es ist doch *Sam* …«

Die Stimme versagt ihr, als sie seinen Namen sagt. Ihr ist anzumerken, dass sie versucht, ein Schluchzen zu unterdrücken. Sie so zu sehen, schmerzt mich tief in der Brust, und ich bringe kein Wort heraus. Ich kann nicht glauben, dass sie das gegen mich verwendet. Ich kann nicht mehr richtig denken. Mühsam bewahre ich die Fassung.

Ich umklammere die leere Kaffeetasse. »Ich hab dir doch gesagt, dass ich nicht darüber reden möchte«, sage ich.

»Was ist nur in dich gefahren, Julie?«, fragt Mika. »Sam hätte dich auch dabeihaben wollen. Du bist die ganze Woche abgetaucht. Nicht einmal zur Beerdigung warst du da.«

»Und ich bin mir sicher, dass sich darüber jetzt alle das Maul zerreißen«, antworte ich.

»Ist doch egal, was alle anderen sagen«, schluchzt Mika. »Was zählt, ist allein Sam.«

»Sam ist *tot*.«

Woraufhin wir beide nichts mehr sagen.

Mika starrt mich an. Ihr Blick sucht in meinen Augen nach einem Anzeichen von Schuldgefühl oder Bedauern, als würde sie darauf warten, dass ich mich für meine Worte in irgendeiner Weise entschuldige. Aber alles, was ich zu ihr sagen kann, ist: »Er ist tot, Mika, und ob ich sein Grab besuche oder nicht, ändert daran überhaupt nichts.«

Wir schauen einander eine gefühlte Ewigkeit an, dann wendet Mika den Blick ab. Ihrem Schweigen entnehme ich, dass sie überrascht, aber auch enttäuscht ist. Erst in diesem Moment fällt mir auf, dass um uns herum ebenfalls alle verstummt sind. Die Bedienung geht wortlos an unserem Tisch vorbei.

Nach einer Weile, als wieder der normale Geräuschpegel herrscht, finde ich die Sprache wieder.

»Ich bin nicht daran schuld, kapierst du? Ich habe ihm geschrieben, dass er nicht kommen soll. Aber er hat nicht auf mich gehört. Ich habe ihm geschrieben, dass er bleiben soll, wo er ist. Deshalb sollen alle damit aufhören, von mir so etwas wie ein Schuldbekenntnis zu erwarten und mir vorzuwerfen, dass –«

»Ich gebe dir nicht die Schuld daran«, sagt Mika.

»Ich weiß. Aber alle anderen wahrscheinlich.«

»Nein. Nicht alle denken so, Julie. Und, tut mir leid, es geht dabei nicht um dich – es geht um Sam. Du warst nicht bei seiner Beerdigung. Obwohl du ihm nähergestanden hast als alle anderen, obwohl du ihn am besten gekannt hast, warst du nicht da, um dich mit ein paar Worten von ihm zu verabschieden. Sam hätte das verdient, und das weißt du auch. Das ist es, was wir alle von dir erwartet hatten. Aber du warst nicht da, du hast dich die ganze Woche in deinem Zimmer verkrochen.«

»Du hast recht. Vielleicht kenne ich ihn wirklich am besten«, sage ich. »Und deshalb bin ich mir auch ziemlich sicher, dass er an den ganzen Kram nicht geglaubt hat. Trauergottesdienst, Totenwache, die Abordnungen von der Schule. Hey, komm schon, das ist Sam doch alles egal. Er hätte das alles gehasst. Wahrscheinlich ist er froh, dass ich nicht gekommen bin!«

»War mir schon klar, dass es dir nicht viel bedeutet«, sagt Mika.

»Sag du mir nicht, woran ich glaube«, erwidere ich. In einem schärferen Tonfall als beabsichtigt. Fast will ich mich dafür entschuldigen, aber nur fast.

Zum Glück taucht die Bedienung wieder auf, um zu fragen, ob wir noch etwas möchten. Mika blickt von mir zur Kellnerin, dann wieder zu mir.

»Ich glaube, ich gehe jetzt besser«, sagt sie und greift nach ihrem Rucksack. Die Bedienung macht einen Schritt zur Seite, als Mika aufsteht. Sie legt Geld auf den Tisch und will schon gehen, da dreht sie sich noch einmal zu mir um. »Hätte ich fast vergessen«, sagt sie. »Ich habe deine zurückgegebenen Arbeiten für dich mitgenommen. War mir nicht sicher, wann du wiederkommst.« Sie zieht den Reißverschluss ihres Rucksacks auf. »Die Jahrbücher sind inzwischen auch da. Beim Abholen waren nur noch unsere beiden übrig, deshalb hab ich deins auch gleich eingesteckt. Hier …« Sie lässt alles auf den Tisch fallen.

»Oh … danke.«

»Bis später.«

Ich erwidere darauf nichts. Sehe Mika hinterher, wie sie zwischen den Tischen hindurchgeht. Die Glöckchen an der Tür klingeln. Ich sitze wieder allein da. Die Bedienung will mir Kaffee nachschenken, aber ich schüttele den Kopf. Plötzlich halte ich es in dem lärmenden, überfüllten, nach Fett riechenden Diner nicht mehr aus. Mir ist alles zu viel. Ich muss unbedingt raus hier.

Der Nachmittag liegt leer vor mir. Mir fällt nichts anderes ein, als wieder durch die Straßen zu spazieren. Ich versuche, nicht an Mika zu denken, daran, was ich ihr besser hätte antworten sollen. Denn dafür ist es zu spät. Ich streife durch die Stadt. Der Kaffee hat mich wacher werden lassen. Der kalte Wind von den Bergen hat sich gelegt. Die Schaufenster leuchten in der Nachmittagssonne. Ich schlendere überall vorbei, ohne hineinzugehen. An der Ecke kommt der Trödelladen. Sam und ich haben dort oft herumgestöbert. Haben uns ausgemalt, wie wir unsere Wohnung einrichten würden. Ich bleibe vor dem Fenster stehen. Durch die verstaubte Scheibe sind Gemälde und kleine Statuen zu erkennen, auf dem Boden stapeln sich Perserteppiche, der Raum ist mit alten Möbeln vollgestellt. Während ich alles betrachte, steigt eine Erinnerung in mir hoch …

Sam überreicht mir ein Geschenk. »Hier, das ist für dich.«

»Aber ich hab doch gar nicht Geburtstag.«

»Als Geschenk zum Schulabschluss.«

»Aber wir haben doch noch gar nicht –«

»Pack's einfach aus, Julie!«

Ich reiße das Geschenk auf. Eine silberne Buchstütze kommt zum Vorschein. Sie hat die Form eines Engelsflügels.

»Sollten das nicht zwei sein?«, frage ich. »Wo ist das Gegenstück?«

»Ich konnte mir nur einen Flügel leisten«, erklärt Sam. »Aber ich hab gerade meinen Lohn bekommen. Wir können gleich hin, dann schenke ich dir noch den anderen.«

Als wir zum Trödelladen kommen, ist der zweite Engelsflügel bereits verkauft.

»Wer kauft denn bitte eine einzelne Buchstütze?«, fragt Sam die Besitzerin des Ladens.

Ich drehe mich zu ihm. »Nur jemand wie du.«

Damit habe ich ihn noch oft aufgezogen. Aber das ist jetzt alles unwichtig geworden. Ich habe die Buchstütze zusammen mit seinen restlichen Sachen aussortiert.

Die Stadt ist voller Erinnerungen an mich und Sam. Da ist der Plattenladen, wo ich ihn immer getroffen habe, wenn ich aus der Buchhandlung kam. Ein Stuhl hält an diesem Frühlingstag die rote Ladentür offen. Drinnen blättern ein paar Kunden durch die Kisten mit alten Schallplatten. Jemand zieht bei einer elektrischen Gitarre neue Saiten auf. Alles ist wie immer. Nur Sam sitzt nicht mehr neben dem Plattenteller und legt Musik auf. Er hat nicht mal dort gearbeitet. Aber er kannte alle im Laden und auch alle, die in den Laden kamen. Ich gehe schnell dran vorbei, bevor jemand mich sieht und mit mir ein Gespräch anfangen will. Danach ist mir nämlich gerade überhaupt nicht.

Ich weiß nicht, wie ich es noch länger in Ellensburg aushalten soll. Ich will nicht an jeder Ecke an ihn erinnert werden. Zum Glück habe ich in zwei Monaten die Schule hinter mir. Und dann nichts wie weg. Ich habe noch keine Ahnung, wohin ich danach will, aber Hauptsache, fort von hier.

Ich erinnere mich nicht daran, wie ich zum See gekommen bin. Er liegt ein ganzes Stück von der Stadt entfernt. Es gibt keine ausgeschilderten Wege, die dorthin führen. Man muss genau wissen, wo er liegt. Man muss ihn selbst finden. Auf der langen Liste von Orten, die ich an diesem Tag meiden wollte, hatte ich mit dem See am wenigsten gerechnet.

Ich sitze auf der Bank am Ufer. Sam und ich waren im Sommer oft hier. Es war unser geheimer Treffpunkt, unsere kleine Flucht. Unser heimliches Paradies, wenn wir nicht wussten, wohin, und von unserem Leben in Ellensburg die Nase voll hatten. Manchmal saß ich mit meinem Tagebuch da und versuchte zu schreiben, während Sam im See schwamm. Wenn ich die Augen schließe, kann ich hören, wie er durchs Wasser krault, kann ich seinen Kopf und die nass glänzenden Schultern vor mir sehen. Aber dann schlage ich die Augen wieder auf und vor mir liegt die spiegelglatte Wasserfläche und ich bin wieder allein.

Hör auf, an Sam zu denken! Denk an etwas anderes!

Zu schreiben hilft mir oft, mich von anderen Dingen abzulenken. Ich habe auch jetzt mein Tagebuch dabei. Aber wie und was schreibt man, wenn man sich überhaupt nicht darauf konzentrieren kann? Vielleicht fällt mir etwas ein, wenn ich nur lange genug hier auf dieser Bank sitzen bleibe. Ich schlage eine weiße Seite auf, halte den Stift darüber und warte darauf, dass die Wörter aus mir herausströmen. An unserer Schule gibt es keine Kurse in Creative Writing, deshalb versuche ich es auf eigene Faust. Ist vielleicht auch besser, in einem Kurs könnte ich sowieso nicht schreiben, wie und was ich will. Glaube ich jedenfalls. Mir ist schon klar, dass man die Regeln erst einmal kennen muss, bevor man sie durchbricht, aber Schreiben sollte doch vor allem Spaß machen, oder? Ich glaube, Lehrerinnen und Lehrer vergessen das gerne. Dass Lernen nämlich Spaß machen soll. Manchmal vergesse ich es auch selbst. Ich hoffe, dass das im College anders wird.

Eigentlich müsste ich bald Antworten von den Colleges bekommen, bei denen ich mich beworben habe. Das Reed College ist mein Topfavorit. Da war auch meine Mutter schon. Normalerweise sollte das bei einer Bewerbung helfen. »Na ja, ich hatte dort nicht den besten Ruf, also erwähne mich vielleicht besser nicht«, hat mich Mom allerdings gewarnt. »Wenn du alt genug bist, erzähle ich dir die Geschichte. Aber davon mal abgesehen, ist Portland eine wunderbare Stadt. Es wird dir dort gefallen.« Hinzu kommt noch, dass Portland nur vier Stunden entfernt ist, wir werden uns also recht problemlos sehen können. Vor ein paar Tagen habe ich mir das Kursangebot dort angeschaut. Sie haben jede Menge Creative-Writing-Kurse, die von renommierten Schriftstellerinnen und Schriftstellern aus aller Welt gehalten werden. Ich glaube, dort kann ich ganz ich selbst sein und herausfinden, was ich wirklich mit meinem Leben anfangen will. Und worin ich gut bin. Vielleicht schreibe ich ja ein Buch für meinen Abschluss in Creative Writing, wer weiß. Aber ein Schritt nach dem anderen. Ich habe gelesen, dass sie für die Teilnahme an dem Kurs einen Text von mir haben wollen. Selbst wenn sie mich also am Reed nehmen, kann es sein, dass ich es nicht in die Creative-Writing-Klasse schaffe. Ich habe ein paar Texte, die ich noch mal überarbeiten könnte, aber ich befürchte, keiner davon ist gut genug. Ich sollte was ganz Neues schreiben. Einen richtig starken Text, der sie beeindruckt. Doch letzte Woche war ich wie gelähmt. Unmöglich, in so einer Situation kreativ zu sein. Ich muss immer an Sam denken, ich kann nicht anders. Er wird nicht mehr da sein, wenn der Brief vom Reed College kommt. Er wird nie erfahren, ob sie mich genommen haben.

Eine Stunde vergeht und die Seite bleibt weiß. Vielleicht sollte ich stattdessen versuchen, etwas zu lesen, als kleine Anregung. Das Jahrbuch, das mir Mika mitgebracht hat, liegt neben mir. Ich hatte eigentlich vor, es einfach im Diner liegen zu lassen, aber die Bedienung ist mir nachgerannt und hat es mir fast an den Kopf geschmissen. Das Cover hat ein langweiliges grau-blaues Design. Ich blättere ein paar Seiten durch. Diverse Clubs und Sportmannschaften mit vielen Fotos, da bin ich schnell durch. Danach kommt die Rubrik mit Stufenlieblingen, Klassenclowns und Jahrgangsstrebern, was mich alles nicht interessiert. Sollen sich andere für solche Sachen ins Zeug legen. Ich könnte das nicht. Dann folgen die Porträts aller Schülerinnen und Schüler aus unserem Jahrgang, aber die erspare ich mir lieber. Schnell blättere ich alles durch, und dann bin ich auch schon bei den letzten Seiten angelangt, die wie immer leer gelassen wurden, damit jeder selbst noch etwas eintragen kann. Da merke ich plötzlich, dass auf der vorletzten Seite etwas steht, wahrscheinlich von Mika. Ich schaue genauer hin und merke, dass es gar nicht ihre Handschrift ist. Ich brauche eine Sekunde. Aber … das kann nicht sein.

Sam. Es ist seine Handschrift, da bin ich mir sicher. Aber wie kann das sein? Wann hatte er die Gelegenheit, mir etwas ins Schuljahrbuch zu schreiben? Das kriege ich nicht in meinen Kopf. Wahrscheinlich wäre es besser, ich würde die Sätze gar nicht lesen, jedenfalls nicht jetzt, wo ich mich so anstrenge, ihn zu vergessen. Meine Hände fangen zu zittern an.

Sams Stimme ertönt in meinem Kopf.

Hallo Jules,

um sicher zu sein, dass sich kein anderer vordrängelt, wollte ich unbedingt als Erster hier reinschreiben. Das zeigt Dir hoffentlich wieder mal, wie sehr ich Dich liebe! Unglaublich, wie schnell die Zeit vergeht. Sind es wirklich schon drei Jahre? Mir kommt es immer noch wie gestern vor, dass ich im Bus hinter Dir gesessen und versucht habe, allen Mut zusammenzunehmen und Dich anzusprechen. Verrückt, dass es eine Zeit gegeben haben muss, in der wir uns noch nicht gekannt haben. Eine Zeit vor »Sam und

Julie«. Oder vor »Julie und Sam«. Entscheide Du, welche Reihenfolge Dir lieber ist.
Ich weiß, dass Du es kaum erwarten kannst, aus Ellensburg wegzugehen. Trotzdem werde ich das Leben hier vermissen. Aber ich kann Dich verstehen. Deine Gedanken und Träume waren immer schon zu groß für eine Kleinstadt. Ich bin so glücklich, dass es Dich für eine Weile hierherverschlagen hat. Sonst hätten wir beide uns nie kennengelernt. Vielleicht war das einfach Schicksal ... Mir kommt es so vor, als hätte mein Leben erst angefangen, als ich Dich kennengelernt habe. Julie, du bist das Beste, was mir passieren konnte! Und egal, was alles noch kommt, das Wichtigste ist, dass wir uns beide haben.
Ehrlich gesagt hat es mir vor einer Weile noch Angst eingejagt, von zu Hause wegzugehen. Aber inzwischen bin ich bereit dafür, zu neuen Horizonten aufzubrechen. Lass uns nur nicht vergessen, was wir hier gemeinsam erlebt haben.
Vor allem, wenn Du groß rauskommst. Und egal, was geschieht, versprich mir, dass Du mich nie vergessen wirst, okay?
Ich liebe Dich, Julie, und zwar für immer und ewig.
Dein Sam

Für immer und ewig …

Ich schlage das Jahrbuch zu und schaue auf den See hinaus, während in mein Bewusstsein dringt, was er da geschrieben hat. Eine Entenfamilie steuert auf das Ufer zu. Ich beobachte, wie sich auf dem Wasser Wellenringe ausbreiten, und lausche auf das Rauschen der Blätter hinter mir, die sich im Wind bewegen. Sams Worte hallen in mir nach.

Eine Woche ist es jetzt her, dass er gestorben ist. Um nach vorne schauen zu können, habe ich versucht, ihn wie eine schreckliche Erinnerung aus meinem Leben zu löschen. Dabei war es so großartig, was wir miteinander erlebt haben. Aber ich habe alles, was mich an ihn erinnert, aussortiert und weggeschmissen. Bin nicht zu seiner Beerdigung gegangen. Habe mich nicht von ihm verabschiedet. In den Zeilen, die er da geschrieben hat, bittet er nur um eines, nämlich dass wir uns aneinander erinnern. Und ich sitze hier und versuche, ihn so schnell wie möglich zu vergessen.

Wolken ziehen auf und ein Schauder durchläuft mich. Die kalte Luft vom Morgen kehrt zurück. Reglos sitze ich auf der Bank und beobachte die langen Schatten auf dem Wasser. Ein Schuldgefühl steigt plötzlich in mir auf. Ich weiß nicht mal, wie viel Zeit verstrichen ist, seit ich hierhergekommen bin. Ich stehe auf und renne in die Stadt zurück.

Auf dem Bauernmarkt wird bereits zusammengepackt. Ich laufe zwischen den Ständen durch, remple dabei immer wieder Leute an, aber das ist mir egal. Genauso, wie es mir egal ist, ob ich jemandem begegne, den ich kenne. Dann biege ich vom Stadtzentrum in die Straße ein, die zu unserem Viertel führt. Die Sonne steht bereits tief und es ist ziemlich viel Verkehr auf den Straßen. Typisch um diese Zeit. Das Müllauto, das bei uns die Runde dreht, ist sicher schon vor Stunden vorbeigekommen. Aber ich weiß auch, dass es seine Route häufig ändert und oft ziemlich spät kommt, deshalb besteht vielleicht eine klitzekleine Hoffnung, dass Sams Sachen immer noch da sind.

Als ich um die Ecke biege, nicht weit von unserem Haus, sehe ich sofort, dass alles verschwunden ist. Alle meine Erinnerungsstücke an Sam. Fast stolpere ich und falle hin. Ein bleischweres Gewicht drückt mich auf einmal nieder und das Atmen fällt mir schwer.

Ich renne ins Haus und stürze in die Küche. Nirgendwo steht die Schachtel. Ich checke das Wohnzimmer und hoffe, dass meine Mutter mich vor meiner fürchterlich falschen Entscheidung bewahrt und Sams Sachen wieder ins Haus zurückgebracht hat. Oder zumindest ein paar der Erinnerungsstücke. Aber nichts zu sehen.

Ich ziehe mein Handy raus. Mom ist in ihrem Büro, geht aber nach dem vierten Klingeln dran.

»Mom, wo bist du?«

»Warum? Julie? Stimmt irgendwas nicht?«

Erst da fällt mir auf, wie hektisch mein Atem geht. Aber ich schaffe es nicht, mich zu beruhigen.

»Die Schachtel mit Sams Sachen heute Morgen. Die ich draußen neben der Mülltonne abgestellt habe. Hast du sie vielleicht wieder reingeholt?«

»Wie meinst du das, Julie? Natürlich nicht.«

»Dann weißt du nicht, wo die Sachen sind?«, frage ich verzweifelt.

»Tut mir leid«, sagt sie. »Geht es dir gut? Du klingst so komisch ...«

»Alles okay bei mir. Es ist nur ... ist nicht weiter wichtig. Bis heute Abend.«

Bevor sie antworten kann, lege ich auf. Mir wird auf einmal ganz schlecht. Zu spät. Alles, was ich noch von Sam hatte, ist fort.

Und bei den Trauerfeiern, die für ihn abgehalten worden sind, war ich auch nicht dabei. Ich habe mich geweigert, daran teilzunehmen, Erinnerungen an ihn zu teilen und lebendig zu halten. Nicht einmal an seinem Grab war ich bisher. Diese Gedanken quälen mich so, dass ich nicht still sitzen kann. Unruhig gehe ich durch das leere Haus. Alles, was ich bisher zu unterdrücken und zu verdrängen versucht habe, zirkuliert wie Eiswasser in meinen Adern und lässt mein Herz gefrieren, meine Hände vor Kälte zittern. Mika hat recht. *Was würde Sam von mir denken, wenn er wüsste, wie ich ihn behandelt habe?*

Als ich die vergangenen Tage wieder und wieder in meinem Kopf abspule, fange ich endlich an, etwas zu begreifen: All meine aufgestaute Wut war nichts anderes als der Versuch, eine Mauer zu errichten, hinter der ich meine Schuldgefühle verstecken kann.

Nicht Sam hat mich an dem Abend sitzen gelassen. Ich war es. Ich habe ihn alleingelassen. Als mir das blitzartig klar wird, renne ich aus dem Haus und die Straße entlang.

Der Himmel ist inzwischen ganz von dunklen Wolken bedeckt. Alles ist in ein trübes, graues Licht getaucht. Der Weg führt mich wieder durch die Stadtmitte, diesmal in Richtung Central Washington University. Nach einer Weile biege ich in einen Trampelpfad ab, der durch offenes Gelände zu den bewaldeten Hügeln im Norden führt. Ihn renne ich entlang, bis ich nicht mehr kann. Die Wolken werden immer noch dichter und schwärzer. Ich spüre erste Regentropfen.

Von unserem Wohnviertel bis zum Memorial Hill, wie der Friedhof bei uns heißt, ist es zu Fuß ungefähr eine Stunde, aber wenn man den Trampelpfad nimmt, braucht man nur ein Drittel der Zeit. Und weil ich die ganze Strecke so schnell renne, wie ich kann, bin ich in kürzester Zeit dort.

Es hat zu regnen aufgehört, dafür sind die Hügel in dichten Nebel getaucht. Alles um mich herum ist nur schemenhaft zu erkennen. Als ich am Friedhofseingang ankomme, bin ich total verschwitzt und meine Kleidung ist außerdem nass vom Regen.

Sam ist hier irgendwo begraben. Ich muss wenigstens ein Mal sein Grab besuchen, ihm die letzte Ehre erweisen und ihm sagen, dass es mir unendlich leidtut, nicht früher gekommen zu sein, und dass ich mich ihm gegenüber schrecklich verhalten habe. Er soll unbedingt wissen, dass ich ihn nicht vergessen habe.

Wie in einer Endlosschleife spielt sich in meinem Kopf ein Film ab. Ich sehe Sam in seiner Jeansjacke auf einem Grabstein sitzen und die ganze Woche dort auf mich warten. Ich denke nach, was ich sagen soll, wie ich ihm erklären will, dass ich so lange weggeblieben bin, und immer neue Sätze gehen mir durch den Kopf. Aber einen halben Meter vor dem Haupteingang bleibe ich abrupt stehen.

Die Laterne über dem Tor seufzt im Wind. Es brennt in ihr kein Licht.

Was mache ich hier? Der Friedhof ist riesengroß, ich habe das Gefühl, dass sich die aufgereihten Grabsteine kilometerweit erstrecken. Keine Ahnung, wie lange ich brauchen würde, um das Grab von Sam zu finden, oder wo ich mit meiner Suche anfangen soll. Wie festgefroren bleibe ich auf dem nassen Boden stehen. Ich kann da nicht rein. Das schaffe ich einfach nicht. *Sam ist hier nicht.* Und was gäbe es da außer einem frisch angelegten Grab auch zu sehen? Aufgehäufte Erde, sonst nichts. Ich will nicht, dass es das letzte Bild ist, was ich von ihm in Erinnerung behalte. Das will ich nicht. Ich will nicht vor mir sehen müssen, wie er den Rest der Ewigkeit irgendwo hier auf diesem Hügel verbringt.

Ich weiche ein paar Schritte vom Tor zurück. Warum bin ich hergekommen? Das war ein schrecklicher Irrtum von mir. *Sam ist hier nicht.* Ich will nicht, dass er hier ist.

Bevor ich richtig begreife, was ich da tue, habe ich bereits kehrtgemacht. Auf dem nassen Boden rutsche ich fast aus, als ich hastig wieder losrenne.

Es fängt erneut zu regnen an. Eine Weile renne ich noch an der Backsteinmauer des Friedhofs entlang, dann biege ich ab. Ich habe keine Ahnung, wohin ich jetzt eigentlich will. Ich will nur so weit wie möglich weg von diesem Ort. Inzwischen regnet es ziemlich heftig. Ich bin im Wald und renne immer weiter und weiter.

Der Waldboden ist vom Regen aufgeweicht, ab und zu muss ich über eine Pfütze springen. Ich stelle mir vor, wie es wäre, auf einmal in einer Parallelwelt aufzutauchen, in der alles noch in Ordnung ist. Ich wünschte mir, ich könnte eine Zeitreise in die Vergangenheit unternehmen, es muss gar nicht weit sein. Und alles ändern. Aber wie sehr ich mich auch anstrenge, ich kann Zeit und Raum nicht meinen Willen aufzwingen. Ich kann nicht ungeschehen machen, was sich ereignet hat und mich innerlich zu zerreißen droht.

Plötzlich bleibt mein Fuß an etwas hängen und ich falle hin. Mein Körper schmerzt wie von tausend Nadelstichen, dann habe ich nur noch ein Taubheitsgefühl, ich spüre nichts mehr. Als ich versuche aufzustehen, kann ich mich nicht rühren. Aber das stört mich nicht. Ich bleibe einfach auf dem Waldboden aus Erde, Steinchen und Blättern liegen. Der Regen prasselt weiter auf mich herab, große, schwere Tropfen.

Ich vermisse Sam. Vermisse den Klang seiner Stimme. Mir fehlt, dass ich ihn jederzeit anrufen konnte und er immer für mich da war. Ich habe keine Ahnung, wo ich gerade bin. Ich weiß nicht, wen ich jetzt anrufen, mit wem ich jetzt reden könnte. Nicht gerade einer der besten Momente in meinem Leben. Morgen werde ich bestimmt bereuen, dass ich es überhaupt so weit habe kommen lassen. Ich fühle mich so verdammt verlassen und einsam. Instinktiv ziehe ich mein Handy raus und stelle es an. Das helle Display blendet mich ein paar Sekunden. Ich habe ganz vergessen, dass ich heute Morgen alles von ihm gelöscht habe – alle Fotos und Nachrichten von Sam, einfach alles. Ich scrolle durch die Liste mit meinen Kontakten und überlege, wen ich sonst noch anrufen könnte. Aber die Auswahl ist nicht groß. Als ich die Lücke bei Sams Namen bemerke, fällt mir ein, dass ich ihn dort auch gelöscht habe. Ich bin mir nicht sicher, ob ich mich an seine Nummer überhaupt richtig erinnere, und ich weiß auch nicht, was ich mit dieser Aktion eigentlich will, vielleicht hoffe ich, ein letztes Mal seine Stimme auf der Voicemail zu hören, ihn ein letztes Mal zu hören, als wäre er noch da. Vielleicht kann ich ihm ja auch eine Nachricht hinterlassen. Ihn um Verzeihung bitten.

Das Klingeln am anderen Ende irritiert mich. Ein merkwürdiges Geräusch hier mitten im Wald, in dieser Leere und Einsamkeit. Ich schließe die Augen, zittere vor Kälte. Das Klingeln dauert lange an, lässt meine Gedanken allmählich verebben, und ich habe das Gefühl, dass es für immer und ewig so weiterklingeln wird. Da hört es plötzlich auf.

Es geht jemand dran.

Ein langes Schweigen, bevor eine Stimme zu hören ist.

»*Julie …*«

Regentropfen prasseln auf mich herab. Ich spüre, wie mein Herz klopft. Ich drehe den Kopf, damit ich zum Himmel schauen kann, und lausche.

»*… bist du das?*«

Die Stimme. Schwach wie das Murmeln des Ozeans, wenn man eine Muschel gegen das Ohr hält. Aber ich erkenne sie. Ich habe sie schon tausendmal gehört, sie ist mir vertrauter als meine eigene. Seine Stimme. Obwohl es nicht sein kann.

Sam …

ZWEITES KAPITEL

»*Julie, kannst du mich hören?*«, fragt er.

Das Ozeanmurmeln verblasst und seine Stimme klingt jetzt deutlicher.

»*Bist du das?*«

Ich wische mir Regentropfen aus dem Gesicht. Ich muss aus Versehen eine seiner Voicemails erwischt haben, wie auch immer. Obwohl ich sie heute Morgen alle gelöscht habe.

»*Wenn du mich hören kannst – sag was. Damit ich weiß, dass du es bist.*«

An den letzten Satz kann ich mich nicht erinnern. Den kenne ich so nicht von ihm. Also muss es irgendwas anderes sein. Vielleicht habe ich mir beim Aufprall auf dem Boden den Kopf angestoßen und mein Gehirn halluziniert plötzlich. Mir verschwimmt alles vor den Augen, und ich schließe sie, damit die Bäume sich nicht mehr drehen. Aber egal, ob die Stimme aus dem Handy oder aus meinem Kopf kommt, ich beschließe, darauf zu antworten.

»Sam?«

Im Wald ist es still. Eine Sekunde lang glaube ich, dass Sam verschwunden ist. Dass er nie da war. Aber dann höre ich einen Atem, der nicht meiner ist.

»Hallo …«, sagt er, und ich höre ihm seine Erleichterung an. »Ich dachte, die Verbindung wäre unterbrochen …«

Meine Augen öffnen sich einen Spalt, um einen dünnen Streifen Welt aufzunehmen. Ich bin vom Regen und von der Kälte zu benommen, um zu wissen, wo oben oder unten ist. Nicht einmal, wo der Himmel ist, könnte ich noch mit Sicherheit sagen. Vergeblich stochere ich in meinem Gehirn herum, um mir auf das, was gerade geschieht, einen Reim zu machen. Erfolglos.

»Sam?«, frage ich noch einmal.

»Dann kannst du mich hören? Ich war mir nicht sicher, ob es wirklich klappt.«

»Du?«

»Ich hab mich echt gefragt, ob du noch mal anrufen würdest«, sagt er, so als wäre alles wie immer. Als würden wir ein Gespräch fortführen, das zufällig am Vortag unterbrochen wurde. »Ich hab dich vermisst. Ich hab dich unendlich vermisst.«

Ich kann nichts Vernünftiges denken. Ich habe keine Ahnung, was da gerade passiert.

»Hast du mich auch vermisst?«

Ich lausche auf seine vertraute Stimme, spüre den Regen auf der Haut, spüre, wie mein Körper schwer in den feuchten Waldboden einsinkt. Mir ist ganz taumelig und schwindlig im Kopf. Verzweifelt versuche ich, zu begreifen, was da gerade passiert. So seltsam das alles ist, ich frage: »Sam ... bist das wirklich du?«

»Ja, ich bin's«, antwortet er mit einem kleinen Lacher. »Ich hätte nie gedacht, dass ich deine Stimme noch einmal hören würde. Ich dachte, du hast mich vielleicht schon vergessen.«

»Wie ist es möglich, dass wir miteinander telefonieren?«

»Du hast mich angerufen.« Seine Stimme ist so ruhig wie eine spiegelglatte Wasseroberfläche. »Und ich bin drangegangen. So wie immer.«

Wie immer.

»Aber ich verstehe nicht ... Wie ist das möglich?«

Wieder ein Moment Stille. Regentropfen laufen mir übers Gesicht. Er antwortet nicht sofort.

»Um ehrlich zu sein, ich weiß es nicht«, sagt Sam. »Keine Ahnung, wie und warum das gerade funktioniert. Aber glaub mir, ich bin es wirklich. Okay?«

»Ja …«, bringe ich heraus.

Ich beschließe, einfach mitzuspielen. Auch wenn ich weiß, dass das, was gerade geschieht, nicht wirklich sein kann. Sams Stimme fühlt sich für mich an, als würde jemand einen schützenden Regenschirm über mich halten. Zugleich entgleitet mir jedes Empfinden dafür, was real ist. Ich habe das Gefühl, immer tiefer in den Waldboden einzusinken, und klammere mich an Sams Stimme wie an ein rettendes Seil. Obwohl ich nicht weiß, woher diese Stimme auf einmal kommt. Ich will, dass er es ist, ich will es mit aller Kraft. Aber es kann nicht sein. Es ist unmöglich. Bis mir die Lösung einfällt: *»Ich träume …«*

»Es ist kein Traum«, antwortet Sams Stimme aus dem Hörer und füllt mit ihrem Klang den Wald. »Das schwöre ich dir.«

»Aber wie können wir miteinander reden?«

»Genauso wie immer. Übers Handy.«

»Aber, Sam … ich verstehe immer noch nicht –«

»Ich weiß«, sagt er. »Diesmal ist alles ein kleines bisschen anders. Ich kann dir bestimmt bald eine bessere Antwort geben. Aber lass es uns jetzt doch einfach genießen … Dieses Gespräch, meine ich. Dass wir wieder beieinander sein können. Dass ich deine Stimme höre. Lass uns über etwas anderes reden. Einfach über irgendwas. Wie vorher.«

Wie vorher. Ich schließe die Augen und versuche, mich dorthin zurückzuversetzen. Als es ihn noch gab. Bevor ich ihn verloren habe. Als die Welt für mich noch heil war. Aber als ich die Augen aufschlage, liege ich immer noch auf dem Waldboden. Und Sam ist nicht mehr als eine Stimme, die aus dem Handy kommt.

»Bist du noch da?«, fragt er. Seine Stimme ist so deutlich zu hören, dass ich beinahe den Kopf drehe, um zu sehen, ob er nicht doch vor mir steht.

Aber ich weiß, dass ich hier im Wald allein bin. »Wo bist du?«, frage ich.

»Irgendwo«, antwortet er ausweichend.

»Wo?«, frage ich noch einmal. Ich halte das Handy näher ans Ohr, horche auf irgendwelche Hintergrundgeräusche bei ihm. Der Regen übertönt alles.

»Ist schwer zu erklären. Ehrlich gesagt bin ich mir selbst nicht ganz sicher, wo ich gerade bin. Tut mir leid, dass ich dir nicht mehr sagen kann. Aber ist auch egal. Wichtig ist, dass ich jetzt hier bei dir bin. Und dass wir beide, du und ich, wieder beieinander sein können. Du ahnst ja gar nicht, wie sehr ich dich vermisst habe …«

Ich hab dich auch vermisst. Du fehlst mir unendlich, Sam. Aber ich spreche es nicht aus. Etwas in mir glaubt immer noch, dass ich träume. Vielleicht bin ich durch ein Kaninchenloch gefallen und befinde mich jetzt in einer Parallelwelt. Oder vielleicht bin ich mit dem Kopf härter aufgeschlagen, als ich dachte. Egal was, ich habe jedenfalls riesengroße Angst, dass unser Gespräch gleich zu Ende sein könnte. Dass ich ihn verliere und nie eine Antwort auf meine Frage bekomme.

Der Regen hört nicht auf. Aber er ist inzwischen zu einem sanften Rauschen geworden.

»Was ist das für ein Geräusch?«, fragt Sam. »Was höre ich da? Regnet es bei dir? Wo bist du, Julie?«

Ich blicke verwirrt um mich. Einen Moment lang vergesse ich, wo ich bin und wie ich hierhergekommen bin. »Draußen. Irgendwo im Wald.«

»Was treibst du denn da?«

»Hab ich vergessen …«

»Ist es weit von dir zu Hause?«

»Ähm, ja … ich, ich bin mir nicht sicher …« In diesem Moment ist für mich gar nichts mehr sicher.

»Hast du dich verlaufen? Bist du allein?«

Ich denke über seine Fragen nach. Darauf könnte ich viele Antworten geben. Ich schließe die Augen, um alles um mich herum vollkommen auszublenden, konzentriere mich ganz auf Sams Stimme, versuche, sie so lang wie möglich festzuhalten.

»Bleib nicht länger draußen im Regen, Julie ... Geh irgendwohin, wo es trocken und sicher ist. Okay?« Sam macht eine kleine Pause, dann fährt er fort: »Und sobald du woanders bist, ruf mich wieder an.«

Mein Herz setzt einen Augenblick aus und ich öffne die Augen.

»Warte!«, rufe ich. »Leg noch nicht auf!«

Ich will ihn nicht schon wieder verlieren. Das ertrage ich nicht.

»Keine Sorge, ich gehe nicht fort. Ich bleibe hier.« Er lacht.

»Such dir einen anderen Ort und ruf mich dann wieder an. Sobald ich es klingeln höre, geh ich dran. Versprochen!«

Er hat auch früher schon Dinge versprochen, die er nicht gehalten hat. Ich will etwas erwidern, aber ich bringe kein Wort heraus. Am liebsten würde ich für immer und ewig seine Stimme an meinem Ohr haben. Ich will jetzt nicht auflegen. Aber Sam wiederholt die beiden Sätze so oft, dass ich ihm schließlich glaube.

»Sobald ich es klingeln höre, geh ich dran. Versprochen!«

Ich kann nicht mehr länger hier draußen bleiben. Ich bin klitschnass und zittere vor Kälte. Ich muss aus dem Wald raus, bevor es total dunkel wird und ich nicht mehr zurückfinde.

Wie das Gespräch geendet hat, weiß ich nicht mehr. Auch nicht, was unmittelbar danach war. Ich habe in meinem Gedächtnis eine Lücke, als würde in einem Buch eine Seite fehlen. Alles, was ich weiß, ist, dass ich immer weiter und weiter durch den Wald gegangen bin, bis ich schließlich hinausgefunden habe. Entlang der Straße bin ich dann nach Ellensburg zurück.

Als ich die Stadt erreiche, ist es bereits Abend. Es hat wieder zu regnen angefangen und die Gehsteige glänzen nass. Ich halte mich so nahe wie möglich an den Geschäften, um wenigstens durch die Markisen etwas vor den Tropfen geschützt zu sein. Im Diner, wo ich mich vormittags mit Mika getroffen habe, sind bereits alle Lichter aus. Aber das Café ein Stück weiter hat noch geöffnet. Ich überquere die Straße und gehe rein. Selbst um diese Zeit sitzen dort noch Leute, die meisten an Zweiertischen. Marokkanische Lampen hängen von der Decke. Aufgeklappte Notebooks beleuchten konzentrierte Gesichter. Über die Stuhllehnen sind nasse Regenjacken geworfen. Ich gehe zu einem Tisch im hinteren Teil des Cafés, ohne an der Theke etwas zu bestellen. Den Stuhl drehe ich so, dass ich den anderen den Rücken zukehre und aus dem Fenster auf den Parkplatz blicke. An den Wänden des Cafés befinden sich keine Spiegel, deshalb erwischt mich mein blasses Spiegelbild im Fensterglas unvorbereitet.

Ich blase die Kerze auf dem Tisch aus und das Spiegelbild verschwindet. Mit der Hand fahre ich mir durch die nassen Haare. Meine Kleider sind so klitschnass, dass sich Pfützen auf dem Holzboden bilden. Zum Glück ist es in dieser Ecke des Cafés so dunkel, dass keiner etwas bemerkt. Hier bin ich unbeobachtet.

Ich atme ein paarmal tief durch, um mich zu beruhigen, und schiele zu den anderen Tischen in meiner Nähe. Die Frau am Nebentisch liest in einem E-Reader. Ich will nicht, dass sie von meinem Anruf etwas mitbekommt, deshalb warte ich noch etwas. Sie sitzt allein am Tisch, hat ein schwarzes T-Shirt an, vielleicht arbeitet sie ja im Café und macht nur ein paar Minuten Pause. Unendlich langsam trinkt sie ihren Tee, was mich immer unruhiger werden lässt. Endlich steht sie auf. Ich ziehe mein Handy heraus. Fast neun. Was, schon so spät? Es ist das erste Mal, dass ich auf die Uhr schaue, seit ich von zu Hause losgerannt bin.

Keine neuen Nachrichten oder verpasste Anrufe. Keinem ist aufgefallen, dass ich weg war und mich im Wald verlaufen hatte.

Ich lege das Handy auf den Tisch. Greife wieder danach. Lege es wieder hin. Der Duft von Kaffee und Chai steigt mir in die Nase. Seit ich wieder aus dem Wald zurück bin, kommt mir die Idee, Sam noch einmal anzurufen, immer lächerlicher vor, je mehr ich darüber nachdenke. Was auch immer da draußen geschehen ist, hat sich höchstwahrscheinlich nur in meinem Kopf abgespielt. Anders kann ich es mir nicht vorstellen. Drehe ich allmählich völlig durch?

Es muss wohl so sein, denn jetzt greife ich erneut nach dem Handy und wähle Sams Nummer.

Die Verbindung kommt tatsächlich zustande. Ich höre das erste Klingeln und halte den Atem an. Da geht er auch schon dran.

»*Hallo* … ich hab auf dich gewartet.«

Beim Klang seiner Stimme durchflutet mich ein Gefühl der Erleichterung. Hastig schlage ich die Hand vor den Mund, um nicht aufzuschreien. Ich weiß nicht, ob ich verwirrt oder erleichtert oder beides bin.

»*Sam* …«

»Ich war mir nicht sicher, ob du wirklich noch mal anrufen würdest«, sagt er.

»Entschuldigung, dass es so lang gedauert hat.«

»Wo bist du?«

Immer noch durcheinander drehe ich mich um und starre auf den Schriftzug im Glasfenster über der Eingangstür. Er leuchtet golden und blau.

»Im Sun and Moon.«

»Das Café, in dem ich früher mal gejobbt habe?«, fragt er. Wie hatte ich das nur vergessen können, ich muss echt total durcheinander sein. Aber es ist auch schon lange her, dass ich das letzte Mal hier war. Sam schweigt am anderen Ende. Ich spüre, wie er auf die Hintergrundgeräusche lauscht. Plötzlich höre ich das alles auch – die Stuhlbeine, die über den Boden schaben, das Klimpern eines Löffels auf einem Porzellanteller, das Gemurmel der Gespräche, die im Raum geführt werden. »Da habe ich dich das erste Mal angesprochen. Du hast dich an einen Tisch im hinteren Teil gesetzt. Weißt du noch?«

Blitzartig taucht in mir die Erinnerung auf. Die schwarze Schürze, der aufsteigende Dampf von warmem Honig-Lavendel-Latte, die Papierlilie neben der Kasse. Sam brachte mir meinen Latte, bevor ich ihn bestellt hatte, setzte sich zu mir, und wir haben stundenlang miteinander geredet. Fast drei Jahre ist das her. Ich glaube, ich sitze jetzt sogar am selben Tisch. Ganz hinten am Fenster. Es wäre mir fast nicht aufgefallen.

»Jedes Mal, wenn du da warst, hast du einen Honig-Lavendel-Latte bestellt. Ich erinnere mich noch genau. Inzwischen machst du das nicht mehr. Du trinkst jetzt schwarzen Kaffee.« Er lacht. »Jedenfalls versuchst du es.«

Es fühlt sich so an, als hätten wir erst gestern das erste Mal gemeinsam an diesem Tisch gesessen. Aber das lenkt jetzt von Wichtigerem ab. »*Sam* …«, sage ich, um ihn in die Gegenwart zurückzuholen.

»Erinnerst du dich, wie du mal einen Espresso haben wolltest, um deine Hausarbeit zu Ende zu schreiben? Ich wollte dir keinen geben und sagte, dafür sei es schon zu spät.« Er wirkt fast traumverloren. »Aber du wolltest unbedingt einen, deshalb hab ich ihn dir dann gemacht, und daraufhin hast du die ganze Nacht nicht schlafen können. Du warst so wütend auf mich …«

»Ich war nicht wütend auf dich. Ich war nur schlecht drauf.«

»Und erinnerst du dich noch an das Konzert, nach dem mir Mark Lanegan meine Gitarre signiert hat? Am Schluss saßen wir auch im Sun and Moon. Wir haben uns einen der Halbmondkekse geteilt, weißt du noch? Mit dem weißen Zuckerguss obendrauf. Von denen du immer gesagt hast, dass sie überhaupt nicht wie der Mond aussehen. Erinnerst du dich noch?«

Natürlich erinnere ich mich. Die Erinnerung ist in mir noch ganz frisch. Ich verspüre genau wie damals Schmetterlinge im Bauch. Wir waren beide nass vom Regen. So wie ich jetzt. Das war der Tag, an dem ich das letzte Mal Sams Jeansjacke getragen habe, die ich heute Morgen aussortiert habe. Mein Herz klopft. Warum erwähnt er das alles? All die Erinnerungen. Ich ertrage es nicht, davon noch mehr zu hören. »Warum machst du das?«, frage ich.

»Was meinst du?«

»Mich an das alles zu erinnern ...«

»Was stört dich daran?«

»*Sam* –«, fange ich an.

Etwas unterbricht mich. Eine Schulter in einer schwarzen Jacke schiebt sich in mein Blickfeld. Jemand rückt einen Stuhl zurück und setzt sich an den Tisch hinter mir. Im selben Moment geht die Eingangstür auf und ein Pärchen kommt herein, klappt einen Regenschirm zusammen. Hier sind mir allmählich zu viele Leute. Ich drehe mich wieder zum Fenster und rede leiser als vorher. »Mir wäre lieber, du würdest mir sagen, was los ist«, sage ich. »Woher soll ich wissen, ob das alles real ist?«

»Weil es echt ist. Ich bin real, Julie. Das musst du mir einfach glauben.«

»Wie stellst du dir das vor? Ich habe das Gefühl, verrückt zu werden.«

»Du bist nicht verrückt, okay?«

»Wie kann es dann sein, dass ich mit dir rede?«

»Du hast mich angerufen, Julie. Und ich bin drangegangen. Wie immer.«

Das hat er schon mal gesagt. Aber es reicht mir nicht.

»Ich habe nicht damit gerechnet, dass du drangehst. Ich war nicht darauf gefasst. Ich hätte das nie erwartet.«

»Bist du enttäuscht?«

Seine Frage überrascht mich. Ich weiß nicht, was ich darauf antworten soll. »So hab ich das nicht gemeint. Ich wollte damit nur sagen … also, ich wollte sagen …« Mir fällt keine passende Antwort ein. Ich bin viel zu durcheinander und durch tausend andere Dinge abgelenkt. Jemand lässt einen Kaffeelöffel auf den Boden fallen und das Echo hallt durch den Raum. Von den anderen Tischen ertönt Gelächter. Hier drinnen wird es mir zu laut. Noch mehr Menschen kommen durch die Tür herein, und ich habe das Gefühl, als würde der Raum um mich herum immer enger werden und mich gleich erdrücken.

»Julie …« Sams Stimme holt mich wieder zurück. Sie ist das Einzige, was mich noch erdet. »Ich weiß, wie schwer das alles zu verstehen ist. Warum wir beide hier miteinander reden. Es tut mir leid, dass ich dir nicht auf alles eine Antwort geben kann. Ich wünschte, ich könnte es. Ich wünschte, ich könnte dir irgendwie beweisen, dass das zwischen uns real ist. Du musst mir einfach glauben, bitte!«

»Ich weiß nicht, was ich noch glauben soll.«

Noch mehr Stimmen füllen den Raum. Schritte nähern sich. Aus dem Augenwinkel nehme ich Jeans und blonde Haare wahr. Das Paar, das soeben hereingekommen ist, hat sich Drinks geholt. Sie nehmen am Tisch schräg neben mir Platz. Ich versuche, zu ihnen hinüberzuschielen, ohne dass sie es merken. Als ich die beiden Stimmen erkenne, zucke ich zusammen.

Taylor hat sich bereits hingesetzt. Liam stellt die Drinks auf dem Tisch ab. Beide sind aus Sams alter Clique und jetzt fast ein Jahr zusammen. In der Nacht, als Sam den Unfall hatte, waren sie auch auf der Party am Fluss mit dem großen Lagerfeuer. Ich drehe mich zum Fenster, mache mich noch kleiner und lasse die nassen Haare vors Gesicht fallen. Von allen Leuten an unserer Schule muss ich ausgerechnet den beiden über den Weg laufen … Bestimmt ist ihnen aufgefallen, dass ich nicht auf der Beerdigung war. Ich wette, sie haben sich darüber das Maul zerrissen.

Sie sind alle miteinander aufgewachsen. Von Kindheit an waren sie eine eingeschworene Clique, die dauernd was zusammen unternommen hat. Bis dann ich gekommen bin. Als Sam und ich angefangen haben, uns zu treffen, zerfiel die Gruppe mehr und mehr. Taylor hatte vermutlich ihre eigenen Gründe, warum sie mich nicht mochte. Als ich Sam fragte, warum der Rest der Clique mich nicht mochte, antwortete er, dass sie hier in Ellensburg die aus der Großstadt nicht besonders mögen. Wahrscheinlich wegen der »politischen Differenzen«. Taylors Vater fuhr nämlich einen großen Stinkediesel, während meine Eltern sich ein umweltfreundliches kleines Auto zugelegt hatten. Die anderen Schüler machten immer ihre Witze, wenn mich mein Vater vor der Schule absetzte. Dad hasste Ellensburg. Er wollte so schnell wie möglich wieder fort.

Vielleicht haben sie mich ja nicht bemerkt. Ich bin zu panisch, um es mit einem Blick zu ihrem Tisch zu überprüfen. Ich überlege gerade, ob ich warten soll, bis sie gehen, oder ob ich mich unauffällig verdrücken soll, als ich mitbekomme, wie neben mir ein Blitzlicht aufleuchtet. Ich blicke hoch. Taylor zieht schnell das Handy weg, das sie auf mich gerichtet hatte. Sie scheint nicht damit gerechnet zu haben, dass die Kamera den Blitz auslösen würde. Liam trinkt einen Schluck und tut so, als ob nichts wäre. Taylor entschuldigt sich nicht. Beide sagen kein Wort. Ich zittere am ganzen Körper.

Das packe ich jetzt nicht. Ich ertrage jetzt keine Diskussion mit ihnen. Es ist mir alles zu viel.

»Ist was, Julie?«

Sams Stimme ertönt an meinem Ohr und erinnert mich daran, dass er immer noch da ist.

Draußen fährt ein Auto vorbei. Die Scheinwerfer beleuchten das Fenster des Cafés und tauchen mich in ihr grelles Licht. Ich muss schnell hier raus. Abrupt stehe ich auf und werfe dabei fast meinen Stuhl um. Taylor und Liam schweigen, aber ich spüre, wie sie mir nachstarren, während ich zwischen Tischen, Jacken und Schultern hindurch zur Eingangstür stürme und nach draußen renne.

Endlich hat es zu regnen aufgehört. Von allen Seiten kommen Menschen auf mich zu. Ich ducke mich unter einem Regenschirm hindurch und haste den Gehsteig entlang, das Handy an die Brust gepresst. Sobald ich um die nächste Ecke bin, renne ich wieder los. Ich renne, bis das Café, die Menschen, die Lichter und die Geräusche hinter mir verschwunden sind und kein einziges Auto in Sicht ist.

Außer Atem lehne ich mich an den Pfosten einer unruhig flackernden Straßenlampe. *Sam*. Ob er wohl noch dran ist? Ich halte mir das Handy ans Ohr.

»Julie – stimmt was nicht? Wovor bist du weggerannt? Wo bist du jetzt?«

In meinem Kopf hämmert es. Ich weiß nicht, was ich ihm antworten soll, deshalb stoße ich nur atemlos hervor: »Keine Ahnung, was mit mir gerade los ist …« Das passiert mir sonst nie. Selbst als ich von Sams Tod erfahren habe, hatte ich keinen Zusammenbruch.

»Julie … weinst du?«

Erst als Sam mich fragt, wird mir klar, dass ich weine. Ich kann gar nicht mehr damit aufhören. Was ist nur mit mir los? Was mache ich um diese Zeit hier auf der Straße? Das ergibt alles keinen Sinn.

Sams Stimme klingt weich. »Tut mir leid. Ich dachte, wenn ich drangehe, würde alles besser werden. Es ist meine Schuld. Ich wünschte, ich könnte alles wiedergutmachen.«

Ich hole tief Luft. Dann sage ich: »Bitte erklär mir, was da gerade abläuft, Sam. Erklär mir, warum du drangegangen bist.«

Ein langes Schweigen, bevor er antwortet. »Ich wollte, dass wir die Chance haben, uns voneinander zu verabschieden«, sagt er schließlich.

Ich sacke zusammen, muss mich an den Pfosten der Straßenlampe lehnen. Noch mehr Tränen steigen in mir hoch. »Aber ich will mich nicht von dir verabschieden«, schluchze ich.

»Dann musst du das jetzt auch nicht. Das musst du nicht, okay? Nicht jetzt.«

Ich wische mir die Tränen aus den Augen, atme etwas ruhiger.

»Hör zu«, sagt Sam nach einer Weile. »Ich habe eine Idee. Ich zeig dir was. Danach geht's dir bestimmt besser.« Bevor ich fragen kann, was er meint, fügt er hinzu: »Vertrau mir.«

Vertrau mir. Ich glaube, Sam ist nicht klar, welchen Vertrauensvorschuss ich ihm bereits gebe, indem ich am Handy bleibe. Ich weiß nicht, was ich darauf antworten soll, deshalb antworte ich gar nichts. Schweigend stehe ich an den Pfosten gelehnt da, im trüben Licht der Straßenlampe, lausche Sams Stimme und sage mir, dass alles in Ordnung ist, so wie es ist. Auch wenn ich nicht mehr weiß, was real ist und was nicht.

❀

Ich muss zurücknehmen, was ich vorhin über den See geschrieben habe. Denn der allerletzte Ort, von dem ich gedacht hätte, dass ich dort heute landen würde, ist *hier*.

In der Einfahrt vor Sams Haus parken keine Autos. Aus den Fenstern dringt kein Licht nach draußen. Seine Eltern und sein Bruder müssen zu Verwandten gefahren sein. Mir ist schleierhaft, was ich hier soll. Sam hat mich gebeten, hierherzukommen, weil er mir etwas schenken will. »Vertraue mir«, hat er immer wieder gesagt. Unten am Briefkasten klebt ein Ersatzschlüssel, wie von ihm beschrieben. Ich öffne die Haustür und hoffe, dass drinnen niemand ist.

Es ist zu finster, um irgendetwas zu erkennen. In der Luft hängt ein schwerer Blumen- und Weihrauchduft. Als ich nach dem Lichtschalter taste, stolpere ich beinahe über die Schuhe seines kleinen Bruders. Eine einzelne Neonröhre geht flackernd an und ich blicke mich um. Im Wohnzimmer stehen jede Menge Vasen, in denen Blumen vor sich hin welken. Über dem Kamin hängt ein Kranz weißer Chrysanthemen.

Sams Stimme erklingt aus dem Handy. »Ist jemand zu Hause?«, fragt er.

»Glaub nicht. Alles still.«

»Seltsam. Wo sind sie?«

»Aber es sind jede Menge Blumen für dich da«, sage ich. »Das ganze Wohnzimmer ist voll davon.«

»Blumen?«, wiederholt Sam überrascht. »Interessant … Von dir auch?«

»Von mir?«

Obwohl ich es besser weiß, blicke ich mich noch einmal um. Von mir sind hier keine Blumen. Und auch keine Karte. Mein schlechtes Gewissen meldet sich. »Hier sehe ich sie jedenfalls nicht«, sage ich.

»Bestimmt hat Mom einen besonderen Platz dafür gefunden.«

»Vielleicht …«

Ich halte es in dem Raum nicht mehr aus. Deshalb ziehe ich die Schuhe aus und gehe nach oben. Merkwürdig, allein hier zu sein. Auf Zehenspitzen schleiche ich am Zimmer von Sams Bruder James vorbei, obwohl er nicht da ist. Aus Gewohnheit, weil ich es immer so gemacht habe. Sams Zimmer ist am Ende des Gangs. Die Tür ist voll mit Aufklebern von seinen Lieblingsbands und von der NASA. Der Türknauf fühlt sich kalt an. Ich atme einmal tief durch, dann öffne ich die Tür.

Schon bevor ich das Licht einschalte, merke ich, dass im Zimmer etwas anders ist. Der Vorhang ist zurückgezogen und durch die Straßenlampe ist es hell genug. Auf dem Fußboden stehen Kartons herum. Ein paar Regalbretter sind abgeräumt. Anscheinend haben Sams Eltern bereits damit begonnen, seine Sachen wegzupacken. Aber Sams Geruch hängt noch in der Luft. Ich atme tief ein. *Nie hätte ich gedacht, dass ich noch einmal hier stehen würde.*

»Bist du noch dran?« Sams Stimme meldet sich wieder. »Tut mir leid, wenn es so unaufgeräumt ist.« Das hat er immer gesagt, bevor wir zu ihm ins Zimmer gegangen sind.

»Wonach soll ich denn suchen?«

»Müsste auf meinem Schreibtisch stehen«, sagt Sam. »Ich hab's extra für dich eingepackt.«

Ich mustere alles auf dem Schreibtisch. Sehe hinter dem Computer nach, zwischen den Papieren und Heften, in den Schubladen. Nichts zu finden.

»Bist du sicher? Guck noch mal in der mittleren Schublade.«

»Da ist nichts, Sam«, sage ich. »Vielleicht in einem der Kartons.«

»Welche Kartons?«

Ich zögere, ob ich es ihm überhaupt sagen soll. »Im Zimmer stehen Kartons herum. Ich glaube, deine Eltern räumen deine Sachen weg.«

»Warum das denn?«

Ich gebe ihm eine Sekunde, damit er von selbst drauf kommt.

»Ach so, ja ... Hab ich grade ganz vergessen.«

»Ich kann mal ein bisschen drin rumkramen, wenn du magst«, sage ich.

Sam ist mit seinen Gedanken woanders. »Aber warum machen sie das jetzt schon ...?«, sagt er mehr zu sich selbst als zu mir. »So lang bin ich doch noch nicht fort.«

»Ich weiß ja nicht, wie es für deine Eltern ist ... aber manchmal kann es echt wehtun, deine Sachen zu sehen«, versuche ich ihm zu erklären.

»Muss wohl so sein.«

Ich knipse die Schreibtischlampe an. Die Kartons sind halb voll mit Sams Kleidung, seinen Büchern, seiner CD- und Schallplattensammlung und aufgerollten Postern – mir kommt es so vor, als hätte ich hier alles, was ich heute Morgen von Sam aussortiert und weggeschmissen habe, noch einmal vor mir. Sams Radiohead-T-Shirt. Seine Mariners-Kappe, die er gekauft hat, als wir in Seattle waren, obwohl er kein Baseballfan war. Alles riecht noch nach ihm. Eine Sekunde lang vergesse ich, dass ich ja nach etwas suchen soll.

»Hast du das Geschenk gefunden?«, fragt Sam.

Ich öffne einen weiteren Karton. In ihm steckt lauter Aufnahme-Equipment. Ich weiß, dass Sam das letzte halbe Jahr auf ein ordentliches Mikrofon gespart hat. Er wollte unbedingt seine eigene Musik aufnehmen. Wir hatten vereinbart, dass ich ihm beim Texten seiner Songs helfen würde. Sams großer Traum war es, Musiker zu werden. Er wollte, dass seine Songs eines Tages im Radio gespielt werden. Er wollte seinen Traum wahr werden lassen. Jetzt wird er dazu nie die Chance haben.

Schließlich finde ich das Geschenk. Es ist in Seidenpapier eingewickelt, drum herum ein paar Seiten aus einem Musikmagazin. Beim Herausheben aus dem Karton stelle ich fest, dass es schwerer ist als erwartet.

»Was ist es denn?«

»Mach's auf, Jules!«

Ich reiße das Geschenk auf, lasse das Papier auf den Boden fallen. Es dauert einen Moment, bis ich begreife, was ich da in der Hand halte.

»Wie hast du denn …« Ich drehe die Buchstütze in der Hand und versuche zu begreifen. Ein Engelsflügel. Aber ich habe mein Exemplar doch heute Morgen ausgemistet und an die Straße gestellt. Das kann nicht sein, oder? »Sam … wo hast du das denn her?«

»Aus dem Trödelladen. Das fehlende Gegenstück.«

Ich mustere die Buchstütze genauer. Stimmt, da sind kleine Unterschiede. Es ist der verloren geglaubte zweite Flügel. »Aber ich hab gedacht, jemand hat ihn uns weggeschnappt?«

»Das war ich.«

»Was?«

»Überraschung!«, ruft Sam. »Ich bin noch mal zurück und hab auch den zweiten gekauft. Ich hab dir nur erzählt, jemand hätte ihn uns weggeschnappt. Damit du dich noch mehr freust, wenn du dann beide hast. Die beiden Engelsflügel. Ziemlich romantisch, oder?«

Nur dass ich den anderen Engelsflügel nicht mehr habe. Heute früh hab ich ihn weggeschmissen. Jetzt werden die beiden Flügel nie vereint sein. Es ist mir unerträglich, dass ich dieses wunderschöne Geschenk ruiniert habe. Ich habe alles ruiniert.

»Hey, was ist los? Ich hab etwas mehr Freude erwartet«, sagt Sam, als ich schweige. »Habe ich irgendwas falsch gemacht?«

»Nein, überhaupt nicht. Es ist nur …« Ich schlucke. »Ich habe das andere Stück nicht mehr, Sam.«

»Wie das denn?«

Ich umklammere den Flügel. »Ich … ich hab es heute früh weggeschmissen.«

»*Wie bitte?*«

»Ich habe alle deine Sachen weggeschmissen«, sage ich. »Alles, was mich an dich erinnert hat. Ich habe es nicht mehr ausgehalten. Ich wollte dich vergessen. Es tut mir unendlich leid, Sam.«

Schweigen füllt das Zimmer. Ich weiß, wie sehr ich ihn verletzt habe, deshalb füge ich hastig hinzu: »Ich wollte deine Sachen später noch retten. Aber es war zu spät. Alles war bereits weg. Ich weiß, dass ich ein schrecklicher Mensch bin. Es tut mir so unendlich leid –«

»Du bist nicht schrecklich«, sagt Sam. »Sag das nicht. Ich bin nicht sauer auf dich. Hörst du?«

Ich fange wieder zu weinen an. »Aber ich habe deine Überraschung ruiniert …«

»Überhaupt nichts hast du ruiniert. Jetzt hast du deinen Flügel wieder zurück. Es ist wieder wie vorher.«

Wie vorher. Was meint er damit? Es wird nie mehr so sein wie vorher. Es gibt kein Zurück. »Aber der Rest deiner Sachen ist trotzdem weg. Die krieg ich nie mehr wieder …«

Sam denkt kurz nach. »Wir wär's, wenn du dir dafür etwas anderes von mir nimmst? Hier aus meinem Zimmer. Alles, was du willst.«

Die Idee hatte ich auch schon, habe mich aber nicht zu fragen getraut. »Echt? Darf ich?«

»Na klar«, sagt er. »Nimm dir, was du willst. Du machst mir eine Freude damit.«

Mit dem Handy am Ohr mustere ich noch einmal den Inhalt der Kartons. Es fühlt sich merkwürdig an, alles, was ich heute Morgen getan habe, in umgekehrter Richtung zu wiederholen. Ich suche mir das Radiohead-T-Shirt und ein paar andere kleine Dinge aus – ein Plektrum, Einlassbänder von Konzerten, den Hut, den er auf seiner letzten Japanreise gekauft hat. Dann gehe ich zum Schrank und schiebe ihn auf. Ein paar Kleidungsstücke hängen dort noch, auch sein kariertes Oversize-Flanellhemd. Sam hatte es fast jeden Tag an, egal zu welcher Jahreszeit. Vermutlich haben es seine Eltern nicht übers Herz gebracht, sich davon zu trennen.

Ich nehme es vom Bügel und ziehe es an. Den Bruchteil einer Sekunde spüre ich Sams Hände auf meinen Schultern, aber das ist natürlich nur Einbildung. Ich wische mir mit dem Ärmel die Tränen aus den Augen. Nach einer Weile gehe ich hinüber zu seinem Bett und lasse mich drauffallen. Das Handy an meiner Wange fühlt sich warm an.

Es war ein langer Tag und eine noch längere Woche. Erst auf seinem Bett, das sich so vertraut anfühlt wie mein eigenes, spüre ich, wie erschöpft ich bin. Sam sagt mir, dass ich so lange in seinem Zimmer bleiben kann, wie ich will. Ich muss auch nicht viel reden. Ich liege einfach nur da, halte das Handy ans Ohr, lausche und spüre, dass er bei mir ist. Nach einer Weile, völlig unvermittelt, sagt er plötzlich: »Es tut mir leid.«

»Was denn?«

»Das hier.«

Zuerst grüble ich noch nach, wofür er sich entschuldigen will. Aber dann verstehe ich, was er meint. Zumindest glaube ich es.

»Mir auch«, flüstere ich.

Sam bleibt am Handy bei mir, und wir reden miteinander, bis ich einschlafe. Genauso wie wir es tausendmal vorher gemacht haben.

DRITTES KAPITEL

VORHER

Es ist zu dunkel, um irgendwas zu sehen. Ich spüre eine Bewegung, und eine Hand knipst die Campingleuchte an, die zwischen uns in Sams Zimmer auf dem Teppichboden steht. Von der Deckenlampe hängen Bettlaken, die uns wie ein Zelt umgeben. Außerdem haben wir um uns Kissenwälle errichtet. Wir verstecken uns in dem Fort, das wir mit Sams kleinem Bruder James gebaut haben. Sam beugt sich zu mir und streicht mir die Haarsträhnen aus dem Gesicht, um mich besser betrachten zu können. »Wir können auch was anderes machen, wenn dir langweilig ist«, flüstert er.

James steckt den Kopf durch die Öffnung zwischen den Laken und leuchtet mit einer Taschenlampe herein. »Das hab ich gehört!« Er kriecht zu uns.

»Wir sind schon zwei Stunden hier drin«, stöhnt Sam.

»Ihr habt mir versprochen, dass ihr heute Abend mit mir spielt«, sagt James, der vor Kurzem acht geworden ist. »Ich hab gedacht, das macht euch Spaß.«

»Macht es uns auch«, versichere ich und stupse Sam mit dem Ellenbogen an. »Entspann dich mal, Sam.«

»Genau, Sam. Entspann dich mal«, wiederholt James.

»Okay. Noch eine Stunde.«

Ich blicke nervös zur Deckenlampe hoch, die das Gewicht der Bettlaken aushalten muss, und mustere unser Fort. Es sieht aus, als könnte es jeden Moment in sich zusammenstürzen. »Bist du sicher, dass das hält?«

»Keine Angst.« Sam lacht. »Wir haben das schon hundertmal gespielt. Unser Fort ist bombensicher. Stimmt's, James?«

»Im Wilden Westen kann sich keiner seines Lebens sicher sein«, verkündet James.

»Ja, da hast du recht«, sagt Sam. Er will kein Spielverderber sein. »Wir sollten uns lieber Sorgen machen, was da draußen vor sich geht.« Er wendet sich zu mir. »Besser, wir schmiegen uns eng aneinander, so sind wir sicherer.« Er küsst mich auf die Wange.

»Igitt!«, ruft James. »Nicht in unserem Fort!«

»Es war nur ein Kuss auf die Wange!«

Ich muss lachen, dann verstumme ich. »Hört ihr das?« Ich halte inne, um zu lauschen. »Regen.«

»Saurer Regen«, verbessert mich James.

Mit einem Seufzer blicke ich zu Sam. »Da werde ich auf dem Heimweg mal wieder patschnass.«

»Du kannst auch hierbleiben«, sagt er grinsend.

»*Sam*.«

James richtet die Taschenlampe auf unsere Gesichter. »Mom hat gesagt, dass ich ihr sagen soll, wenn Julie länger als bis Mitternacht bleibt.«

»Und das würdest du tun?« Sam wirkt getroffen. »Du würdest mich verraten? Mein eigener kleiner Bruder?«

»Sie hat gesagt, dass sie mir dann zehn Dollar gibt.«

»Dann reden wir jetzt also über Bestechungsgelder, oder was?«, antwortet Sam. »Was, wenn ich dir fünfzehn gebe?«

»Mom hat gesagt, sie weiß, dass du mir mehr anbieten wirst. Sie hat gesagt, sie überbietet alles, und außerdem will sie mit mir dann noch zum Spiel der Rockets gehen.«

Sam und ich schauen uns an. »Sie hat's drauf«, meint er achselzuckend.

»Ich will jetzt weiterspielen«, sagt James und späht durch die Öffnung des Forts, ob sich draußen irgendwelche Eindringlinge heranschleichen. »Wir müssen herausfinden, was die Aliens mit unseren entführten Brüdern angestellt haben.«

»Ich dachte, wir verstecken uns hier vor der Zombie-Apokalypse«, antwortet Sam.

»Ja, aber die wurde von den Aliens ausgelöst. Oh Mann!« James verdreht die Augen. Er verändert die Pose und hält die Taschenlampe wie ein Laserschwert. »Wir müssen uns beeilen und die Zutaten für das Gegengift besorgen. Wir dürfen nicht noch mehr Männer verlieren.« Hinter uns liegt, in einen Kissenbezug eingewickelt, der Leichnam von Mister Bär. Wir mussten schweren Herzens beschließen, ihn zu opfern, bevor das Zombie-Virus uns ebenfalls befallen würde.

»Meinst du dieses Gegengift?« Sam hält ein Glasfläschchen hoch, das verdächtig nach seinem Aftershave aussieht.

James senkt langsam sein Laserschwert. Seine Stimme nimmt einen rauen, dunklen Klang an. »Es war die ganze Zeit in deinem Besitz? Und du hast es uns nicht wissen lassen, obwohl einer unserer Männer infiziert war?«

»Hat die ganze Zeit in meiner Tasche gesteckt.«

»Verräter!«

»Noch schlimmer«, verkündet Sam. »Ich bin das Alien.«

James durchbohrt ihn mit Blicken. »Ich wusste es.«

Von mir kommt ein Aufschrei, als James sich auf Sam wirft und das Fort mit sich reißt. Die Bettlaken senken sich auf mich herab, sie bedecken mein Gesicht und heben sich wieder in die Höhe, bevor sie sich verwandeln und als unzählige Schneeflocken niederschweben, während die Szenerie um mich herum wechselt.

Ich sitze in Sams Auto, habe die Tür geöffnet. Wir haben in der Nähe des Reed College geparkt. Es ist Spätherbst. Auf dem

Boden liegen Blätter und eine dünne Schicht Schnee. Sam steigt aus und geht ums Auto herum. Er schaut mich an und hält mir seine Hand hin.

»Komm schon, Julie«, sagt er. »Lass uns einen Blick reinwerfen. Deshalb sind wir doch hier.«

»Ich sag dir doch, ist nicht notwendig. Es fängt schon zu schneien an. Wir sollten zurückfahren.«

»Schnee kann man das noch kaum nennen.«

»Lass uns fahren.« Ich drehe mich von ihm weg und starre durch die Windschutzscheibe. Ich will nur noch fort.

»Ich hab gedacht, du willst dir mal den Campus ansehen? Hey, wozu sind wir die vier Stunden gefahren?«

»Ich wollte einen Eindruck von dem Ort bekommen. Den hab ich jetzt.«

»Vom Beifahrersitz meines Autos aus?« Er legt eine Hand aufs Autodach und schaut auf mich herunter. »Ich versteh dich nicht. Du hast dich so auf den Ausflug gefreut. Und jetzt willst du gleich wieder weg?«

»Es ist nichts weiter. Ich will nur noch kurz in die Innenstadt, bevor alles zumacht. Lass uns fahren.«

»*Julie* …«, sagt Sam. Er sieht mich mit seinem Sam-Blick an, der mir signalisiert, dass er mich in- und auswendig kennt. »Sag mir, was dich umtreibt.«

Ich verschränke die Arme und gebe einen tiefen Seufzer von mir. »Ach, ich weiß nicht. Was, wenn es mir hier überhaupt nicht gefällt? Es sieht überhaupt nicht aus wie auf den Fotos. Meine Begeisterung hält sich sehr in Grenzen.«

»Aber du hast doch kaum was gesehen.«

»Was, wenn es noch viel schlimmer ist?« Ich deute auf das Backsteingebäude, das wie eine Scheune neben einem abgeernteten Feld aussieht. »Sieh's dir doch an. Da kann ich gleich in Ellensburg bleiben.«

»Ich glaube, jetzt bist du ungerecht, Jules. Du hast doch immer gesagt, dass es deine Traumuni ist.« Sam blickt sich um. Ein paar Studentinnen kommen vorbei. »Willst du nicht wenigstens ein paar Leute fragen? Wie hier alles so ist, wie es sich anfühlt, hier zu leben, und lauter solche Sachen?«

»Nicht wirklich«, sage ich. »Was ist, wenn hier nur arrogante Rich Kids studieren, die mich sofort fragen, womit denn meine Eltern ihr Geld verdienen?«

»Um das rauszufinden, sind wir ja hier.«

Ich hole tief Luft, dann rücke ich damit raus: »Ich weiß nicht, Sam … Hier liegt überall so etwas in der Luft, wie sagt man dazu?« Ich denke kurz nach. »Ja, genau. So etwas Arrogantes.«

»Ich habe immer gedacht, das mit der Arroganz sei dein Ding.«

Empört schaue ich ihn an.

»War nur ein Scherz.« Er grinst. »Jetzt magst du Portland also auf einmal überhaupt nicht mehr?«

»Total überbewertet. Wenn du mich fragst.«

Sam seufzt und geht dann zu mir runter in die Hocke. Seine Stimme klingt auf einmal weich. »Du hast Angst, deine Mom zu verlassen, oder?«, fragt er.

»Ich will sie nicht allein lassen«, sage ich. »Dad ist schon abgehauen. Vielleicht sollte ich einfach ein, zwei Jahre in der Buchhandlung arbeiten. Mr Lee hat gesagt, dass er mich gern fest anstellen würde.«

»Würde deine Mutter das denn wollen?«, fragt Sam.

Ich antworte darauf nicht.

»Würdest du das denn wollen?«

Keine Antwort.

»Deine Mutter verkraftet das, Jules«, sagt er. »Ich kenne keinen Menschen, der freier und unabhängiger ist. Sie gibt einen Kurs, der *Subjektive Zeitwahrnehmung* heißt. Sie macht so etwas wie Pilates für den Geist.«

»Ich weiß«, sage ich.

Sam nimmt meine Hand. Unsere Finger verschränken sich

ineinander. »Portland wird großartig«, verspricht er. »Wir finden eine coole kleine Wohnung … renovieren sie … treiben ein paar Coffeeshops auf, in denen ich auftreten und meine Stücke spielen kann … und du kriegst ein Zimmer, in dem du schreiben kannst … du wirst schon sehen.«

»Vielleicht.«

»Lass uns mal den Campus besichtigen«, sagt er.

»Das muss wirklich nicht sein«, antworte ich. »Was ich von hier aus sehen kann, reicht. Wirklich.«

»Okay.« Sam seufzt. »Dann fahre ich jetzt mit dem Auto in den Innenhof.« Er richtet sich entschlossen auf.

»Was? *Sam …*«

Es ist ihm zuzutrauen. Ich packe ihn am Ärmel, bevor er zurück zur Fahrerseite gehen kann. »Okay. Ich sehe mir den Campus mit dir an.«

Sam grinst, als er nach meinen beiden Händen greift und mich aus dem Auto herauszieht. Um uns herum tanzen die Schneeflocken immer dichter. Ich folge Sam, und auf einmal bin ich von Nebel und Rauch umgeben, Stroboskoplichter blitzen um mich herum auf, Musik ertönt und wird immer lauter. Die Szene hat sich wieder verwandelt.

Der Nebel verzieht sich. Sam zieht mich hinter sich her in den Hobbykeller eines Hauses, in dem eine Party gefeiert wird. Sturmfreie Bude, die Eltern sind verreist. Es ist meine erste Highschoolparty und ich kenne niemanden hier. Auf einem Tischtennistisch sind jede Menge rote und blaue Plastikbecher aufgestellt. Es wird nicht wirklich getanzt, die Paare wiegen sich nur gemeinsam zur Musik. Ein paar Jungs tragen Sonnenbrillen. Sieht aus, als wäre ich ziemlich spät gekommen.

»Willst du was trinken?«, schreit Sam mir ins Ohr.

»Na klar, was gibt's denn?«

Sam wirft einen Blick rüber zur Bar. »Es ist noch Bier da. Willst du?«

»Super«, lüge ich. Ich habe nicht vor, Alkohol zu trinken. Ich brauche nur etwas, woran ich mich festhalten kann. Ich erinnere mich an einen Trick, den Mom mir aus ihrer Highschoolzeit verraten hat. »Einfach wegschütten und den Becher mit Cranberry-Saft nachfüllen«, höre ich im Kopf ihre Stimme.

Sam führt mich durch die Menge zu einer roten Couch, auf der es sich ein Mädchen mit weißem Sweatshirt im Schneidersitz bequem gemacht hat.

»Das ist meine Cousine Mika«, stellt Sam sie mir vor. »Das ist Julie. Sie ist erst vor Kurzem nach Ellensburg gezogen.«

Mika steht auf und schüttelt mir die Hand. »Schön, dich kennenzulernen«, sagt sie. »Woher kommst du noch mal?«

»Seattle.«

»Ach ja, stimmt.«

»Woher weißt du das?«, frage ich leicht verwirrt.

Sam blickt zwischen uns beiden hin und her. »Und wie gefällt es dir bei uns in Ellensburg?«, fragt er. Es ist ihm anzumerken, dass er schon ein paar Bier getrunken hat.

»Kann ich noch nicht sagen«, antworte ich. »Viel los zu sein scheint mir hier nicht gerade.«

Sam nickt. »Na ja, wahrscheinlich bist du an Sachen wie Lasershows, Hologramme, 3-D-Simulationen und so gewöhnt.«

»Sie hat gesagt, dass sie aus Seattle kommt, nicht aus der Zukunft, Sam«, weist Mika ihn zurecht.

»Also, ein paar von den Sachen gibt es bei uns«, sage ich.

Sam blickt zu Mika. »Siehst du.«

Jemand rempelt mich an, sodass ich fast mein Bier verschütte. Ich mache einen Schritt zur Seite.

»Das ist eine Party des Abschlussjahrgangs«, sagt Sam, um mich zu beeindrucken. »Ich musste Spence fragen, ob du auch kommen darfst. Das ist der, der hier wohnt. Es ist die Party von seinem älteren Bruder.«

»Cool«, sage ich, weil mir darauf nichts anderes einfällt.

Eine Minute verstreicht, ohne dass jemand etwas sagt. Sam versucht, Small Talk zu machen.

»Und was treibst du so? Außer Schule?«

»Ähm, ich schreibe gern.«

»Bücher und so was?«

»Ja. Also, ich habe bisher noch keins geschrieben. Aber eines Tages werde ich das tun.«

»Was ist denn dein Lieblingsbuch?«, fragt er.

»*Der begrabene Riese*.«

»Das ist auch mein Lieblingsbuch«, antwortet er.

»Er lügt«, sagt Mika. »Er hat es gar nicht gelesen.«

Sam durchbohrt sie mit Blicken.

Mika murmelt: »Ich lass euch zwei mal allein«, und schiebt sich durch die Tanzenden davon.

»Okay, also vielleicht habe ich es ja nicht gelesen«, gibt Sam zu. »Aber ich kenne den Autor. Er ist Japaner, richtig?«

»Ja. Kazuo Ishiguro.«

»Genau.« Sam nickt. »Meine Mutter hat bei uns im Wohnzimmer alle seine Bücher stehen.« Statt der lauten Musik sind jetzt leisere Töne zu hören. Der Blues einer elektrischen Gitarre, dazu eine an John Lennon erinnernde Stimme. »Das ist Mark Lanegan. Kennst du ihn?«

»Na klar«, lüge ich.

»Er stammt hier aus Ellensburg. Mein Vater ist ihm einmal an der Tankstelle begegnet.«

»Oh, cool«, lüge ich wieder.

»Du siehst, hier können auch aufregende Dinge passieren. Ellensburg ist ein toller Ort, es wird dir hier gefallen. Ich war schon mal in Seattle und ich finde es da total nervig. Was für ein Glück für dich, dass du hierhergezogen bist.«

»Ich liebe Seattle«, sage ich.

»Oh … ach so … na ja, ich hab darüber auch schon viel Gutes gehört.« Er versucht zu lächeln.

»Ich mag den Song«, sage ich.

»Das ist ›Strange Religion‹«, sagt Sam und wippt mit. »Einer meiner Lieblingssongs.«

Wir hören beide zu, wippen mit, werfen uns von Zeit zu Zeit einen unbeholfenen Blick zu, während die anderen auf der Tanzfläche wieder Pärchen gebildet haben und sich miteinander langsam im Rhythmus wiegen. Als Sam plötzlich unsicher schwankt, packe ich ihn am Arm.

»Setz dich besser mal hin«, sage ich und drücke ihn auf die Couch nieder. Er lehnt den Kopf gegen die Wand und hat die Augen geschlossen. Eben schien bei ihm noch alles in Ordnung zu sein.

»Du trinkst nicht oft was, oder?«, frage ich.

»Nein«, sagt Sam.

»Ich auch nicht«, sage ich.

»Ich bin echt froh, dass du gekommen bist«, sagt er. »Ich war mir nicht sicher, ob du tatsächlich aufkreuzen würdest.«

»Tja, hier bin ich«, sage ich, nehme ihm den Becher aus der Hand und stelle ihn auf einem Tischchen ab.

»Vielleicht können wir ja mal was zusammen machen. Nach der Schule oder so.«

»Gerne.«

»Trinkst du gern … Kaffee?«

»Nicht besonders gern«, antworte ich.

»Ich bin wirklich froh, dass du gekommen bist.«

»Hast du gerade schon gesagt.«

Sam lächelt mich an und schließt die Augen.

Plötzlich bricht die Musik ab. Jemand knipst ein paarmal das Licht aus und wieder an. Eine Stimme ruft von oben in den Keller runter: »Leute, die Cops sind vor der Tür! Alle zum Hintereingang raus!«

»Sam, wach auf, wir müssen schnell hier weg –«

»W-w-was …« Er gähnt. Ich lege seinen Arm um meine Schulter und hieve ihn von der Couch hoch. Um uns herum rennen alle in den Garten hinaus. Mühsam und stolpernd versuche ich zu folgen. Endlich haben wir es geschafft. Dunkelheit umhüllt uns. Ich spüre sein Gewicht nicht mehr auf meiner Schulter. Und wieder verwandelt sich die Szene und ich befinde mich erneut an einem anderen Ort.

Ich spüre kühlen Wind auf meiner Haut, und als ich nach oben blicke, sehe ich über mir Wolken, den Mond und Sterne. Ich blinzle. Ein Baseballfeld taucht vor mir auf. In der Mitte steht ein Teleskop, das zum Himmel gerichtet ist. Davor steht Sam, der sich gerade hinunterbeugt, um irgendetwas einzustellen.

»Das wird nicht funktionieren«, murmelt er.

»Was ist los?«, frage ich.

Er blickt zu mir hoch. In seinen Augen blitzt Enttäuschung auf. »Es sind zu viele Wolken. Man kann nichts sehen. Ich dachte, es würde klappen. Es sollte eine Überraschung für dich sein.«

Ich schaue zum Himmel. »Was denn? Die Sterne?«

»Nein, ich wollte dir die Ringe des Saturn zeigen. Für die Hausarbeit, die du schreiben musst. Du hast doch gesagt, wenn du sie gesehen hättest, könntest du es besser beschreiben.« Er beugt sich wieder nach vorne, überprüft die Linse des Teleskops. »Verdammt.«

»Das machst du alles für mich?«

»Ich habe eine Mail an das Astronomie-Institut an der Uni geschrieben«, verkündet er. »Und sie lassen mich ausnahmsweise heute Nacht das Teleskop ausleihen.«

»*Sam* …«, flüstere ich und berühre sanft seinen Rücken. Er richtet sich auf und schaut mich an. Wir haben uns noch nie geküsst. Nie werde ich seine Verblüffung vergessen, als ich mit den Händen langsam sein Gesicht zu mir heranziehe und dann meine Lippen auf seine drücke. Ein leichter elektrischer Schlag durchfährt uns beide, wahrscheinlich vom Metall des Teleskops.

»Danke«, flüstere ich.

»Aber es hat nicht mal geklappt!«

»Dann muss ich mich eben auf meine Vorstellungskraft verlassen.«

Wir lächeln beide. Sam legt seinen Arm um mich und zieht mich zu einem zweiten, längeren Kuss an sich. Am Nachthimmel über uns ziehen die Wolken vorbei. Dazwischen leuchtet immer wieder der Mond auf.

Ich erinnere mich noch, dass er danach gesagt hat: »Ich zeig dir die Ringe des Saturn ein anderes Mal. Versprochen.«

Er hat das Versprechen nie eingelöst.

VIERTES KAPITEL

JETZT

Die Glocke schrillt durch die leere Eingangshalle, als ich am nächsten Morgen zu spät in die Schule komme. Ich habe den Bus verpasst. Jetzt muss ich einen Auftritt hinlegen, während der Unterricht bereits begonnen hat – und das bedeutet maximale Aufmerksamkeit. Kurz überlege ich, ob ich die erste Stunde schwänzen soll. Aber ich habe bereits eine Woche gefehlt und außerdem bin ich jetzt schon hier. Besser, ich bringe es gleich hinter mich. Einmal muss es ja sein. Früher oder später werde ich sowieso allen begegnen.

Den Wecker zu stellen, daran hatte ich gestern Abend noch gedacht. Aber dass ich ja in Sams Bett aufwachen würde und erst noch nach Hause musste, hatte ich nicht einberechnet.

Sam.

Ich versuche immer noch, zu begreifen, was da gestern geschehen ist. *Der Anruf mitten im Wald. Seine Stimme wieder zu hören.* Das ist alles wirklich passiert, oder? Wie sonst wäre es schließlich dazu gekommen, dass ich in seinem Zimmer, auf seinem Bett eingeschlafen bin? Es ist erst acht Stunden her. Wenn ein solches Gespräch ein Mal, genauer gesagt zwei Mal, möglich war, dann bestimmt auch noch öfter. Dieser Gedanke lässt mich nicht los.

Und einzig und allein die Vorstellung, dass ich Sam wieder anrufen kann, lässt mich den Mut aufbringen, den Schultag ohne ihn durchzustehen.

Ich hole tief Luft, bevor ich die Tür zum Klassenzimmer aufstoße. Alle Köpfe drehen sich zu mir und es wird augenblicklich still. Mr White hält mitten an der Tafel mit seiner Kreide inne und öffnet den Mund, als wolle er etwas sagen. Doch dann wendet er den Blick wieder ab und fährt mit dem Unterricht fort. Auf dem Weg zu meinem Platz sieht mich keiner an. Als ich auf den leeren Tisch am Fenster mit den beiden Stühlen zusteuere, bleibe ich einen Moment stehen. Mein Herzschlag setzt aus. Da haben Sam und ich meistens gesessen, nebeneinander. Aber ich zögere nicht lange, denn ich spüre, wie alle mich anstarren. Ich hole noch einmal tief Luft, dann bin ich auch schon dort und lege meine Sachen ab. Ich sehe niemanden an. Ich schaue nur nach vorne zur Tafel und beobachte, wie auf der Wanduhr die Minuten vorübergehen. *Tick, tick, tick.*

Nach der Unterrichtsstunde tun alle so, als ob ich Luft wäre. Niemand fragt, wie es mir geht, oder sieht zu mir hin. Ich weiß nicht, was ich erwartet habe. Aber es fällt mir schwer, mich dadurch nicht gekränkt zu fühlen. Vielleicht haben sie alle bemerkt, dass ich nicht bei der Beerdigung war. Vielleicht halten sie mich für kalt und herzlos, glauben, dass mir der Tod meines Freundes egal ist. Und so geht es den ganzen Vormittag. Auf den Fluren wird es still, sobald ich vorbeigehe. Dann folgt Geflüster. Mit hocherhobenem Kopf gehe ich zwischen den anderen hindurch und tue, als würde ich nichts hören. Plötzlich fällt mir das Foto ein, das Taylor von mir gemacht hat, und ich frage mich, an wen sie es wohl geschickt hat. Wahrscheinlich an ihre Clique, an alle, die an dem Abend bei der Party am Lagerfeuer dabei waren. Bestimmt haben sie sich alle gefreut, als sie mich so gesehen haben. Zum Glück habe ich keinen Unterricht gemeinsam mit ihr oder Liam. Ich gehe den beiden aus dem Weg, wo ich nur kann. Ich nehme sogar eine andere Treppe, um nicht an ihren Spinden vorbeizumüssen.

Beim Mittagessen weiß ich nicht, wo ich mich hinsetzen soll. Ich lasse mir an der Theke viel Zeit, während ich an den Tischen nach Mika suche. Ich habe sie den ganzen Vormittag nicht gesehen. Vielleicht ist sie zu Hause geblieben. Seit unserem Treffen im Diner habe ich nichts mehr von ihr gehört. Sie hat mich weder angerufen noch mir geschrieben. Wenn sie wüsste, was gestern Abend passiert ist ... *Als ich Sams Nummer gewählt habe und er tatsächlich drangegangen ist.* Aber wahrscheinlich erzähle ich ihr besser noch nichts. Würde Sam das wollen? Ich sollte ihn lieber vorher fragen. Wenn diese Telefongespräche real sind und keine bloße Einbildung, möchte ich nichts riskieren.

Es gibt viele leere Stühle, aber nirgendwo einen freien Platz für mich. Ich überlege schon, ob ich mit meinem Tablett nach draußen gehen soll. Aber ich spüre, dass alle Blicke auf mich geheftet sind. Ich will nicht, dass die anderen glauben, ich hätte Angst, mich ganz allein an einen Tisch zu setzen. Ich will nicht eines dieser Mädchen werden, die sich in der Pause auf der Toilette verstecken.

Ich suche nach einem freien Tisch im hinteren Bereich der Cafeteria. Da sticht mir auf einmal etwas ins Auge. Hinter einem Stuhl glitzern rosa Steinchen auf einem weißen Satinrucksack. Er gehört meiner Freundin Yuki. Sie sitzt mit dem Rücken zu mir am Fenster. Ihre schönen schwarzen Haare fallen ihr glatt über die Schulter. Bei ihr sitzen noch eine weitere Austauschschülerin und ein Austauschschüler – Rachel aus Vietnam und Jay aus Thailand. Ich gehe zu ihnen und stelle mein Tablett auf ihrem Tisch ab.

»Sitzt hier schon jemand?«

Mehrere Augenpaare blicken von ihren Tabletts und Lunchboxen hoch. Jay, der einen Kopf größer ist als die anderen am Tisch, schiebt seine Kopfhörer herunter und streicht sich seinen dunklen Haarschopf aus der Stirn. Er hat das blau gestreifte Baseball-Trikot an, das er auf einem Ausflug nach Seattle gekauft hat.

»Nein, ist natürlich noch frei«, sagt Rachel. Sie hat die Haare heute zu einem Pferdeschwanz zurückgebunden und nimmt ihren Rucksack vom Stuhl. »Setz dich doch zu uns.«

»Danke«, sage ich.

Als ich zwischen ihr und Jay Platz nehme, lächeln sie einander nervös an. Yuki und ich nicken uns über den Tisch hinweg zu. Schweigend essen wir alle. Normalerweise haben sie immer etwas miteinander zu bereden. Aber diesmal lastet etwas auf ihnen, das uns alle schweigsam und ernst sein lässt.

Ohne ein Wort zu sagen, schubst Jay eine Box mit Mangostücken in meine Richtung. Wie nett von ihm. Ich lächle ihn an und nehme ein Stück. Danach schiebt er noch eine Tüte mit selbst gebackenen Cookies zu mir rüber, außerdem eine Packung KitKat-Green-Tea-Matcha-Riegel, von denen er weiß, dass ich sie besonders gern mag. Es sind auch seine Lieblingsschokoriegel. Ich will sie wieder zu ihm zurückschieben, aber davon will er nichts wissen. »Wir können sie ja teilen, wenn du magst«, sagt er. Jay ist einfach unglaublich nett. Das war er schon immer.

Rachel lächelt mich an. »Wir haben dich vermisst, Julie«, sagt sie. »Wir haben viel an dich gedacht. Gut, dass du wieder da bist und wir zusammen essen können.«

»Und Sam vermissen wir auch«, sagt Jay. Aus seiner Stimme klingt aufrichtige Trauer. »Das alles … tut uns so unendlich leid.«

Wieder schweigen alle am Tisch. Yukis Blicke wandern zwischen mir und Jay hin und her, als würde sie meine Reaktion checken wollen, sobald Sams Name fällt. Um sicher zu sein, dass es für mich in Ordnung ist. Es fühlt sich für mich merkwürdig an, sie so über ihn reden zu hören. Als hätte ich nicht erst gestern Abend mit ihm telefoniert.

»Ich bin froh, Sam als Freund gehabt zu haben«, fügt Yuki mit einem Kopfnicken hinzu. Sie bemüht sich, zu lächeln. »Das geht uns allen so. Wir werden ihn nie vergessen.«

»Niemals«, sagt Rachel.

Es wärmt mir das Herz, das zu hören, vor allem wenn Yuki es sagt. Sie kennt Sam länger als die anderen. Im ersten Jahr ihres Austauschprogramms hat sie bei Sams Familie gewohnt. Sam war der Erste von uns, den sie bei ihrer Ankunft in Ellensburg kennengelernt hat, und er hat ihr alles gezeigt. Seine Mutter hoffte, dass sich dadurch sein Japanisch verbessern würde. Am Tag nach dem Begräbnis ist Yuki bei mir zu Hause vorbeigekommen und hat Suppe und Tee gebracht, obwohl ich auf keine ihrer Nachrichten reagiert hatte.

Jay und Rachel sind erst seit ein paar Monaten hier. Es ist ihr erstes Jahr in den Vereinigten Staaten. Wir haben an unserer Schule noch ein paar andere Austauschschüler, und wenn sie aus Europa kommen, werden sie bei uns fürstlich empfangen und zu allen Partys eingeladen. Yuki, Ray und Rachel dagegen hatten und haben es viel schwerer. Sie werden wie Wesen von einem anderen Stern behandelt, obwohl sie fließend Englisch sprechen. Anders als bei den französischen und deutschen Schülerinnen und Schülern gibt sich keiner viel mit ihnen ab. Deshalb sind sie aufeinander angewiesen. Und das echt Fiese ist, weil die anderen sie immer zusammen sehen, werfen sie ihnen jetzt vor, sie würden immer nur unter sich bleiben. Mir ist das erst so richtig aufgefallen, als Sam mich darauf aufmerksam gemacht hat. Er erzählte mir, dass seine Freunde die drei immer »diese Asiaten« nennen würden. Und wenn er dann sagte: »Aber du weißt schon, dass ich auch Asiate bin«, antworteten sie: »Stimmt … aber bei dir ist das anders.« Weil Sam in Ellensburg geboren war und keinen Akzent hatte. Sam hat darauf nie etwas erwidert. Bis er eines Tages seine Sachen genommen und sich an Yukis Tisch gesetzt hat. Und ich bin ihm gefolgt. Jetzt fühlt sich die Mittagspause seltsam an. Als würde etwas Wichtiges fehlen. Ich weiß, den anderen geht es genauso.

Jay schiebt mir noch ein KitKat rüber und beugt sich zu mir. »Wenn du irgendwas brauchst«, sagt er, »sag Bescheid. Wir sind immer für dich da.«

Ich weiß erst mal nicht, was ich darauf antworten soll, und sage nur: »Danke. Vielen Dank euch allen.« Danach stochere ich mit der Gabel in meinem Salat herum. Schweigend essen wir weiter. Später sage ich noch etwas unvermittelt: »Bestimmt würde es Sam sehr freuen, euch so über ihn reden zu hören.« Ich bin mir ganz sicher, dass es so ist. Und ich werde es ihm später erzählen.

❀

Als der Unterricht zu Ende ist, gehe ich hastig zu meinem Spind, um meine Sachen zu holen. Ich will niemandem begegnen. Ich will so schnell wie möglich nach Hause, hoch in mein Zimmer und Sam anrufen. So haben wir es ausgemacht. Als ich vor dem Spind stehe, spüre ich jemanden hinter mir. Dann ein Tippen auf meiner Schulter.

»Julie?«

Ich drehe mich um und schaue in dunkelgrüne Augen. Es ist Oliver, Sams bester Freund, wie immer in seiner blauen Collegejacke, den Rucksack über der Schulter. Er steht etwas zu nahe hinter mir.

»Du bist wirklich wieder da …«

»Brauchst du irgendwas von mir?«

»Ich wollte nur Hallo sagen.«

»Ach so, klar. Hallo«, sage ich schnell. Ich drehe mich wieder zum Spind und hole ein weiteres Buch heraus. Hoffentlich kapiert er den Wink mit dem Zaunpfahl.

Oliver rührt sich nicht. »Wie geht es dir?«

»Okay.«

»Oh …« Er wartet darauf, dass ich mehr sage. Tue ich aber nicht.

Vielleicht hat er eine andere Antwort erwartet. Aber ich habe keine Lust, zu reden. Nicht jetzt. Und erst recht nicht mit ihm. Doch Oliver lässt nicht locker. »War keine einfache Woche, was?«

»Ja, kann man so sagen.«

»Ist bei dir auch wirklich alles okay?«, fragt er noch einmal.

»Hab ich doch schon gesagt.«

Das klingt abweisender als gedacht. Aber Oliver und ich waren nie wirklich miteinander befreundet, obwohl er ein so enges Verhältnis zu Sam hatte. Zwischen uns herrschte immer eine merkwürdige Spannung, die ich nie ganz verstanden habe. Es fühlte sich immer so an, als würden wir um Sams Aufmerksamkeit wetteifern. Am Anfang wollte ich Oliver auch besser kennenlernen. Jedes Mal, wenn wir zu dritt zusammen waren, habe ich mich bemüht, mit ihm ein Gespräch anzufangen. Doch er war immer kurz angebunden oder tat so, als hätte er mich nicht gehört. Und wenn er Sam zu irgendwas einlud, behauptete er, in seinem Auto sei leider kein Platz mehr frei oder es habe keine Tickets mehr gegeben. Deshalb tut es mir leid, Oliver, wenn ich heute keine große Lust auf ein Gespräch mit dir habe. Und weil Sam nicht mehr da ist, muss ich auch nicht besonders freundlich zu dir sein. Gibt keinen Grund dafür.

Oliver gehört auch zu denen, die bei der Party am Lagerfeuer dabei waren. Vielleicht will er deshalb mit mir reden. Aber ich fühle mich dem jetzt nicht gewachsen. Ich will keinen Streit. Ich schließe meinen Spind. »Ich muss los.«

»Ich hatte gehofft, wir könnten miteinander reden, du und ich«, sagt er leicht angespannt.

»Tut mir leid, ich habe jetzt keine Zeit.« Und damit gehe ich davon.

»Hey, warte – nur eine Sekunde?«

Ich gehe weiter.

»Bitte!«, ruft Oliver mir nach. Etwas Scharfes und Verletztes in seiner Stimme lässt mich anhalten. »Bitte …«, sagt er noch einmal, diesmal fast verzweifelt. »Ich habe sonst niemanden, mit dem ich wirklich darüber reden kann.«

Ich drehe mich langsam um. Wir stehen uns gegenüber und schauen uns an, während andere sich an uns vorbeidrängeln. Ich sehe plötzlich den Schmerz in seinem Gesicht. *Er hat Sam auch verloren.* Nur dass er mit ihm jetzt nicht so in Verbindung steht wie ich. Ich mache einen Schritt auf ihn zu, sodass wir näher voreinanderstehen, und flüstere: »Geht es um Sam?«

Oliver nickt. »Keiner sonst versteht mich«, sagt er und beugt sich zu mir. »Warum musste ausgerechnet er sterben? Warum?«

Ich berühre seine Schulter und spüre, wie verkrampft er ist. Als würde er mit größter Mühe ein Schluchzen unterdrücken. Keiner von uns beiden sagt ein Wort. Das brauchen wir auch nicht. Das erste Mal habe ich das Gefühl, dass wir uns verstehen.

»Ich weiß, was du meinst …«, sage ich.

»Schön, dich wieder zu sehen«, sagt Oliver. »Hat sich echt komisch angefühlt, als du auch noch abgetaucht bist.« Und dann legt er plötzlich seine Arme um mich und drückt mich fest an sich. Ich spüre den weichen Stoff seiner Jacke an meiner Wange. Normalerweise kann ich solche Umarmungen überhaupt nicht leiden, aber diesmal lasse ich es geschehen. Wir haben beide einen Menschen verloren, den wir geliebt haben. Nach einer Weile löst sich Oliver von mir und rückt seinen Rucksack zurecht. »Ist es okay, wenn ich dir ab und zu schreibe? Einfach nur so?«

»Na klar.«

Oliver lächelt. »Danke. Wir sehen uns morgen.«

Ich sehe ihm nach, wie er sich durch die Eingangshalle entfernt. Es fühlt sich beinahe so an, als wären wir uns heute das erste Mal begegnet. Ob Oliver und ich vielleicht sogar richtige Freunde werden können, weiß ich noch nicht. Auf alle Fälle aber hat sich zwischen uns was verändert.

❀

Als ich nach Hause komme, steht das Auto meiner Mutter in der Einfahrt. Sie scheint gerade in der Küche zu sein. Kaum fällt die Tür hinter mir ins Schloss, höre ich, wie sie den Wasserhahn zudreht. Dann ruft ihre Stimme aus der Küche: »Julie?«

Bevor ich antworten kann, kommt sie auch schon in den Flur gestürmt. Die Erleichterung steht ihr ins Gesicht geschrieben. »Wo bist du den ganzen Tag gewesen?«

Ich ziehe meine Jacke aus. »In der Schule. Hab ich dir das gestern nicht gesagt?«

»Und warum hast du auf meine Nachrichten nicht geantwortet?«

»Welche Nachrichten?«

»Gestern Abend. Ich habe dir ein paarmal geschrieben. Ich habe sogar versucht, dich anzurufen.«

»Du hast mich angerufen?« Ich kann mich an keinen verpassten Anruf erinnern, der mir angezeigt worden wäre. Ich habe nur mit Sam telefoniert, sonst war da nichts. Ich checke mein Handy. »Bist du sicher? Ich hab keine Nachricht gekriegt.«

Ich reiche ihr mein Handy.

»Natürlich bin ich mir sicher«, sagt sie und scrollt durch meine Nachrichten. »Sehr merkwürdig. Ich habe dir drei Nachrichten geschickt. Glaubst du, es ist dein Handy? Kann aber auch gut an meinem liegen.«

»Vielleicht gab's irgendein Problem beim Anbieter.«

»Vielleicht …«, sagt meine Mutter nachdenklich. Sie reicht mir mein Handy zurück. »Egal, wie smart die Dinger werden, sie funktionieren nie so, wie sie sollen.« Sie gibt einen langen Seufzer von sich.

»Tut mir leid, wenn du dir wegen mir Sorgen gemacht hast.«

»Schon okay«, sagt meine Mutter. »Ich bin froh, dass es dir gut geht.« Sie nimmt mir die Jacke ab und hängt sie an einen Garderobenhaken an der Wand. »Ich hab dann zum Glück heute Morgen bemerkt, dass deine Tasche nicht mehr da war. Daraus habe ich geschlossen, dass du in die Schule bist. Wann bist du denn gestern Abend nach Hause gekommen? Muss ziemlich spät gewesen sein.«

»Ähm …« Ich blicke zu Boden. Dann hat sie gar nicht gemerkt, dass ich nicht zu Hause war. »So spät war es nicht.«

»Ich hätte dich heute früh hinfahren können, weißt du.«

»Ach, ich hab nichts gegen einen kleinen Spaziergang.« Ich drehe mich zur Treppe.

»Warte noch eine Minute!«, ruft meine Mutter. »Wie war's denn in der Schule? Läuft alles?«

Ich halte auf der ersten Stufe inne. »Geht so«, antworte ich, ohne mich umzudrehen.

»Willst du drüber reden?«

»Vielleicht später. Bin gerade etwas müde.«

Meine Mutter nickt. »Wie du willst. Ich bin immer für dich da, Julie«, sagt sie, während ich bereits nach oben gehe. »Aber wir sollten bald mal dein Handy checken lassen. Meines auch, wenn wir schon dabei sind. Ich hab so einen Verdacht, dass es gehackt worden sein könnte. Wahrscheinlich werde ich abgehört. Aber heutzutage ist ja alles … Sie zeichnen jetzt bestimmt alles auf, was wir miteinander reden. Sei vorsichtig!«

»Mach ich!«

Ich schließe hinter mir die Tür und blicke mich in meinem Zimmer um. Alles ist noch genauso wie heute Morgen, als ich kurz hierhergekommen bin, um mich umzuziehen und meine Schulsachen zu holen. Ich setze mich aufs Bett und ziehe mein Handy heraus. Sam und ich haben ausgemacht, dass wir miteinander telefonieren, sobald ich von der Schule zu Hause bin. Er musste mir versprechen, wieder dranzugehen. Sonst hätte ich nicht einschlafen können. Ich starre auf das leere Display meines Handys. Mein Verstand sagt mir, dass ich das gestern alles nur geträumt habe. Aber dann blicke ich auf und sehe sein Karohemd über meinem Stuhl hängen. Und auf dem Schreibtisch liegt die Buchstütze, die er mir gestern geschenkt hat. Sein Radiohead-T-Shirt liegt zusammengefaltet in der mittleren Schublade meiner Kommode, ich habe eben noch einmal nachgesehen.

Ich checke mein Handy. Aus irgendeinem Grund taucht Sams Nummer im Verlauf nicht auf. Das ist mir schon heute früh beim Aufwachen aufgefallen. Es ist, als gäbe es keine Spur davon, dass wir wirklich miteinander telefoniert haben. Könnte sich das alles vielleicht doch nur in meinem Kopf abgespielt haben? Aber wie hätte ich sonst von dem Hausschlüssel unter dem Briefkasten gewusst? Es gibt nur einen Weg, um alle Zweifel auszuräumen. Ich hole tief Luft und wähle Sams Nummer. Angespannt lausche ich auf das Klingeln. Es klingelt zwei Mal, dann hebt er auch schon ab.

»*Julie* …«

Die Verkrampfung in meiner Brust löst sich und ich kann wieder atmen. »*Sam*.«

»Du klingst immer noch erleichtert, mich zu hören«, sagt er lachend. Die Wärme seiner Stimme lässt mich erneut vergessen, was passiert ist … und es fühlt sich so an wie vorher.

»Na, hör mal, wie auch nicht«, flüstere ich, als könne jemand mithören. »Ich war mir nicht sicher, ob du drangehen würdest.«

»Aber ich hab's dir doch versprochen, oder?«

Gebannt lausche ich seiner Stimme. »Ja, hast du … und deshalb habe ich ja auch angerufen. Aber dir ist schon klar, wie verrückt das alles ist? Ich meine, dich gibt es eigentlich nicht mehr und wie kannst du da …«

»Was meinst du damit?«, fragt er.

Mir wird ganz seltsam zumute. Ich kann nicht sagen, ob er die Frage ernst meint oder nicht. Er muss doch wissen, was in der Nacht vor einer Woche passiert ist, oder? *Die Party am Lagerfeuer. Die nicht beantworteten Anrufe. Die Scheinwerfer des ihm entgegenkommenden Lastwagens.* Es gibt keine vernünftige Erklärung dafür, dass er und ich jetzt miteinander telefonieren können. Ich habe fast Angst, ihn zu fragen. Aber es muss sein. Die Worte liegen mir schwer in der Kehle. »*Du bist tot, Sam* … Das weißt du doch, oder?«

Langes Schweigen, bevor er antwortet.

Er gibt einen Seufzer von sich. »Ja, ich weiß … bin grade dabei, das zu verarbeiten.«

Mich durchläuft ein Frösteln. Etwas in mir hatte gehofft, dass er mir eine andere Antwort geben würde. Eine Antwort, die bedeutet hätte, dass er zu mir zurückkehren kann. »Dann bilde ich mir das hier zwischen uns nur ein?«

»Das hier zwischen uns bildest du dir nicht ein, Julie. Ich schwör's!«

Wieder dieselbe Antwort wie gestern. Keine Erklärung. Ich umklammere das Handy, versuche, nicht den Verstand zu verlieren. »Aber ich verstehe immer noch nicht, wie das möglich ist. Wie können wir dann miteinander reden?«

Sam schweigt wieder. Ich halte das Handy ans andere Ohr, warte auf eine Antwort. »Ganz ehrlich, Jules? Ich weiß es auch nicht«, sagt er schließlich. »Ich weiß nur, dass du meine Nummer gewählt hast und dass ich drangegangen bin. Und jetzt reden wir miteinander.«

»Aber so einfach kann das doch nicht sein –«, sage ich.

»*Und warum nicht?*«, fragt Sam. »Ich weiß, dass das alles sehr merkwürdig klingt. Aber vielleicht sollten wir es nicht noch komplizierter machen durch Fragen, auf die wir keine Antwort wissen. Vielleicht sollten wir uns einfach nur freuen, dass wir diese Chance bekommen. Wer weiß, wie lange wir sie haben.«

Ich starre auf die Wände in meinem Zimmer und denke darüber nach. *Noch einmal eine Chance für uns. Ein Gefühl von Verbundenheit.* Vielleicht hat er recht. Vielleicht ist das ein Geschenk des Universums an uns. Eine kleine Unregelmäßigkeit im Programm. Etwas außerhalb unseres Vorstellungsvermögens. Aber trotzdem möglich und wahr. Mir fällt ein Satz von gestern Abend ein. »Als ich gestern draußen vor dem Café war, hast du noch was anderes gesagt. Du hast gesagt, dass du dir für uns eine zweite Chance wünschst, uns voneinander zu verabschieden. Du hast gesagt, dass du deshalb drangegangen bist, als ich angerufen habe. Ist das der Grund?«

Sam lässt etwas Zeit verstreichen, bevor er antwortet. »Irgendwann, denke ich, müssen wir uns voneinander verabschieden. Aber darüber musst du dir jetzt noch keine Gedanken machen. Okay?«

»Also … also kann ich erst mal weiter anrufen?«

»Natürlich. Wann immer du mich brauchst.«

»Und du versprichst mir, dass du drangehst?«

»Immer.«

Immer.

Ich schließe die Augen. Es dauert nicht lang, bis meine Gefühle und Gedanken bei der Zeit vorher sind. Bevor sich alles geändert hat. Als alle Pläne, die wir miteinander gemacht haben, noch realisierbar schienen. Bevor Sam tödlich verunglückt ist. Als ich noch den Arm ausstrecken und ihn berühren konnte und wusste: *Er ist da*. Bevor uns alles genommen wurde. Ich spüre, dass es Sam am anderen Ende genauso geht. Als ich die Augen aufschlage, bin ich allein in meinem Zimmer. Beim Gedanken an ihn und die zweite Chance, die wir erhalten, kommt mir eine Frage. Ich weiß, dass ich sie bereits gestellt habe, aber er hat mir darauf keine Antwort gegeben. »Wo bist du, Sam?«

»Irgendwo«, sagt er.

»*Wo?*«

»Das kann ich dir nicht sagen. Jedenfalls nicht jetzt.«

Aus irgendeinem Grund habe ich das Gefühl, dass ich ihn besser nicht zu sehr bedrängen sollte. »Ist es irgendwo, wo ich auch schon einmal war?«

»Glaube ich kaum …«

Ich versuche, auf Hintergrundgeräusche bei ihm zu lauschen. Aber ich kann nichts hören.

»Kannst du mir wenigstens sagen, was du siehst?«

Nach einer Weile sagt er: »Einen endlosen Himmel.«

Ich blicke zum Fenster. Der Vorhang ist halb zugezogen, deshalb gehe ich hin und ziehe ihn ganz weg. Ich schiebe das Fenster auf. Ein Windstoß fährt herein, als ich mich hinausbeuge und über die Bäume und Dächer hinwegschaue, zu den Bergen in der Ferne und zum Himmel, der sich weit über die Landschaft wölbt. Ich spüre, wie Sam horcht. »Schauen wir zum selben Himmel?«, frage ich.

»Vielleicht. Aber ganz sicher bin ich nicht.«

»Mehr darfst du mir wahrscheinlich nicht sagen.«

»Nicht jetzt jedenfalls. Tut mir leid.«

»Schon in Ordnung«, sage ich. »Ich bin einfach nur froh, dass du drangegangen bist.«

»Ich bin froh, dass du angerufen hast«, sagt er. »Ich hatte gedacht, ich kann nie mehr mit dir reden.«

Tränen steigen mir in die Augen. »Ich dachte, ich hätte dich für immer verloren. Ich vermisse dich so.«

»Ich vermisse dich auch. Ich vermisse dich unendlich.«

Ich stelle ihm keine weiteren Fragen mehr zum Wie und Was und Warum. Jedenfalls nicht jetzt. Ich nehme es, wie es ist, und freue mich an der Unmöglichkeit, da gerade am Handy mit jemandem verbunden zu sein, von dem ich dachte, ich hätte ihn für immer verloren. So lächerlich das auch scheinen mag. Der Rest unseres Gesprächs vergeht wie im Traum, während ich mich weiter frage, was real ist und was nicht. Vielleicht ist es auch nicht mehr wichtig. Wir reden über ganz normale Sachen und es fühlt sich an wie früher. Ich erzähle ihm, was Yuki und die anderem beim Mittagessen gesagt haben. Ich erzähle ihm vom restlichen Tag an der Schule, auch von meinem Gespräch mit Oliver. Mir kommt das alles vor, als befände ich mich in einem Traum. Aber da bleiben Dinge, die sich nicht erklären lassen. Es wäre leichter, wenn ich mir sagen könnte, dass das alles nicht real ist.

Aber dann sehe ich Gegenstände in meinem Zimmer, die dort nicht sein sollten. *Das Karohemd, die Armbänder, die Buchstütze.* Wie hätte ich zu diesen Sachen kommen sollen, wenn Sam mir nicht erzählt hätte, wo sich der Ersatzschlüssel befindet?

All diese Fragen gehen mir im Kopf herum. Aber ich schiebe sie zur Seite und lasse es geschehen, dass ich für den Moment in dieser seltsamen, schönen Welt lebe, in die ich geraten bin. Es kümmert mich nicht, wie das alles möglich ist. Ich habe Sam zurück. Ich will ihn so schnell nicht loslassen.

FÜNFTES KAPITEL

Seit fast drei Jahren arbeite ich jetzt in der Buchhandlung von Mr Lee. Der Laden ist wie ein Relikt aus einer anderen Zeit – überall stehen Bücher mit Lederrücken, seltene Ausgaben und andere Sammlerstücke – und wird seit zwei Generationen von seiner Familie geführt. Weil heute mehr und mehr Leute ihre Bücher online kaufen, ist es inzwischen die einzige Buchhandlung in der Stadt. Ich bin durch Zufall darauf gestoßen, gleich in der ersten Woche nach unserem Umzug nach Ellensburg. Weder steht über dem Schaufenster *Buchhandlung*, noch findet sich davor ein Ladenschild. Der einzige Hinweis sind die spiralförmig aufgetürmten Bücher im Fenster. Viele Kundinnen und Kunden kommen aus reiner Neugierde in den Laden.

Um ehrlich zu sein, war ich mir nicht sicher, ob ich den Job lange würde behalten können, nachdem ich bei Mr Lee angefangen hatte. Und auch heute noch habe ich jedes Mal, wenn ich um die Straßenecke biege, Angst, dass im Laden kein Licht brennt und das *Geschlossen*-Schild in der Tür hängt und nie mehr umgedreht wird. Es wundert mich immer wieder, wie Mr Lee es schafft, seine Buchhandlung am Laufen zu halten, obwohl so wenig Kundschaft kommt. Ich bin ihm sehr dankbar dafür, dass er mich immer noch beschäftigt. Das ist wirklich nett von ihm.

Die Kristallglasglöckchen an der Tür klingeln, als ich eintrete. Ich habe beschlossen, nach der Schule endlich mal bei ihm vorbeizuschauen. Höchste Zeit dafür, nachdem ich mich eine Woche lang gar nicht bei ihm gemeldet habe. Kaum bin ich im Laden, habe ich das Gefühl, in einer anderen Welt zu sein. Als hätte ich ein Portal durchschritten. Glühbirnen hängen in unterschiedlichen Höhen von der Decke, ab und zu flackert eine davon ein wenig. Von draußen sieht der Laden klein aus, aber durch die sechzehn langen Bücherregale, die fast bis zur Decke reichen, erscheint der Raum groß und mächtig, sobald man drinnen ist.

Zuerst glaube ich, dass der Laden leer ist. Es wirkt drinnen noch ruhiger als sonst. Dann höre ich, wie ein Karton aufgerissen wird, gefolgt vom Gepolter herunterfallender Bücher. Eine Stimme ertönt.

»*Oh nein.*«

Ich war mir sicher, dass Tristan heute da sein würde. Ich folge dem Geräusch und finde ihn hinten im Fantasy-Bereich, wo er auf dem Boden kauert und Bücher aufsammelt. Ich knie mich neben ihn, um ihm zu helfen.

»Das schaffen wir schon …«

»Wie? *Autsch* …«

Tristan dreht sich so schnell zu mir, dass er mit dem Kopf gegen eine Bücherleiter stößt.

»Oje – alles in Ordnung?«

»Ja, alles gut.« Tristan seufzt und stöhnt etwas, dann lächelt er mich an. »*Julie!* Hab dich gar nicht bemerkt!«

»Bin gerade erst reingekommen«, sage ich und untersuche seine Stirn. »Vielleicht sollten wir da was drauftun.«

Tristan wischt die Bemerkung beiseite. »Nein, wirklich, *alles gut.*« Er seufzt noch einmal und lacht, allerdings nicht sehr überzeugend. »Passiert mir hier die ganze Zeit.«

»Muss ich mir Sorgen machen?«

»Ach was! Ist nur eine kleine Beule.«

Nachdem wir die Bücher aufgeklaubt haben, helfe ich Tristan hoch. Er richtet sich auf und fährt sich mit der Hand ein paarmal durch seine braunen Locken. Es ist so eine Art nervöser Tick von ihm.

»Tut mir leid, dass ich dich erschreckt habe«, sage ich.

»Du hast mich nicht erschreckt«, sagt er. »Ich war nur etwas überrascht. Ich wusste nicht, dass du heute kommst.«

»Ich wollte nur mal vorbeischauen. Ich war ja die ganze letzte Woche nicht da.« Ich blicke mich um, ob sich im Laden irgendwas verändert hat. Alles so wie vorher. Ich drehe mich zu Tristan. »Tut mir leid, dass ich ohne Vorwarnung abgetaucht bin. Ich hab gehört, dass du meine Schichten übernommen hast. Vielen Dank dafür!«

Außer Mr Lee arbeiten im Laden nur ich und Tristan. Wenn einer von uns krank wird, muss der andere die Schicht übernehmen und den Laden abschließen. Wir sind ein eingespieltes Team und wissen, dass wir uns aufeinander verlassen können. Vor allem zum Schuljahrsende ist das wichtig, wenn wir uns wegen der Prüfungen gut absprechen müssen. Tristan ist in der Schule eine Klasse unter mir, wir haben einen völlig anderen Stundenplan, deshalb klappt das gut. Es tut mir leid, dass ich eine ganze Woche nicht aufgetaucht bin, ohne ihm Bescheid zu sagen. Kennengelernt haben wir uns, als wir uns beide für den Job bei Mr Lee beworben haben. Er hat uns beide gemeinsam zum Vorstellungsgespräch eingeladen, weil wir uns in unterschiedlichen Genres auskannten. Mr Lee sagte damals, er sei beeindruckt, wie viel wir beide über Bücher wüssten. Er würde staunen, sagte er, wie viele Jugendbücher und Erwachsenenromane ich schon gelesen habe, und Tristan lobte er für sein Expertenwissen in Science-Fiction und Fantasy. Später fanden wir beide heraus, dass wir die Einzigen waren, die sich bei ihm beworben hatten.

»Ich habe echt ein schlechtes Gewissen«, sage ich.

»Musst du nicht«, sagt Tristan und schüttelt den Kopf. »Nimm dir ruhig alle Zeit, die du brauchst. Ich komme gern hierher. Du musst kein schlechtes Gewissen haben.«

Die Glöckchen an der Tür klingeln, ein Kunde muss hereingekommen sein. Tristan blickt kurz über die Schulter, fährt sich mit der Hand durch die Haare. »Wie geht's dir denn?«, fragt er leise. »Ich wollte mich bei dir melden, aber ich war mir nicht sicher, ob es vielleicht noch zu früh ist … Das mit Sam tut mir so leid. Es muss jetzt schwer für dich sein …«

Ich blicke zu Boden und überlege, was ich darauf sagen soll. Seit Sam bei meinem Anruf drangegangen ist, ist bei mir ja alles noch einmal durcheinandergewirbelt worden, und ich weiß überhaupt nicht mehr, wie ich auf solche Fragen antworten soll. Wie soll ich die Mischung aus Trauer und Hoffnung beschreiben, die ich gerade empfinde, ohne dass es völlig falsch rüberkommt? Ohne dass mir eine Andeutung auf mein Geheimnis entschlüpft? Niemand würde das verstehen. Ich muss sehr vorsichtig sein mit dem, was ich sage. »Weißt du, ich lebe jetzt von einem Tag auf den anderen …«

Tristan nickt. »Verstehe …«

Die Glöckchen an der Eingangstür bimmeln wieder. Ich nutze die Ablenkung, um das Thema zu wechseln. Mit der Hand fahre ich die Buchrücken entlang. »Und wie läuft es hier so?«

»Ziemlich gut«, sagt Tristan. »Komm mal mit, ich muss dir was zeigen.« Er zieht mich zu einem anderen Bereich des Ladens. Neben der Eingangstür stöbern eine Mutter und ihr kleiner Sohn im Kasten mit den Bilderbüchern. Tristan lächelt ihnen zu. »Wenn Sie etwas brauchen, fragen Sie mich ruhig«, sagt er.

Wir sind bei den Science-Fiction-Regalen angelangt, seiner Lieblingsabteilung.

»Guck mal – die gesamte *Space-Ninja-Serie,* in der Liebhaberedition«, sagt er. »Gibt es auf der ganzen Welt nur fünfzig Mal.«

»Oh, wow!«

Tristan schlägt den Band behutsam auf. »Hier drin ist

eine holografische Landkarte der gesamten NexPod-Galaxie. Unglaublich, was?« Er blättert weiter. »Und hier ist ein Bild von Captain Mega Claws, auch holografisch. Wenn man es leicht kippt, bewegt sich die Klaue.«

»Wunderschön.« Ich berühre das schimmernde holografische Papier. »Aber bestimmt sehr teuer.«

»Schon verkauft.«

»Ähm – und warum steht es dann noch hier?«

»Ich muss es noch verschicken«, verkündet er. »Jemand hat es online gekauft.«

»Wir sind jetzt online?«

»Seit letzter Woche«, sagt Tristan. »Da hab ich mit Mr Lee einen Online-Shop eingerichtet, mit allem, was dazugehört. Erweitert unseren Kundenstamm echt ganz schön.«

»Großartig! Dafür hast du Mr Lee sicher eine Weile bearbeiten müssen.«

Tristan grinst. »Aber jetzt ist er Feuer und Flamme. Er hat mich sogar gebeten, unsere Facebook-Seite zu überarbeiten. Außerdem haben wir inzwischen einen Twitter-Account.«

»Es gibt immer noch Leute, die Twitter nutzen?«

»Du würdest dich wundern.«

»Interessant.«

Tristan stellt das Buch ins Regal zurück. »Ich habe auch Steve Anders angeschrieben, den Autor. Ich habe ihn gebeten, zu einer Lesung und Signierstunde zu uns zu kommen, und tatsächlich eine Antwort gekriegt.«

»Oh mein Gott. Wann kommt er denn?«

»Leider gar nicht«, sagt Tristan betrübt. »Sein Verlag hat geschrieben, von Ellensburg hätten sie noch nie gehört.«

»So geht es den meisten Leuten.« Ich seufze. »Aber wenigstens hast du es versucht.«

»Ja. Das hat Mr Lee auch gesagt.«

Wieder ein Klingeln an der Eingangstür. Noch eine Kundin

oder ein Kunde. Es freut mich jedes Mal, wenn Leute in den Laden kommen, selbst wenn sie gar nichts kaufen. Nach einem Augenblick der Stille steigt mir plötzlich der Duft von Salbei und Teeblättern in die Nase. Eine ruhige Energie verbreitet sich im Raum. Als ich mich umdrehe, sehe ich, dass die hintere Eingangstür des Ladens offen steht. Mr Lee steht neben Tristan, hat eine Hand auf seine Schulter gelegt. Es ist Mr Lees Angewohnheit, wie aus dem Nichts aufzutauchen.

»Guten Tag, Julie.«

»Mr Lee …«, sage ich. Mehr bringe ich nicht heraus. Ich hatte gehofft, dass er da sein würde. Auch ihm gegenüber plagt mich ein schlechtes Gewissen, dass ich mich nicht früher gemeldet habe. Aber ich bin mir sicher, dass er mich versteht. Was keiner weiß: Mr Lee war bei mir, als ich erfahren habe, dass Sam tödlich verunglückt ist. Es war hier im Laden. Mika rief mich mittags an, um es mir mitzuteilen. Mr Lee hob mich vom Boden auf, nachdem ich ohnmächtig geworden war, sperrte den Laden zu, fuhr mich ins Krankenhaus und wartete, bis er mich nach Hause mitnehmen durfte. Er hatte Sam sehr gern.

Mr Lee sagte immer, Sam habe Glück in den Laden gebracht.

»Und was habe ich in den Laden gebracht?«, fragte ich einmal.

»Sam.«

Mr Lee hebt die Hand zur Begrüßung. »Die Bücher haben dich vermisst«, sagt er. Andere Menschen würden solche Äußerungen vielleicht seltsam finden, aber ich bin daran gewöhnt, dass er die Bücher wie Personen behandelt, sie damit zum Leben erweckt. Wenn ein neues Buch eintrifft, sagt er immer: »Wir müssen dafür eine neue Heimat finden.« Dann muss ich jedes Mal lächeln.

»Ich habe auch viel an die Bücher gedacht«, sage ich.

Er nickt. »Ich wusste, dass du heute vorbeikommen würdest«, sagt er. »Trifft sich bestens. Da gibt es etwas, das ich dir unbedingt zeigen muss.«

Wir lassen Tristan bei den Kunden und gehen miteinander ins Büro hinter dem Laden. Der Raum befindet sich hinter einem Regal, das als Geheimtür dient. Nur dass es nicht wirklich ein Geheimnis ist. Jedes Mal, wenn ich unter der blinkenden Lichterkette hindurchgehe, habe ich das Gefühl, Alice zu sein, die das Land hinter den Spiegeln betritt.

Das Hinterzimmer ist voller Kartons mit Büchern, für die entweder kein Platz ist oder die wir noch nicht durchsortiert haben. Mr Lee bittet mich, auf ihn zu warten, und verschwindet in das angrenzende winzige Büro. Als er zurückkommt, hat er ein mir unbekanntes Buch in der Hand.

»Hat letzte Woche jemand vorbeigebracht. Wirf mal einen Blick hinein …« Er reicht es mir.

Ich streiche mit der Hand über den Einband. Es ist ein wunderschöner Stoffeinband, der sich weich anfühlt, mit aufgestickten Blumenornamenten, die wie mit Gold behaucht wirken. Ein Titel ist darauf nicht zu lesen. Vielleicht hat er ja auf dem fehlenden Schutzumschlag gestanden. Aber auch als ich die ersten Seiten aufblättere, kann ich keinen Titel finden. Die Seiten sind alle weiß.

»Es ist ein Schreibbuch«, sagt Mr Lee. »Schön, nicht wahr?«

»Ein Schreibbuch …«, flüstere ich und streiche ehrfürchtig über die Seiten. »Ich kann nicht glauben, dass jemand so etwas weggibt. Es ist noch kein einziges Wort reingeschrieben worden.«

»Da habe ich gleich an dich gedacht«, sagt er und deutet auf den alten Drucker, der ganz hinten auf ein Tischchen verbannt ist. »Ich habe dich einmal dabei beobachtet, wie du dir von dort ein paar Blätter genommen hast, weil du unbedingt etwas aufschreiben musstest. Deshalb dachte ich mir, dieses Geschenk würde dir vielleicht gefallen. Wer weiß … vielleicht inspiriert dich dieses Schreibbuch ja, ist doch besser als geklautes Druckerpapier, oder?«

»Ich habe mir das Papier damals nur ausgeliehen.«

Mr Lee lacht. »War doch nur ein Scherz«, sagt er.

Ich blicke auf das Schreibbuch. »Und das ist wirklich für mich?«

»Ja«, sagt Mr Lee. »Du musst mir allerdings versprechen, es auch wirklich zu benutzen. Ich betrachte es nämlich als eine Investition.«

»Eine Investition?«

»Na ja, wenn du dein Buch geschrieben hast und es veröffentlicht wird, kann ich es ins Schaufenster stellen oder ins Regal gleich vorne neben der Kasse«, verkündet er, »und allen meinen Kundinnen erzähle ich dann, dass du es hier geschrieben hast, und zwar in ein Heft, das ich dir geschenkt hatte.«

Lächelnd drücke ich das Schreibbuch an mich. Mr Lee ermuntert mich immer, mehr zu schreiben. »*Nutze die Zeit hier im Laden dafür. Rede mit den Büchern, lasse dich von ihnen anregen. Sie stecken voller Ideen.*« Manchmal gebe ich ihm meine Geschichten zu lesen, weil mir sein Urteil wichtig ist. Er findet darin immer irgendetwas Schönes oder Interessantes, und anders als die Lehrer in der Schule kennt er sich in der Welt der Literatur wirklich aus. Er versteht, was ich sagen will, sogar wenn ich mir selbst noch gar nicht sicher bin. »Ich weiß nicht, ob ich ein ganzes Buch schreiben kann«, sage ich. »Außerdem verwirrt sich mir gerade alles, wenn ich nachzudenken versuche. Und ich weiß auch nicht mehr, worüber ich schreiben will.«

»Worüber hast du denn nachgedacht?«

Ich fahre mit der Hand den Buchrücken entlang. »Über alles. Mein Leben. Was im Augenblick so passiert.« *Und Sam natürlich.*

»Dann schreib es auf. Schreib auf, was in deinem Leben gerade passiert.«

Ich schaue ihn an. »Aber niemand will etwas über mein Leben lesen, Mr Lee.«

»Für wen schreibst du eigentlich?«, fragt mich Mr Lee und

zieht dabei eine Augenbraue hoch. Er hat mich das schon öfter gefragt. Ich weiß, welche Antwort er hören will. *Ich schreibe für mich selbst.* Allerdings weiß ich nicht, was das wirklich heißt. Ich kann gar nicht anders, als immer die Ansichten und Urteile anderer Menschen im Kopf zu haben, vor allem über das, was ich schreibe. »Wir haben alle viel zu viele Stimmen in unserem Kopf. Du musst diejenigen auswählen, die dir etwas bedeuten. Welche Geschichte willst *du* erzählen? Das ist wichtig.«

Ich schaue auf das Schreibbuch, denke darüber nach, was er gesagt hat. »Ich werde es versuchen, Mr Lee. Jedenfalls vielen Dank! Und ich möchte Sie auch um Entschuldigung bitten, dass ich letzte Woche nicht gekommen bin und nicht bei Ihnen angerufen habe und –«

Mr Lee hebt einen Finger hoch, um mich zu stoppen. »Du brauchst dich nicht zu entschuldigen.« Er öffnet die Geheimtür und zeigt in den Laden. »Die Bücher heißen dich herzlich willkommen.«

Wie immer fühle ich mich zu Hause, wenn ich in seinem Laden bin. Ich könnte hier tagelang bleiben. Von Bücherwänden umgeben zu sein, hat so etwas Tröstliches. Aber so schön es auch ist, wieder da zu sein, ich muss jetzt los. Sam wartet auf mich. Wir haben verabredet, heute zu telefonieren. Aber diesmal soll ich ihn von einem anderen Ort aus anrufen. Er hat gesagt, dass er mir etwas zeigen will.

Ich habe erst ein paar Schritte raus auf die Straße gemacht, als die Glöckchen an der Eingangstür noch einmal klingeln und ich hinter mir Tristans Stimme höre.

»*Julie, warte!*«

Ich drehe mich um. Er steht da und hält mir mein Handy hin.

»Das hast du vergessen.«

»Oh Gott«, entfährt es mir. Ich greife nach dem Handy und drücke es an mich. Mein Herz rast, als mir *Was wäre gewesen, wenn …*-Gedanken durch den Kopf rasen. *Was wäre gewesen, wenn ich es verloren hätte? Wenn ich Sam nicht mehr hätte anrufen können?* Wie kann ich nur so schusselig sein? Das hätte ich mir nie verziehen. Ich schwöre mir, dass mir das nie wieder passieren wird. »*Danke, vielen, vielen Dank*«, sage ich atemlos.

»Kein Problem«, antwortet Tristan. »Du hast es neben der Kasse liegen lassen.«

»*Du bist mein Retter.*«

Tristan lacht. »Wir sind alle von unseren Handys ganz schön abhängig, was?«

»Du hast ja keine Ahnung, wie recht du hast.«

Ich atme erleichtert auf, lächle ihn an und warte darauf, dass er in den Laden zurückgeht. Aber das tut er nicht. Unbeholfen steht er da.

»Ist sonst noch was?«

Tristan fährt sich mit der Hand durch die Haare. »Ja, schon. Also, ich … ich hab vorhin ganz vergessen, es dir zu sagen.«

»Was denn?«

»Also, du weißt doch, das Filmfestival. Spring Flick. Mein Film ist angenommen worden. Das wollte ich dir nur sagen.«

»Aber das ist ja unglaublich, Tristan! Meinen Glückwunsch. Ich wusste, dass du es schaffst.«

Spring Flick ist Teil des jährlich an der Universität stattfindenden Ellensburger Filmfestivals. Es ist eines der größten Ereignisse in der Stadt. Tristan und seine Freunde haben einen Kurzfilm in der Kategorie *Jugendliche Talente* eingereicht. Sie haben die letzten sechs Monate damit zugebracht, einen Dokumentarfilm über Mark Lanegan zu drehen, von dem Tristan ein großer Fan ist. So wie Sam es auch war.

»Es ist nächsten Monat«, fährt Tristan fort. »Ich habe eine Karte für dich. Du hast beim letzten Mal gesagt, wenn der Film genommen wird, gehst du hin. Ich weiß, dass es kurz vor deinem Highschoolabschluss ist. Willst du trotzdem noch hin?«

Das Wort *Highschoolabschluss* erwischt mich total unvorbereitet und ich kriege Panik. *Sind es bis dahin wirklich nur noch so wenige Wochen?* Ich habe immer noch keine Antwort von den Unis, an denen ich mich beworben habe. Und ich bin mit dem Lernstoff so weit hintendran, dass ich Angst habe, nicht mehr alles aufholen zu können. Darüber vergesse ich ganz Tristans Frage. Meine Antwort braucht wohl etwas zu lang, denn er wird rot und stammelt: »Tut mir leid. Ich hätte damit noch warten sollen. Du hast für so was jetzt wahrscheinlich keinen Kopf. Ich geh besser wieder rein.« Er dreht sich um.

»Hey, warte!«, rufe ich. »Natürlich komme ich.«

»Wirklich?« Seine Augen leuchten. »Wie schön. Also okay. Cool. Abgemacht. Und falls du doch nicht kommen willst, gib mir einfach Bescheid. Das geht auch in Ordnung.«

»Ich werde kommen, Tristan«, sage ich. »Ich freue mich.«

Tristan steht in der Tür der Buchhandlung und winkt mir nach, bis ich um die Ecke gebogen bin.

❀

Kirschblüten schweben mir vor die Füße, als ich am Eingang zur Central Washington University aus dem Bus steige. Der Backsteinturm der Barge Hall ragt hinter den Bäumen empor. Die Wege sind mit rosa und weißen Blütenblättern übersät. Ich gehe über den Campus und überquere die kleine Brücke über den Bach vor dem Bibliotheksgebäude. Während ich weiterspaziere, schweben ununterbrochen Kirschblüten auf mich herab. Ein leichter Wind kommt auf, wirbelt die Blüten durch die Luft, lässt sie vor mir hertanzen. Wenn die Kirschbäume hier im Frühjahr blühen, ist es wie in einem Traum.

Zum Kirschblütenfest in Ellensburg strömen jedes Jahr viele Menschen aus der Umgebung. Für Sam und mich war es ein Kinderspiel, wir brauchten nur den Bus zu nehmen, und schon waren wir da. Ein wunderschöner Spaziergang im Frühling. Dieses Jahr habe ich die Kirschblüten noch gar nicht gesehen, ich atme ihren Duft zum ersten Mal ein und erinnere mich daran, wie Sam und ich hier spazieren gegangen sind, seine Hand in meiner.

Sam hält an und atmet den Duft der Blüten ein. »Das erinnert mich an …«

»Kommt es ran?«, frage ich.

Er sieht mich an. »An was?«

»An die Kirschblüte in Japan.«

Sam lässt den Blick über die Reihen der Kirschbäume schweifen. »Ungefähr so, als würdest du einen Teich mit dem Ozean vergleichen. Verstehst du? Unendlich weit voneinander entfernt.« Er ist gerade von einem Besuch bei seinen Großeltern in Kyoto zurückgekehrt und hat dort das Kirschblütenfest gefeiert. Ein Familienausflug …

Ich verschränke die Arme und antworte: »Nochmals vielen Dank für die Einladung.«

Er lacht und nimmt meine Hände. »Ich hab's dir doch erklärt. Wir fahren zusammen nach Japan, wenn wir die Highschool hinter uns haben. Versprochen. Es wird dir dort gefallen. So was hast du noch nicht gesehen.«

»Kein Vergleich zu Ellensburg?«

»Dazwischen liegen Welten.«

Ich lächle und küsse ihn auf die Wange. »Ich kann's kaum erwarten.«

❀

»Wie ist die Kirschblüte dieses Jahr?« Sams Stimme holt mich wieder in die Gegenwart zurück.

Kaum war ich allein, habe ich ihn angerufen.

»Wunderschön«, sage ich. Ich lasse den Blick über die Kirschbäume schweifen, lausche auf das Plätschern des Bachs in der Nähe. »Wie muss es da erst inmitten eines Ozeans von Kirschblüten sein!« Sam antwortet nicht, aber ich spüre, wie er lächelt. »Warum hast du mich gebeten, hierherzukommen?«

»Weil es unsere Tradition ist«, sagt Sam. »Wir sind im Frühling immer zwischen den Kirschbäumen spazieren gegangen. Dieses Jahr waren wir noch gar nicht hier. Das hat mich traurig gemacht. Ich wollte nicht, dass du glaubst, ich hätte es vergessen. Deshalb wollte ich, dass wir es noch einmal gemeinsam erleben. Solange es noch möglich ist.«

»Aber du bist nicht hier«, erinnere ich ihn.

Sam seufzt. »Ich weiß. Aber lass uns so tun, als ob. Nur eine Sekunde lang. Als ob ich hier wäre, neben dir …«

Ich schließe die Augen und versuche, es mir vorzustellen. Wind streift mir übers Gesicht. Aber es gelingt mir nicht. *Du hättest mich letztes Jahr zur Kirschblüte nach Japan mitnehmen sollen. Das hier kann es nicht wettmachen.* »Es ist nicht dasselbe, Sam. Ganz und gar nicht …«

»Ich weiß. Aber besser geht es eben jetzt nicht.«

Ein Paar geht Händchen haltend vorbei, führt mir vor Augen, was ich alles vermisse. *Die Berührung der Hände. Die Wärme seiner Haut. Seine Nähe zu spüren.* Obwohl ich wieder mit Sam in Verbindung bin, ist er nicht wirklich anwesend. Oder doch? Ich halte das Handy fest umklammert und beschließe, darüber jetzt nicht weiter nachzudenken. Mir ist nicht ganz wohl dabei, hier im Freien so herumzuspazieren. Was ist, wenn ich jemandem begegne, den ich kenne? Sam hat mir eingeschärft, ja niemandem von unseren Telefongesprächen zu erzählen. Er wüsste nicht, was dann geschehen würde. Ich will keinerlei Risiko eingehen, deshalb habe ich ihm versprochen, niemandem ein Sterbenswörtchen zu erzählen. Nach einer Weile finde ich eine leere Bank und setze mich hin.

»Erzähl mal, wie läuft's denn so in der Schule?«, fragt Sam. »Ist alles … *anders*?«

»Du meinst, ohne dich?«

»Ja.«

»Glaub schon«, sage ich. »Aber ich gehe erst seit ein paar Tagen wieder hin. Ich finde es schrecklich, dass du nicht mehr da bist. Neben einem leeren Stuhl zu sitzen, ist nicht gerade schön.«

»Reden die anderen über mich?«

Ich denke einen Moment nach. »Keine Ahnung. Ich bleibe ziemlich für mich, ich rede nicht viel mit den anderen.«

»Oh … okay.«

Seine Stimme hört sich irgendwie fremd an. Vielleicht traurig? »Ich bin sicher, sie denken noch an dich«, sage ich. »In der Eingangshalle hängt ein Foto von dir. Das sehe ich immer, wenn ich reinkomme. Und vor dem Büro des Direktors auch. Die Leute in der Schule haben dich nicht vergessen.«

Sam antwortet nicht. Ich habe keine Ahnung, was ihm gerade durch den Kopf geht. Während ich still auf der Bank sitze und an Sams Freunde in der Schule denke, kommt mir plötzlich eine Frage. »Sag mal, redest du auch noch mit anderen?«

»Wie meinst du das?«

»Na, so wie wir jetzt. Am Handy.«

»Nein, nur mit dir.«

»Warum eigentlich?«

Sam antwortet nicht sofort. »Weil du die Einzige bist, die angerufen hat«, sagt er dann.

Ich denke darüber nach. »Heißt das, wenn jemand anders als ich angerufen hätte, wärst du auch drangegangen?«

»Nein, ich glaub nicht.«

»Und warum nicht?«

»Weil das zwischen uns anders ist«, sagt er. »Eine viel engere Verbindung. Kann auch sein, dass ich auf deinen Anruf gewartet habe. Irgendwie.«

»Und wenn hinter dem Ganzen auch noch irgendwas anderes steckt?«, frage ich.

»Was denn?«

»Keine Ahnung«, sage ich. Es ist das erste Mal, dass ich darüber nachdenke. »Vielleicht sollst du mir irgendeine Botschaft überbringen. Oder vielleicht soll ich für dich irgendetwas tun …«

»Vielleicht wollte ich ja nur deine Stimme hören und sicher sein, dass es dir gut geht«, sagt Sam. »Klingt das zu unglaubwürdig?«

Ich lehne mich zurück und denke darüber nach. »Wie viel Zeit haben wir?«

»Es wird nicht für immer sein. Wenn es das ist, was du wissen willst.«

Ich hatte befürchtet, dass er das antworten würde. Ich schlucke. »Heißt das, dass du eines Tages einfach nicht mehr drangehen wirst?«

»So wird es nicht laufen. Wir werden uns vorher voneinander verabschieden. Wir werden wissen, wann es so weit ist.«

»Du wirst mich nicht noch mal plötzlich verlassen?«

»Das werde ich nicht, Julie. Versprochen. Ich bleibe, solange ich kann.«

Ich schließe die Augen und bemühe mich, darin Trost zu finden. Ich stelle Sam keine weiteren Fragen mehr. Ich will diesen schönen gemeinsamen Tag nicht ruinieren. Als ich die Augen aufschlage, sehe ich Kirschblütenblätter über den Weg tanzen. An den Zweigen schimmern die Kirschblüten im Sonnenlicht wie lauter kleine Silbermünzen.

»Es wäre so schön, wenn du jetzt hier sein könntest«, flüstere ich.

»Ich wäre auch gern bei dir«, flüstert Sam.

Als ich nach Hause komme, dämmert es bereits. Sam und ich haben so lange telefoniert, dass ich jedes Zeitgefühl verloren habe. Ich wollte ihn noch einmal anrufen, sobald ich in meinem

Zimmer bin. Aber er hat geantwortet, dass wir lieber bis morgen warten sollen. Ist wahrscheinlich auch besser so. Obwohl ich nicht behaupten kann, dass die Schule für mich gerade an erster Stelle steht, habe ich doch viel zu lernen und nachzuholen. Auf meinem Schreibtisch stapeln sich die Bücher. Ich weiß gar nicht, wo ich anfangen soll. Trotzdem fällt es mir schwer, mich zu konzentrieren. Ich habe gerade mal *ein* Kapitel im Geschichtsbuch geschafft, als mich ein Geräusch an der Fensterscheibe aufschauen lässt. Eine Sekunde später fliegt noch einmal ein Kieselstein gegen das Fenster. Ich stehe auf und beuge mich raus.

Eine große Gestalt steht in der Einfahrt. Sie kommt mir bekannt vor.

»*Oliver*? Bist du das?«

In seiner Collegejacke steht er da und winkt zu mir hoch.

»Hallo, Julie! Wie geht's?«

»Was machst du hier?«

»Bin zufällig grade vorbeigekommen«, sagt er und zuckt lässig mit den Schultern. »Hab mir gedacht, ich sag mal Hallo. Ich hoffe, ich stör dich nicht.«

»Du hast gerade einen ziemlich großen Stein gegen mein Fenster geworfen!«

»Ähm, okay, war vielleicht etwas krass von mir …« Er hält entschuldigend die Hände hoch. Wirkt auf mich nicht so, als wäre er gerade zufällig vorbeigekommen.

»Was willst du denn hier? Brauchst du irgendwas?«

Er schüttelt den Kopf. »Nein. Nichts weiter. Also, ähm, vielleicht doch. Ich … also, ich wollte …«

»Spuck es aus.«

Oliver lässt die Hände sinken und seufzt. »Ich wollte dich fragen, ob du vielleicht ein paar Schritte mit mir spazieren gehen willst oder so.«

»Jetzt sofort?«

»Na ja, außer du hast grade was zu tun.«

»Hab ich.«

»Oh …«

Ich glaube, diese Antwort hat er nicht erwartet. Er blickt auf den Boden.

»Tut mir leid«, sage ich.

»Nein, nein … muss dir nicht leidtun«, sagt er. »Na, dann gehe ich eben wieder nach Hause.« Er dreht sich zur Seite und sieht zur Straße, als wollte er gehen. Aber das tut er nicht. Er steht wie festgefroren da. Ich warte ein paar Sekunden, aber nichts geschieht.

»Du bist ja immer noch da!«, rufe ich.

Oliver lässt den Kopf noch tiefer sinken. »Ich brauche einfach jemanden, mit dem ich reden kann«, sagt er leise.

Ich werfe einen Blick auf meine Hausaufgaben, dann wieder auf Oliver. »Okay, ich komm runter. Aber mach bloß nicht noch mehr Lärm.«

Oliver hält die Hand vor den Mund und reckt den Daumen hoch.

Als ich runterkomme, wartet er vor der Haustür auf mich, die Hände in den Hosentaschen. Das Licht geht automatisch an.

Oliver starrt mich mit großen Augen an. »Oh, ähm … das Hemd«, stammelt er und macht unwillkürlich einen Schritt zurück.

Weil es abends noch ziemlich frisch ist, habe ich, ohne viel nachzudenken, Sams Karohemd übergezogen, bevor ich aus dem Zimmer bin.

»Ich hab auf die Schnelle meine Jacke nicht finden können«, sage ich, krempele die Ärmel hoch und verschränke die Arme. Mehr will ich dazu nicht sagen. Oliver und ich stehen uns einen Augenblick schweigend gegenüber. »Wohin sollen wir gehen?«, frage ich.

»Egal, irgendwohin«, antwortet er. »Ich will nur ein bisschen mit dir reden, okay?«

»Okay.«

Er lächelt unsicher. Im Licht der Laterne über dem Hauseingang kann ich ihn jetzt besser sehen. Über der blassen Stirn kringeln sich seine dunkelbraunen Locken. Ich war auf seine Haare irgendwie immer neidisch. So schöne Locken gibt es doch gar nicht.

Er tritt zur Seite und macht eine einladende Geste die Treppe hinunter zur Einfahrt. »Nach dir.«

Schweigend gehen wir die Straße entlang. Die einzigen Geräusche kommen von unseren Schritten auf dem Asphalt und ein, zwei vorbeifahrenden Autos. Oliver starrt vor sich hin. Aber ich glaube nicht, dass er ein Ziel vor Augen hat.

Nach einer Weile beschließe ich, etwas zu sagen. »Wie wär's mit einem kleinen Gespräch?«, frage ich.

»Na klar«, sagte er. »Gern. Worüber willst du denn mit mir reden?«

Ich bleibe stehen. »Oliver … du bist zu mir gekommen, weil *du* mit mir reden willst.«

»Stimmt.« Er bleibt ebenfalls stehen, blickt nach rechts und links und überquert dann die Straße. Ich folge ihm widerwillig. »Hier entlang«, sagt er. Ich habe das Gefühl, dass er doch auf ein Ziel zusteuert.

Oliver dreht sich nicht zu mir um. Er geht einfach immer nur weiter. Irgendwann fragt er mich schließlich: »Denkst du viel an ihn?«

Ich brauche nicht nachzufragen, wen er meint. »Natürlich tue ich das.«

»Wie oft am Tag?«

»Dauernd.«

Oliver nickt. »Ich auch.«

Wir überqueren erneut die Straße, entfernen uns immer weiter von der Stadt. Oliver biegt auf einen schmalen Weg, von dem ich nicht weiß, wohin er führt. Ich folge ihm trotzdem.

»Bist du die letzten Tage mal auf Facebook gewesen?«, fragt Oliver. »Hast du bei Sam vorbeigeguckt?«

»Nein, ich bin nicht mehr auf Facebook. Warum?«

»Ist echt seltsam«, sagt er. »Die Leute posten dort immer noch. Bei Sam. Als könnte er das alles lesen.«

»Und was schreiben sie so?«

»Genau, was man so erwarten würde.« Oliver klingt angespannt. »Ich finde das schwer auszuhalten. Eigentlich ist da keiner mehr, ich erinnere mich schon gar nicht dran, wann ich dort das letzte Mal was gepostet habe. Und jetzt ist Sam tot und plötzlich toben sich bei ihm alle aus. Was soll das denn? Ich habe die Nachrichten alle gelesen. Sie sind nicht mal an ihn gerichtet, sondern an die anderen. So eine Art Wettbewerb, wer am meisten trauert.«

Ich weiß nicht recht, was ich darauf antworten soll. »Na ja, jeder hat vielleicht seine eigene Art, damit umzugehen. Lass es nicht zu sehr an dich rankommen.«

»Jeder hat seine eigene Art? Es ist bei allen gleich.«

Wir gehen weiter. Es ist schon spät, aber ich sage nichts. Der Weg führt uns immer weiter aus der Stadt hinaus. Ich könnte nicht mehr sagen, wie lange wir schon so gehen. Normalerweise bin ich um diese Zeit nicht mehr auf solchen Wegen unterwegs, aber Oliver ist ja bei mir. Ich spüre, dass es ihm genauso geht. Er wäre jetzt auch nicht gern allein.

Es ist kalt geworden. Ich sehe meinen Atem vor mir. Aber aus irgendeinem Grund fröstle ich nicht. Ich lausche auf das Geräusch meiner Schritte. Plötzlich bleibt Oliver stehen und ich rumple beinahe gegen ihn. Dann blicke ich hoch und sehe das Schild. Sogar in der Dunkelheit sind die weißen Buchstaben gut zu lesen: *SIE VERLASSEN JETZT ELLENSBURG.*

Wir stehen am Ortsende. Vor uns erstreckt sich eine weite Ebene mit Wiesen und Feldern. Wir befinden uns auf der Grenze zwischen Ellensburg und dem Rest der Welt. Es ist still.

Am Himmel scheinen die ersten Sterne. Der Mond ist gerade erst über den Bäumen aufgegangen und taucht die Landschaft in ein kaltes Licht.

Oliver markiert mit dem Fuß die Grenzlinie, während ich neben ihm stehe und auf die Landschaft schaue. Er starrt eine Weile in die Ferne, die Hände in den Hosentaschen vergraben.

»Sam und ich sind oft hierhergekommen«, sagt er schließlich. »Ist schon eine Weile her.« Er sieht mich an. »Das war, bevor er dich kennengelernt hat.«

Ich antworte nichts.

Er blickt wieder in die Weite. »Weißt du, dass ich lange total sauer auf dich war?«

»Warum?«

»Weil du mir meinen besten Freund weggenommen hast«, sagt er. »Ganz ehrlich? Ich war immer ein bisschen eifersüchtig auf dich. Immer hat er mich allein gelassen, um sich mit dir zu treffen. Und wenn wir mal etwas miteinander unternommen haben, hat er dauernd nur von dir geredet.«

Ich blicke ihn von der Seite an und muss lachen. »Das ist lustig. Weil ich nämlich aus demselben Grund auf dich eifersüchtig war.«

Oliver sieht mich kurz an und grinst. »Sam und ich hatten so viele gemeinsame Pläne. Wir wollten irgendwann weg aus Ellensburg. Wenn wir von allem hier die Nase echt voll hatten oder wenn einer von uns richtig mies drauf war, sind wir hierhergekommen und haben einen großen Schritt über die Grenzlinie gemacht, auf die andere Seite.« Er macht es vor. »Wir haben uns oft darüber unterhalten, dass wir zuerst noch hier an der Central Washington studieren würden, aber dann wollten wir fort. Später hatte er dann andere Pläne, mit dir.«

»Und deshalb hast du immer so getan, als wäre ich Luft für dich?«

»Tut mir leid.«

»Schon okay«, sage ich und mache ebenfalls einen großen Schritt. »Ich war zu dir ja auch nicht gerade nett.«

Nach einer Weile seufzt Oliver auf, seine Augen glänzen. »Es bringt mich echt um, weißt du. Dass er es nie rausgeschafft hat. Bis hierher und nicht weiter. Weiter ist er im Leben nicht gekommen.« Er schüttelt den Kopf.

Ich schlucke. »Ja, empfinde ich auch so.«

»Aber ich bin froh, dass er dich getroffen hat«, sagt Oliver, ohne mich dabei anzuschauen. »Du hast ihm echt viel bedeutet. Wenn er mit dir zusammen war, wirkte er danach immer so glücklich. Das wenigstens hatte er im Leben.« Als ich nicht antworte, fährt er fort: »Hör nicht auf die anderen. Hör nicht auf das, was sie dir vorwerfen. Jedenfalls manche von ihnen. Sie haben überhaupt keine Ahnung.« Ich blicke in die Ferne, als er fortfährt: »Sam hat dich wirklich geliebt. Wenn sie ihn auch nur etwas gekannt hätten, wüssten sie, dass nicht stimmt, was sie jetzt sagen. Es hätte ihn total wütend gemacht. Wenn ich davon was mitkriege, schreite ich sofort ein.«

Weil mir darauf nichts Besseres einfällt, sage ich: »Danke.«

Wir stehen noch eine Weile nebeneinander und schauen auf die Ebene hinaus. Dann sagt Oliver wie aus dem Nichts und eher zu sich selbst oder zum Mond als zu mir: »Ich wünschte, ich könnte ihm noch eine allerletzte Sache sagen.« Er dreht sich zu mir. »Denkst du manchmal daran? Was du Sam sagen würdest, wenn du noch einmal die Gelegenheit dazu hättest?«

Ich blicke auf den Boden. Er weiß nicht, dass ich diese Chance bereits habe. Dass ich immer noch mit Sam in Verbindung stehe. Dass ich ihn immer noch habe. Aber das kann ich ihm nicht sagen. »Ja, darüber habe ich nachgedacht.«

»Dann geht es dir wie mir.«

Es ist bereits spät. Ein paar Minuten lang stehen wir noch schweigend da, jeder in seine Gedanken verloren, und schauen auf den Rest der Welt hinaus, bevor wir schließlich umkehren und zurückgehen.

❀

Oliver begleitet mich bis zur Haustür. Bevor ich reingehe, muss ich ihn doch noch fragen: »Und was würdest du ihm noch sagen wollen?«

Oliver schaut mich verwirrt an.

»Sam. Wenn du Gelegenheit dazu hättest.«

»Oh, ähm, ich …«, stammelt er. Sein Mund klappt auf und zu, als hätte er das Sprechen verlernt. Als würde ihn etwas daran hindern. Ich will ihn nicht bedrängen und berühre ihn am Arm.

»Du musst es mir nicht sagen.«

Oliver atmet erleichtert auf. »Vielleicht ein anderes Mal«, sagt er.

Ich lächle und schließe die Haustür auf.

»Meinst du, das könnten wir mal wieder machen?«, fragt Oliver.

»Wieder mal einen Spaziergang machen?«

»Ja.« Er nickt. »Oder vielleicht was anderes gemeinsam unternehmen?«

Ich denke darüber nach. »Gerne. Aber klingle das nächste Mal lieber. Oder schreib mir eine Nachricht.«

»Ich werde versuchen, mich daran zu halten«, sagt er. »Bloß musst du mir auch antworten. Ich hatte dir nämlich geschrieben.«

»Wann?«

»Heute Nachmittag. Und gestern auch.«

»Echt, schon ein paar Mal? Bei mir ist nichts angekommen.« Ich checke noch einmal meine Nachrichten, um sicher zu sein. Da ist keine von Oliver. Mir fällt auf, dass ich überhaupt keine Textnachrichten mehr bekomme. Von niemandem. Kommen sie nicht mehr durch? Seit dem Zeitpunkt, als ich angefangen habe, mit Sam zu telefonieren, scheint das so zu sein. Seit ein paar Tagen. »Muss an meinem Handy liegen. Ist in der letzten Zeit nicht mehr besonders zuverlässig.«

»Puuh, da bin ich jetzt aber erleichtert«, sagt Oliver. »Ich hab gedacht, du willst nichts von mir wissen.«

»Und deshalb bist du dann zu mir gekommen und hast Steinchen gegen mein Fenster geworfen?«

Oliver grinst. »Na ja … ich kann ziemlich hartnäckig sein.«

»Ein bisschen schon. Also dann … ich muss jetzt …«

Oliver kommt ohne Vorwarnung einen Schritt näher und legt wieder die Arme um mich, diesmal länger als beim letzten Mal. Aber ich lasse es geschehen. »Dein Hemd«, flüstert er. »Es riecht immer noch nach ihm.«

»Ja.«

Wir verabschieden uns. Dann gehe ich ins Haus. Ich kriege mit, wie Oliver noch kurz reglos dasteht, dann die Stufen runter und vor zur Straße geht. Beim Zähneputzen denke ich darüber nach, was Oliver wohl zu Sam sagen würde, wenn er noch eine letzte Gelegenheit dazu hätte. Ich frage mich, ob er es mir jemals anvertrauen wird. Aber vielleicht ahne ich es ja auch bereits.

SECHSTES KAPITEL

Einen Song gibt es, den ich beim Schreiben immer wieder höre. Er heißt »Fields of Gold« und ich höre ihn in der wunderschönen Live-Version von Eva Cassidy. Das Stück beginnt mit einer fernen Gitarrenmusik und einer traurigen Stimme, die wie ein heulender Wolf oder ein klagender Singvogel klingt. Jedes Mal schließe ich dann die Augen und sehe mich selbst in einem goldenen Ährenfeld stehen, frischer Wind fährt mir durch die Haare, und hinter mir geht die Sonne unter. Nie ist jemand bei mir, es gibt immer nur mich, die endlos sich erstreckenden Felder und den Klang der Gitarre, die von irgendwoher ertönt, von einem Ort, den ich nicht sehen kann.

Sam hat den Song eigens für mich eingeübt, nachdem er mir irgendwann mal im Unterricht auf die Schulter getippt und mich gefragt hatte, was ich da höre. Ich weiß noch, wie wir eines Tages nebeneinander im Gras lagen und ich ihn da gebeten habe, das Lied für mich zu singen, obwohl ich wusste, dass er manchmal vom Klang seiner eigenen Stimme irritiert war, und wie er darauf antwortete: »Irgendwann mal.« Ich habe ihn danach noch oft darum gebeten, und immer fiel ihm irgendein Vorwand ein, es nicht zu tun: dass er sich an dem Tag noch nicht eingesungen habe oder dass er gerade heiser sei oder dass er noch mehr üben müsse. Vielleicht hatte er auch Angst, mir den Song zu ruinieren, gerade weil ich ihn so sehr liebte. Er hat ihn mir nur ein paarmal vorgesummt, bei besonderen Anlässen wie damals an dem Abend, als er neben mir auf der Treppe vor unserem Haus hockte, nachdem ich Dad beim Auszug geholfen und am Schluss noch nachgewunken hatte.

Während ich in meinem Zimmer sitze und den Song höre, überkommt mich plötzlich die Erkenntnis, dass Sam ihn jetzt nie mehr für mich singen wird. Dieses »Irgendwann einmal« wird es nie geben.

❀

Der nächste Tag gehört Sams Musik. Im Auto meiner Mutter finde ich eine seiner alten CDs, sitze vor der Schule allein im Auto und höre mir alle Stücke an. Es ist eine Playlist, die er für mich aus geremixten Live-Aufnahmen zusammengestellt hat, alles in seinem Zimmer selbst produziert. Wunderschöne Gitarrenriffs von ihm zu bekannten Songs, die er dadurch in seine eigenen Stücke verwandelt hat. Sein Musikgeschmack hatte einen altmodischen Touch, stark durch die Plattensammlung seines Vaters beeinflusst. Elton John, Air Supply, Hall & Oates. Obwohl heute keiner mehr CDs hört, hat er mir immer wieder welche gebrannt. Denn er wusste, dass ich lieber etwas zum Anfassen habe. Bei Büchern ist es genauso. Ich möchte ein Exemplar in die Hand nehmen können. Sam hat mir in den drei Jahren, die wir zusammen waren, Dutzende solcher CDs geschenkt, deren Playlist immer länger und ausgeklügelter wurde. Er drückte in ihnen aus, was er für mich empfand – aber das begriff ich erst allmählich. Er mochte langsame Lieder, das hatten wir gemeinsam. Einer seiner Lieblingssongs war »Landslide« von Fleetwood Mac. Wenn jemand ihn um ein Stück auf der Gitarre gebeten hat, war das einer seiner Dauerbrenner. Die Musikszene in Ellensburg ist nicht gerade der Hit, aber Sam hat das Beste daraus gemacht. Er trat in der Schule auf, bei Hochzeiten, in Coffeeshops, wenn sie ihn ließen, und ganz oft hat er einfach nur für uns gespielt, für seine Freunde oder für mich. Ellensburg sei nicht groß genug für ihn, habe ich immer zu ihm gesagt. Und er sagte dasselbe zu mir.

Mir dämmert auf einmal, dass es nach meiner Ausmistaktion die einzige CD ist, die ich noch von ihm habe. Vorne drauf steht in seiner Handschrift mit blauem Filzstift mein Name. Bevor ich aussteige, stecke ich die CD sorgfältig in die Hülle und lasse sie in meine Tasche gleiten, um sie immer bei mir zu haben.

In der Schule hat sich nichts geändert. Die Köpfe drehen sich weg, wenn ich vorbeigehe, und keiner spricht mit mir ein Wort. Es macht mir nichts mehr aus, ignoriert zu werden. Wenn man in Ruhe gelassen wird, hat das auch seine Vorteile. Weil Kunstgeschichte der einzige gemeinsame Kurs von Mika und mir ist, habe ich mich heute darauf gefreut. Wieder Fehlanzeige. Ich habe sie schon eine ganze Weile nicht mehr gesehen. Auch auf meine Textnachricht von heute Morgen hat sie bis jetzt noch nicht geantwortet. Ob ich mir Sorgen machen muss? Ich hoffe, dass bei ihr alles in Ordnung ist. Vielleicht bekommt sie meine Nachrichten nicht?

Nach der dritten Stunde wartet Jay auf dem Flur auf mich. Er trägt über seinem T-Shirt ein himmelblaues Hemd, die Ärmel hochgekrempelt. Die Haare hat er heute anders als sonst gestylt, einzelne Strähnen fallen ihm bis über die Augen, was ihn wie einen Pop-Star aussehen lässt. Es ist schon fast kriminell, wie wenig sein besonderer, total lässiger Stil an der Schule erkannt, geschweige denn wertgeschätzt wird. Als ich ihm ein Kompliment mache, lächelt er, was seine hohen Wangenknochen noch deutlicher hervortreten lässt.

»Kann es sein, dass du bei dir zu Hause in Thailand Model warst?«, frage ich.

Jay wirft sich vor mir in Pose, dreht den Kopf hin und her, seine Augen strahlen im Neonlicht.

»Merkt man das?«

»*Na, bei deinen Wangenknochen.*«

Wir haben uns mit Yuki außerhalb der Schule zur Mittagspause verabredet. Rachel ist heute nicht dabei. Sie will mit ein paar Freundinnen und Freunden einen Asian Student Club gründen und braucht dafür bis nächste Woche fünfundzwanzig Unterschriften. Jay hat mir erzählt, dass es nicht leicht ist, dafür Leute zu finden.

In der Eingangshalle ist ein Tisch aufgestellt, hinter dem Rachel mit ihrer Freundin Konomi sitzt. Sie reden gerade mit ein paar Leuten aus unserem Jahrgang. Als ich bemerke, dass darunter auch Taylor und Liam sind, sendet mein Körper sofort Alarmsignale.

Liam greift nach einem Flyer. »Aber wir können hier gar nicht unterschreiben! Da steht, dass es nur für Asiaten ist.«

»Nein, das steht hier nicht«, sagt Rachel.

Taylor neigt den Kopf und tut so, als würde sie sich dafür interessieren. »Was sind die Bedingungen?«

»Keine«, antwortet Rachel. »Jeder kann mitmachen.«

»Aber warum heißt es dann Asian Student Club?«, fragt Taylor und deutet auf das Schild. »Klingt nicht sehr nach Inklusion. Was wollt ihr überhaupt machen?«

»Wahrscheinlich Gelder von der Schule einstreichen, um Zeichentrickfilme zu gucken.« Liam lacht.

Meine Wangen brennen. Wenn Sam hier wäre, würde er jetzt eingreifen und etwas sagen. Aber er ist nicht mehr hier. Würde er von mir erwarten, dass ich jetzt etwas sage? Dass ich mich einmische? Während ich noch dastehe und überlege, geht Jay auf die Gruppe zu.

»Was ist euer Problem?«

Liam mustert ihn abschätzig. »Wer sagt, dass wir ein Problem haben?«

»Wenn du kein Interesse an dem Club hast, dann lass sie doch in Ruhe«, sagt Jay. »Deine lahmen Witze braucht keiner.«

Taylor verschränkt die Arme. »Haben wir einen Witz erzählt?«

»Mit dir hat sowieso keiner geredet«, sagt Liam und pflanzt sich auf, als wolle er damit Jay in die Flucht schlagen. Jay lässt sich dadurch nicht beeindrucken und weicht keinen Schritt. Bevor die Situation weiter eskalieren kann, trete ich dazwischen.

»*Hahaha*, total witzig«, sage ich zu Liam. »Warum lässt du sie nicht einfach in Ruhe? Zisch ab. Du verschwendest hier nur unsere Zeit.«

Liam wechselt einen Blick mit Taylor, dann dreht er sich zu mir. »Belästigen wir deine Freunde? Die Einzigen, die hier an der Schule noch mit dir reden? Wenigstens sprechen sie Englisch, das ist ja schon mal was.«

»Arschloch!«, rufe ich.

Er blickt mich an. »Ich bin jedenfalls zur Beerdigung meines Freundes gegangen, was hier nicht alle von sich behaupten können. Und ich hatte auch nichts mit seinem Tod zu tun.«

Mir wird eiskalt. Ich weiß nicht, was ich darauf erwidern soll. Ich stehe nur reglos da und bemühe mich, nicht zu zeigen, wie schockiert ich bin. Taylor schüttelt theatralisch den Kopf, bevor sie sich von mir abwendet. Im Weggehen greift sich Liam noch eine Handvoll Bonbons aus der Schale auf dem Tisch und stopft sie in die Hosentasche.

»Wir sehen uns später.«

Als sie verschwunden sind, atme ich erleichtert auf und drehe mich zum Tisch.

»Alles okay, Rachel?«, frage ich.

»Alles in Ordnung.« Rachel lächelt mich an, als sei wirklich alles okay, als würde sie nicht verletzen, was die beiden gesagt haben. Dieses Lächeln werde ich nie begreifen. »Und was ist mit dir?«, fragt sie zurück. »Bei dir alles okay?«

Ich weiß nicht, was ich ihr darauf antworten soll, nehme einen Kugelschreiber und unterschreibe auf der Liste.

❀

Der Tag wird nicht besser. In keiner Unterrichtsstunde gelingt es mir, mich zu konzentrieren. Bei jedem Blick auf die Uhr habe ich das Gefühl, dass sie stehen geblieben ist. Alles zieht sich wie Kaugummi. Ich fange an, in eines meiner Hefte zu schreiben, und schaue aus dem Fenster, alles in der Hoffnung, dass die Zeit schneller vergeht. Aber nichts hilft. Niemand setzt sich neben mich. Ich tue so, als würde es mir nicht auffallen. Die Lehrer predigen vor sich hin, und ich höre kein Wort von dem, was sie sagen. Ich denke immer nur an Sam. Ich wünschte, ich könnte jetzt mit ihm reden. Aber wir haben verabredet, dass ich ihn erst heute Abend anrufe. So lang muss ich durchhalten. Und während ich in Englisch in der letzten Reihe sitze, kommt mir plötzlich eine Idee. Ich wundere mich, warum mir das nicht schon früher eingefallen ist. Ich ziehe mein Handy heraus und schicke ihm eine Textnachricht. Ich schreibe ihm, wie sehr ich ihn vermisse.

Unzustellbar.

Ich versuche es noch einmal. Wieder kein Glück. Merkwürdig. Da muss ich bei ihm später mal nachhaken.

Es klingelt. Die Stunde ist zu Ende, und ich bin davon erlöst, noch eine lange Passage aus *Oliver Twist* vorlesen zu müssen. Alle fangen an, ihre Sachen zusammenzupacken. Da sagt Mr Gill, unser Englischlehrer, etwas, das mich erschrocken hochfahren lässt.

»… und alle, die es noch nicht getan haben: Vergessen Sie nicht, bei mir die Hausarbeit abzugeben, bevor Sie rausgehen.«

Hausarbeit? Erst jetzt fällt mir schockartig ein, dass wir ja einen Vergleich zwischen Hamlet und Gatsby ziehen sollten. Das hatte ich komplett vergessen. Wir hätten die Arbeit vergangenen Mittwoch abgeben sollen, aber Mr Gill hat den Termin extra um eine Woche verschoben. »Wegen des Todesfalls an unserer Schule«, wie er schrieb. Wegen Sam. Er hatte uns deswegen mehrere Mails geschickt und uns an den Abgabetermin erinnert.

Aber ich hatte es total verschwitzt. Eine Hausarbeit später als vereinbart abzugeben, das gibt es bei Mr Gill nicht. Einen Termin zu versäumen, ist bei ihm ein unentschuldbares Vergehen.

Während alle aus dem Klassenzimmer strömen, bleibt mir nichts anderes übrig, als mich der Situation zu stellen. Vorsichtig nähere ich mich dem Lehrerpult, ohne darüber nachgedacht zu haben, was ich sagen will. Deshalb mache ich keine großen Worte, sondern komme einfach gleich zur Sache.

»Tut mir sehr leid, Mr Gill, aber ich habe die Hausarbeit noch nicht geschrieben.«

»Und warum nicht?«

»Ich habe keine wirkliche Entschuldigung dafür. Es war mir nur alles zu viel.«

Er blickt auf den Stapel mit den Hausarbeiten, der vor ihm liegt. »Da haben Sie recht. Das ist keine Entschuldigung.«

»Ich weiß, es tut mir auch wirklich leid. Ich bin in ganz vielen Fächern hintendran.« Ich weiß nicht, was ich sonst noch sagen soll. »Wäre es vielleicht möglich, dass ich die Arbeit morgen abgebe oder so?«

»Ich habe euch dafür bereits eine Woche mehr gegeben, Julie.« Mr Gill steht auf, greift nach dem Stapel mit den Arbeiten.

»Ich weiß … aber die zwei vergangenen Wochen waren für mich wirklich sehr hart«, sage ich, während ich neben ihm hergehe. »Es ist mir unglaublich schwergefallen, mich auf irgendetwas zu konzentrieren.«

»Das verstehe ich. Deshalb habe ich den Abgabetermin ja um eine Woche verschoben«, wiederholt er, als wäre das bereits genug gewesen. So als sollte ich ihm dafür besonders dankbar sein. »Ich kann Ihnen keinen längeren Aufschub geben, weil das gegenüber dem Rest der Klasse ungerecht wäre.«

»Bitte, Mr Gill …«, sage ich verzweifelt. »Kann ich die Arbeit nicht einfach später abgeben und dafür einen Punkteabzug bekommen?«

»Tut mir leid, Julie. Ich kann eine verspätete Abgabe nicht akzeptieren. Das ist gegen die Vorschriften.«

»Aber warum nicht? Warum können Sie mir deswegen nicht einfach eine schlechtere Note geben?« Wir müssen im Halbjahr vier Hausarbeiten schreiben. Wenn ich in einer davon null Punkte habe, könnte das bedeuten, dass ich den Notendurchschnitt nicht erreiche und meinen Abschluss nicht machen kann. Und wenn ich meinen Abschluss nicht machen kann, muss ich hier in dem bescheuerten Ellensburg bleiben und kann nicht nach Portland, um dort aufs Reed College zu gehen und Literarisches Schreiben zu studieren, wobei mir wieder einfällt, dass sie auf meine Bewerbung immer noch nicht reagiert haben.

»Weil das hier eine Vorbereitung auf das wirkliche Leben ist.« Mr Gill deutet ins Ungefähre aus dem Fenster. »Und da draußen erlaubt dir das Leben auch keinen Aufschub. Egal, wie schlecht es dir geht. Das soll dir eine Lehre sein. Du wirst mir später noch dafür dankbar sein.«

Er hebt eine Hand, um anzuzeigen, dass unser Gespräch hiermit beendet ist. Es ist nicht das erste Mal, dass er so etwas von sich gibt. Er glaubt wirklich, dass er mir mit seiner Strenge einen großen Gefallen tut. *Aber das ist nicht das wirkliche Leben*, möchte ich ihm am liebsten hinterherrufen. *Das ist die Highschool. Und ich würde wirklich gern sagen, dass es mir scheißegal ist, aber es könnte schwerwiegende Folgen für den Rest meines Lebens haben, wenn ich hier im Englischkurs durchfalle.*

Ich antworte darauf nichts mehr, weil es sowieso vergebens wäre. Sondern stürme schnell davon, bevor ich etwas sage, was ich später bereuen würde. Und so ungern ich das zugebe, es ist vielleicht auch was Wahres dran. Ich sollte mich besser auf eine Welt da draußen vorbereiten, in der niemand dir beisteht oder bereit ist, dir zu helfen, selbst wenn es für den anderen mit keinerlei Mühe verbunden wäre.

Ich muss dringend nach Hause und mit Sam reden. Er wird mich verstehen. Ich sause zu meinem Spind, um noch ein paar Sachen zu holen, und dann nichts wie weg. Doch da wartet jemand auf mich.

»Oh … Mika.«

Sie sagt nichts. Sieht mich nur an. Ihr Gesicht ist blass und sie hat dunkle Ringe unter den Augen. Vielleicht ist sie ja krank.

»Alles in Ordnung bei dir?«

»Ja, alles okay.«

»Ich hab dich in letzter Zeit gar nicht gesehen. Ich habe dir ein paarmal geschrieben.«

»Ich bin zu Hause geblieben.«

Ihre Haare sind ein einziges Durcheinander. Ich streiche ihr ein paar Strähnen aus dem Gesicht. »Du siehst müde aus«, flüstere ich.

»Danke, hab's kapiert. Tut mir leid, dass ich so fürchterlich aussehe«, sagt sie und lehnt sich an einen Spind.

»Das hab ich nicht gesagt.«

»Es gab so viele Dinge zu regeln.« Sie blickt nach rechts und nach links. »Und außerdem mag ich nicht mehr hier sein.«

»Du meinst, in der Schule?«

Sie weicht meinem Blick aus.

»Gibt es irgendetwas, das ich für dich tun kann?«

Mika schaut mich an. »Wir veranstalten heute Abend eine Gedenkfeier für Sam. Es wäre schön, wenn du auch kommen würdest.«

»Gibt es noch mal eine?«

»Es ist eine Lichterkette«, sagte sie. »Die Schule hat meine Familie gebeten, sie zu organisieren. Wir treffen uns vorher. Ich könnte deine Hilfe wirklich gut brauchen.«

Sam und ich haben uns heute Abend am Telefon verabredet. Ich will ihn nicht vergebens auf mich warten lassen. Er wird sich bestimmt Sorgen machen. Aber das kann ich Mika natürlich nicht sagen. Was soll ich ihr jetzt antworten? »Ich weiß nicht, ob ich schon so weit bin, dass ich ...«

Mika mustert mich. »Willst du da auch wieder nicht kommen?«

»Mika –«, beginne ich.

»Warum habe ich überhaupt gefragt«, murmelt sie und bückt sich zu ihrem Rucksack auf dem Boden. »Ich wusste, dass du nicht kommen würdest«, sagt sie. »Wir sehen uns.«

Es gibt mir einen Stich ins Herz. Ich stehe weiter an meinem Spind, fühle mich schuldig und weiß nicht, was ich antworten soll. Wenn ich ihr nur sagen könnte, warum ich nicht komme. Aber so wie jetzt kann es zwischen uns nicht bleiben. Als Mika fortgeht, packe ich sie am Arm.

»Ich komme! Ich komme zur Lichterkette!«

»Musst du nicht«, sagt sie und zieht ihren Arm weg.

»Will ich aber. Im Ernst. Ich will diesmal dabei sein.«

Mika sieht mich genau an, so wie sie das immer tut. »Komm um acht Uhr bei mir vorbei, wenn du willst. Dann gehen wir zusammen hin.«

Da bin ich mit Sam am Telefon verabredet. Aber ich kann ihn bestimmt auch gleich anrufen, wenn ich zu Hause bin. Er wird das verstehen. Ich will Mika nicht noch einmal enttäuschen. Ich hasse es, wenn es zwischen uns Spannungen und Missverständnisse gibt.

»Ich komme. Versprochen.«

»Heute Abend«, wiederholt sie.

»Heute Abend.«

❀

Kaum im Haus, lasse ich meine Tasche auf den Boden fallen. Es ist überall still – meine Mutter muss noch an der Uni sein. Als ich die Tür zu meinem Zimmer aufmache, fährt ein Windstoß durch das geöffnete Fenster und wirbelt Blätter von meinem Schreibtisch auf den Fußboden. Ich laufe schnell hin, um das Fenster zu schließen, aber der Rahmen klemmt mal wieder. Auch nachdem ich ein paarmal dagegengeschlagen habe, tut sich nichts, deshalb gebe ich auf. Die Papiere aufzuheben, ist mir zu mühsam, ich lasse sie einfach auf dem Boden liegen und gehe darum herum. Eigentlich wollte ich zu Hause in das neue Buch von Mr Lee schreiben, an dem Text arbeiten, den ich am Reed einreichen muss. Aber dazu fehlt mir jetzt der Elan. Der Tag in der Schule hat mir alle Kraft geraubt. In meiner linken Schläfe verspüre ich ein Pochen. Hoffentlich werden die Kopfschmerzen nicht schlimmer. Ich muss dauernd an Liam und Taylor und Mr Gill denken, und an die idiotische Hausarbeit, die ich nicht abgegeben habe.

Wenn ich jetzt bloß mit Sam reden könnte. Er fehlt mir so. Ich vermisse seine Nähe. Es fehlt mir, im selben Zimmer mit ihm zu sein, meinen Kopf an seine Schulter zu legen, mit ihm über alles zu reden, was mich beschäftigt. Er war immer für mich da. Hat mir immer zugehört. Auch wenn er nicht wusste, was er mir antworten sollte. Ich checke mein Handy. Wir sind erst für heute Abend verabredet. Aber da habe ich Mika versprochen, zur Lichterkette zu kommen. Es war ein so schrecklicher Tag und ich brauche ihn so dringend. Sein Karohemd hängt über der Stuhllehne. Ich starre es lange an. Dann beschließe ich, ihn jetzt gleich anzurufen. Versuchen kann ich es ja.

Das Handy klingelt länger als sonst. Aber schließlich geht er dran. Seine Stimme klingt warm in meinem Ohr. »*Hallo …*«

»*Sam.*«

»Ich habe nicht erwartet, schon so bald wieder von dir zu hören«, sagt er. »Alles in Ordnung bei dir?«

»Ich hab's nicht mehr ausgehalten«, sage ich. »Hoffentlich störe ich dich nicht.«

»Schon okay. Du kannst mich immer anrufen, Jules. Wann immer du mich brauchst.«

Ich atme erleichtert auf. »Super. Gut zu wissen.«

»Geht es dir wirklich gut? Du klingst angespannt.« Er konnte mir schon immer an der Stimme anhören, wie es mir geht. Das gehört zu den Dingen an ihm, die ich am meisten geliebt habe. Meine Gefühle konnte ich vor ihm nie verstecken.

»Ich hatte einen harten Tag. Das ist alles.«

»Was war los?«

»Ach, nur lauter so Schulkram«, sage ich. »Nicht wirklich wichtig.« Ich habe mich auf die Bettkante gesetzt und gebe einen tiefen, langen Seufzer von mir, um etwas von meiner Anspannung loszuwerden. Ich habe nicht vor, Sam alle Einzelheiten zu erzählen. Damit will ich unser Gespräch nicht ruinieren, nicht mit überflüssigem Gerede über eine Hausarbeit in Englisch, die ich ganz vergessen habe. »Ist es nicht wert, drüber zu reden.«

Sam lacht. »Julie, bist das wirklich du?«

»Wie meinst du das?«

»Na, ich weiß noch, wie du mal stundenlang mit mir durchgekaut hast, was du mit dem viel zu lange nicht zurückgegebenen Buch aus der Schulbücherei anfangen sollst. Erinnerst du dich?«, antwortet er. »Du kannst mir alles sagen. Tu einfach, als wäre es wie davor. Was gibt's?«

Ich seufze. »Ich bin einfach mit allem hintendran. Und außerdem habe ich vergessen, meine Hausarbeit zu schreiben.«

»Die für Mr Gill?«

»Ja«, sage ich. »Aber so schlimm ist es auch wieder nicht. Wir müssen bei ihm ja noch eine schreiben, und wenn ich da eine gute Note bekomme, dürfte es reichen.« Ich werfe einen Blick auf den Kalender über meinem Schreibtisch. »Und bis zur Abschlussfeier ist es nicht mehr lange hin. Das heißt, dass ich nur noch ein bisschen länger durchhalten muss. Aber wird schon werden.« Ich will nicht, dass Sam sich Sorgen macht. Es ist das erste Mal, dass ich mich ihm gegenüber so verhalte. Auch wenn ich mir nicht sicher bin, ob ich es wirklich hinkriege.

»Die Abschlussfeier …«, wiederholt Sam gedankenverloren. »Das hab ich fast vergessen. Muss schön sein, etwas vor sich zu haben … Pläne zu machen.«

Auf einmal habe ich einen Kloß im Hals. Was kann ich darauf antworten? »Ja, stimmt …«, sage ich. Die Vorstellung, mit Hut und Talar anzutanzen und meinen Schulabschluss zu feiern, kommt mir auf einmal lächerlich vor. Vor allem, wenn Sam nicht dabei ist. Vielleicht sollte ich einfach gar nicht hingehen …

»Weißt du jetzt schon, was du danach machen willst? Wie steht's mit deinen Plänen?«

»Ähm-äh …« Ich verstumme, weil ich es selbst nicht recht weiß. Sam und ich haben ganze Nächte damit verbracht, darüber zu diskutieren, was wir nach der Schule machen wollten. Haben für uns eine gemeinsame Zukunft entworfen. Wo wir leben wollten, was wir alles machen wollten, welche Berufe wir haben würden. Und jetzt ist er tot und alle gemeinsamen Pläne haben sich zerschlagen. »Ich weiß noch nicht. Ich überlege noch.«

»Hast du inzwischen was vom Reed gehört?«, fragt Sam.

»Nein … noch nicht.«

»Sie nehmen dich bestimmt. Das wird schon.«

»Hoffentlich.«

Die Wahrheit ist, dass ich inzwischen etwas gehört haben müsste. Ich gucke jeden Morgen nach, ob endlich ein Brief gekommen ist. Mit meinen Noten ist das Reed eine realistische Wahl. Ehrlich gesagt habe ich die Nase voll von all diesen Büchern, in denen die Protagonistinnen sich nur an Eliteunis bewerben und es wundersamerweise immer irgendwie schaffen, angenommen zu werden. Dafür habe ich nicht den passenden Lebenslauf. Das Reed dagegen gefällt mir, weil es weniger hochtrabend daherkommt und trotzdem einen ziemlich guten Ruf hat.

Aber darüber will ich jetzt nicht reden. Nicht über die Zukunft. Eine Zukunft, die es für Sam nicht mehr geben wird. Deshalb wechsle ich das Thema. »Ich habe heute in der Schule

Mika getroffen«, sage ich. »Sie veranstalten für dich heute Abend eine Lichterkette, mit Kerzen und so. Sie hat mich gebeten, mitzukommen. Ich glaube, da werden viele von unserer Schule da sein.«

»Mika …« Sams Stimme leuchtet auf, als er ihren Namen sagt. »Wie geht es ihr?«

»Nicht so gut. Sie vermisst dich sehr.«

»Ich vermisse sie auch«, sagt Sam. »Ich denke viel an sie. Manchmal wünsche ich mir, ich könnte auch mit ihr reden.«

Ich wechsle mit dem Handy ans andere Ohr. »Warum tust du's dann nicht? Das würde ihr unendlich viel bedeuten.« Sam und Mika sind gemeinsam aufgewachsen. Sie standen sich so nahe wie Bruder und Schwester.

Sam seufzt. »Würde ich, wenn ich könnte.«

Durch das geöffnete Fenster höre ich, wie in unserer Einfahrt ein Auto parkt. Meine Mutter. Ich stehe auf, um die Zimmertür abzuschließen, damit sie nicht einfach hereingestürmt kommt. Manchmal macht sie das.

»Ich würde dich gern um etwas bitten«, sagt Sam nach einer Weile. »Darf ich?«

»Natürlich. Alles, was du magst.«

»Jetzt, wo ich nicht mehr da bin, kannst du dich da vielleicht um Mika kümmern? Dass es ihr gut geht?«

»Natürlich, Sam. Mach ich.« Ich habe ein schlechtes Gewissen, dass er mich darum bitten muss. Und nehme mir fest vor, mich gleich nach dem Gespräch mit ihm bei ihr zu melden. »Ich kümmere mich um sie, versprochen. Außerdem sind wir ja Freundinnen.«

»Danke«, sagt Sam. »Sie kann jetzt bestimmt eine gute Freundin gebrauchen. Auch wenn sie es nie zugeben würde. Denk bitte dran!«

»Ich denke dran! Mach dir keine Sorgen!«

»Ich weiß, dass du das nicht vergisst. Du denkst immer an alles.

Das bedeutet mir sehr viel.« Viel mehr gibt es dazu zwischen uns nicht zu sagen. Wir unterhalten uns noch eine Weile weiter, bis meine Mutter von unten ruft, dass ich ihr helfen soll, die Einkäufe in die Küche zu tragen. »Wir sollten jetzt sowieso besser aufhören«, sagt Sam. »Ich bin mir sicher, du hast heute Nachmittag noch viel zu tun. Ich will dich nicht von deinem Leben abhalten.«

»Aber du warst für mich mein Leben.«

Sam lacht. »Wir telefonieren morgen wieder, okay?«

»Warte …«, sage ich hastig, bevor er auflegt. »Noch eine letzte Sache.« Es gibt da etwas, wovor ich bisher zurückgescheut bin. Aber jetzt muss ich es unbedingt ansprechen. Es liegt mir schon die ganze Zeit auf dem Herzen. Ich weiß nicht so recht, wie ich ihn fragen soll. Deshalb verstumme ich.

»Was denn?«, fragt Sam schließlich.

Ich zögere. »Bist du … bist du wütend auf mich?«

»Wütend auf dich? Warum denn?«

»Na ja, wegen dem Unfall.«

»Wegen dem Unfall? Ich verstehe nicht, was du meinst, Julie.«

Ich zögere wieder, weiß nicht, wie ich mich ausdrücken soll. »Also, was ich wissen möchte, ist … gibst du mir die Schuld daran? Dass dir das passiert ist, meine ich.«

Ein langes Schweigen.

»*Ach so* …« Sams Stimme klingt eine Oktave tiefer. Er hat endlich begriffen. »Julie, warum fragst du mich das überhaupt? Natürlich gebe ich dir nicht die Schuld daran. Ich würde dir nie die Schuld daran geben«, sagt er. »Wie könnte ich das? Aber …« Er redet nicht weiter.

»Aber was?«

Sam antwortet nicht sofort. »Um ehrlich zu sein, weiß ich nicht, was ich sonst darauf sagen soll … Ich weiß nicht, wie die richtige Antwort auf diese Frage lautet. Ich will niemandem daran die Schuld in die Schuhe schieben. Denn was würde das ändern, verstehst du? Nichts kann mehr ändern, was geschehen ist. Und das zu akzeptieren, ist schwer genug …« Das erste Mal ist Schmerz in seiner Stimme zu hören, sie klingt rau und heiser.

»Tut mir leid. Ich hätte dich das nicht fragen sollen.«

»*Schon in Ordnung*, Jules. Wirklich.« Er denkt eine Sekunde nach. »Aber wie bist überhaupt darauf gekommen? Hat dich das schon die ganze Zeit beschäftigt?«

»Nein. Aber in der Schule haben sie es mir an den Kopf geworfen.«

Sams Stimme wird scharf. »Vergiss die anderen. Sie haben keine Ahnung, wovon sie da reden. Sie waren nicht dabei, als es passiert ist. Okay? Lass nicht zu, dass sie dich verunsichern.«

»Ich werd's versuchen.«

»Tut mir leid, dass du dich damit abquälen musst.«

»Mir tut es leid, dass du tot bist.«

Keiner von uns beiden sagt danach noch etwas. Nachdem wir aufgelegt haben, hebe ich die Papiere vom Boden auf und setze mich an den Schreibtisch. Es fällt mir schwer, mich nach diesem Gespräch auf meine Hausaufgaben zu konzentrieren. Über eine Stunde lang brüte ich über meiner Geschichtshausarbeit, aber ich komme über die ersten zwei Sätze nicht hinaus. Die ganze Zeit überlege ich, ob ich Sam noch einmal anrufen soll. Aber ich muss unbedingt mit meinem Lernstoff vorankommen. Die Sätze im Schulbuch verschwimmen mir immer wieder vor den Augen. Ich vergesse sofort, was ich noch vor einer Sekunde gelesen habe. Irgendwann muss ich eingeschlafen sein. Als ich die Augen aufschlage, bin ich nicht mehr in meinem Zimmer.

Nebelschwaden kriechen über meine Schuhe, und als ich aufschaue, merke ich, dass ich an einer Bushaltestelle stehe. Es ist finster. Durch den dichten Nebel ist nichts zu erkennen, nicht einmal der Himmel. Ich blicke mich um, aber ich bin ganz allein. Der einzige Gegenstand, den ich klar erkennen kann, ist der Koffer neben mir. Ich habe ihn mir bei meinem letzten Besuch von

Dad ausgeliehen. In meiner Tasche erklingt ein Summton. Ich greife hinein und ziehe mein Handy heraus.

Ich tippe auf das Display.

Neun verpasste Anrufe von Sam. Zwölf Textnachrichten von ihm, die ich nicht geöffnet habe.

Es ist 23 Uhr 48.

Wie aus dem Nichts taucht plötzlich das laute Motorengeräusch eines Lastwagens auf, zieht an mir vorbei, verklingt wieder. Ich höre ihn nur, sehen kann ich ihn nicht. Das Geräusch und die Uhrzeit versetzen mich in die Nacht vor fast zwei Wochen zurück.

Die Nacht, in der Sam gestorben ist. Da stand ich auch an dieser Stelle.

Das Handy klingelt wieder, diesmal lauter.

Es ist Sam. Beim letzten Mal bin ich nicht drangegangen – woher hätte ich es denn wissen sollen? Diesmal gehe ich dran, um zu wissen, ob sich dadurch etwas ändert.

Es knistert an meinem Ohr, aber sonst höre ich nichts.

»Sam! *Sam* – bist du das?«

Nichts als weißes Rauschen, als würde jemand Seidenpapier zerknüllen. Ich halte das Handy in unterschiedlichen Winkeln vor mich hin, drehe mich im Kreis, bis endlich eine Stimme zu hören ist. Doch ich kann sie kaum verstehen.

»Julie? Wer ist da? Hallo?«

»Sam, ich bin's! Julie!«

»Wo bist du? Ich finde dich nicht. Julie?«

Das Knistern hält an. Ich glaube nicht, dass er mich hören kann.

»Sam, ich komme! Hab keine Angst, ich bin gleich da!«

»Julie? Wo bist du –«

Das Handy gibt weiter ein Knistern von sich, dann sprühen in meiner Hand Funken, und ich lasse es hastig fallen. Ich rufe Sams Namen. Rauch steigt vom Display auf und erfüllt die Luft, bis ich nichts mehr sehen kann. Rote und weiße Funken sprühen und verglühen.

Eine Sirene gellt auf. Das Geräusch von zerreißenden Gitarrensaiten. Ich wache an meinem Schreibtisch auf. Der Rauch hat sich verzogen.

Ich schaue gar nicht erst auf die Uhr oder überprüfe, ob es draußen bereits dunkel ist. Sondern ich stürme die Treppe hinunter, schnappe mir die Autoschlüssel und renne aus dem Haus. Bevor meine Mutter begriffen hat, was los ist, bin ich schon aus der Einfahrt und kurz darauf auf der Straße entlang der Bahnlinie unterwegs, hinaus aus Ellensburg.

Es mag lächerlich klingen, aber vielleicht wartet Sam ja da draußen auf mich. Ich muss ihn finden. Meine Scheinwerfer sind viele Kilometer lang die einzigen auf der einsamen Landstraße. Ich starre angestrengt durch die Windschutzscheibe, um Sam nicht zu verpassen, falls er am Straßenrand unterwegs ist. Ununterbrochen denke ich dabei an die Nacht vor zwei Wochen zurück.

Sam feierte mit ein paar Freunden eine Party am Fluss. Sie hatten dort ein Lagerfeuer angezündet. Ich war am Wochenende zu Besuch bei meinem Vater in Seattle gewesen und kam an dem Abend zurück. Sam hatte versprochen, mich abzuholen. Wie immer. Aber als ich ihn vom Busbahnhof aus anrufe, ist er immer noch bei seinen Freunden, über eine Stunde entfernt. Er entschuldigt sich vielmals, doch ich bin so sauer, dass er mich vergessen hat, dass ich auflege und nicht mehr drangehe, als er mich danach anzurufen versucht. Ich würde zu Fuß nach Hause gehen, habe ich zu ihm gesagt. Wie hätte ich wissen sollen, dass es das Letzte sein würde, was ich zu ihm sagte?

Sam dachte vermutlich, ich wollte ihn damit testen – und vielleicht war das rückblickend betrachtet auch so. Tatsächlich ist er dann aufgebrochen, um mich abzuholen. Er fuhr auf der Landstraße in Richtung Ellensburg und es muss irgendwann zwischen 23 Uhr 30 und Mitternacht gewesen sein, als ein entgegenkommender Lastwagen auf seine Fahrbahn geriet. Sam muss um sein Leben gehupt haben. Ob er noch versucht hat, auszuweichen?

Aber Sam starb nicht am Unfallort, nicht im Wrack seines Wagens. Er war offenbar noch bei Bewusstsein, und es gelang ihm, sich aus dem Auto zu befreien. Er kroch hinaus auf die Straße und er begann zu gehen. Irgendwie schaffte er es, mehr als einen Kilometer zu gehen. Dann brach er zusammen. Für einen der Polizisten war es ein Beweis dafür, welche Kraft in ihm steckte. Für mich ist es der Beweis, wie sehr er am Leben hing. Es dauerte Stunden, bis man ihn schließlich fand. Da war es bereits zu spät. Sam hatte zu viel Blut verloren. Er war tot. Niemand traut sich, das zu sagen, aber vielleicht wäre es besser für ihn gewesen, wenn er bei dem Unfall sofort gestorben wäre. Doch dafür war sein Lebenswille zu stark. Diese Unbedingtheit, dieser Wille, das war typisch für ihn.

Die Polizei fand Sams Handy neben der Unfallstelle. Unter Glassplittern und Schmutz. Wenn ich ihn zum richtigen Zeitpunkt angerufen hätte, wer weiß, vielleicht hätte er es klingeln hören und wäre drangegangen und ich hätte einen Rettungswagen schicken können. Wenn ich nicht so wütend auf ihn gewesen wäre, wer weiß, vielleicht wäre er dann nicht so hastig aufgebrochen, vielleicht hätte er sich von seinen Freunden nicht so schnell verabschiedet, und der Lastwagen wäre ihm auf der Straße nicht begegnet. Wenn die Sterne anders am Himmel gestanden hätten oder der Wind in die andere Richtung geblasen hätte oder wenn es plötzlich zu regnen angefangen hätte, wer weiß, dann wäre Sam vielleicht noch am Leben, und ich würde nicht mitten in der Nacht diese Straße entlangfahren und nach ihm suchen.

Ein Stück weiter vorne ist etwas zu sehen. Ich bremse ab. Die Scheinwerfer erhellen den Straßenabschnitt vor mir. Um die

Schutzplanken sind weiße Schleifen gebunden. Ich halte an und steige aus. Folge den weißen Schleifen, bis ich an der Stelle angelangt bin. Ein Kranz ist dort niedergelegt. Abgebrannte Grabkerzen stehen davor. An die Schutzplanke ist ein Foto von Sam geklebt. Ich knie davor nieder. Er trägt auf dem Foto seine Jeansjacke. Die Schleifen flattern im Wind. Ich berühre sein Gesicht.

»Es tut mir leid, Sam«, flüstere ich.

Ich habe ihn gefunden. Aber es ist zu spät.

SIEBTES KAPITEL

VORHER

Für einen Dienstagabend ist am Drive-in ziemlich viel los. Draußen sind, von langen Neonröhren beleuchtet, ein paar Tische aufgestellt, alle voll besetzt mit Jugendlichen. Die meisten haben sich Pommes geholt. Es dauert eine Weile, bis für uns Plätze frei werden. Ich sitze neben Mika. Sam ist gegangen, um uns Getränke zu holen. Es ist das erste Mal, dass wir zu dritt etwas unternehmen. Ich habe Mika davor nur einmal getroffen, auf der Party vor ein paar Wochen. Eigentlich wollte ich an dem Abend zu Hause bleiben. Aber dann hatte Sam mir eine Stunde zuvor eine Nachricht geschickt und mich gefragt, ob ich gern noch was trinken gehen wollte. Er hatte nicht geschrieben, dass seine Cousine auch mitkommen würde.

Mika und ich wechseln nur wenige Worte miteinander. Mir wäre lieber gewesen, wenn Sam uns nicht gleich allein gelassen hätte. Vielleicht hätte ich anbieten sollen, für uns die Getränke zu holen. Ich frage mich, warum er so lange braucht. Dann stellt Mika plötzlich aus heiterem Himmel und ohne mich dabei anzusehen, eine Frage, die ich total unmöglich finde.

»Bist du eigentlich in Sam verliebt?«

»Ähm, äh …« Sie hat mich so kalt erwischt, dass ich keinen

richtigen Satz zustande bringe. In meiner Kehle steckt ein Kloß. »Ähm, Entschuldigung, wie meinst du das?«

Mika streicht sich ruhig über ihre langen glatten Haare, ohne sich von meiner Reaktion verunsichern zu lassen. »Na ja, er scheint total in dich verknallt zu sein.«

Ich reiße die Augen auf. »Hat er dir gesagt, dass du mich das fragen sollst?«

Mika mustert mich. »Tu nicht so, als wüsstest du es nicht. Es ist offensichtlich. Die ganze Schule weiß es.«

Mein Mund klappt auf und zu, aber ich bringe kein Wort heraus. *Was macht Sam so lang? Warum hat er mich mit ihr allein gelassen?*

»Du solltest ihm ein Kompliment zu seinen Haaren machen«, fährt Mika fort.

»Was? Warum?«

»Nur so ein Vorschlag«, sagt sie. »Magst du Sons of Seymour? Die Band, meine ich.«

»Hab schon mal von ihnen gehört«, weiche ich aus.

»Sie spielen hier am Wochenende. Sam liebt ihr neuestes Album. Du solltest vorschlagen, dass wir gemeinsam hingehen. Er hat sich bereits ein Ticket gekauft.«

»Warum soll ich es dann noch vorschlagen?«

Sie hält eine Hand hoch. »Tu's einfach.«

Eine Sekunde später schiebt sich Sam mit Milchshakes durch die Menge. Gleich wird er an unserem Tisch sein. »Da kommt er«, flüstert Mika. »Lass dir nichts anmerken.«

Sam stellt das Tablett zwischen uns ab. »Sie hatten keine Strohhalme mehr«, sagt er und greift in seine Jackentasche. »Ich musste mich um die letzten zwei fast prügeln.« Er reicht jeder von uns einen Strohhalm. »Ich warte dann wohl mal, bis alles geschmolzen ist, und trinke es danach.«

»Unmöglich von denen«, sagt Mika.

Sam blickt zu mir. »Plastikstrohhalme sind sowieso schlecht

für die Umwelt. In Seattle wollen sie sie ganz verbieten, hab ich gehört.«

»Willst du uns mit deinem Wissen beeindrucken oder uns ein schlechtes Gewissen machen?«, fragt Mika.

»Kümmer dich einfach nicht um sie.« Sam verdreht die Augen. Er zieht seine Jacke aus und nimmt seinen Hut ab.

»Oh.« Mir fällt auf, dass er beim Friseur war. »Mir gefallen deine neuen Haare.«

»Echt?« Er wird rot. »War mir nicht sicher, ob es nicht zu kurz ist.«

»Nein, sieht echt gut aus.«

Wir lächeln uns unsicher an. Sam setzt sich mir gegenüber und ich schlürfe von meinem Milchshake. Dabei beobachte ich, wie Sam in seinen strohhalmlosen Becher starrt und darauf wartet, dass das Eis schmilzt.

»Freitag haben wir also keine Schule«, sagt Mika, um die Atmosphäre etwas zu lockern. »Super, oder?«

»Ja … endlich mal ein langes Wochenende«, sagt Sam. Er schaut uns beide an. »Habt ihr schon irgendwas vor?«

Mika stößt mir gegen das Schienbein.

»Oh, ähm … also, ich hab gehört, es gibt ein Konzert.« Folgsam sage ich, was sie von mir hören will. »Sons of Seymour spielen.«

Sams Augen leuchten. »Ja, stell dir vor, ich habe mir dafür gerade eine Karte gekauft«, sagt er aufgeregt. »Ich wusste nicht, dass du auch ein Fan von ihnen bist.«

»Ja. Und ich hab nicht gewusst, dass du einer bist.«

»Hey, na klar! Ich bin ein totaler Fan von ihnen. Was ist dein Lieblingssong?«

»Oh …« Ich tue so, als würde ich nachdenken. »Ähm, fällt mir echt schwer. Ich mag das ganze Album. Das neue, meine ich.«

»Ja, es ist echt dermaßen gut.«

»Finde ich auch.«

»Vielleicht können wir ja zusammen hingehen«, sagt Sam. »Es gibt bestimmt noch Karten an der Abendkasse.«

»Unbedingt.«

»Cool.«

Ich schiele zu Mika. Sie lächelt und zieht an ihrem Strohhalm. Sie scheint sehr zufrieden zu sein.

In diesem Moment habe ich beschlossen, sie zu mögen. Ich habe angefangen, mich darauf zu freuen, wenn wir zu dritt verabredet waren. Ganz besonders hat mir immer gefallen, wenn sie Sam unter irgendeinem Vorwand wegschickte, um etwas zu holen, sodass wir uns ein paar Augenblicke allein unterhalten konnten – meistens über ihn. Wie damals bei unserem Ausflug ins Wenatchee Valley Museum, wo wir uns die Eiszeit-Ausstellung angeschaut haben. Da hat sie Sam irgendwann gebeten, ihr doch ihre Jacke aus dem Auto zu holen.

»Wie war dein Wochenende in Seattle?«, fragt Mika, während sie sich über eine Vitrine mit einem Mammutknochen beugt.

»Schön. Aber es hat fast die ganze Zeit geregnet. Und wie war's bei euch?«

»Sam und ich haben zum x-ten Mal *Avatar – Der Herr der Elemente* angeschaut«, sagt sie. »Eine seiner Lieblingsserien. Und er hat mich mit Fragen gelöchert. Zu dir.«

»Oh.«

Sie beugt sich so tief über die Vitrine, dass sie fast das Glas berührt. »Er wollte wissen, was ich von dir halte.«

»Und was hast du geantwortet?«

»Ich habe ihm geantwortet, dass ich dich lieber mag als andere Mädchen an unserer Schule«, sagt Mika. »Was nicht so wahnsinnig viel aussagt, wenn man sich die Auswahl vor Augen hält.«

»Ich nehme es trotzdem als Kompliment.«

Mika nickt. »Solltest du auch. Meine Meinung ist für Sam sehr wichtig. Er weiß, dass ich ein sehr gutes Gespür für Menschen habe.« Sie sieht mich an. »Ich hoffe, mein Bauchgefühl täuscht mich nicht.«

Sam kommt vom Auto zurück.

»Du hast gar keine Jacke dabei«, sagt er.

Mika schlägt sich mit der Hand an die Stirn. »Stimmt, hab ich tatsächlich nicht.« Sie blickt auf die Uhr. »Aber ich bin schon spät dran. Ich muss heute arbeiten. Tut mir leid, ich muss euch beide jetzt allein lassen.«

»Arbeiten?«, fragt Sam. »Aber es war doch deine Idee, hierherzukommen.«

»Hatte ich ganz vergessen«, sagt Mika. »Ihr müsst die Ausstellung allein anschauen.«

»Und wie kommst du zurück?«, frage ich.

»Meine Mutter holt mich ab. Sie müsste jede Sekunde da sein.« Mika checkt ihr Handy. »Ich muss los. Noch viel Spaß.«

Es ist nicht das erste Mal, dass sie das macht. Mit uns Pläne für eine gemeinsame Unternehmung zu schmieden, um uns dann unter irgendeinem Vorwand allein zu lassen.

Sam und ich wenden uns wieder den Mammutknochen zu. Meine Lieblingsobjekte in der Ausstellung.

»Ich entschuldige mich für Mika.« Sam stöhnt leicht genervt auf. »Sie … sie hat so eine Ader dafür, sich etwas zu viel einzumischen.« Fast hätte ich aufgelacht. »Nur, um das klarzustellen. Ich stecke nicht dahinter.«

Ich drehe mich zu ihm. »Heißt das, dass du gar keine Lust auf die Ausstellung hast?«

»Was? Nein! Ich wollte damit nur sagen …« Sam holt tief Luft. Dann setzt er noch einmal an. »Ich will damit sagen, sosehr ich Mika liebe … dass ich von niemandem Hilfe brauche, um dich zu fragen, ob du mit mir was unternehmen willst.«

»Verstehe«, sage ich.

Wir wenden uns wieder der Vitrine zu. Nach einer Weile

summt Sams Handy. Eine Sekunde später meines auch. Wir blicken auf unsere Textnachrichten.

Ich schaue ihn an. »Ist deine auch von Mika?«

»Ja.«

»Und was schreibt sie?«

»Sie schreibt, ich soll die Ausstellung vergessen und dich zum Essen einladen.« Er schaut mich an. »Und was schreibt sie dir?«

»Da steht, dass ich Ja sagen soll.«

Unmöglich, da nicht zu schmunzeln. Vor allem Sam muss grinsen. »Dann wollen mir mal, oder?«

Er reicht mir mit einer kleinen Verbeugung den Arm. Ich hake mich bei ihm unter. Und gemeinsam lassen wir die Eiszeit und die Mammutknochen hinter uns.

Mit der Zeit fragt er mich immer öfter, ob wir nicht gemeinsam etwas unternehmen wollen. Und ich frage ihn umgekehrt auch. Wir verbringen mehr und mehr Zeit miteinander. Aber auch Mika spielt in meinem Leben eine immer wichtigere Rolle. Mir wird klar, dass Sam ohne sie nicht zu haben ist. Das Bild von ihm ist ohne sie nicht vollständig. Sie sind sich so nah wie Bruder und Schwester, ja fast wie Zwillinge. Wir fahren gemeinsam zur Schule, sitzen beim Mittagessen am selben Tisch, haben eine gemeinsame Chatgruppe und unternehmen ab und zu gemeinsame Ausflüge. Der denkwürdigste Ausflug war der nach Spokane, wo wir uns in eine Kneipe geschmuggelt haben, um bei einem Wettbewerb zwischen zwei Bands dabei zu sein. Was für ein Auftritt!

Die Musik ist so laut, dass ich nicht verstehen kann, was ringsum geredet wird. Ich stehe ganz hinten bei der Bar und halte mich an meinem Glas Wasser fest. Sams Freund Spencer, den er aus dem Plattenladen kennt, soll jede Minute auf die Bühne hoch. Seine Band nennt sich The Fighting Poets. Als ich gefragt habe, ob es da einen Bezug zu Emily Dickinson gibt, schüttelten sie empört den Kopf.

Sam unterhält sich schon eine Weile mit irgendwelchen Leuten an der Bar. Mika kann ich nirgendwo entdecken. Viel zu voll hier drinnen. Vielleicht gibt es auch an der Toilette eine lange Schlange. Ich hätte mitgehen sollen. Jetzt stehe ich nur dumm herum. Ich fühle mich etwas allein und versuche, die brutal laute Musik irgendwie auszublenden.

Und dann passiert es.

Ein Typ stellt sich hinter mich. Legt besitzergreifend seinen Arm um mich. Will seine Hand in meine Jeans schieben.

Heiße Wut steigt in mir hoch. Ich drehe mich um.

»*Fass mich nicht an*.«

Er ist jünger, als ich dachte. Wahrscheinlich geht er aufs College. Sein Grinsen ist ekelhaft. Eine schallende Ohrfeige ist das Mindeste, was er verdient. Keine Ahnung, ob er betrunken ist oder nicht. Macht aber keinen Unterschied.

Sam taucht auf.

»Was ist hier los? Belästigst du meine Freundin?«

»Is das deine Freundin?«, nuschelt der Typ. »Die soll sich mal locker machen.«

Sam baut sich vor ihm auf und schubst ihn weg, was er vielleicht besser nicht gemacht hätte. Wir sind erst siebzehn und dürften eigentlich gar nicht hier sein. Ich will nicht, dass daraus eine Szene wird.

Der Typ findet sein Gleichgewicht wieder und schubst jetzt Sam weg, mit deutlich mehr Kraft. Sam taumelt rückwärts gegen einen Barhocker und fällt hin. Um uns herum hat sich ein Kreis von Neugierigen gebildet. Sam steht auf und geht auf den Typen zu, diesmal viel wütender.

Ich packe ihn am Arm.

»*Sam. Nicht.*«

In diesem Moment taucht Mika auf. Sie muss aus der Ferne alles verfolgt haben, denn sie brüllt den Typen an, dass er sich entschuldigen soll.

Was danach geschieht, werde ich nie vergessen.

Der Typ holt zu einem Fausthieb gegen Sam aus, aber Mika *fängt* seinen Arm in der Luft *auf*. So als wäre er ein fliegender Pfeil. Sie hält sein Handgelenk mit festem Griff umklammert, was alle überrascht – vor allem den Typen selbst. An diesem Abend habe ich erfahren, dass Mika beim YMCA Assistenztrainerin in einem Selbstverteidigungskurs für Frauen ist. Sie verdreht dem Typen die Hand, bis er mit schmerzverzerrtem Gesicht auf die Knie sinkt.

»Also, du belästigst gern Mädchen?«, ruft Mika. »Entschuldige dich bei ihr!«

»Okay, okay! ’tschuldigung! Und jetzt lass los!«

Aber Mika ist noch nicht fertig mit ihm. Sie hebt die andere Hand und verpasst ihm einen Hieb, der ihn vollständig zu Boden gehen lässt. Ich erinnere mich noch, wie alle um uns herum geklatscht haben. Ein paar Wochen später hat Mika mir auch beigebracht, wie man das macht.

Es gibt so viele Momente, von denen ich mir wünsche, ich könnte sie noch einmal erleben. Vor allem viele kleine Augenblicke. Solche, die ruhiger sind, weniger spektakulär, und die wir so oft übersehen. Das sind die Momente, die ich am meisten vermisse. Wie wir in Sams Zimmer auf dem Boden sitzen und gemeinsam Hausaufgaben machen. Wie wir bei Mika an den Wochenenden miteinander Filme gucken. Oder wie damals, als wir uns dicke Decken geholt und hinter dem Haus auf dem Rasen ausgebreitet haben, um den Sonnenaufgang zu beobachten. Wir sind die ganze Nacht wach geblieben und haben darüber geredet, was wir in zehn Jahren gerne machen würden. Wir haben darauf gewartet, dass die Sonne sich als roter Feuerball hinter dem Horizont in den Himmel schob, ohne zu wissen, welches Geschenk es bedeutet, einen neuen Tag zu begrüßen. Ohne zu ahnen, dass wir die Zukunft nicht mehr gemeinsam erleben würden.

ACHTES KAPITEL

JETZT

Am nächsten Morgen werde ich durch eine Textnachricht von Mika geweckt.

Hi. Ich bin vor der Tür.

Ich reibe mir die Augen und blinzle die letzten Schlafreste weg. Was macht sie hier so früh? Plötzlich fällt es mir ein und ich halte erschrocken die Luft an. Die Lichterkette am Abend! Ich hatte ihr versprochen, dabei zu sein und auch bei den letzten Vorbereitungen zu helfen. Aber ich bin eingeschlafen und habe es vollkommen vergessen. Sie ist wahrscheinlich gekommen, um mir ins Gewissen zu reden. Wie konnte ich das nur vergessen! Ich muss mit ihr reden. Also schreibe ich zurück:

Okay. Ich komme gleich.

Ich putze die Zähne, ziehe mich schnell an und sause hinunter. Draußen sitzt Mika auf den Eingangsstufen und kehrt mir den Rücken zu. Den Kopf hat sie gegen das Geländer gelehnt und starrt auf den Rasen. Sie sagt nichts, als ich zur Tür rauskomme.

»Hey, guten Morgen …«, sage ich.

Keine Antwort.

»Alles okay bei dir?«

Mika dreht sich nicht um.

Ich setze mich neben sie. Schweigen lastet zwischen uns. Sie muss total wütend auf mich sein. »Es tut mir leid wegen gestern Abend, Mika. Ich war so müde, dass ich am Schreibtisch eingeschlafen bin. Ich habe deswegen echt ein schlechtes Gewissen.«

»Ich habe wirklich geglaubt, du würdest kommen«, sagt sie. »Ich habe auf dich gewartet. Ich habe deswegen auch alle anderen warten lassen.«

»Es tut mir so leid …« Mehr fällt mir nicht ein.

»Ich hab noch versucht, dich anzurufen. Warum bist du nicht drangegangen?«

Ich denke an gestern Abend. Ich weiß selber nicht, was da über mich gekommen ist. Ich muss das Handy zu Hause vergessen haben, als ich die Landstraße entlanggefahren bin, um nach Sam zu suchen. Und zu Hause war ich dann todmüde. Aber das kann ich Mika alles nicht erzählen. Sie wird denken, ich sei jetzt völlig verrückt geworden.

»Wirklich, es war keine Absicht«, sage ich. »Ich bin einfach eingeschlafen. Eine bessere Entschuldigung habe ich nicht. Es tut mir so leid.«

»Wenn du nicht kommen wolltest, hättest du das auch gleich sagen können.«

»Mika, ich wollte wirklich –«

»Nein, wolltest du nicht«, unterbricht sie mich, dreht sich zu mir und schaut mich an. »Wenn es dir wirklich wichtig gewesen wäre, dann wärst du gekommen. Du wärst auch zu den anderen Trauerfeiern gekommen. Aber das bist du nicht. Ich weiß nicht, warum ich da immer noch auf was von dir hoffe.« Sie wendet sich wieder ab und lehnt den Kopf an das Geländer. »Spielt auch keine Rolle mehr. Du hattest von Anfang an recht.«

»Was meinst du? Womit hatte ich recht?«

»Dass nichts davon wirklich wichtig ist«, sagt sie. »So was wie die gemeinsame Feier gestern Abend. Es ändert nichts. Er ist tot.«

Ich muss an unser Gespräch vor ein paar Tagen im Diner denken. Ich hätte nie geglaubt, dass meine Worte sie so beschäftigen würden. Ich wünschte, ich könnte zurücknehmen, was ich da zu ihr gesagt habe. Ich wünschte, ich könnte ihr erklären, was mit mir gerade los ist, könnte sie einweihen. Sam hat mich gebeten, mich um Mika zu kümmern. Und was mache ich? Ich mache für sie alles nur noch schlimmer. Ich habe keine Ahnung, wie ich das wiedergutmachen kann. »So habe ich das nicht gemeint«, sage ich.

»So hast du es aber gesagt.«

»Ich sehe das jetzt anders. Ich glaube nicht mehr, dass das stimmt. Und ich wollte gestern Abend wirklich kommen.«

»Ich hätte dich gerne dabeigehabt. Aber jetzt ist es zu spät.«

Mika starrt wieder auf den Rasen. Wir schweigen eine Weile. Als sie eine Handbewegung macht, fällt mein Blick auf ein Blatt Papier in ihrem Schoß.

»Was hast du da?«

Mika seufzt auf. Wortlos reicht sie mir das zusammengefaltete Blatt. Ich falte es auseinander und lese den Briefkopf. »Die Antwort auf eine Bewerbung?«

»Eine Absage«, sagt Mika. »Von der University of Washington. Vorgestern kam die E-Mail. Heute Morgen lag der offizielle Absagebrief im Briefkasten.«

Ich lese das Schreiben. Von der University of Washington genommen zu werden, ist schwer. Aber für jemanden mit so guten Noten wie Mika eigentlich eine sichere Nummer. »Das gibt's doch nicht. Es muss sich um einen Irrtum handeln.«

»Steht da schwarz auf weiß«, antwortet Mika. »Dass ich mich in allen möglichen Clubs engagiert habe und sehr gute Noten habe, reicht offenbar nicht aus.«

Ich lege ihr die Hand auf die Schulter. »Es tut mir so leid, Mika …«, flüstere ich. Es muss schrecklich für sie sein. Zu allem anderen jetzt auch noch das. Wir haben unsere Bewerbungen gemeinsam geschrieben, deshalb weiß ich, wie viel Mühe sie sich gegeben hat und wie viel ihr daran lag. Ich habe mich nur bei zwei Colleges beworben, Mika dagegen bei neun. Sie hat sich wochenlang damit beschäftigt, genau die Forschungsprofile und Schwerpunkte recherchiert, jede Bewerbung und ihre eigenen Angaben darauf abgestimmt. Die University of Washington in Seattle war ihre erste Wahl. Von allen aus unserer Schule, die sich dort beworben haben, hätte sie dort am ehesten einen Studienplatz verdient. Ich finde das nicht fair. »Alles wird gut, Mika. Warte erst mal die Antworten von den anderen Unis ab. Du wirst bald eine Zusage bekommen, da bin ich mir sicher. Die University of Washington hat dich gar nicht verdient.«

»Es ist nicht meine erste Absage«, sagt Mika mit einem bitteren Lachen. »Ich hab es bisher nur niemandem erzählt, weil ich mich zu sehr geschämt habe. Es fehlen nur noch zwei, drei Antworten.« Sie schüttelt den Kopf. »Wenn ich daran denke, wie viel Mühe ich mir damit gegeben habe. Und wofür? Wenigstens kriegt Sam jetzt nicht mehr mit, was für eine Versagerin ich bin.«

»Hey, sag so was nicht.« Ich greife nach ihrer Hand. »Du bist überhaupt keine Versagerin. Wir haben erst März. Du wirst sehen, du kommst noch irgendwo rein.«

Mika zieht ihre Hand weg. »Ist mir inzwischen egal. Das war alles eine riesige Zeitverschwendung.«

»*Mika* …«, beginne ich.

Sie steht abrupt auf. »Vergiss es. Ich muss jetzt los.«

»Hey, warte doch! Ich komm mit!«

»Ich gehe heute nicht in die Schule!«, ruft Mika im Fortgehen.

»Wohin dann?«

»Kümmre dich nicht um mich!«, ruft sie, ohne sich zu mir umzudrehen. »Kümmre dich um dich selbst.«

Daraufhin schweige ich und blicke Mika nach, bis sie verschwunden ist. Normalerweise wäre ich ihr hinterhergelaufen. Es tut weh, dass sie so über mich denkt. Wenn sie wüsste, dass Sam und ich auf wundersame Weise miteinander in Verbindung stehen, dass ich jeden Tag stundenlang mit ihm telefoniere, dann würde sie verstehen, warum für mich jetzt alles anders als noch vor ein paar Tagen ist. Warum ich jetzt eine andere bin. Ich hätte für Mika da sein müssen. Ich hätte auch an den Trauerfeiern teilnehmen müssen. Ich muss einen Weg finden, mich mit ihr zu versöhnen. Wir haben nur noch zwei Monate an der Schule, dann ist diese gemeinsame Zeit vorbei. Es darf zwischen uns nicht so weitergehen. Erst recht nicht nach dem Versprechen, das ich Sam gegeben habe. Ich will sie nicht auch noch verlieren.

Mich in der Schule zu konzentrieren, fällt mir schwer. Ich denke die ganze Zeit darüber nach, wie ich Mika mein Verhalten erklären kann, ohne sie anzulügen. Wie kann ich ihr beweisen, dass mir Sam immer noch viel bedeutet, wenn ich ihr mein Geheimnis nicht verraten darf? In der Mittagspause sitze ich wie immer mit Jay, Rachel und Yuki an einem Tisch. Es gibt wie immer an diesem Wochentag Hackbraten auf asiatische Art, deshalb haben sie sich alle was mitgebracht. Jay zerschneidet mit einem Plastikmesser sein Obstsandwich, um es mit mir zu teilen. Wie fast alles, was er als Lunchsnack von zu Hause mitbringt, sieht das Sandwich so schön aus, dass ich mich kaum traue, es zu essen. Rachel ist mit den Formularen für die Gründung des Asian Student Clubs beschäftigt. Sie hofft, noch vor Schuljahrsende einen Film zeigen zu können.

»Wir brauchen noch sieben Unterschriften«, sagt sie. Aus ihrem Rucksack holt sie Flyer heraus. »Willst du die nicht an ein paar Freundinnen verteilen, Julie? Vielleicht wollen sie ja mitmachen?«

»Ähm …« Ihr scheint nicht klar zu sein, dass bis auf Mika alle meine Freunde und Freundinnen an der Schule hier an diesem Tisch versammelt sind. Und die haben natürlich bereits alle unterschrieben. Ich nehme die Flyer trotzdem. »Ich kann ja mal rumfragen.«

»Super!«

Ein paar Tische weiter wird es laut. Ich drehe den Kopf. Liam und sein Freund bewerfen sich mit Pommes. Taylor sitzt mit hocherhobenem Kopf am Tischende. Oliver ist auch dabei. Nach unserem abendlichen Spaziergang hätte ich erwartet, dass er wenigstens mal Hallo sagt. Aber er hat seither nicht mehr mit mir geredet. Ja, er wirft nicht einmal einen Blick rüber zu unserem Tisch. Gestern war es genauso. Vielleicht will er nicht mit mir gesehen werden. Schade. Ich dachte, es wäre zwischen uns jetzt anders.

Yuki bemerkt, dass ich zu dem Tisch hinsehe. »Stimmt was nicht, Julie?«

Ich drehe mich zu ihr. »Alles in Ordnung. War nur etwas laut da drüben.«

»Beachte sie nicht«, flüstert Jay.

Ich nicke und esse weiter.

Nach einer Weile sagt Yuki: »Wir haben dich gestern Abend bei der Lichterkette vermisst, Julie.«

Ich schaue sie an. »Ich wusste gar nicht, dass ihr hinwolltet.«

»Na klar«, sagt Rachel. »Von unserer Schule waren jede Menge Leute da. Die ganze Straße musste gesperrt werden.«

Ich starre vor mich auf den Tisch. Ich schäme mich zu sehr, um ihr in die Augen schauen zu können. Ich hätte auch dabei sein sollen.

»Sams Eltern und sein Bruder waren auch da«, sagt Yuki. »Seine Mutter hat nach dir gefragt.«

Sams Mutter. Ich blicke wieder hoch. »Was hat sie gesagt?«

»Sie wollte wissen, ob ich was von dir gehört habe«, sagt Yuki. »Sie macht sich wohl ein bisschen Sorgen um dich. Ich soll dir ausrichten, dass es sie sehr freuen würde, wenn du mal zum Abendessen zu ihnen kommst. Es würde ihr viel bedeuten.«

Mein Herz krampft sich zusammen. Seit Sams Tod habe ich mit Sams Mutter oder seinem Vater kein Wort gesprochen. Mir wird jetzt klar, wie unmöglich mein Verhalten ist. Ich war so oft bei ihnen und habe dort zu Abend gegessen. Sam sagte einmal, seine Mutter habe am Tisch immer für mich mitgedeckt, für alle Fälle. Und wenn sie Sam eine Lunchbox mitgegeben hat, war auch immer eine Kleinigkeit für mich dabei. Ich dachte, sie würde mich hassen, weil ich nicht zum Begräbnis gekommen bin. Und natürlich muss ihr aufgefallen sein, dass ich nicht einmal eine Blume geschickt habe. Und jetzt habe ich bei der Lichterkette auch noch gefehlt. Ich schäme mich so sehr, dass ich nicht mehr weiteressen kann. Was würde Sam von mir denken, wenn er das wüsste? Wenn er den Eindruck haben müsste, ich sei nicht mehr die, in die er sich verliebt hat?

Selbst der Anblick von Essen ist mir zuwider. Ich schiebe das Tablett von mir weg. »Ich hätte gestern Abend kommen sollen. Wenigstens diesmal.«

Jay legt mir seine Hand auf die Schulter. »Schon okay. Sei nicht so streng mit dir.«

»Aber es ist nicht in Ordnung«, sage ich in die Runde. »Weil ich nirgendwo dabei war. Ich habe mich an keiner Sache beteiligt, die ihr für Sam auf die Beine gestellt habt. Und jetzt hasst mich sogar Mika dafür.« Dabei wollte ich zur Lichterkette wirklich kommen. Aber nach dem Telefonat mit Sam war ich am Schreibtisch eingeschlafen und hatte diesen seltsamen Traum und dann saß ich auf einmal im Auto und suchte nach ihm. Darüber hatte ich ganz vergessen, dass die anderen auch um ihn trauerten. Dass es eine gemeinsame Trauerfeier für ihn gab. Und trotzdem ist für mich alles anders, weil ich ja jeden Tag mit ihm rede. Das Schlimmste ist, dass ich das alles niemandem erklären kann. Ich habe Sam versprochen, dass ich unsere Verbindung für mich behalten würde. Denn es könnte sonst bedeuten, dass unsere Telefonate nicht mehr möglich sind. Das will ich keinesfalls riskieren. Tränen steigen mir in die Augen. Ich fühle mich so hilflos. Keiner am Tisch sagt etwas, dafür sind alle viel zu nett.

Nach dem Essen begleiten sie mich bis zum Klassenzimmer. Bevor ich reingehe, sagt Yuki: »Vielleicht können wir ja gemeinsam noch eine Feier für Sam veranstalten. Nur von uns für ihn.«

»Großartige Idee.« Rachel nickt. »Und Mika laden wir auch dazu ein. Nur wir fünf.«

Ich denke kurz nach. *Eine gemeinsame Feier für Sam*. »Was stellt ihr euch da vor?«, frage ich.

Unsicher blicken sich alle an.

»Wir sind noch am Überlegen«, sagt Jay. »Aber es fällt uns bestimmt was ein.«

»Danke«, sage ich lächelnd. »Was würde ich ohne euch bloß machen?«

❀

Die Schule ist vorbei. Jetzt bloß schnell nach Hause, ohne jemandem zu begegnen. Aber anderen aus dem Weg zu gehen, fällt schwer, wenn man es nicht einmal bis zum eigenen Spind schafft, ohne gegen unzählige Schultern zu stoßen. Als ich meine Bücher einpacke, berührt jemand meinen Arm.

Oliver. *Mal wieder.*

»Hi. Wie geht's?«, fragt er.

»Bin gerade am Gehen.«

»Cool – wohin?«

»Nach Hause.«

»Oh.«

Ich schließe den Spind und gehe wortlos in Richtung Ausgang.

»Hey, warte!«, ruft Oliver und folgt mir durch den Flur. »Ich wollte dich fragen, ob du vielleicht was mit mir machen möchtest.«

»Tut mir leid. Hab zu tun.«

»Muss auch nicht lang sein«, sagt er. »Wir könnten ja ein Eis essen gehen.«

»Ich hab dir doch gesagt, dass ich keine Zeit habe.« Ich bleibe stehen und schaue ihn an. »Warum unternimmst du nicht was mit den anderen?«

»Hab ich irgendwas falsch gemacht?«, fragt Oliver und kratzt sich an der Stirn.

Mir ist nicht danach, ihm irgendwas zu erklären. Wenn er's nicht von allein kapiert … »Ich hab keine Lust, okay?«

»Nicht mal Lust auf ein Eis?«

»Auf gar nichts.«

»Nur zwei Kugeln.«

»Oliver. Ich habe Nein gesagt.«

»Eine Kugel.«

Es ist, als wäre er taub. Ich gehe weiter und lasse ihn einfach stehen.

»*Komm schon!*«, ruft er mir laut hinterher. »*Bitte!*« Er klingt verzweifelt. »*Ich lade dich auch ein!*«

Vielleicht ist es mein Einfühlungsvermögen, das ich ja auch beim Schreiben brauche, was mich anhalten lässt. Oder vielleicht ist es auch Sams Stimme in meinem Kopf. Widerwillig atme ich tief durch und drehe mich um.

»Du lädst mich ein?«

❀

»Also, ich nehme drei Kugeln Pistazieneis mit heißer Karamellsoße, Mini-Marshmallows und Sahne als Topping, darauf noch bunte Zuckerstreusel, und seien Sie damit nicht zu sparsam«, sage ich zu dem Mann hinter der Theke. »Und was nimmst du?«, frage ich Oliver.

»Ähm, einmal Rocky Road, bitte …«

❀

Wir steuern auf einen der rosa Tische zu. Es ist nicht gerade voll. Oliver hängt seine Jacke über die Lehne, bevor er sich hinsetzt. Wir haben das Eis beide im Becher genommen, nicht in der Waffel. Oliver isst langsam, rührt mit seinem Löffel in der Schlagsahne.

»Danke, dass du mitgekommen bist«, sagt er nach einer Weile.

»Warum wolltest du unbedingt mit mir Eis essen gehen?«, frage ich.

»Es ist Donnerstag.«

»Und?«

Er zeigt auf das Fenster hinter mir. Darauf klebt ein Plakat mit einer ziemlich grob gezeichneten Kuh, auf deren Rieseneuter die Sonderangebote geschrieben sind. *DONNERSTAG: KOSTENLOSE TOPPINGS!* Etwas verstörend, wenn ihr mich fragt. Ich drehe mich wieder zu Oliver und versuche, das Werbeplakat aus meinem Gedächtnis zu löschen.

Genüsslich schiebe ich mir den nächsten Löffel Pistazieneis in den Mund.

»Sam hat auch immer gern Pistazie genommen«, sagt Oliver.

»Ich weiß.«

»Aber lieber in der Waffel.«

»Weiß ich auch.«

Danach sagt Oliver nichts mehr. Er starrt auf seinen Löffel und wirkt plötzlich sehr traurig. Vielleicht hätte ich einfühlsamer reagieren sollen.

»Nur damit du es weißt«, sage ich zu ihm, »ich bin nicht sauer auf dich. Aber deine Freunde, die nerven mich gewaltig.«

Oliver nickt. »Kann ich verstehen. Ist schwer auszuhalten mit ihnen.«

»Und warum bist du dann mit ihnen zusammen?«

»Ich weiß nicht, ob es dir aufgefallen ist«, sagt er. »Aber mein bester Freund ist vor Kurzem gestorben.«

Mir friert mein Lächeln ein.

»Entschuldige«, kommt von ihm sofort. »Das hätte ich nicht sagen sollen. Ich weiß auch nicht, was mit mir los ist. Ich …« Er fängt an zu schluchzen.

Ich strecke ihm meine Hand hin, um ihn zu beruhigen. »Schon gut, Oliver. Wirklich.«

Oliver atmet ein paarmal tief durch.

Ich greife wieder nach meinem Löffel und wir essen schweigend unser Eis weiter. Auch wenn uns beiden die Lust darauf vergangen ist.

»Tut mir leid, dass ich das gesagt habe«, wiederholt Oliver. »Ich hätte Sam nicht erwähnen sollen. Ich wollte nicht die Stimmung verderben.« Er klingt schuldbewusst.

»Schon okay … Ich habe nichts dagegen, über Sam zu reden.«

»Gut zu wissen.«

Nach zehn Minuten sind wir mit unserem Eis fertig. Ich schaue auf die Uhr. Viertel nach vier. »Ich muss jetzt wirklich los.«

»Schon?«

»Ja«, sage ich, während ich aufstehe. »Mir reicht's für heute.«

»Hast du vielleicht Lust, mit mir noch ins Kino zu gehen?«, fragt Oliver aus heiterem Himmel.

»Eher nicht.«

»Du magst doch Musicals, das weiß ich von Sam«, sagt er. »Im Kino ist gerade Musical-Monat. Wir müssten bloß ein Stück die Straße runter.«

»Ach, ich weiß nicht, Oliver …« Ich will nicht zu schroff sein. »Was läuft denn gerade?«

»Wechselt jede Woche«, sagt Oliver. Er zieht sein Handy raus und guckt nach. »Heute gibt es … *Der kleine Horrorladen*. Kennst du das?«

»Na klar. Eines meiner Lieblingsmusicals.«

»Von mir auch.«

»Ich hab es schon mindestens zehnmal gesehen.«

»Ich auch.«

»Ich wollte Sam sogar mal überreden, es mit mir anzuschauen«, sage ich, während ich mich wieder hinsetze. »Aber er hat sich total gesträubt. Hat behauptet, das würde ihm zu gruselig klingen.«

Oliver lacht. »Gruselig? Das ist es wirklich gar nicht.«

Ich beuge mich vor. »Nein. Aber du kennst ja Sam. Musicals mag er einfach nicht.«

Oliver verdreht die Augen. »Stimmt – das hat mich immer an ihm gestört!«

»Ja, mich auch!«

Einen Moment lang scheinen wir vergessen zu haben, was passiert ist. Dann gefriert Olivers Lächeln. Sam ist tot. Stille legt sich über unseren Tisch. »Wann läuft es denn heute?«, frage ich.

Oliver guckt wieder in seinem Handy nach. »In zehn Minuten …« Er bettelt mich mit einem Welpenblick an.

Ich trommle mit den Fingern nervös auf die Tischplatte, weiß nicht, wie ich mich entscheiden soll.

Nach einer Weile sagt Oliver: »Ich nehme das als ein Ja.«

❀

Der Mann im Kassenhäuschen blickt uns mürrisch nach, als wir singend das Kino verlassen. Mit unserem lauten Gelächter scheinen wir ihn mächtig gestört zu haben. Der Film war so großartig, wie ich ihn in Erinnerung hatte! Vielleicht hat es damit zu tun, dass ich die Lieder schon eine Million Mal gehört habe, aber ich kann nicht aufhören, sie zu singen, auch als wir schon draußen auf der Straße sind. Ich hätte nie geglaubt, dass es mit Oliver so lustig sein würde. Er hat dauernd Popcorn nach vorne zur Leinwand geworfen und bei allen Liedern laut mitgebrülllt. Zum Glück waren wir die Einzigen im Saal. Ich bin so froh, dass ich mit ihm in den Film gegangen bin! Dann muss ich an Sam denken. Mein schlechtes Gewissen meldet sich. Er wollte immer, dass Oliver und ich eines Tages auch Freunde werden. Er hätte hier bei uns sein sollen, mit uns Spaß haben sollen, auch wenn er Musicals gehasst hat. *Happy End für uns drei.*

Draußen ist es bereits dunkel. Die Neonlichter des Kinos erstrahlen bunt in der Nacht, als wir uns auf den Nachhauseweg machen. In Olivers Kopf scheinen sich die Lieder genauso eingenistet zu haben wie bei mir. Wie Don Lockwood in *Singin' in the Rain* umfasst er mit der Hand eine Straßenlaterne, wirbelt um sie herum. Dazu singt er laut: »*Suddenly Seymour, is standing beside you …*«

Bei einer anderen Gelegenheit wäre ich vielleicht peinlich berührt gewesen, jetzt aber lächle ich, als er weitersingt: »*You don't need no makeup, don't have to pretend …*«

Bis irgendwann auch ich einstimme, während wir weitergehen.

»Wow«, sagt Oliver schließlich. »Der Film hat echt kein Verfallsdatum.«

»Ja. Er ist wirklich, wie sagt man …« Ich suche nach dem Wort. »Zeitlos.«

»Bilde ich mir das ein, oder war die menschenfressende Pflanze tatsächlich größer, als ich sie in Erinnerung habe?«

»Hat vielleicht mit der Leinwand zu tun.«

»Ja, kann gut sein.« Oliver nickt. »Und sag mal, bist du nicht vom Schluss auch begeistert? Er ist einfach so perfekt. Wie Audrey schließlich alles bekommt, was sie sich gewünscht hat. Ein ruhiges Leben, ein Haus in einem Vorort, einen Toaster … und Seymour! Ihre kleinen Wünsche haben sich alle erfüllt. Verstehst du? Darum geht es. Deshalb geht man mit so guter Laune raus.«

»So ist es«, sage ich. »Aber weißt du, dass es nicht das ursprüngliche Ende war? Sie mussten nachdrehen, obwohl alles schon fertig war.«

»Was sagst du da?«

»Ursprünglich hatte der Film ein anderes Ende, bei dem Audrey von der Pflanze gefressen wird.«

Oliver schaut mich erschrocken an. »Du meinst, Audrey stirbt?«

»Ja.«

Oliver bleibt stehen. »Warum das denn?«

»Weil es in der Vorlage auch so ist«, sage ich. »Also in dem Bühnenstück. Aber als sie den Film einem Testpublikum gezeigt haben, haben sich viele Zuschauerinnen und Zuschauer total darüber aufgeregt. Weil sie Audrey so mochten. Deshalb wurde der Schluss dann geändert.«

»Ich bin froh, dass sie das gemacht haben«, sagt Oliver und klingt plötzlich unerwartet ernst. »Es hätte den gesamten Film ruiniert.«

»Finde ich auch. Ich hab mich nur daran erinnert, dass es noch ein anderes Ende gibt.«

»Sollte aber nicht so sein«, sagt er. »Es spielt keine Rolle, was sie zuerst gedreht haben. Weil Audrey lebt.«

»Vielleicht im Film, aber im Bühnenstück nicht.«

»Dann werde ich mir das Stück niemals ansehen.«

Wir gehen nebeneinander weiter. Ich wollte ihm die Laune nicht verderben. »Weißt du, so schlimm finde ich das gar nicht. Ich meine, wenn es zwei unterschiedliche Versionen gibt. Es liegt dann an dir. Du kannst entscheiden, was wahr ist. Vielleicht sogar beide Geschichten.«

Oliver sieht mich an. »Das stimmt nicht. Es kann nicht zwei Versionen von ein und derselben Sache geben.«

»Warum nicht?«

»Weil eines immer das Original und das andere die Kopie ist. Etwas kann sich vielleicht genauso anfühlen oder anhören, aber es ist nicht dasselbe. Es ist etwas anderes. Rein logisch. Um zwei Versionen des Endes zu haben, braucht man zwei unterschiedliche Audreys.«

Ich denke einen Moment nach. »Worum geht es hier eigentlich?«

»Es hat ihn nur ein einziges Mal gegeben und diesen einen Sam habe ich gekannt. Man kann ihn nicht klonen oder unterschiedliche Versionen von ihm anfertigen oder versuchen, sich für ihn ein anderes Ende auszudenken. Man kann Geschichten nicht einfach so verändern. Weil es nur diesen einen Sam gibt. Genauer gesagt, gegeben hat.«

Wir reden also nicht mehr über Audrey.

»Vielleicht hast du recht. War nur so ein Gedanke von mir.«

Wir sind an der Straßenecke angelangt, wo sich unsere Wege trennen. Hinter dem Gartenzaun, an dem wir stehen, blüht ein Rosenstrauch.

»Tut mir leid, ich wollte nicht die Stimmung verderben«, sagt Oliver.

»Schon okay. Ich verstehe ja, was du meinst.«

»Danke, dass du mit mir ins Kino gegangen bist.«

»Hat Spaß gemacht.«

Als Oliver die blühenden weißen Rosen bemerkt, beugt er sich über den Zaun. Sanft berührt er eine der Blüten.

»Vorsicht«, sage ich. »Sie könnte beißen.«

Er lächelt und bricht eine Rose vom Strauch. Eine Sekunde lang glaube ich, er will sie mir schenken. Aber das tut er nicht. Er behält sie in der Hand.

»Na, dann geh ich mal nach Hause«, sage ich.

»Ich mach noch einen kleinen Umweg«, antwortet er.

»Wohin?«

»Nichts Besonderes.«

Wir verabschieden uns voneinander. Zu Hause setze ich mich sofort an die Schularbeiten. Ich schaffe so viel wie möglich weg, aber es fällt mir schwer, mich zu konzentrieren. Ich muss dauernd daran denken, was Oliver gesagt hat. Dass es immer nur ein Ende geben kann. Oder vielleicht mag es auch verschiedene Versionen geben, aber nur eine ist das Original. Bei Geschichten wie bei Menschen. Vielleicht hat Oliver ja recht. Ich will auch keine andere Version von Sam. Ich will den Sam, den ich verloren habe. Mit dem ich weiterhin eng verbunden bin, selbst wenn er nur noch eine Stimme am Telefon ist.

Am liebsten würde ich Sam jetzt anrufen. Aber ich weiß, dass ich es besser lassen sollte. Ich vermisse ihn so unendlich, gleichzeitig gibt es hundert Dinge, um die ich mich kümmern muss – Hausaufgaben, Vorbereitungen für die Abschlussprüfung, ein Neustart in meinem Leben. Wir haben ausgemacht, dass ich ihn morgen anrufe. Er hat gesagt, dass er wieder eine Überraschung für mich hat. Es dauert lange, bis ich einschlafe. Ich grüble und grüble darüber nach, wohin er mich wohl diesmal führen wird.

NEUNTES KAPITEL

Sams Stimme dringt zu mir in den Schlaf. Dringt in alle Winkel meines Gehirns.

»Wo bist du, Julie …

… warum kann ich dich nicht finden?«

Über mir geht flackernd eine Glühbirne an. Ich stehe in einem schwachen Lichtschein, umgeben von Dunkelheit. Ringsum kann ich nichts erkennen. Ich kann nichts hören, nur das Summen der Glühbirne über meinem Kopf. Neben mir steht ein Koffer. Als Nebel über meine Schuhe wabert, begreife ich, dass ich mich wieder in einem Traum befinde. Ein Teil von mir will daraus erwachen. Ein anderer Teil von mir ist neugierig, ob ich ein anderes, neues Ende erleben werde.

Und dann klingelt, wie erwartet, mein Handy.

Ich krame in meinen Hosentaschen danach, aber dort ist es nicht. Ich weiß nicht, wo mein Handy ist. Wie soll ich dann drangehen?

Das Handy klingelt weiter. Ich habe keine Ahnung, woher die Töne kommen. Ich taste auf dem Fußboden danach, falls es runtergefallen ist.

Wo ist es? Ich vergeude hier kostbare Zeit.

Plötzlich schiebt sich ein Lichtstrahl durch die Finsternis, kalte Luft weht zu mir herüber, und mein Herzschlag setzt einen Augenblick aus. Ich richte mich gerade noch rechtzeitig auf, um

Rücklichter zu erkennen, eine Abgaswolke und den entschwindenden Umriss eines Lastwagens.

Mir schnürt es die Kehle zu. Ich stehe da, sehe den Laster in der Dunkelheit verschwinden und weiß genau, worauf er zufährt. Ich muss früher dort sein als er. Ich muss bei Sam sein, bevor es zu spät ist.

Ich lasse den Koffer stehen und renne in die Dunkelheit hinein, den Rücklichtern hinterher. Aber der Lastwagen ist zu schnell für mich. Niemals werde ich ihn überholen können. Dann bemerke ich etwas. Er schleift ein Seil hinter sich her. Ich greife hastig danach, bekomme es zu fassen, halte es fest umklammert.

Es ist eine Gitarrensaite! Ich ziehe daran mit aller Kraft, stemme die Füße fest in den Boden. Die Saite spannt sich immer fester, während der Lastwagen in der Ferne immer langsamer vorankommt, wütend hupt, seine Rücklichter wild blinken. Ich habe übermenschliche Kräfte. Es ist die Kraft der Angst und der Verzweiflung.

Ich spüre, wie der Boden unter meinen Füßen nachgibt, blicke nach unten und sehe, dass Wasser mir bis zu den Knien steigt. Ich ziehe weiter, halte die Gitarrensaite weiter fest umklammert, bis das Wasser meine Taille erreicht hat und ich das Gefühl habe, dass meine Füße gleich unter mir wegrutschen. Der Lastwagen hupt wie wild weiter, und ich ziehe und ziehe an der Gitarrensaite – bis sie schließlich reißt und ich mit einem Ruck in meinem Bett aufwache.

❀

Es ist mitten in der Nacht. Schluchzend liege ich im Bett. Weil ich nicht einschlafen kann, rufe ich Sam an und hoffe, dass er drangeht. Als er es dann tatsächlich tut, frage ich ihn, ob er versucht hat, mich im Traum zu erreichen. Ob er es war, der das Handy klingeln ließ. Welche Nachricht er mir da senden wollte.

»Tut mir leid, Jules … aber das war ich nicht. Es war nur ein Traum.«

»Bist du sicher? Vielleicht sind diese Träume ja nur ein anderer Ort, an dem wir uns auch begegnen können.«

»Das wäre schön. Soweit ich weiß, sind wir nur durch unsere Handys miteinander verbunden.«

Nur durch unsere Handys.

Meine Stimme zittert. »Es hat sich so real angefühlt, Sam. So als ob … ich bekam noch einmal eine Chance, verstehst du?«

»Eine zweite Chance? Wofür?«

Ich antworte darauf nicht. Ich fürchte mich davor, was er vielleicht denken wird. Ich fürchte mich davor, dass er mir etwas sagen wird, was ich nicht hören will. Nicht jetzt.

»Es war nur ein Traum«, sagt Sam. »Versuch, noch etwas zu schlafen, okay? Wir telefonieren morgen wieder. Denk an die Überraschung, die ich für dich habe.«

»Okay. Ich versuch's.«

Wenn ich Sam spontan anrufe, ohne dass wir verabredet sind, dauert unser Gespräch nie lang. Es dauert eine Weile, bis er drangeht, und wenn er es schließlich tut, klingt seine Stimme mal lauter und mal leiser, als wäre er auf der Suche nach besserem Empfang. Keine Ahnung, warum das so ist. Wenn wir gut in Verbindung bleiben wollen, das habe ich inzwischen gelernt, müssen wir dafür den richtigen Zeitpunkt und den richtigen Ort ausmachen. Auch wenn ich bei Bedarf jederzeit anrufen darf, soll ich es mir genau überlegen, hat Sam gesagt. Das macht mich nachdenklich. Ist die Zahl der Gespräche, die wir miteinander führen dürfen, begrenzt? Gehen sie allmählich zur Neige? Ich wünschte, ich wüsste mehr darüber.

Es fällt mir schwer, in der Schule aufzupassen. Im Unterricht ziehe ich immer wieder mein Handy heraus, um sicher zu sein, dass es auch wirklich da ist. Wenn mich alle anderen mal wieder wie Luft behandeln, tröste ich mich damit. Ich muss dauernd an Sam denken, an unsere besondere Beziehung zueinander. Unsere Verbindung über das Handy. Die zweite Chance, die wir erhalten haben. Ich habe angefangen, alle unsere Telefongespräche aufzulisten. Datum, Uhrzeit, wo ich mich während des Gesprächs aufgehalten habe, wie lange wir miteinander gesprochen haben. Natürlich schreibe ich auch auf, worüber wir geredet haben, und notiere, auf welche Fragen ich bisher noch keine Antwort erhalten habe. Fragen wie: *Warum haben wir diese zweite Chance geschenkt bekommen? Wie viel Zeit haben wir noch?* Sam hat gesagt, dass er darauf auch keine Antwort weiß. Ich frage mich, ob ich noch einmal darauf zurückkommen soll.

Mika ist heute wieder im Unterricht aufgekreuzt. Sie ist zu spät gekommen und sitzt in der Nähe der Tür, mehrere Reihen von mir entfernt. Sie trägt ein zerknittertes T-Shirt und Jeans, ihre Haare sind nicht gekämmt, und sie hat auch keine Hefte oder Bücher dabei. Seit unserem Gespräch gestern früh vor der Haustür hat sie sich nicht mehr bei mir gemeldet, auf keine meiner Nachrichten geantwortet. Ich möchte nach dem Unterricht unbedingt mit ihr reden, aber kaum ertönt die Klingel, greift sie nach ihrem Rucksack und ist auch schon zur Tür hinaus. Wenn sie doch bloß mit mir reden würde, mir Gelegenheit geben würde, ihr zu erklären, warum ich mich ihr gegenüber so verhalten habe. Vielleicht sollte ich ihr einen Brief schreiben und in den Spind werfen. Aber was würde ich ihr da schreiben wollen?

Liebe Mika,
tut mir echt leid, dass ich vorgestern Abend bei der Lichterkette nicht dabei war. Ich habe in den letzten Tagen immer wieder mit Sam telefoniert. Ich glaube, dass

mich deswegen Deine Anrufe und Nachrichten nicht erreicht haben. Und ich bin mit dem Kopf natürlich auch woanders. Ja, Du hast richtig gelesen. Mit Sam. Wenn ich seine Nummer wähle, geht er dran. Obwohl er tot ist. Warum es so ist, verstehe ich nicht, und er konnte mir dafür auch keine Erklärung geben. Ich hoffe, Du kannst mich und mein Verhalten jetzt besser verstehen und wir können wieder Freundinnen sein.
Julie

Wahrscheinlich würde Mika den Brief an die Schulpsychologin für einen Psychocheck weiterreichen, was ja auch nachvollziehbar wäre. Ich beschließe, das mit dem Brief sein zu lassen und zu warten, bis ich sie das nächste Mal sehe. Außerdem habe ich dann noch mehr Zeit, mir zu überlegen, was ich ihr sagen will.

Die Mittagspause ist das Einzige, worauf ich mich in der Schule freue. Jay, Rachel und Yuki schaffen es immer, mich aufzumuntern. Freitag ist Pizzatag – Jays Lieblingstag in der Woche.

»Amerikas Lieblingsteigfladen«, sagt er, nachdem er sich eine zweite Portion geholt hat.

»Sind das nicht Hamburger?«, fragt Rachel.

Jay schüttelt den Kopf. »Echt? Ich dachte immer, Salamipizza.«

»Also meiner Meinung nach müssen Fladen immer rund sein, aber bei Pizza gibt es auch eckige Stücke«, mischt Yuki sich ein.

Ich ziehe das Schreibbuch heraus, das mir Mr Lee geschenkt hat. Mir geht dauernd durch den Kopf, was er zu mir gesagt hat. *Welche Geschichte will ich erzählen? Für wen schreibe ich?* Darüber grüble ich nach, während ich auf die leere erste Seite starre. Ich würde gern sagen können, dass ich für mich selbst schreibe. Aber vielleicht ist das nicht wahr. Vielleicht schreibe ich nie für mich, sondern immer für irgendjemand, zum Beispiel für die Englischprofessoren am Reed College, die meinen Text lesen und beurteilen werden. Ob er gut genug ist für ihren Kurs. Und während ich schreibe, frage ich mich dauernd: Was werden sie wohl davon halten? Was ist, wenn sie nicht interessiert, was ich zu sagen habe? *Aber was habe ich denn zu sagen?* Und was ist, wenn für den Rest der Welt unwichtig ist, was ich zu sagen habe? Das sollte mir vermutlich egal sein, solange es für mich wichtig ist, oder? Aber das klingt leichter, als es wirklich ist. *Für sich selbst schreiben.* Als Mr Lee zu mir sagte, wir hätten zu viele Stimmen im Kopf – hat er vielleicht das damit gemeint? Ich wünschte, ich könnte sie alle zum Verstummen bringen, damit ich meine eigene Stimme finden kann. Nervös tippe ich mit meinem Stift auf den Tisch und denke nach.

»Was für ein schönes Tagebuch«, sagt Yuki. »Woher hast du es denn?«

»Ein Geschenk von Mr Lee.« Ich klappe es zu, damit sie die Vorderseite sehen kann. Die gestickten Blüten glitzern wie Juwelen. »Jemand hat es letzte Woche in seinem Laden vorbeigebracht, sozusagen als Spende.«

Rachel beugt sich zu mir, um es genauer zu betrachten. »Wirklich sehr hübsch. Darf ich mal anfassen?«

»Fast zu schön, um was reinzuschreiben«, sage ich und reiche ihr das Schreibbuch. »Ich will die Seiten ja nicht einfach mit irgendwas füllen.«

»Und worüber willst du schreiben?«, fragt Yuki.

Ich starre vor mich auf den Tisch. Und dann weiß ich auf einmal, worüber ich schreiben will. So als hätte ich die Antwort immer schon gewusst. »Sam. Ich werde über Sam schreiben. Über uns.«

Yuki lächelt. »Das würde ich gerne mal lesen. Falls du überhaupt vorhast, es auch andere lesen zu lassen.«

Ich lächle sie ebenfalls an. In diesem Moment nähert sich jemand unserem Tisch.

»Habt ihr was dagegen, wenn ich mich zu euch setze?«

Es ist Oliver. Er hält in der einen Hand einen Teller mit Käsepizza und in der anderen einen Schokodrink. Taylor und Liam, zu deren Tisch ich hinüberschiele, haben sich zu uns gedreht und beobachten Oliver.

»Na klar«, sage ich. »Setz dich doch.«

»Cool.«

Oliver holt sich einen Stuhl und schiebt ihn zwischen mich und Jay, der bereitwillig zur Seite rückt.

»*Hallo, Yukes*«, sagt er und nickt ihr über den Tisch zu. »Wie geht's mit dem Chor? Singst du wieder ein Solo?«

Yuki tupft sich die Lippen mit einer Serviette ab. »Wenn ich Glück habe, ja. Wir hatten gerade das Vorsingen für unser nächstes Konzert.«

»Ich bin mir sicher, die anderen haben gegen dich keine Chance«, sagt Oliver. »Weißt du noch, wie ihr damals Karaoke gesungen habt? Sam und du? Das war der Hammer.« Er trinkt einen Schluck von seinem Kakao.

Oliver und Yuki kennen sich durch Sam ja auch, das hatte ich fast vergessen.

»Mal sehen«, sagt Yuki, die leicht rot geworden ist.

»Aber egal, ich komme auch so«, sagt Oliver. Dann dreht er sich zu Jay und legt dabei seinen Arm um die Stuhllehne. »Ich glaube, wir haben uns noch nie miteinander unterhalten. Ich bin Oliver.«

»Ähm, ich bin Jay.«

Oliver reibt sich das Kinn. »Aber irgendwoher kenne ich dich.«

»Du bist mal zu einem Treffen gekommen, als es um die Gründung unseres Umweltclubs ging«, sagt Jay. »Aber es blieb bei dem einen Mal.«

»Ach ja, stimmt«, antwortet Oliver, als würde er sich an das Treffen genau erinnern. »Ihr habt davon geredet, dass ihr den Strand säubern wollt, solche Sachen. Fand ich jetzt nicht so superprickelnd, wenn ich ehrlich bin.«

Ich stupse ihn in die Seite. »Oliver. Jay ist der Schatzmeister des Umweltclubs. Die Strandsäuberung war seine Idee.«

»War nur ein Witz«, sagt Oliver und schiebt meinen Ellenbogen fort. »Ich bin echt beeindruckt, was ihr da alles macht.«

Rachel beugt sich zu Oliver. »Willst du vielleicht unserem neuen Club beitreten?« Sie schiebt das Formular zu ihm rüber. »Wir brauchen noch sechs Unterschriften.«

»Na klar, gerne. Was für ein Club ist das?«

Sie blickt mich kurz fragend an, nimmt dann meinen Stift und reicht ihn ihm. »Der Asian Student Club. Wir wollen irgendwann auch Filme zeigen.«

Oliver unterschreibt, ohne zu zögern. »Ich hoffe, dann gibt's auch *Akira* zu sehen«, sagt er. »Ist ja ein Klassiker.«

»Kann ich auf die Liste setzen«, sagt Rachel. »Wir stimmen darüber ab.«

»Wow, echt demokratisch.« Oliver reicht ihr das Blatt zurück. »Und wird über die Snacks auch abgestimmt?«

Alle in der Runde lachen, dann unterhalten wir uns weiter über den Club. Nie hätte ich gedacht, dass Oliver sich zu uns an den Tisch setzt, und erst recht nicht, dass er sich so schnell mit allen anfreundet. Er wirkt auf mich wie verwandelt, zeigt eine Seite von sich, die ich gar nicht kenne. Vielleicht wird zwischen uns jetzt wirklich alles anders. Vielleicht können wir wirklich Freunde werden. Ich bin froh, dass er beschlossen hat, sich an unseren Tisch zu setzen.

Es klingelt. Die Pause ist zu Ende. Während ich zusammenpacke, dreht sich Yuki zu mir. »Kommst du nachher auch zu unserem Treffen?«

»Zu welchem Treffen denn?«, frage ich.

»Wir wollen uns nach der Schule in einem Coffeeshop zusammensetzen und überlegen, was wir für Sam machen«, sagt sie. »Du weißt schon. Ich habe gestern Abend an alle geschrieben.«

Verwirrt schaue ich die anderen an. »Ich habe keine Nachricht bekommen«, sage ich. »Ich wusste nicht, dass wir uns treffen wollen.« Ich ziehe mein Handy raus, schaue noch mal nach. Gestern hatte ich es den ganzen Tag dabei. Warum gehen bei mir immer wieder Nachrichten verloren? »Wann hast du sie denn geschickt?«

»Ziemlich spät«, sagt Yuki. »Vielleicht hast du da schon geschlafen.«

Gestern Abend. Ziemlich spät. Vielleicht blockieren meine Gespräche mit Sam alles andere. Ich muss das noch mal genau checken.

Jay ist bereits aufgestanden. »Du musst nachher unbedingt kommen«, sagt er. »Du hast Sam am besten gekannt.«

»Was ist mit Sam?«, fragt Oliver neugierig.

»Wir wollen uns für ihn etwas Besonderes ausdenken«, sagt Rachel. »Zusammen mit Julie.«

»Und was wäre das?«

»Sind wir noch am Überlegen.«

»Oh …« Oliver beugt sich vor. »Ich … ähm … kann ich da auch mitmachen?«

Alle wenden sich zu mir.

»Natürlich«, sage ich. »Aber ich kann heute nach der Schule leider nicht dabei sein. Tut mir wirklich leid. Ich bin schon mit jemand verabredet.« Dass ich mit Sam verabredet bin, erwähne ich nicht.

Yuki berührt meine Hand. »Schon in Ordnung. Dann bist du beim nächsten Mal dabei. Wir wollen uns was richtig Tolles für ihn ausdenken.«

Obwohl ich lächle, fühle ich mich von der Gruppe ausgeschlossen. Früher habe ich mich oft mit den dreien nach der Schule getroffen. Oder wir waren alle bei Sam, haben gemeinsam Musik gehört. Es ist unser letztes Schuljahr. Ich weiß nicht, wie oft ich sie noch wiedersehe.

Kaum ist die Schule aus, bin ich schon auf dem Weg ins Zentrum von Ellensburg. Statt kurz in der Buchhandlung vorbeizuschauen, wie ich es sonst immer mache, auch an Nachmittagen, an denen ich dort nicht arbeite, warte ich an der Bushaltestelle an der Ecke auf den 15-Uhr-Bus raus aus Ellensburg. Ich werde aber nicht lange sitzen bleiben. Nur bis die Bergkette so richtig gut zu sehen ist und rechts und links von der Straße keine Häuser mehr sind, sondern nur noch Bäume und Beifußgestrüpp. Sam hat sich das ausgedacht. Eine Überraschung für mich. Sobald ich aus dem Bus ausgestiegen bin, soll ich ihn anrufen.

Der Bus hält an einem Parkplatz, an dem sich mehrere Wanderwege verzweigen. Eine Gruppe von Leuten steht aufbruchsbereit herum. Aber ich schlage keinen der Wege ein, sondern marschiere querfeldein los. So was hab ich noch nie gemacht. Bald bin ich allein in der Landschaft mit ihren endlosen Wäldern und den Bergen. Ich gehe über eine Wiese mit Wildblumen, meine Finger streifen purpurrote und gelbe Astern. Dann habe ich den Wald erreicht. Sams Stimme am Handy führt mich, als würde er mich an der Hand nehmen, bis ich auf einer sonnendurchfluteten Lichtung angelangt bin. Er klingt ganz aufgeregt. So habe ich ihn schon ewig nicht mehr gehört.

»Das wollte ich dir schon so lange zeigen«, sagt er.

»Aber was denn?«, frage ich zum x-ten Mal.

»Überraschung«, antwortet er lachend. »Du bist jetzt fast da. Geh einfach weiter.«

Ich folge einem schmalen Trampelpfad und die Baumstämme werden immer dicker. Die Sonne wirft durch das Geäst Lichtflecken auf den Waldboden. Der weiche Boden ist von einem Blumenteppich bedeckt. Ein sanfter Wind weht, die Blätter der tief hängenden Zweige streifen mich zärtlich.

»Ein Stück weiter vorne müsstest du auf eine kleine Schlucht stoßen«, sagt Sam. »Überquere sie, sobald du auf den tausendjährigen Baumstamm stößt, dann wende dich nach rechts.«

Unglaublich, dass er sich an all diese Einzelheiten erinnern kann. Es klingt, als würde er alles vor Augen sehen.

Ich drehe mich in alle Richtungen. »Und wie finde ich später zurück?« Die Stadt erscheint mir endlos weit weg. Und ich bin hier völlig allein, sogar mit Sam am Telefon.

»Keine Sorge«, sagt er. »Ich bin ja bei dir.«

Ein Stück vor mir lichtet sich der Wald, die Sonne scheint strahlender und heller durch die Zweige. Als ich zwischen den Bäumen hervortrete, schaue ich überrascht umher und nehme staunend den Anblick in mich auf, der sich mir bietet. Ein goldenes Feld erstreckt sich vor mir bis zum Horizont, führt beinahe bis in den Himmel hinein. Wind kommt auf, fährt in Böen durch die Halme, bis das Feld wie ein Ozean wogt. In der Ferne ragt ein Baum wie ein gestrandetes Segelschiff inmitten der goldgelben Wellen auf. Ich mache ein paar weitere Schritte, lasse die Hand über die Ähren gleiten, die weich wie Federn sind. Ich verstehe, warum er mich hierhergeführt hat.

»Gerste …«, flüstert Sam mir ins Ohr. »Wie in dem Lied, du weißt schon …«

Mir entfährt ein Seufzer. »*Ach, Sam …*«

Ich schließe die Augen und atme tief ein. Wenn ich aufmerksam lausche, kann ich sogar leise Gitarrenklänge hören, von irgendwo aus der Ferne. Sam. Wie er das Lied für mich spielt. »Wie hast du den Ort hier gefunden?«

»Ich bin eines Tages zufällig darauf gestoßen«, sagt Sam. »Und dann habe ich mich wie in dem Lied gefühlt, das ich so oft für dich gespielt habe. Das du beim Schreiben so gern hörst. Ich weiß, dass du zurzeit mit deinen Gedanken immer abschweifst. Dass du nichts mehr aufs Papier bringst. Und da dachte ich, vielleicht wenn du sie mit eigenen Augen siehst … *Fields of Gold* … würden sie dich zum Schreiben inspirieren.«

Der Wind bläst mir Haare vors Gesicht und ich lasse es geschehen.

»Warum bist du nicht früher mit mir hierhergekommen?«

»Ich habe nur noch auf den richtigen Moment dafür gewartet. Ich hatte schon alles geplant. Es sollte ein ganz besonderes Erlebnis für dich werden. Für dich und mich, für uns beide. Ich ahnte nicht, dass mir nur noch so wenig Zeit bleiben würde.«

Es versetzt mir einen Stich.

»Ist es so, wie du es dir in deiner Geschichte ausgedacht hast?«, fragt er.

Nur mit Mühe schaffe ich es, ihm darauf zu antworten. »Viel, viel schöner«, sage ich. »Danke.«

»Ich wünschte, ich könnte es noch einmal sehen«, fährt Sam fort. »Ich wünschte, ich wäre jetzt bei dir. Ich wünschte, ich könnte den Ausdruck in deinem Gesicht sehen …«

Tränen steigen mir in die Augen, während ich auf das endlose goldene Feld schaue, in den beginnenden Sonnenuntergang. Ich muss mir jede Einzelheit fest einprägen, damit ich mich für immer daran erinnern kann. Damit ich diesen Augenblick nie vergesse. Und dann höre ich etwas, das ich für unmöglich gehalten habe. Ich höre Sams Stimme, wie er für mich das Lied »Fields of Gold« singt. Er löst sein Versprechen ein, *irgendwann mal*, hatte er gesagt …

»I never made promises lightly
And there have been some that I've broken
But I swear in the days still left
We'll walk in the fields of gold
We'll walk in the fields of gold …«

Ich schaue mit ihm in den Sonnenuntergang, wie Sam es sich für uns beide ausgemalt hatte. Ich lege mich ins Gras, das Handy neben mir. Stundenlang reden wir miteinander, über alles, was uns durch den Kopf geht, wir lachen miteinander wie früher, während der Himmel über uns seine Farbe verändert, und es ist, als wäre Sam bei mir. Er hatte recht, bei Nacht ist es hier noch viel zauberhafter. Die Sterne wirken so nahe, als könnte man die Hände nach ihnen ausstrecken und sie berühren. Ich suche nach Sternbildern und erzähle Sam, welche ich zu erkennen glaube. Ich spüre ihn neben mir. Seinen Körper. Wenn ich jetzt den Kopf drehen würde, könnte ich ihn neben mir auf dem Rücken liegen sehen, die Arme unter dem Kopf verschränkt, in seinem Karohemd, die Augen weit geöffnet, zum Nachthimmel emporschauend. Sein schönes Lächeln. Seine dunklen Haare. Aber ich wage es nicht, den Kopf zu drehen, aus Angst, dass er dann verschwunden ist. Ich liege da und schaue zu den Sternen empor und glaube meiner Einbildungskraft.

Einen Moment schließe ich die Augen. »Danke, dass du mich hierhergebracht hast. Ich habe es so sehr gebraucht, einmal von allem fort zu sein.«

»Fühlt sich an, als wäre man in einer anderen Welt, findest du nicht auch?«, flüstert Sam neben mir. »Als wäre Ellensburg unendlich weit entfernt.«

»Vermisst du es, Sam? Ellensburg, meine ich.«

»Ja … Ich vermisse alles daran.«

Ich schlage die Augen wieder auf, schaue in den Sternenhimmel. »Ich glaube, ich werde es auch vermissen.«

»Willst du immer noch weg?«

»Das wollte ich immer«, sage ich. »Endlich fort von hier. In eine große Stadt ziehen, aufs College gehen, Schriftstellerin werden.«

»Klingt nicht übermäßig begeistert«, sagt Sam.

»Na ja, ich wollte das nicht allein machen.«

Nach einem langen Schweigen sagt Sam: »Es wird alles gut werden, Julie. Egal, wohin du gehst. Egal, mit wem du schließlich dein Leben verbringst. Du wirst glücklich sein.«

»Ich will aber mein Leben nicht mit jemand anders verbringen. Du bist immer noch hier, Sam. Das ist alles, was für mich im Augenblick zählt. Nichts sonst.«

»Tu das nicht, Julie.« Sams Stimme klingt auf einmal angespannt.

»Was soll ich nicht machen?«

»Dich an die Vorstellung von uns beiden klammern«, sagt er. »Als könnte es ewig so weitergehen.«

»Warum sagst du mir das immer wieder?«

»Weil es nicht für immer so bleiben wird. Das geht nicht.«

»Aber warum nicht?«

»Das geht einfach nicht …« Seine Stimme wird brüchig. »Denk doch mal nach. Du kannst nicht den Rest deines Lebens damit verbringen, endlose Gespräche mit deinem toten Freund am Telefon zu führen, während alle anderen um dich herum ihr eigenes Leben leben, neue Leute kennenlernen, vorankommen, sich verändern, sich mit der Welt drehen, in die Zukunft schauen. So wie jetzt kann es nicht ewig bleiben.«

»Ich verstehe nicht, was daran so falsch sein soll«, sage ich. »Du lässt es schlimmer klingen, als es ist.«

Ich kann mir nicht vorstellen, dass irgendetwas auf der Welt mir lieber sein könnte, als so mit ihm zusammen zu sein wie hier. Außer wenn er wieder am Leben wäre, natürlich.

»Ist mir doch egal, was andere über mich denken. Solange ich nur dich habe. Und wenn wir weiter zusammenbleiben können, dann lass uns darüber nachdenken, wie wir es am besten hinkriegen. Auch wenn es nicht genau das ist, was wir geplant hatten –«

»*Hör auf damit*, Julie«, unterbricht er mich. »Du und ich, wir können nicht für immer so weitermachen. Weil es einfach nicht möglich ist.«

»Aber du hast gesagt, ich könnte mir alle Zeit nehmen, die ich brauche«, sage ich. »Und wenn ich dich einfach nicht gehen lasse? Wenn ich mich weigere?«

Ich höre Sam heftig atmen. »Also das hast du beschlossen …«

»Aber, Sam, natürlich habe ich das so beschlossen. Schon am

ersten Tag, als wir uns kennengelernt haben, habe ich beschlossen, dich nie mehr gehen zu lassen …«

Bei der Vorstellung, dass er eines Tages bei einem Anruf nicht mehr drangeht, stockt mir der Atem. Ich habe ihn endlich für mich unser Lied singen hören; was ist, wenn ich seine Stimme irgendwann vergesse? Ich will ihn nicht wieder verlieren. Nicht noch einmal.

Lange spricht keiner von uns ein Wort. Ich schaue zum Himmel, wo am Mond ein paar Wolken vorbeiziehen. Plötzlich fährt ein weißer Lichtschweif den Himmel herunter und verschwindet hinter dem Horizont.

»Eine Sternschnuppe.« Ich deute zum Himmel, als könnte auch Sam sie sehen.

»Überrascht mich, dass es die erste ist, die du hier siehst«, sagt er. »Hast du dir etwas gewünscht?«

»Du weißt, dass ich an solche Sachen nicht glaube.«

»Und warum nicht?«

»Na, denk mal drüber nach. Hast du jemals gehört, dass einer dieser Wünsche wahr geworden ist?«

»Probieren könntest du es ja trotzdem. Wie wär's damit, dass die zweite Buchstütze wieder auftaucht?«

»Du bist echt ein Träumer«, sage ich.

Sam lacht. »Okay. Was würdest du dir wünschen, wenn du einen Wunsch frei hättest?«

»Ich kann mir alles wünschen, egal was?«

»Egal was.«

»Keine Begrenzungen?«

»Keine Begrenzungen.«

Ich zögere. »Willst du es wirklich wissen?«

»Sonst würde ich nicht fragen«, sagt Sam.

Ich schließe die Augen und hole tief Luft. Da muss ich nicht viel nachdenken, meine Antwort liegt ja auf der Hand. »Ich wünschte, du wärst hier«, sage ich. »Ich wünschte, du würdest jetzt neben mir liegen. Ich wünschte, ich könnte den Kopf zu dir drehen und dich ansehen und du würdest ebenfalls den Kopf drehen und mich anlächeln. Ich wünschte, ich könnte mit der Hand durch deine Haare fahren und du wärst wirklich da. Ich wünschte, wir könnten zusammen unseren Schulabschluss machen und dann von hier fortgehen, wovon wir schon so lange geträumt haben, und irgendwo eine kleine Wohnung finden und gemeinsam Pläne für den Rest unseres Lebens schmieden, damit ich das nicht allein tun muss. Ich wünschte, du wärst wieder am Leben … und ich wünschte, ich wäre damals in der Nacht drangegangen, als du angerufen hast, und alles wäre anders gekommen und das Leben würde so weitergehen wie vorher …«

Während ich das alles sage, schweigt Sam am anderen Ende. Er unterbricht mich nicht, er sagt auch nichts, als ich jetzt schweige. Aber ich spüre ihn am anderen Ende. Ich spüre, wie er mir zuhört. Wie er da ist. Es überrascht mich, dass er mich das alles hat aussprechen lassen. Keine Ahnung, was er als Antwort erwartet hat. Aber er wollte ja die Wahrheit wissen.

Und so bleibt es für den Rest der Nacht. Ich liege im Gras, halte mein Handy ans Ohr gedrückt und spüre ihn am anderen Ende. Seine Anwesenheit. Wir sagen nichts mehr. Wir liegen eine gefühlte Ewigkeit beieinander, in einer Zwischenwelt, in der alles, was ich mir wünsche, immer noch möglich erscheint.

ZEHNTES KAPITEL

Als ich am Morgen aufwache, ist etwas anders als sonst. Ich spüre neben mir die Wärme eines anderen Körpers. Aber als ich suchend meine Hand ausstrecke, ist da niemand. Nur ich. Verschlafen reibe ich mir die Augen, bis ich um mich herum die Wände meines Zimmers erkenne. Lichtstreifen tanzen über die Decke wie Sonnenstrahlen übers Wasser. Würde mein Vorhang nicht das Tageslicht hereinlassen, hätte ich kein Gespür dafür, ob es Tag oder Nacht ist. Obwohl es Morgen sein muss, fühlt es sich so an, als wäre keine Zeit vergangen, seit ich eingeschlafen bin. Oder unendlich viel Zeit. Stunden oder Tage. Ich habe jedes Gefühl dafür verloren. Ich schaue auf die Uhr. Es ist Samstag. Viertel vor zehn am Morgen. Was mich total verwirrt. Aber so scheint es zu sein.

Ich setze mich im Bett auf und sehe mich in meinem Zimmer um. Der Schreibtischstuhl ist zu mir gedreht. Sams Karohemd hängt über der Lehne. Gerne würde ich mir jetzt vorstellen, er wäre im Bad oder würde sich in der Küche ein Glas Wasser holen und käme gleich wieder zurück. *Jeden Moment*. Dadurch fühle ich mich weniger allein, wenn wir gerade nicht miteinander telefonieren. Ich rekle mich, strecke die Arme aus. Streiche mir die Haare aus dem Gesicht. Ein Hauch von Sommerwiesenduft steigt mir in die Nase und dann erinnere ich mich plötzlich. Mein Spaziergang durch den Wald. Der Ausblick auf die wogenden Gerstenfelder. *Fields of Gold.* War das wirklich gestern Abend? Wenn ich die Augen schließe, sehe ich alles vor mir. Merkwürdig, jetzt wieder hier in meinem Zimmer zu sein, wo alles nur noch ferne Erinnerung ist. Als würde ich aus einem Traum erwachen und hätte niemanden, mit dem ich darüber reden kann.

Eine andere Welt, ein anderes Leben, noch etwas, das ich mit niemandem teilen kann.

Ich habe schlecht geschlafen. Wieder hatte ich den Traum, in dem ich an der Bushaltestelle stehe und nach Sam Ausschau halte. Es war diesmal nicht mehr ganz so schlimm wie die anderen Male, aber ich bin davon noch immer mitgenommen. Ich wünschte, ich könnte mit jemandem darüber reden. Über meine Träume. Außer mit Sam, meine ich. Nach allem, was ich gestern Abend zu ihm gesagt habe, will ich ihn nicht noch mehr belasten. Wahrscheinlich sollte ich manche Dinge besser für mich behalten.

Ich bleibe noch eine Weile liegen, jedenfalls so lange, bis mich mein Wecker zum dritten Mal daran erinnert, dass es Zeit ist, aufzustehen. Meine Mutter hat für mich unten in der Küche eine halbe Kanne Kaffee warm gehalten. Ich schenke mir zwei Tassen ein, esse eine Schale Müsli. Eine Stunde später steht Oliver vor der Haustür. Er hat mir kurz vorher eine Textnachricht geschickt, mich zu einem Spaziergang eingeladen. Diesmal mit einem anderen Ziel. Ich war mir erst nicht sicher, ob ich wirklich mitwollte, aber dann habe ich zugestimmt. Wir brechen gemeinsam zum Friedhof auf, zu Sams Grab.

Der Himmel ist bewölkt. Oliver und ich nehmen einen Umweg, um nicht durch die Stadt zu müssen, wo am Samstag immer viele Menschen unterwegs sind. Als ich ihm erzähle, dass ich noch nicht an Sams Grab war, sieht er mich nicht fragend an, verurteilt mich nicht. Wahrscheinlich hat er es bereits vermutet. Vielleicht versteht er auch, warum ich bisher noch nicht hergekommen bin. Als wir uns dem Friedhof nähern, verkrampft sich in mir alles. Wenige Schritte vor dem großen Eisentor hindert mich etwas daran, weiterzugehen. Wie beim letzten Mal …

Oliver dreht sich zu mir um. »Alles in Ordnung bei dir?«

»Ich brauche nur noch eine Sekunde«, sage ich. Etwas Besseres fällt mir nicht ein. Ich starre die Eisenstäbe des geöffneten Tors an und denke, das alles muss ein großer Irrtum sein. *Kein Grund zur Panik, Julie. Sam ist nicht da oben. Er ist bei dir. Du hast ihn noch nicht verloren.*

»Komm, du schaffst das …« Oliver hält mir seine Hand hin. »Wir gehen gemeinsam rein.«

Ich hole tief Luft, umklammere fest seine Hand. Gemeinsam durchschreiten wir das Tor und gehen den Hügel hoch. Oliver führt mich zielstrebig zwischen Grabmarkierungen und Windrädchen hindurch. Behutsam setze ich meine Schritte. Niemals hätte ich ohne seine Hilfe Sams Grab gefunden. Der Rasen scheint sich endlos in jede Himmelsrichtung zu erstrecken. Schließlich bleibt Oliver stehen und lässt meine Hand los. Wir sind da. Er tritt zur Seite, damit ich die eingelassene Steinplatte besser sehen kann.

SAMUEL OBAYASHI

Mein Körper erstarrt. Mehrmals hintereinander lese ich stumm den Namen.

Er mochte den Namen Samuel nicht. Er hätte ganz bestimmt gewollt, dass dort Sam steht.

In der Mitte der Platte steht eine Vase mit Sonnenblumen. Der Strauß ist noch ganz frisch, es muss ihn erst vor Kurzem jemand vorbeigebracht haben. Ein Blütenblatt ist auf den Namen gefallen. Ich bücke mich, um es zu entfernen. Da fällt mir in der Vase noch eine andere Blume auf.

Eine weiße Rose. Ich berühre sie sanft. Dann erinnere ich mich. »Ist sie von dir?«, frage ich Oliver.

»Ja …«

Der Abend, als wir miteinander im Kino waren. »Hierher bist du also noch …«

»Nur ganz kurz.«

Ich schaue ihn an. »Wie oft kommst du denn hierher? Aber musst du mir auch nicht sagen.«

Oliver zuckt mit den Schultern. »Wahrscheinlich zu oft.«

Ich mache ein paar Schritte zurück und blicke auf den Boden. *Hier unter der Steinplatte. Liegt da wirklich Sam?* Ich versuche, mir vorzustellen, wie er friedlich dort drunten in der Erde schläft. *Wie kann er tot sein? Das ist so unwirklich. Ich habe doch gerade erst mit ihm telefoniert.* Ich schlucke und blicke dann zu Oliver. »Soll ich … soll ich jetzt ein Gebet sprechen? Was macht man eigentlich an einem Grab?«

»Nein, musst du nicht. Wir können hier einfach eine Weile still dasitzen.«

Wir setzen uns gemeinsam ins Gras. Die Luft ist eigenartig still, als würde der Wind diesen Ort nicht erreichen. Seit wir hier auf dem Friedhof sind, habe ich keinen einzigen Lufthauch verspürt. Die Bäume um uns herum stehen so reglos da, als wären sie aus Stein. Ab und zu lasse ich den Blick schweifen. Wir scheinen gerade die beiden einzigen Besucher auf dem Friedhof zu sein.

Zeit verstreicht. Oliver zupft schweigend an Grashalmen herum. Er hat schon eine ganze Weile nichts mehr gesagt. Ich frage mich, was er wohl denkt. »Kommst du immer allein hierher?«, frage ich schließlich.

»Normalerweise ja.«

»Und dann sitzt du hier auf dem Rasen?«

»Manchmal wechsele ich das Wasser in der Vase.«

Mein Blick wandert wieder zu der weißen Rose. Wie viele Blumen er Sam wohl schon gebracht hat? »Du vermisst ihn sehr, oder?«

»Wie du auch, nehme ich an.«

Wir schauen uns an. Dann blickt er weg und wir schweigen wieder.

»Ich glaube, Sam würde sich freuen, wenn er wüsste, dass du ihn so oft besuchen kommst«, sage ich nach einer Weile. »Ich glaube, das würde ihm viel bedeuten.«

Oliver blickt hoch. »Glaubst du?«

»Ja.«

Er atmet deutlich hörbar aus. »Ich will nicht, dass er sich allein fühlt, verstehst du?«, sagt er. »Vielleicht braucht er ja etwas Gesellschaft. Er soll das Gefühl haben, dass jemand für ihn da ist.«

Was er sagt, schmerzt mich. *Ob ich Sam anrufen soll, damit er hören kann, was Oliver gerade sagt?* Ich wünschte, ich könnte Oliver von unseren Telefongesprächen erzählen, vielleicht würde ihn das ja trösten. Dann wüsste er, dass Sam nicht ganz einsam und verlassen ist. *Aber was würde Oliver von mir denken? Würde er mir glauben?*

Nervös, beinahe flüsternd fragt Oliver mich: »Darf ich dir etwas anvertrauen?«

»Natürlich.«

»Manchmal … also da rede ich mit ihm.«

»Mit Sam?«

Oliver nickt.

»Wie meinst du das?«

»Also hier, meine ich«, sagt er und macht dazu eine weit ausholende Armbewegung. »Ich spreche laut mit ihm. Erzähle ihm ganz normale Dinge. Solche, über die wir normalerweise auch geredet haben, verstehst du?« Er blickt weg, schüttelt den Kopf. »Das klingt idiotisch, ich weiß.«

Wenn er wüsste. Wenn ich ihm erzählen würde, dass ich mit Sam telefoniere. »Nein, das ist es nicht«, sage ich, um ihn zu beruhigen.

»Ich verstehe das total. Weißt du, was ich gemacht habe? Ich habe versucht, ihn anzurufen.«

»Auf dem Handy, meinst du?«

»Ja.«

Eine Sekunde lang glaube ich, dass er noch nachhakt. Aber das tut er nicht. Obwohl ich fast froh darum wäre. Keine Ahnung, was ich dann geantwortet hätte. Ich beobachte, wie Oliver neben mir Grashalme ausrupft, und fühle mich schuldig. Habe ein schlechtes Gewissen, weil ich mit Sam telefoniere, aber die anderen nicht einweihen darf. Vielleicht sollte ich es Oliver wirklich erzählen. Und sei es nur, um zu sehen, was danach passiert. Oder damit er mir klarmacht, *dass dieses Grab hier die Realität ist*. Ohne aufzusehen, fragt Oliver: »Darf ich dir noch etwas anvertrauen?«

Ich beuge mich zu ihm und höre ihm zu.

»Erinnerst du dich daran, als ich dich beim letzten Mal gefragt habe, was du zu Sam sagen würdest? Wenn du Gelegenheit hättest, noch einmal mit ihm zu reden?«

»Ja, ich erinnere mich.«

»Willst du wissen, was ich zu ihm sagen würde?«

»Aber nur, wenn du wirklich möchtest.«

Oliver holt tief Luft. Atmet ein und wieder aus. Sein Mund öffnet und schließt sich, als würde etwas in ihm ihn davon abhalten, es mir zu sagen. Schließlich stößt er die Antwort hervor, so als hätte er bereits viel zu lang die Luft angehalten.

»Ich würde Sam sagen, dass ich ihn liebe. Ihn immer geliebt habe.«

»Ich bin mir sicher, dass Sam dich auch geliebt hat«, sage ich.

Oliver sieht mich an. »Aber nicht so, wie er dich geliebt hat. Nicht auf dieselbe Weise.«

Schweigen.

»Ist auch nicht weiter wichtig.« Oliver schüttelt den Kopf. »Gut, dass ich es ihm nicht gesagt habe. Wahrscheinlich besser so. Vielleicht hätten wir dann keine Freunde mehr sein können.«

»Wie kommst du darauf? Sam wäre immer dein Freund geblieben, das weiß ich ganz genau.«

Oliver blickt wieder weg. »Ich habe immer gehofft, dass er für mich vielleicht genauso empfindet. Dass das zwischen uns vielleicht mehr als Freundschaft wäre, verstehst du? Die Geschichte zwischen mir und Sam. Aber dann bist du gekommen.« Er lässt den Kopf sinken. »Jetzt werden wir es nie wissen …« Er schweigt. Die Minuten verstreichen. Erst als er sich über die Augen wischt und ihm Tränen die Wangen hinunterlaufen, merke ich, dass er weint. Als ich ihn so sehe, kommen mir auch die Tränen. Ich setze mich hinter ihn und lege die Arme um ihn, lehne den Kopf an seinen Rücken und spüre seinen Herzschlag oder Puls oder was auch immer es ist, jedenfalls ist es seiner und nicht meiner. Die Lebendigkeit eines anderen Menschen. Etwas, das ich seit einer Weile nicht mehr gespürt habe und sehr vermisse.

»Ich wünsche mir so sehr, er wäre noch am Leben«, sagt Oliver in Tränen aufgelöst.

»Ich weiß. Ich auch.«

»Glaubst du wirklich, er wäre mein Freund geblieben, wenn ich es ihm erzählt hätte?«

»Willst du meine ehrliche Antwort wissen?«

Ich spüre, wie er nickt.

»Ich glaube, Sam wusste es auch so.«

Olivers Schweigen verrät mir, dass er dies bereits vermutet hat. Vielleicht habe ich es auch immer schon geahnt. Olivers Gefühle, meine ich. Vielleicht war das der Grund, warum er und ich uns nie besonders nahegekommen sind. Wegen Sam. Weil wir ihn beide auf dieselbe Weise geliebt haben. Doch genau das ist es, was uns jetzt verbindet.

Plötzlich fegt eine Windböe über uns hinweg, fährt über die Gräber und Windrädchen, die anfangen, sich hastig zu drehen. Die Bäume beginnen sich zu regen, bewegen das erste Mal, seit wir hier sind, die Zweige. Oliver und ich blicken auf, als erwarteten wir, dass in der Ferne jemand steht und uns zuwinkt. Aber da ist niemand. Um uns herum ertönt das Surren unzähliger Windrädchen und jedes scheint einen anderen Ton hervorzubringen. Ein vielstimmiges Windkonzert.

»Glaubst du, das könnte Sam sein?«, flüstert Oliver.

»Wer weiß …« Ich halte mein Ohr in den Wind und lausche. »Das Lied kommt mir irgendwie vertraut vor.«

Oliver neigt ebenfalls den Kopf und lauscht. Schweigend sitzen wir nebeneinander im Gras und warten darauf, dass einer von uns beiden die Melodie erkennt.

❀

Nach unserem Besuch auf dem Friedhof begleite ich Oliver nach Hause. Ich will sicher sein, dass bei ihm alles in Ordnung ist, bevor ich mich in die Buchhandlung aufmache. Meine erste Schicht seit Sams Tod. Weil ich weiß, dass Tristan mal etwas Zeit für sich braucht, habe ich ihm angeboten, an diesem Wochenende seine Schichten zu übernehmen. In der Buchhandlung ist normalerweise nicht viel los, da reicht es fast immer, wenn nur einer von uns da ist. Deshalb arbeiten wir selten gleichzeitig und sehen uns meistens nur, wenn unsere Schichten direkt aufeinanderfolgen. Ein Grund, warum auch unsere Lesegruppe so schwer in die Gänge kommt, für die wir im Laden werben. Wir haben uns noch nicht entschieden, welches Buch wir dort zuerst lesen wollen. Tristan macht sich für *Per Anhalter durch die Galaxis* stark, aber ich bin der Meinung, dass wir nichts nehmen sollten, was sowieso schon alle gelesen haben. Worauf seine Antwort regelmäßig lautet: »*Per Anhalter durch die Galaxis* muss man mindestens zweimal gelesen haben.«

Hinter der Theke befindet sich eine Pinnwand, an der Tristan und ich uns Nachrichten hinterlassen, was im Laden bereits erledigt ist und was noch ansteht. Manchmal schreiben wir uns auch persönliche Grüße. Über der heutigen Checkliste entdecke ich ein blaues Kärtchen:

Hoffe, es geht dir besser.
Kinokarte ist in der obersten Schublade.
Tristan

Ich ziehe die Schublade auf. In einem goldenen Umschlag steckt mein Ticket für die Aufführung von Tristans Dokumentarfilm auf dem Filmfestival. Das hatte ich ganz vergessen. Tristan war mit dem Musikfilm monatelang beschäftigt. Er hat bereits das zweite Mal beim Festival einen Film eingereicht, und es freut mich total, dass er diesmal angenommen wurde. Wahrscheinlich bin ich auch etwas neidisch auf ihn. Er macht dieses Jahr noch nicht mal seinen Highschoolabschluss, aber sein Film wird bereits auf einem Festival gezeigt. Während ich nicht mal damit angefangen habe, meinen Bewerbungstext für den Creative-Writing-Kurs an einem College zu schreiben. Ich bemühe mich ja immer, mich nicht zu stark mit anderen zu vergleichen. Trotzdem fällt es mir manchmal schwer.

Ich krame nach einem Stift und antworte ihm.

Noch mal danke, dass du eingesprungen bist.
Ich freue mich auf den Film!
Julie

Draußen fängt es zu regnen an. Im Laden sind noch weniger Kunden als normalerweise, dafür scheint sich der Onlineshop prächtig zu entwickeln. Tristan hat mir eine Liste mit Büchern aufgeschrieben, die ich raussuchen und einpacken soll. Am Montag versendet Mr Lee sie dann an die Käufer. Ich brauche nicht lange, bis ich mit allem fertig bin. Anschließend fege ich sogar noch den Laden. Weil weiter keine Kundschaft kommt, schnappe ich mir mein Schreibbuch und setze mich an meinen Lieblingsplatz beim Fenster. Das Geprassel von Regentropfen versetzt mich immer in Schreibstimmung. Irgendwie versinkt dadurch der Rest der Welt um mich herum, und ich habe das Gefühl, dass mein Geist besonders frisch und klar ist. Ich muss an unsere Mittagspause gestern denken, als Yuki mich gefragt hat, worüber ich schreiben will. Und ich ihr geantwortet habe, dass ich über Sam schreiben will. Aber ich weiß noch nicht, was ich eigentlich erzählen will. Was soll die Welt von ihm erfahren? Ich kann mir gut vorstellen, was einige jetzt vielleicht von mir erwarten. *Schreib über seinen Tod. Über das, was passiert ist. Was es für dich heißt, ihn verloren zu haben.* Aber das möchte ich nicht, jedenfalls nicht ausschließlich. Denn Sams Geschichte soll nicht nur die seines tödlichen Unfalls sein. Sein Leben war mehr als dieses tragische Ende. Wenn die Menschen an Sam denken, dann sollen sie sich an seine besten, schönsten Momente erinnern. Ich will, dass sie ihn als jungen Musiker vor sich sehen, der bis mitten in der Nacht seine Songs schrieb und am nächsten Morgen ganz normal in die Schule ging. Ich will, dass sie erfahren, wie liebevoll er mit seinem kleinen Bruder gespielt hat. Und ich will, dass sie das Bild von uns beiden vor Augen haben, von den drei Jahren, die wir gemeinsam erleben durften. Wie wir uns kennengelernt haben, unser erster Kuss, warum ich mich in ihn verliebt habe. Ich will, dass alle, die meinen Text lesen, sich in Sam verlieben. Ja, genau. Das will ich. Das werde ich tun. Meine Erinnerungen an ihn aufschreiben. Meine Erinnerungen an uns beide. Ich werde unsere Geschichte erzählen. Kaum habe ich das beschlossen, blitzen in meinem Gedächtnis unzählige Situationen und Erlebnisse auf. Die nächsten Stunden verbringe ich damit, die Momente aufs Papier zu bringen, die mir am meisten bedeuten. Ich schreibe so lange, bis ich jedes Zeitgefühl verloren habe.

Als die Glöckchen an der Eingangstür bimmeln, schaue

ich auf. Jemand kommt in den Laden. Schnell klappe ich das Schreibbuch zu.

»Yuki! Was machst du hier?«

Yuki hat einen lila Regenschirm in der Hand. Ihre Haare sind mit einer blauen Schleife zu einem Pferdeschwanz gebunden. Sie sieht sich im Laden um. »Hab mich daran erinnert, dass du heute ja hier arbeitest. Es stört dich hoffentlich nicht, dass ich vorbeischaue?«

»Nein, gar nicht. Gib erst mal den Regenschirm her.« Ich nehme ihn ihr ab und stelle ihn zum Abtropfen in einen Ständer. »Ich bin froh, dass du da bist. Allmählich wird mir etwas langweilig.«

Yuki lächelt. »Dann ist es ja gut, dass ich gekommen bin.« Erst jetzt fällt mir auf, dass an ihrer anderen Hand eine kleine Tüte baumelt.

»Was hast du denn da?«, frage ich.

Yuki grinst mich an. »Du hast doch nichts dagegen, dass ich uns beiden einen kleinen Mittagsimbiss mitgebracht habe, oder?«

Wir setzen uns ans Fenster und essen unsere Schweinebraten-Gewürzgurken-Sandwichs. Danach mache ich Yuki einen Tee. Der Regen hat immer noch nicht aufgehört, deshalb bleibt sie bei mir im Laden. Ein Bus fährt vorbei. Auf der gegenüberliegenden Straßenseite rennen Kinder in Regenmänteln, Pfützen spritzen unter ihren Gummistiefeln auf. Ich starre auf mein Spiegelbild im Fenster, bis Yukis Stimme mich hochfahren lässt.

»Woran denkst du? Du wirkst irgendwie abwesend.«

»Ich bin einfach ein bisschen müde, das ist alles«, sage ich. »Ich schlafe zurzeit nicht besonders gut.«

»Kann ich verstehen.«

»Und dann habe ich immer so wirre Träume.«

»Wovon träumst du?«

Ich sehe sie an. »Von Sam.«

Yuki nickt. »Wenn du danach nicht mehr einschlafen kannst … sind es dann Albträume?«

»Es ist immer derselbe Traum«, sage ich. »Wieder und wieder. Also, ich meine, er ist jede Nacht etwas anders, aber der Anfang ist immer derselbe.«

»Und zwar?«

»Ich stehe an der Bushaltestelle. In der Nacht, als Sam den Unfall hatte.«

»Und das Ende?«

Ich weiche ihrem Blick aus. »Ich wache vorher immer auf …«

Yuki überlegt kurz. »Verstehe.«

»Ja«, sage ich und lehne den Kopf gegen das Fenster. »Trotzdem wüsste ich gerne genauer, was die Träume bedeuten …«

Yuki schaut gedankenverloren in ihre Teetasse. »Weißt du … als meine Großmutter vor ein paar Jahren gestorben ist, habe ich auch immer von ihr geträumt. Und die Träume waren irgendwie immer ähnlich«, sagt sie. »Einmal habe ich geträumt, dass ich ihre Lieblingsteekanne fallen ließ und verzweifelt versucht habe, die Scherben wieder zusammenzufügen. Ein anderes Mal habe ich versucht, meine schlechten Noten vor ihr geheim zu halten. Aber sie hat es immer rausgefunden. Ich sehe noch ihre traurige Miene im Traum vor mir. Ich hatte jeden Abend Angst vor dem Einschlafen. Ich wollte sie nicht schon wieder enttäuschen …«

»Haben die Träume irgendwann aufgehört?«, frage ich.

Yuki nickt. »Als ich meiner Mutter davon erzählt habe. Sie hat etwas gesagt, was mir wirklich geholfen hat.«

Ich beuge mich neugierig zu ihr. »Und was hat sie gesagt?«

Yuki trinkt einen Schluck von ihrem Tee. »Sie hat gesagt, dass Träume manchmal das Gegenteil von dem bedeuten, was sie uns zeigen. Dass wir sie nicht wortwörtlich nehmen sollen. Sie können bedeuten, dass etwas in unserem Leben aus dem Gleichgewicht geraten ist. Oder dass wir uns zu sehr an etwas klammern. Vor allem, wenn wir jemanden verloren haben, zeigen uns

Träume oft das Gegenteil von dem, was unsere Seele in diesem Moment für ihre Heilung braucht.«

»Und was war das für dich?«

»Ich habe eine Weile gebraucht, bis ich es herausgefunden habe«, sagt Yuki über ihren Tee gebeugt. »Mein ganzes Leben lang hatte ich Angst, sie zu enttäuschen. Darüber vergaß ich fast, wie sehr sie mich geliebt hat. Dass sie mich immer geliebt hat, egal was passiert war.« Sie sieht mich an. »Vielleicht musst du auch nach dem Gegenteil suchen. Herausfinden, wie du dein Leben wieder ins Gleichgewicht bringst.«

Ich denke darüber nach. »Und wie mache ich das? Das Gegenteil finden …«

»Weiß ich auch nicht«, sagt Yuki. »Das ist bei jedem anders.«

Ich schaue wieder aus dem Fenster. Fühle mich ratlos.

Yuki berührt mich an der Schulter. »Aber manchmal ist ein Traum auch einfach nur ein Traum«, sagt sie, »und bedeutet gar nichts. Also lass dich dadurch nicht zu sehr beunruhigen, okay?«

»Vielleicht hast du recht«, sage ich. »Ich wünsche mir so sehr, nachts wieder normal schlafen zu können …«

Yuki blickt gedankenverloren in die Ferne. »Vielleicht habe ich etwas, das dir helfen kann«, sagt sie und stellt ihre Teetasse ab. »Komm mit …«

Ich folge ihr zur Kassentheke, wo sie ihre Tasche abgestellt hat. Sie kramt darin herum, dann dreht sie sich um und legt mir etwas in die Hand.

»Hier …«

»Was ist das?«, frage ich. »Ein Kristall?«

Ich drehe ihn in der Hand. Der Stein schimmert weiß, perlmuttfarben und durchscheinend. Es wirkt, als würde er aus sich selbst heraus leuchten.

»Das ist ein Selenit«, sagt Yuki. »Meine Mutter hat ihn mir damals geschenkt. Er soll dir Glück bringen und dich beschützen. Er wehrt negative Energie ab. Vielleicht kann er dich vor schlimmen Träumen bewahren.«

Ich streiche mit den Fingerspitzen darüber. »Und wie?«

»Du trägst ihn einfach nur bei dir«, sagt sie. »Er ist nach der Mondgöttin benannt.« Sie dreht den Kristall in meiner Hand, damit ich ihn von allen Seiten betrachten kann. »Man sagt, dass in ihm Licht gespeichert ist, dass vom Beginn des Universums stammt. Manche glauben, dass er mit einer Welt jenseits der unseren in Verbindung steht ...«

Ich mustere den Kristall von allen Seiten. Er fühlt sich in meiner Hand warm an, schimmert wie Mondlicht. »Glaubst du wirklich daran?«

Yuki nickt. »Ich mag den Gedanken, dass er mich beschützt hat. Jetzt gehört er dir. Aber pass auf, er ist zerbrechlich.«

Ich halte den Kristall behutsam in der Hand.

»Danke«, flüstere ich.

»Vielleicht bringt er dir ja etwas inneren Frieden«, sagt Yuki. »Ich habe das Gefühl, das kannst du gebrauchen.«

❀

Als Yuki schließlich geht, regnet es immer noch. Seit Stunden ist kein Kunde in die Buchhandlung gekommen, deshalb mache ich pünktlich zu. Zu Hause helfe ich Mom beim Kochen. Es gibt Spaghetti mit Spinat und Champignons, dazu Parmesan aus einem italienischen Feinkostladen, zu dem sie extra eine Stunde fährt, um dort für uns Käse einzukaufen. Parmesan von allerbester Qualität ist der einzige wirkliche Luxus, den wir uns beim Essen gönnen. »Das ist eine Investition, die sich lohnt«, behauptet meine Mutter immer, und ich widerspreche ihr da nicht.

Während Mom das aufgebackene Baguette aus dem Ofen holt, decke ich den Tisch. Im Wohnzimmer läuft stumm der Nachrichtensender. Meine Mutter lässt den Fernseher den ganzen Tag an. Sie sagt, das Haus kommt ihr dann nicht so leer vor. Normalerweise berichtet sie mir beim Abendessen gerne von den seltsamen Theorien, mit denen ihre Studierenden manchmal ankommen. Zum Beispiel, dass wir alle in einer riesengroßen Computersimulation leben, die ein zwölfjähriges Mädchen vom Rechner ihres Bruders aus steuert. Aber heute Abend ist es bei uns am Tisch stiller als sonst. So als wäre jede von uns mit ihren eigenen Gedanken beschäftigt. »Heute war ein Brief für dich in der Post«, sagt Mom nach einer Weile. »Ich hab ihn auf die Küchentheke gelegt.«

»Hab's gesehen«, sage ich. Der Brief von der Central Washington University, dass sie mich genommen haben. Die Mail hatten sie schon vor ein paar Tagen geschickt.

»Und hast du ihn schon aufgemacht?«

»Sie haben mich genommen.«

Meine Mutter strahlt mich an. »Warum hast du das denn nicht gleich erzählt, Julie? Das müssen wir feiern!«

»Na, so toll ist das nicht«, sage ich, während ich Spaghetti mit der Gabel aufwickle. »Da kommt jeder rein.« Um die Central Washington reißen sich die Leute nicht gerade. Sobald man Noten hat, die einigermaßen okay sind, nehmen sie dich. Worauf ich sehnsüchtig warte, ist der Brief vom Reed College.

Mom mustert mich. »Ich weiß, dass die Central Washington nicht deine erste Wahl ist, Julie. Trotzdem ist es eine gute Uni, auch wenn du das vielleicht anders siehst. Immerhin unterrichte ich da. Du solltest nicht zu vorschnell urteilen!«

Ich blicke auf. »Ja, du hast natürlich recht. Hab ich auch nicht so gemeint. Es ist nur …« Ich seufze. »Ich habe keine große Lust, noch vier Jahre in Ellensburg zu bleiben. Das war nicht mein Plan. Das ist alles.«

»Als ob ich mir das alles so vorgestellt hätte«, sagt Mom mehr zu sich selbst als zu mir. »Ich verstehe dich ja … Es war hier nicht immer leicht für dich. Und das ist es jetzt erst recht nicht.«

Sie starrt einen Moment auf die Tischplatte. »Vielleicht ist es ja egoistisch von mir, aber ich fände es schön, wenn du noch etwas länger hier wärst. Ich weiß, dass es nicht für immer und ewig sein wird, Julie. Aber … weißt du, ich hatte gehofft, wir könnten noch etwas mehr Zeit miteinander verbringen, bevor du weggehst.«

»Noch bin ich ja da«, sage ich.

»Ich weiß …«, sagt sie mit einem Seufzer. »Trotzdem bekomme ich nicht sehr viel von dir zu sehen. Natürlich ist das nicht deine Schuld … aber du hast dich in den letzten beiden Wochen so abgekapselt. Es ist das erste Mal seit Sams Tod, dass wir zusammen Abend essen. Ich habe das Gefühl, dich nicht mehr wirklich zu erreichen … Na ja, vielleicht bilde ich mir das auch nur ein.«

Ich blicke erst auf mein Handy, dann zu meiner Mutter. Haben wir wirklich so lange nicht mehr gemeinsam zu Abend gegessen? In der ersten Woche nach Sams Tod habe ich mein Zimmer nicht verlassen. Und seit Sam und ich wieder in Verbindung stehen, verbringe ich alle meine Zeit mit ihm. Gestern war ich den ganzen Tag fort. Und vorgestern auch. Als ich überlege, was ich Mom darauf antworten soll, kriege ich ein richtig schlechtes Gewissen. Früher habe ich mit ihr über alles geredet. Aber ich kann mich ihr nicht anvertrauen. Ich kann ihr nicht von Sam erzählen und was da gerade geschieht. »Tut mir leid«, sage ich. »Geht nicht gegen dich.« Mehr bringe ich nicht heraus.

»Schon in Ordnung«, sagt Mom und zwingt sich zu einem kleinen Lächeln. »Wir verbringen ja jetzt Zeit miteinander. Danke für das gemeinsame Abendessen.«

Ich starre auf meinen Teller. Ich muss das öfter mit ihr machen.

❀

Nach dem Essen räume ich mit Mom den Tisch ab und gehe dann hoch in mein Zimmer. Am liebsten würde ich Sam sofort anrufen, aber ich muss vorher wirklich noch was für die Schule tun. Ich habe noch viel aufzuholen. Zuerst mache ich mit dem Englischaufsatz weiter, den wir nächste Woche abgeben müssen. Dann kommt Kunstgeschichte dran. Ich habe den Eindruck, etwas klarer im Kopf zu sein. Mich zu konzentrieren, fällt mir leichter. *Vielleicht ist es ja der Kristall.* Yuki hat gesagt, dass ich ihn immer nahe bei mir haben soll, deshalb lege ich ihn vor mir auf den Tisch, neben Sams Buchstütze. Von Zeit zu Zeit schaue ich ihn an. Dann fühle ich mich beschützt.

Mit Sam habe ich ausgemacht, dass ich ihn irgendwann heute Abend anrufe. Weil wir gestern so viel Zeit miteinander verbracht haben, muss das Gespräch heute kurz bleiben. Das ist für mich okay. Hauptsache, ich höre seine Stimme. Auch wenn es nur für ein paar Minuten ist.

Weil Mom gerade von einer akuten Staubsaugerphase befallen ist, gehe ich zum Telefonieren nach draußen. Ich setze mich auf die Stufen vor der Haustür. Der Regen prasselt aufs Vordach, es klingt wie lauter Kieselsteine. Früher saßen Sam und ich bei Gewittern häufig hier und haben die Blitze beobachtet. Es sieht so aus, als würde auch heute ein schwerer Gewittersturm aufziehen. Weil es deutlich frischer geworden ist, habe ich sein Karohemd angezogen. Ich wähle seine Nummer.

Wenn seine Stimme erklingt, ist es für mich jedes Mal, als würde die Zeit stillstehen. »Das Geräusch kommt mir bekannt vor …« Er lauscht. »Von wo aus rufst du an?«

»Von draußen. Auf den Stufen vor der Haustür.«

»Sehnsucht nach Weite und frischer Luft?«

Ich muss an gestern denken, an die goldenen Felder und den weiten Horizont. Ich lächle. »Kann sein. Außerdem hab ich eine Pause vom Schreibtisch gebraucht. Und da dachte ich, rufe ich mal an. *Ich vermisse dich.*«

»Ich vermisse dich auch. Du fehlst mir unendlich.«

Sams Stimme klingt so warm. Ach, warum kann es nicht für

immer so bleiben? Warum können wir nicht für immer so miteinander reden?

»Erzähl mir, was heute bei dir los war«, sagt er. »Wie läuft's in der Buchhandlung? Wie geht es Mr Lee?«

»War echt cool, wieder dort zu sein. Der Laden ist für mich ein zweites Zuhause. Und Mr Lee ist so unglaublich nett. Das letzte Mal hat er mir ein Schreibbuch geschenkt. Hab ich dir noch gar nicht erzählt. Fast zu schön, um was reinzuschreiben.«

»Dann schreibst du wieder?«

»Na ja, ich habe wieder damit angefangen. Heute.« *Deshalb ist er mit mir hinaus zu den Feldern. Um bei mir wieder die Lust aufs Schreiben zu wecken.* Ich wollte ihn eigentlich überraschen, wenn ich damit fertig bin. Aber ich kann vor ihm schlecht etwas geheim halten. »Und weißt du was? Ich schreibe über dich.«

»Über mich?«

»Ja, über dich.«

Sam lacht. »Und was?«

»Das weiß ich noch nicht so genau, wird sich noch rausstellen«, sage ich. »Hab ja gerade erst angefangen! Aber es macht mich ganz glücklich. Ist schon eine Weile her, dass ich in einen richtigen Schreibfluss gekommen bin. Ich will über uns schreiben. Unsere Geschichte. Ich habe ein paar von unseren gemeinsamen Erinnerungen festgehalten. Kleine Szenen. Wie ich sie aneinanderfüge, muss ich aber noch rausfinden. Damit daraus etwas Größeres entsteht.«

»Ich bin so froh, dass du wieder schreibst. Und natürlich stolz darauf, es in eine deiner Geschichten geschafft zu haben. Wurde ja auch Zeit.« Er lacht. »Und hast du damit irgendwelche Pläne?«

Ich stoße einen Seufzer aus. »Weiß ich noch nicht. Ich komme ja grade erst wieder rein, verstehst du? Aber wenn es gut wird, kann ich es vielleicht als Schreibprobe beim Reed College einreichen. Bevor sie dich in den Creative-Writing-Kurs aufnehmen, wollen sie was von dir haben. Na ja, kein so gutes Thema. Ich warte immer noch darauf, ob sie mich genommen haben. Aber wer weiß? Wenn der Text richtig gut wird, kann ich vielleicht versuchen, ihn irgendwo zu veröffentlichen. Das gibt mir eine Perspektive, verstehst du? Wenn eine meiner Geschichten ein Publikum finden würde. So wie bei Tristan.«

»Was ist mit Tristan?«

»Hab ich dir das gar nicht erzählt? Seine Doku ist für das Filmfestival angenommen worden.«

»Wow.«

»Er hat mich zur Premiere eingeladen.«

Schweigen.

»*Schön* … freut mich für euch beide.«

Ich halte den Kopf schräg und versuche seinen Tonfall zu deuten. »Im Moment hab ich noch gar nichts zustande gebracht. Ich hab noch nicht mal eine richtige Idee für meine Geschichte.«

»Aber du hast Zeit, sie zu schreiben. Etwas von dir in die Welt zu schicken. Ich wünschte, das hätte ich auch getan.«

»Wie meinst du das?«

»Ich hätte auch gern die Zeit gehabt, etwas zu vollenden, verstehst du? Etwas zu hinterlassen. Der Welt etwas zu geben …«

»Was wolltest du denn vollenden?«

Sam seufzt. »Ach, spielt keine Rolle mehr, Jules … Hat keinen Sinn, darüber zu reden.«

»Aber, Sam …«

»Bitte, lass es. Ich hätte nichts sagen sollen.«

Schuldgefühle steigen in mir auf. Ich hatte gedacht, es würde ihn freuen, wenn ich davon erzähle. *Schließlich schreibe ich ja eine Geschichte über uns.* Ich hatte nicht damit gerechnet, dass es ihn so aufwühlen würde, dass er noch nicht mal darüber reden will. Deshalb wechsle ich schnell das Thema.

»Ich habe heute Oliver getroffen. Du fehlst ihm sehr.«

»*Oliver?*« Sam klingt gleich froher. »Ich habe viel an ihn gedacht. Wie geht es ihm?«

»Er bringt dir ganz oft Blumen ans Grab«, erzähle ich. »Und sitzt dann eine Weile dort, um dir Gesellschaft zu leisten. Er ist wirklich ein guter Freund.«

»Na ja, er war ja auch mein bester Freund. Schon immer.«

»Er liebt dich, hat er gesagt …«

»Ich liebe ihn auch. Das weiß er.«

Eine Sekunde lang überlege ich, was er damit meint. Will ihn fragen, ob da vielleicht zwischen ihnen beiden etwas war, wovon ich nichts weiß. Aber dann beschließe ich, nicht zu fragen, vielleicht auch deswegen, weil es keinen Unterschied machen würde. Oder jedenfalls nicht mehr.

»Ist es das erste Mal, dass du ihn seither gesehen hast? Also, du weißt schon …«

»Nein«, sage ich. »Wir haben uns bereits ein paarmal gesehen. Einmal waren wir sogar zusammen im Kino. In einem Musical. Hat sich einfach so ergeben.«

»Ich wusste es! Ihr habt mehr gemeinsam, als ihr glaubt.«

»Ja, ist mir jetzt auch klar geworden. Da hätte ich mal früher auf dich hören sollen.«

»Dann seid ihr jetzt miteinander befreundet?«

»Glaub schon. Jedenfalls hoffe ich es.«

»Das freut mich«, sagt Sam.

Mich freut es auch. Wenn ich dich dafür nicht hätte verlieren müssen.

Schwere Regentropfen prasseln auf das Vordach. Ich muss bald wieder rein. Aber vorher muss ich ihm unbedingt noch eine Frage stellen. Etwas, das mich in den vergangenen Tagen nicht losgelassen hat.

»Was denn?«, fragt Sam.

»Unsere Telefongespräche. Dass sie ein Geheimnis bleiben müssen. Was passiert denn, wenn ich jemand davon erzähle?«

»Um ehrlich zu sein, ich weiß es nicht. Aber ich habe das Gefühl, dadurch würde sich unsere Verbindung verändern.«

Ich denke einen Moment nach. »Könnte es nicht auch sein, dass sich nichts ändert?«

»Kann sein«, sagt er. »Vermutlich wissen wir es erst, wenn es so ist. Aber kann auch sein, dass unsere Verbindung dadurch für immer gekappt ist. Ich weiß nicht, ob wir das riskieren wollen.«

Ich schlucke. Der Gedanke lässt mich frösteln.

»Dann werde ich niemand davon erzählen. Es bleibt unser Geheimnis. Ich will dich nicht verlieren. Noch nicht so bald jedenfalls.«

»Ich will dich auch nicht verlieren.«

Ein Blitz zuckt am Himmel auf, nach einer Weile gefolgt von einem Donner.

»Was war das?«, fragt Sam.

»Ich glaube, es zieht ein Sturm auf.«

»Mit Blitz und Donner?«

»Scheint so.«

Lebt man in einer Kleinstadt nahe der Kaskadenkette, sind Gewitterstürme mit Blitz und Donner manchmal das Einzige, was etwas Leben in das verschlafene Nest bringt.

»Dieses Spektakel würde ich jetzt auch gerne sehen.«

»Hört sich an, als wäre es ziemlich weit weg.«

Ein weiterer Blitz zuckt über den Himmel, reißt ihn für den Bruchteil einer Sekunde auf.

»Beschreib mir mal, wie es bei dir gerade aussieht«, bittet er.

»Wie ein Riss im Universum. Und eine andere Welt blitzt durch.«

»Vielleicht ist es ja auch so.«

»Und vielleicht bist du auf der anderen Seite.«

Wieder ein Blitz, wieder Donner.

»Kann ich mal hören?«, fragt Sam.

Ich stelle auf Lautsprecher und halte das Handy hoch.

Wir lauschen beide auf den Gewittersturm.

Wieder ein Blitz, wieder Donner.

»Du hast recht«, sagt er. »Klingt weit entfernt.«

Ich bleibe mit ihm am Handy vor dem Haus sitzen, bis das Gewitter sich verzogen hat.

ELFTES KAPITEL

Ein paar Tage vergehen, ohne dass sich meine Albträume wiederholen. Aber ich wache immer noch mit demselben Gefühl von Leere auf. Als klaffte in mir ein riesengroßes Loch. Ich weiß nicht, woran es liegt oder wie ich es erklären soll. Das Gefühl scheint mich jedes Mal von Neuem zu überfallen, wenn ich mit Sam telefoniert habe und danach wieder allein bin. Mir ist danach so einsam zumute, dass es sich für mich anfühlt, als könnte ich diese Leere nie mehr mit Leben füllen. Ich wünsche mir dann immer, ich könnte Sam eine Nachricht schicken oder wenigstens auf dem Handy die Liste unserer Anrufe aufrufen, um mich zu vergewissern, dass das alles real ist. Dass unsere Gespräche Wirklichkeit sind. Weil ich mir nämlich manchmal nicht mehr sicher bin. Vielleicht rührt das seltsame Gefühl ja auch daher.

Immer wenn mich diese Leere befällt, greife ich nach Sams Sachen, weil sie das Einzige sind, was mir noch Halt geben kann. Sein Karohemd über der Stuhllehne, die Buchstütze auf meinem Schreibtisch, die anderen Dinge in meiner Schublade – ich habe immer noch alles. Aber sein Geruch, der ihnen anhaftet, verfliegt allmählich, und ich kann die Buchstütze auf meinem Schreibtisch beinahe nicht mehr von ihrem aussortierten Zwilling unterscheiden.

Ich wünschte, ich könnte mit jemandem über das alles reden oder sogar die Sachen von Sam herzeigen. Damit ich gesagt bekomme, dass ich nicht völlig am Abdrehen bin. Aber Sam glaubt, dass dadurch unsere Verbindung gestört werden könnte, und das will ich nicht riskieren – ich will ihn nicht noch einmal verlieren. Trotzdem muss ich ununterbrochen daran denken, dass ja vielleicht auch gar nichts passiert, wenn ich einer anderen Person von unseren Telefongesprächen erzähle. Doch ich will darüber mit Sam nicht noch mal diskutieren. Jedenfalls nicht so bald.

Mein Handy summt. Eine Nachricht von Oliver, der mir mitteilt, dass er in einer Viertelstunde vor der Haustür steht. Dann noch eine zweite Nachricht von ihm: *Sei pünktlich. Ich kann in Spanisch nicht noch mal zu spät kommen*. Ich mach mich schnell fertig, aber als ich rausgehe, ist er noch nicht da. Ich checke mein Handy. Noch eine Nachricht von ihm. *Unglaublich. Da führt jemand seinen Hund aus. Muss ein Foto machen.* Und dann kommt auch gleich das Foto.

Die letzten Tage sind Oliver und ich immer gemeinsam in die Schule gegangen. Er wohnt nicht weit weg und sendet mir jedes Mal seine genaue Ankunftszeit. Aber ich habe inzwischen gelernt, dass er sich dabei regelmäßig verschätzt. Inzwischen haben wir viel Zeit miteinander verbracht und über Filme, Musicals und über Sam geredet. Unfassbar, dass es drei Jahre gedauert hat, bis wir drauf gekommen sind, wie viel wir eigentlich gemeinsam haben. Und dass Sam dafür erst sterben musste. Wir wollen bald wieder gemeinsam zu seinem Grab. Das nächste Mal bringe ich Blumen mit. *Weiße Blüten*. Oliver ist für mich ein unendlich wichtiger Mensch geworden, eine echte Stütze. Wo ich sonst ja das Gefühl habe, dass alles um mich herum ins Schwimmen kommt. Es fühlt sich für mich nicht richtig an, dass ich vor ihm etwas so Großes, Wichtiges geheim halte. Vor allem, weil ich weiß, wie sehr auch er Sam geliebt hat. Aber vielleicht gibt es irgendetwas, das ich sozusagen als Ausgleich tun könnte? Als Gruß von Sam? Ich denke nach. Nach einer Weile fällt mir etwas ein. Ein Geschenk, um unsere neue Freundschaft zu bekräftigen.

»Bist du fertig?«, ruft Oliver von draußen.

»Eine Sekunde«, antworte ich.

Er schiebt die Haustür auf, die ich einen Spalt offen gelassen habe. »Beeil dich! Wir kommen zu spät!«

»Nur weil du unbedingt Fotos von irgend so einem Hund machen musstest.«

»Es ist ein Beagle. Er heißt Arthur.«

Ein paar Sekunden später bin ich draußen bei ihm. Halte etwas hinter meinem Rücken versteckt.

Erwartungsvolles Schweigen.

Oliver zieht fragend eine Augenbraue hoch. »Was hast du da?«

»Etwas, das ich dir schenken möchte?«

»Warum?«

»Einfach so.«

»Dann her damit.«

Ich überreiche ihm das Geschenk. Oliver schaut mich verblüfft an. »Aber das ist ja ... Sams Karohemd ...«

»Ja. Und du sollst es haben.«

»Warum?«

»Weil es mir viel zu groß ist. Und es an dir bestimmt viel besser aussieht.«

Oliver starrt das Hemd eine ganze Weile an. »Ich glaube, das kann ich nicht annehmen.«

»Warum nicht?«

Er reicht es mir zurück. »Nein, kommt nicht infrage.«

Ich schiebe seine Hände fort. »Mach dich nicht lächerlich. Es ist nur ein Hemd.«

»Es ist *Sams* Hemd.«

»Und ich schenke es dir.«

»Nein, das nehm ich nicht an.« Oliver versucht wieder, mir das Hemd zurückzugeben, aber ich schiebe seine Hände erneut fort. Dieses Spiel machen wir ein paarmal, bis es mir reicht. Ich schlage ihm aufs Handgelenk.

»Jetzt sei doch nicht so. Warum willst du es nicht annehmen?«

Oliver seufzt. »Weil Sam ganz offensichtlich wollte, dass du es hast. Nicht ich.«

»Weißt du doch gar nicht. Also nimm es, okay?«

Oliver schaut wieder mich an und dann das Karohemd. »Ich begreif das nicht. Willst du es nicht behalten?«

»Ich hab noch jede Menge andere Sachen von ihm. Mach dir darüber mal keine Gedanken.«

Oliver streicht mit der Hand über das Hemd. Dann drückt er es an sich. »Danke.«

Ich lächle ihn an. »Aber versprich mir, dass du gut darauf aufpasst …«

»Hoch und heilig.«

Ich greife nach meiner Tasche und gehe die Stufen runter, bereit zum Aufbruch. Aus irgendeinem Grund bleibt Oliver stehen.

»Was ist los?«, frage ich. »Hast du deine Meinung wieder geändert?«

»Nein«, sagt er und zieht seine Collegejacke aus. »Aber ich habe beschlossen, dir auch etwas zu schenken.« Er kommt die Stufen runter und legt sie mir über die Schultern.

»Du schenkst mir deine Collegejacke?«

»Ich leihe sie dir aus. Bis zur Abschlussfeier.«

»Danke, ich fühle mich geehrt.«

Wir gehen los. Die Luft ist recht frisch, deshalb ist es angenehm, eine wärmende Jacke am Körper zu spüren.

»Aber sag mal, Oliver, in welcher Schulmannschaft hast du eigentlich gespielt?«

»In keiner«, antwortet er. »Ich hab die Jacke letzten Sommer einem Senior abgekauft.«

»Dann ziehst du sie nur aus modischen Gründen an?«

»Könnte man so sagen.«

»Gefällt mir.«

Ich stupse ihm mit dem Ellenbogen in die Seite und wir lachen beide.

Als wir in die Schule kommen, sind die Wände in der Eingangshalle mit Girlanden aus roten und weißen Luftballons dekoriert, und von der Decke hängen Aluminiumsterne. Es hält wieder die Normalität Einzug. Die Leute tragen leuchtende farbige T-Shirts, hören Musik, beschmeißen sich mit Papierkügelchen. Alle Erinnerungen an Sams Tod sind gelöscht. Die Demonstration des Teamgeists an unserer Schule überdeckt alles, was noch an Trauer in der Luft lag. Neben der Anschlagtafel hing in der vergangenen Woche noch ein Foto von ihm. Ich habe keine Ahnung, was damit passiert ist oder wer es abgenommen hat. Auf alle Fälle ist es nicht mehr da. In den Klassenzimmern liegt die neueste Ausgabe der Schulzeitung aus und das erste Mal wird Sam darin nicht mehr erwähnt. Es wirkt so, als hätten alle beschlossen, dass nun wieder nach vorne geblickt werden muss. Ohne die Erinnerung an ihn. Irgendwie überrascht mich das auch gar nicht. Schulfeste, Fußballspiele, die Abschlussfeier, das ist jetzt angesagt.

Mein Französischtest läuft besser als erwartet. Ich habe die halbe Nacht dafür gelernt, deshalb bin ich froh, dass es sich wenigstens gelohnt hat. Beim mündlichen Teil der Prüfung bin ich selbst überrascht. Laut Madame Lia habe ich eine natürliche Begabung für die französische Aussprache. Mr Gill, unser Englischlehrer, ist krank (manchmal werden Gebete ja erhört), und seine Vertretung, ein stämmiger, grauhaariger Mann, der zu schielen anfängt, wenn ihm jemand eine Frage stellt, lässt uns die ganze Stunde *Farm der Tiere* lesen, jeder am Platz still für sich. Weil ich mein Exemplar zu Hause vergessen habe, arbeite ich stattdessen an meinem Essay weiter. Das Thema, das ich gewählt habe, begeistert mich so richtig. Warum sich anhand der Science-Fiction-Romane von Octavia E. Butler viel mehr über Geschichte lernen lässt als in einem Sachbuch – weil sie nämlich an unsere Gefühle appellieren. Es geht um die Macht des Geschichtenerzählens. Schon in der Steinzeit hatten das die Menschen erkannt, als sie die ersten Bilder an die Höhlenwände malten. Bis zum Klingeln schaffe ich drei Seiten. Mir kommt es tatsächlich so vor, als könnte ich mich wieder besser konzentrieren. *Das muss an dem Kristall liegen*. Ich achte darauf, dass ich ihn immer bei mir trage, damit er mir Glück bringt und ich inneren Frieden finde.

»Wie lief dein Test?«, fragt Jay beim Mittagessen.

»Ganz gut, glaube ich. Seid ihr mit eurem Gruppenprojekt fertig geworden?«

»In meiner Gruppe sind zwei Lacrossespieler …«, sagt er, während er sein Sandwich in zwei Hälften zerteilt. »Deshalb lautet die Antwort: nein.«

»Könnte noch schlimmer sein.«

»Noch schlimmer?«

»Drei Lacrossespieler.«

Wir lachen. Jay reicht mir eine Hälfte des Sandwichs. Eine Sekunde später kreuzt Oliver auf. Er stellt sein Tablett auf unserem Tisch ab und holt sich einen Stuhl vom Nebentisch. Dann zwängt er sich zwischen mich und Jay.

»Super T-Shirt, Jay«, sagt Oliver, während er sich ein Pommes von Jays Tablett klaut.

Jay trägt ein T-Shirt, das er selbst für den Umweltclub entworfen hat. Darauf ist ein kranker Erdball zu sehen, mit einem Fieberthermometer im Mund. »Danke. Eigenproduktion.«

»Und warum hab ich keins gekriegt?«

»Wenn du weiter zu unseren Treffen gekommen wärst, hättest du auch eins.«

»Ich war beim ersten Treffen«, erinnert ihn Oliver und dreht dann den Kopf zum Rest unserer Tischrunde, »und es hat echt ewig gedauert.«

Jay verdreht die Augen. »Hallo, ich höre, was du sagst.«

»Wie? Hab ich was gesagt?«, fragt Oliver zurück und zwinkert dabei mir und den anderen zu.

»Lasst mal gut sein, Jungs«, mischt sich Rachel ein und steht von ihrem Stuhl auf. »Wir haben hier einen akuten Notfall. Um unseren Club gründen zu können, müssen wir morgen den Antrag einreichen, und wir brauchen immer noch fünf Unterschriften.«

»Kannst du nicht einfach schummeln? Irgendwelche Namen draufschreiben?«, fragt Oliver.

Rachel beginnt schon, Hoffnung zu schöpfen. »Meinst du, das funktioniert?«, flüstert sie mir zu.

»Nein«, sage ich.

Wir schauen uns am Tisch an und überlegen, was wir tun könnten, ohne Ärger zu kriegen.

»Braucht man überhaupt so einen Club, um einen Film zeigen zu können?«, fragt Yuki. »Wir können uns doch einfach so treffen.«

»Nein, braucht man nicht«, antwortet Rachel. »Aber wenn wir genug Unterschriften für die Gründung eines Clubs auftreiben, erhalten wir von der Schule hundert Dollar für Snacks.«

Oliver schlägt mit der Hand auf den Tisch. »Na, dann brauchen wir unbedingt noch fünf Unterschriften!«, ruft er. Alle lachen.

»Du bist doch so beliebt, Oliver«, sagt Rachel. »Vielleicht kannst du uns ja helfen?« Sie reicht ihm die Liste.

»Nur unter der Bedingung, dass ich entscheiden darf, welche Snacks es gibt.«

»Abgemacht.«

Oliver hält die Hand zum High Five hoch und sie schlägt ein.

»Hey, da ist Mika …«, sagt Jay.

Ich blicke auf und bemerke, wie sie in unsere Richtung steuert. Sie saß schon eine ganze Weile nicht mehr bei uns am Tisch. »Mika!«, rufe ich. Aber sie geht hastig vorbei, ohne mich anzusehen, und verschwindet durch die Doppeltür.

Yuki zieht die Augenbrauen hoch. »Alles okay bei ihr?«

»Weiß nicht, sie wirkt ziemlich angeschlagen«, sagt Oliver und dreht sich zu mir. »Hast du in letzter Zeit mal mit ihr geredet?«

»Hab's versucht ... Aber sie geht mir aus dem Weg.«

»Ist sie sauer auf dich?«

»Wahrscheinlich.« Ich blicke auf das Tablett vor mir, fühle mich schuldig. »Ich hatte ihr versprochen, zur Lichterkette für Sam zu kommen. Und dann war ich doch nicht da. Auch vorher nicht bei den anderen Trauerfeierlichkeiten. Ich glaube, sie will nichts mehr mit mir zu tun haben.«

»Gestern habe ich auf der Mädchentoilette zufällig neben ihr am Waschbecken gestanden«, sagt Rachel. »Sie war total verheult.«

Oliver lehnt sich in seinem Stuhl zurück. »Krass. Können wir nicht irgendwas unternehmen?«

»Fände ich auch gut«, sage ich.

Am Tisch breitet sich Schweigen aus. Keiner rührt mehr sein Essen an. Ich schon gar nicht. *Hatte ich nicht Sam versprochen, mich um Mika zu kümmern?* Ich hätte mich mehr um sie bemühen müssen. Es fühlt sich für mich so an, als würde ich ihn verraten. Uns alle drei verraten. Schließlich ist es allein meine Schuld, dass sie nicht mehr mit mir redet. Ich wünschte, ich könnte ihr von Sam erzählen. Vielleicht würde dann alles wieder gut werden und wir würden uns wieder verstehen.

Nach einem langen Schweigen blickt Rachel uns alle am Tisch an. »Ich habe eine Idee. Wir sollten sie einladen, mit uns die Laternen aufsteigen zu lassen. Das tut ihr bestimmt auch gut.«

Ich schaue sie fragend an. »Die Laternen?«

Yuki nickt. »Das ist unsere Idee«, sagt sie. »Sam zu Ehren wollen wir Laternen aufsteigen lassen. Sogenannte Gedenklaternen. Man flüstert ihnen etwas zu, das sie einem verstorbenen geliebten Menschen übermitteln sollen, und sie tragen die Botschaft dann zu ihm in den Himmel hoch.«

»Kleine Heißluftballons«, erklärt Rachel und formt mit beiden Händen eine Schale, wie um darin etwas Unsichtbares zu bergen. »Man stellt eine Kerze hinein und sieht ihnen dann nach, wie sie davonschweben.« Sie hebt die Hände, als wolle sie etwas aufsteigen lassen.

»Eine uralte Tradition, gibt es in vielen Kulturen«, fährt Yuki fort. »Die Menschen machen es schon seit Jahrtausenden. Überall auf der Welt. Es bringt Frieden und Glück.«

Ich sehe viele kleine Laternen vor mir, die in den Himmel schweben. »Klingt wunderschön.«

Rachel beugt sich vor. »Heißt das, unsere Idee gefällt dir?«

Ich lächle. »Sie ist perfekt.«

»Ich bin ganz aufgeregt.« Rachel klatscht in die Hände. »Ich habe das bisher nur in Filmen gesehen. Das wollte ich schon immer mal machen.«

»Ein Problem gibt es allerdings noch«, sagt Yuki. »Nämlich, wo wir es machen können. Es darf nicht zu nahe an der Stadt sein. Irgendwo auf einem Feld wäre am besten.«

Ich denke nach. »Ich weiß einen guten Platz dafür«, sage ich. »Ein Feld. Ich kann euch hinführen.«

»Perfekt!«, ruft Rachel.

Alle lächeln zufrieden und wir unterhalten uns weiter über die Laternen. Noch vor ein paar Tagen habe ich nicht geglaubt, dass daraus jemals etwas werden würde. Aber wenn ich jetzt die anderen höre, erfüllt mich ein Gefühl von Freude. Und ich spüre, dass es gar nicht mehr um mich geht. Wir werden es alle gemeinsam tun. Mika und Oliver werden auch dabei sein. Wir werden gemeinsam diese schöne Geste vollführen und erleben. Alle miteinander. Und für Sam.

Am Schluss der Mittagspause, kurz bevor wir auseinandergehen, drängt es mich, noch etwas zu sagen. »Ich danke euch von ganzem Herzen. Sam wäre von dieser Idee begeistert, da bin ich mir ganz sicher.«

Yuki berührt mich am Arm. »Wir sagen dir, wenn wir mit den Vorbereitungen fertig sind. Es wird wunderschön. Das versprechen wir dir.«

Der Schultag geht schnell vorbei. Oliver und ich wollten uns eigentlich gemeinsam auf den Nachhauseweg machen. Aber in der letzten Stunde kommt eine Nachricht von ihm, dass er noch länger bleiben muss. Ein Lehrer will sich offensichtlich mit ihm über seine Noten unterhalten. Seine Collegejacke hatte ich im Spind gelassen und will sie noch schnell holen, außerdem ein paar Bücher. Die Eingangshalle ist voller Schülerinnen und Schüler. Ich drängle mich durch die Menge, da stolpere ich über einen Posaunenkoffer und lasse die Bücher fallen. Als ich mich bücke, um sie aufzuheben, höre ich eine Stimme.

»*Hübsche Jacke*.«

Ich blicke hoch.

Taylor starrt auf mich herunter. Ich sammle die Bücher ein und richte mich auf. Sie ist von ihren Freundinnen umringt, die mich alle angaffen. »Von Oliver?«, fragt sie.

Natürlich ist die Jacke von Oliver. Das weiß sie genau. Was will sie von mir? »Er hat sie mir nur ausgeliehen.«

»Seit wann seid ihr zwei denn so eng befreundet?«

»Was willst du damit sagen? Wir waren immer schon Freunde!«

Sie wirft mir einen spöttischen Blick zu. »Du weißt, dass das nicht stimmt. Oliver kann dich nicht leiden. Wir haben oft hinter deinem Rücken Witze über dich gemacht. Hat er dir das nicht erzählt?«

Ich umklammere die Jacke, weiß nicht, was ich darauf antworten soll. Am besten gehe ich einfach weiter. *Ist doch total egal, was Oliver früher über mich gesagt hat. Jetzt ist alles anders. Warum will sie das zwischen Oliver und mir kaputtmachen?* »Und warum erzählst du mir das alles?«

Taylor reißt mir die Jacke aus der Hand. »Glaubst du, wir haben alles vergessen? Bloß weil Oliver auf einmal nett zu dir ist?«

»Was ist eigentlich euer Problem?«, brülle ich sie an und will ihr die Jacke wieder entreißen. »Gib mir die Jacke zurück!« Meine Wut ist riesig.

Taylor fährt abwehrend den Arm aus und boxt mir dabei fast ins Gesicht. »Was *unser* Problem ist?«, brüllt sie zurück. »Wer ist denn hierher nach Ellensburg gezogen, um allen das Leben zu ruinieren?«

»Wovon redest du?«

Taylor mustert mich scharf. »Jetzt tu nicht so unschuldig, Julie«, sagt sie mit schneidender Stimme. »Du allein bist daran schuld, dass er tot ist.«

Mir fährt es eiskalt durch den Körper. Ringsum bleiben andere aus unserem Jahrgang stehen, weil sie wissen wollen, was hier gerade abgeht. Ich war mir sicher, dass Taylor mir das eines Tages entgegenschleudern würde. Aber ich hatte nicht gedacht, dass sie es vor allen anderen tun würde. Hier in der Schule. Ich schlucke und versuche, ruhig zu bleiben. »Du hast nicht das Recht, mir das vorzuwerfen«, sage ich. »Du weißt überhaupt nicht, was –«

»Schieb das bloß nicht auf andere«, schneidet Taylor mir das Wort ab. Unwillkürlich weiche ich einen Schritt zurück. »Du hast von ihm verlangt, eine ganze Stunde zu fahren, nur um dich abzuholen. Er wollte einfach mal etwas Zeit mit seinen Freunden verbringen. So wie früher. Du bist damals in Ellensburg aufgekreuzt und seitdem waren wir nie mehr unter uns. An diesem Abend waren wir alle da und haben gefeiert. Aber nicht mal das hast du ihm gegönnt. Wegen dir ist er noch losgefahren. Du hast alles kaputtgemacht.«

»Das ist nicht wahr«, sage ich. »Er hat das gewollt. Ich habe ihm geschrieben, dass er mich nicht abholen muss, dass ich auch zu Fuß nach Hause gehen kann.«

Taylor macht einen Schritt auf mich zu und baut sich bedrohlich vor mir auf. »Du lügst. Ich habe mit ihm geredet, bevor er losgefahren ist. Er hat mir alles haarklein erzählt. Du hast ihm ein schlechtes Gewissen gemacht. Nur deshalb ist er los. Und dann ist er umgekommen. *Wegen dir*.«

Alles in mir verkrampft sich. »Das stimmt nicht. Du weißt nicht alles. Sam wollte –«

Wieder unterbricht sie mich. »Ich kannte ihn länger als du. Du hast keine Ahnung, was Sam wirklich gedacht hat.«

»Aber ich war mit ihm zusammen. Er war *mein* Freund, nicht deiner. Und du weißt nicht, was er mir danach noch geschrieben hat.«

»Dann zeig's mir doch!«

»Ähm … kann ich nicht.«

»Und warum nicht?«

»Weil ich die Nachrichten gelöscht habe.«

»Dachte ich's mir.«

Ein solches Gespräch kann ich jetzt wirklich gar nicht gebrauchen. Am liebsten würde ich wegrennen, aber dafür stehen viel zu viele Leute um uns herum. Alle hören neugierig zu. Deshalb muss ich diesen Verdacht unbedingt aus dem Weg räumen, bevor da irgendwas eskaliert. Ich hole tief Luft und zwinge mich, darauf etwas zu antworten. »Und selbst wenn ich es von ihm verlangt hätte, was aber nicht so war … Ich habe nicht den Laster gefahren. Ich bin nicht in sein Auto reingekracht. Wie kannst du mir die Schuld an Sams Tod geben? Das ist ungeheuerlich. Ich bin daran genauso viel oder wenig schuld wie alle anderen oder wie du, schließlich hast du ja die Party am Lagerfeuer organisiert.«

Taylor wirkt so, als würde sie mir am liebsten die Augen auskratzen. »Dann willst du es jetzt auf mich abschieben? Jetzt soll ich an seinem Tod schuld sein?«

»Ich will auf niemand irgendetwas abschieben. Du gibst mir die Schuld.«

»Und wenn du ein so reines Gewissen hast, warum bist du dann nicht zu Sams Beerdigung gekommen?«, fragt Taylor. »Warum nicht? Sag's mir! Hast du dich schuldig gefühlt oder ist dir eh alles scheißegal?«

Mir wird schwindlig. Ich öffne den Mund, um etwas zu sagen, aber es kommt nichts heraus. Da taucht plötzlich Mika auf und schiebt sich zwischen mich und Taylor.

»Das geht dich gar nichts an«, sagt sie zu Taylor. »Vor dir braucht sie sich überhaupt nicht zu rechtfertigen.«

»Nur weil du dich nicht –«, fängt Taylor an.

Aber Mika lässt sie den Satz nicht beenden.

Ich registriere das Geräusch des Kinnhakens, bevor die anderen wissen, was geschieht. Alle ringsum halten kollektiv die Luft an, dann ist es sekundenlang still. Ich schaue gebannt zu und warte, was als Nächstes passiert. Nur wenige wissen, dass Mika Selbstverteidigungskurse gibt, oder haben von ihrem Auftritt in Spokane gehört. Als Taylor zurückschlagen will, ist mir klar, dass sie jedenfalls nicht Bescheid weiß. Mit einer blitzschnellen Bewegung schlägt Mika Taylors Hand weg und wirft sie zu Boden. Die Menge um uns herum wird immer größer. Ein paar holen ihre Handys heraus. Da taucht Liam auf. »He!«, ruft er und zerrt von hinten an Mikas T-Shirt. Aber Mika rammt ihm den Ellenbogen in den Magen und eine Sekunde später liegt er neben Taylor auf dem Boden.

Ringsum ein Lärmen und Tosen. Das Gejohle lockt noch mehr Leute an, aber auch ein paar Lehrer, die dem Kampf schnell ein Ende setzen. Mr Lang, der Biologielehrer, steckt zwei Finger in den Mund und lässt einen grellen, durchdringenden

Pfiff los, der alle zusammenschrecken lässt. Danach zerstreut sich die Menge.

Jemand berührt meinen Arm.

»*Julie* … lass uns gehen.«

Yuki steht neben mir und zupft mich am Ärmel, damit ich ihr und den anderen nach draußen folge.

»Was ist mit Mika?«, frage ich und suche in der Menge nach ihr. Schließlich entdecke ich sie neben Mr Lang. Die eine Hand hat er fest auf ihre Schulter gelegt und mit der anderen umklammert er Liams Arm.

»Weiß nicht, ob wir da jetzt viel tun können«, sagt Yuki. Und so gerne ich etwas tun würde, ich befürchte, dass sie recht hat.

❀

Über eine Stunde sitze ich jetzt schon vor der Schule und warte. Yuki war erst auch noch geblieben, aber sie haben dadrin so lang gebraucht, dass ich zu ihr gesagt habe, sie solle doch nach Hause gehen. Ich vermute, dass Mr Lang Liam und Mika in sein Büro mitgenommen hat. *Was ist dadrin los?* Ich hoffe, dass Mika nicht zu viel Ärger kriegt.

Eine halbe Stunde später kommt sie endlich raus. An ihr linkes Auge presst sie einen Eisbeutel.

»Mika!«, rufe ich. »Alles okay?« Ich will ihr Auge untersuchen, aber Mika dreht den Kopf in die andere Richtung.

»Ist nichts weiter«, sagt sie.

»Wie ist's gelaufen?«

»Verschärfter Verweis«

»Es tut mir so leid. Das ist alles meine Schuld. Ich werde reingehen und Mr Lang alles erklären.«

»Nein. Vergiss es. Ich muss jetzt los.«

Und damit geht sie fort und lässt mich einfach stehen.

»Mika! Warte!«, rufe ich ihr hinterher, aber sie dreht sich nicht um.

Ich will ihr nachrennen. Aber etwas sagt mir, dass sie in Ruhe gelassen werden will. Zumindest jetzt. Deshalb bleibe ich reglos stehen und schaue ihr nach, wie sie um die nächste Straßenecke verschwindet. Ich wünschte, sie würde sich von mir helfen lassen. Erst recht nach allem, was sie für mich getan hat. Aber ich weiß nicht, wie ich es anstellen soll. Ich weiß nicht, wie ich zu ihr durchdringen kann. Ich starre auf die Stufen und frage mich, wie ich die Freundschaft mit Mika retten kann …

Als ich nach Hause komme, rufe ich Sam sofort an und erzähle ihm alles. Ich erzähle ihm von Oliver. Von der Jacke. Von Taylor und was sie zu mir gesagt hat. Und danach erzähle ich ihm von Mika und dass Taylor und sie sich geprügelt haben, mehr oder weniger.

»Sie will nicht mit mir reden«, sage ich. »Ich weiß nicht, was ich tun soll.«

»Hast du versucht, ihr eine Nachricht zu schicken?«, fragt Sam.

Ich checke mein Handy. »Ich habe sie vor einer Weile gefragt, ob sie gut nach Hause gekommen ist. Aber sie hat mir nicht geantwortet. Ich fühle mich grauenhaft.«

»Nicht du solltest dich so fühlen, sondern Taylor«, sagt Sam. Er klingt angespannt. »Ich fasse es nicht. Wie kann sie solche Sachen behaupten? Es tut mir leid, Julie. Ich wäre jetzt so gern bei dir. Ich wünschte, ich könnte irgendetwas tun.«

»Ich wünschte auch, du wärst bei mir.«

Er seufzt tief und lange. »Ich hab das Gefühl, dass das alles meine Schuld ist.«

»Aber, Sam, du kannst dafür doch überhaupt nichts!«

»Fällt mir schwer, mir nicht die Schuld daran zu geben«, sagt er. »Mika wäre nicht so drauf und würde nicht zuschlagen, und keiner würde zu dir solche Dinge sagen, wenn ich nicht ... wenn ich immer noch ...« Er verstummt.

»*Hör auf damit!*«, rufe ich. »Du bist nicht schuld daran. An nichts. Und ehrlich, mir ist es total egal, was die Leute über mich sagen. Okay?«

Langes Schweigen.

»Ich fühle mich so nutzlos«, sagt er. »Weil ich überhaupt nichts tun kann. Nicht einmal für Mika. Wenn ich mir vorstelle, wie es für mich gewesen wäre, sie zu verlieren. Wie verloren ich mich da gefühlt hätte. Du kannst wenigstens mit ihr reden. Geh doch zu ihr. Rede mit ihr.«

»Keine Ahnung, ob sie darauf noch viel Wert legt«, sage ich.

»Aber probieren kannst du's doch, oder?«

»Du hast ja recht«, antworte ich. »Aber wenn wir miteinander reden, muss ich jetzt immer etwas vor ihr geheim halten, und ich glaube, das spürt sie. Es ist, als wäre eine Wand zwischen uns.«

»Und was schlägst du vor?«

Ich zögere mit meiner Antwort. Ich habe Angst, was er darauf sagen wird. »Ich möchte ihr gerne von uns beiden erzählen. Ich glaube, dann würde zwischen ihr und mir alles besser werden. Ich glaube, dann würde sie mich besser verstehen.«

Sam schweigt.

»Glaubst du, ich sollte es ihr besser nicht sagen?«

»Ich weiß es nicht, Jules«, antwortet er. »Ich möchte nur nicht, dass unsere Verbindung dadurch irgendwie negativ beeinflusst wird.«

»Aber du hast doch gesagt, es könnte auch sein, dass gar nichts passiert.«

»Ja, könnte sein. Vielleicht passiert wirklich nichts. Aber es bleibt ein Risiko.«

»Dann hältst du es für keine gute Idee?«

Sam schweigt wieder. »Ich glaube, das musst du entscheiden.«

Ich schaue aus dem Fenster. »Manchmal wäre mir lieber, du würdest klarere Antworten geben.«

»Tut mir leid. Ich weiß ja auch nicht mehr.«

ZWÖLFTES KAPITEL

Ich kann keinen Tag länger warten. Ich muss Mika heute noch sehen. Es kann nicht so weitergehen. Mein schlechtes Gewissen zerfrisst mich innerlich – wie soll ich mich da auf meine Hausaufgaben konzentrieren? Die Sonne lässt die Bäume bereits lange Schatten werfen, als ich bei ihr vor der Haustür stehe. Vor der Garage ist das Familienauto geparkt, also müssen ihre Eltern auch zu Hause sein. Ich hoffe, dass ihre Mutter an die Tür kommt, wenn ich klingle. Immer wenn es Streit zwischen mir und Mika gegeben hat, war ihre Mutter die Vermittlerin und Friedensstifterin.

Ich höre Schritte. Jemand nähert sich. Ich höre, wie an der Innenseite der Haustür die vielen Schlösser entsperrt werden. Dann geht die Tür einen Spalt auf, immer noch durch eine Kette gesichert.

Mika späht heraus. »Was willst du hier?«

»Ich hab gedacht, wir können vielleicht mal miteinander reden«, sage ich.

»Worüber?«

»Über alles.«

Mika sagt nichts. Mustert mich durch den Türspalt.

»Kann ich reinkommen?«

Sie überlegt kurz. Dann schließt sie die Tür wieder, und ich ziehe daraus den Schluss, dass die Antwort Nein ist. Aber da höre ich, wie innen die Kette abgenommen wird, und die Tür geht erneut auf. Mika sieht mich wortlos an, bevor sie sich umdreht und durch den Hausflur verschwindet. Ich ziehe meine Schuhe aus und folge ihr.

Aus dem Wasserkocher in der Küche steigen Dampfwölkchen auf. Von der Türschwelle aus beobachte ich, wie Mika den Herd ausstellt und mit der Teekanne hantiert. Irgendetwas im Haus ist anders als sonst. Ich schnuppere. *Ist das Weihrauch?* Der Duft zieht vom angrenzenden Raum herüber. Da Mika gerade beschäftigt ist, beschließe ich, ihm zu folgen.

Er scheint von der alten Holzkommode im Wohnzimmer zu kommen. Und tatsächlich, in der Mitte steht darauf ein Silberteller, in dem Weihrauchkörner brennen. Daneben befindet sich eine wunderschöne Obstschale. Ich erinnere mich, dass mir die Kommode bereits bei meinem ersten Besuch vor drei Jahren aufgefallen ist. Vor allem wegen der vielen gerahmten Fotografien von Verwandten aus Mikas Familie. Sie hat mir damals erklärt, dass es sich um Fotos verstorbener Angehöriger handelt. Ein Zeichen des Respekts gegenüber den Toten.

Und dann sehe ich es plötzlich. Ein Foto von Sam, das vorher dort nicht stand. Er hat sein Karohemd an. Lächelt. Hinter ihm ist strahlend blauer Himmel. Ich verspüre einen Schauder. Ich vergesse immer wieder, dass er ja für den Rest der Welt tot ist.

»Das schönste, das ich gefunden habe.«

Ich drehe mich um. Mika hält ein Tablett in den Händen.

»Das Foto«, sagt sie. »Meine Mutter und ich haben es gemeinsam ausgesucht. Sie findet ihn darauf besonders hübsch.«

Ich bringe kein Wort heraus. Stehe nur da und schaue das Foto von ihm an.

Mika stellt das Tablett auf dem Couchtisch ab. »Als du geklingelt hast, war ich gerade dabei, Tee zu machen.«

Wir setzen uns nebeneinander auf die Couch. Ohne mich zu fragen, schenkt Mika mir eine Tasse ein. Ihr linkes Auge ist verschwollen. Aber nicht so schlimm, wie ich befürchtet hatte.

»Es ist Chrysanthementee«, sagt Mika.

»Danke.«

Ich puste auf meinen Tee. Wenn ich zu Sams Foto blicke, kommt es mir so vor, als ob er uns beobachtet. Ich bemerke, dass auch Mika immer wieder zu ihm hinschaut.

»Mir wäre lieber gewesen, sie hätten mich gefragt«, sagt sie.

»Wer?«

»In der Schule. Das Foto, das sie in der Schulzeitung abgedruckt haben, mochte ich gar nicht. Ich weiß nicht, warum sie mich nicht gefragt haben.«

Ich erinnere mich an den Artikel. Das Foto stammte von seinem Schülerausweis. Sam hat es gehasst.

»Das Foto, das ihr ausgesucht habt, ist perfekt«, sage ich.

Mika nickt und trinkt einen Schluck Tee.

»Das mit deinem Auge tut mir leid«, sage ich. »Wie ist es eigentlich passiert?«

»Eine von Taylors Freundinnen hat ihre Tasche nach mir geschleudert, als ich nicht aufgepasst habe.«

»Du Arme!«

»Na ja, war nicht so toll. Aber ist schon wieder besser.«

»Ich hab mich noch gar nicht bei dir bedankt, dass du das für mich gemacht hast.«

»Ich hab es nicht für dich gemacht. Ich hab es für Sam gemacht.«

Ich blicke verunsichert weg, weiß nicht, wie ich darauf antworten soll.

Mika pustet ebenfalls auf ihren Tee und trinkt noch einen Schluck. Nach langem Schweigen sagt sie: »Als ich mitgekriegt habe, wie Taylor dich fertigmachen wollte … da musste ich an ihn denken. Ich habe mir vorgestellt, was Sam wohl getan hätte. Mit ein paar Worten hätte er alles geklärt. Darin war er immer schon viel besser als ich. Deshalb haben ihn auch alle gemocht.«

Sie schweigt wieder.

»Obwohl er tot ist«, fährt sie fort, »warte ich immer noch darauf, dass er plötzlich irgendwo auftaucht. Wenn jemand ins Zimmer kommt, hoffe ich jedes Mal, dass er das ist. *Vielleicht ist es ja Sam.* In diesen Momenten, wenn ich vergessen habe, dass er tot ist, und mich danach wieder daran erinnere, ist es am schlimmsten.« Sie starrt in ihren Tee. »Ich weiß, dass du nicht über Sam reden willst, aber ich vermisse ihn so sehr. Ich weiß nicht, wie Menschen so schnell darüber hinwegkommen können.«

»So ist es bei mir nicht«, sage ich.

»Aber du versuchst es.«

Ich schüttele den Kopf. »Das stimmt nicht.« Nicht mehr. *Vor zwei Wochen habe ich das versucht. Aber jetzt, seit ich mit Sam wieder in Verbindung stehe, ist alles anders. Wenn ich ihr nur davon erzählen könnte.*

»Es macht für mich keinen Unterschied mehr«, sagt Mika. Sie blickt wieder zu Sams Foto. »Manchmal wäre es mir lieber, ich könnte auch aufhören, an ihn zu denken. Die Lichterkette ist mir egal. Es ist mir egal, dass du nicht gekommen bist. Aber du hast dich so sehr bemüht, ihn zu vergessen, dass du mich dabei auch vergessen hast. Du hast vergessen, dass wir zu dritt waren. Es gab nicht nur dich und Sam. Ich habe schließlich auch dazugehört …« Sie macht eine Pause und blickt zu ihrem Handy, das auf dem Couchtisch liegt. »Ich weiß, dass es sich idiotisch anhört, aber manchmal lese ich unseren Gruppenchat. Den von uns dreien. Vor ein paar Tagen hätte ich beinahe noch mal was reingeschrieben, damit es dort nicht so still wird. Damit das Gespräch nicht so plötzlich abbricht … Aber ich hab's dann doch nicht gemacht. Aus Angst, dass keiner von euch beiden mir antworten würde. Und ich will da nicht ganz allein schreiben …« Ihr versagt die Stimme. Ich verspüre einen Stich im Herzen, weil ich den Gruppenchat gelöscht habe, ohne auch nur eine Sekunde daran zu denken, dass ich damit auch Mika löschen würde. Ich würde gerne etwas Tröstliches sagen, aber mir fehlen dafür die richtigen Worte. Falls es dafür überhaupt Worte gibt.

Mika starrt wieder in ihre Teetasse. Nach einer Weile fährt sie leise fort: »Vor ein paar Tagen … da hat Mom nach Fotos von mir und Sam gesucht, weil sie von uns beiden ein Album anlegen will. Sie hat gesagt, dass es fast unmöglich war, aus den letzten drei Jahren ein Foto zu finden, auf dem nicht auch du zu sehen warst.« Sie wischt sich über die Augen, unterdrückt ein Schluchzen. »Weißt du, als es passiert ist … als ich erfahren habe, dass Sam tot ist … da habe ich als Erstes gedacht: Wie überstehen wir beide das? *Was werden wir tun, du und ich?* Ich habe darauf gewartet, dass du mir antwortest, schreibst, zurückrufst, zu mir kommst. Aber von dir kam keine Reaktion. *Du wolltest mich nicht sehen …*« Sie spricht nicht weiter, kämpft mit den Tränen. »Es war, als hätte ich mit Sam auch dich verloren.«

Sie wischt sich wieder über die Augen und fährt dann fort: »Meine Tante und mein Onkel sind vor ein paar Tagen vorbeigekommen. Ich glaube, meine Tante steht immer noch unter Schock. Am Anfang hat sie regelmäßig in Sams Zimmer nachgeschaut, ob er nicht vielleicht doch da ist. Als wäre alles nur ein schlimmer Traum gewesen. Sie hat Dad angerufen, damit er ihr hilft, Sams Sachen auszuräumen. Aber dann hat sie ihre Meinung wieder geändert. Jetzt stehen in seinem Zimmer die vollgepackten Kartons. Als würde sie alles für ihn aufheben … falls er wieder zurückkommt oder so.«

Mir steigen jetzt auch Tränen in die Augen. *Ich hätte bei ihr sein sollen. Ich hätte mit ihr den Schmerz und die Trauer teilen sollen.* Jedenfalls am Anfang. Ich greife nach ihrer Hand. »Mika, es tut mir so unendlich leid. Ich hätte dich damit nicht allein lassen dürfen. Das wird mir jetzt klar. Ich schwöre dir, dass ich dich und Sam und uns drei nie vergessen werde. Ich liebe Sam. Immer noch. Ich denke jeden Tag an ihn.«

Mika zieht ihre Hand weg. »Wirkt auf mich nicht so«, sagt sie schluchzend. »Sieht so aus, als würdest du jetzt dein eigenes Leben weiterleben. Mit deinen neuen Freundinnen und Freunden. Ich hab dich ja mit ihnen gesehen, wie ihr beim Mittagessen zusammensitzt und lacht, als wäre nichts geschehen. Als hätte es Sam nie gegeben.« Sie wischt sich wieder über die Augen. »Hast du nach seinem Unfall überhaupt ein einziges Mal geweint?«

Die Frage trifft mich mitten ins Herz. Wie kann sie nur so über mich denken?

»Natürlich«, sage ich, »ich habe mir die Augen ausgeweint nach ihm.« Bei unserem Treffen vor zwei Wochen im Diner hätte ich ihr vielleicht eine andere Antwort gegeben. Aber ich bin nicht mehr die, die ich damals war. *Weil ich Sam wiedergefunden habe.* Wenn ich es ihr nur erzählen könnte. »Ich kann mir vorstellen, dass es auf dich so wirkt, als wäre mir die Erinnerung an ihn egal. Als wäre er mir inzwischen egal. Aber das stimmt nicht, Mika. Es ist alles so kompliziert. Bitte versteh mich, ich –«

»Ich spüre genau, wenn du nicht ganz ehrlich bist, Julie. Ich spüre, wenn du irgendwas vor mir geheim hältst. Und ich weiß, dass du das, was du damals im Diner zu mir gesagt hast, auch so gemeint hast. Warum soll sich das bei dir inzwischen total geändert haben?«

»Weil inzwischen etwas sehr Merkwürdiges passiert ist«, sage ich. »Ich würde es dir wirklich gern erzählen, aber es geht nicht. Tut mir leid. Du musst mir glauben!«

Mika schüttelt genervt den Kopf. »Das kann ich nicht, Julie. Und außerdem habe ich genug davon, dass du nicht antwortest«, sagt sie. »Ich halte das nicht mehr aus.«

»Wie meinst du das?«

»Ich weiß gar nicht mehr, wie oft ich versucht habe, dich anzurufen«, sagt Mika. »Nie bist du drangegangen. Es war dir offensichtlich egal. Du wolltest nicht mit mir reden. Dabei hätte ich dich so gebraucht. Und jetzt soll ich so tun, als wäre zwischen uns alles bestens, und dir vertrauen?«

Mika hat versucht, mich anzurufen? Ich schaue auf mein Handy, denke nach. *Es muss gewesen sein, während ich mit Sam telefoniert habe.* Wenn ich mit ihm spreche, das weiß ich inzwischen, kommt nichts anderes durch. Keine Textnachrichten, keine Anrufe. Es ist, als würde unsere Verbindung mich von den anderen Menschen um mich herum abschneiden. Nur Oliver hatte ein Riesenglück mit seinen Nachrichten, weil er sie mir geschickt hat, als ich nicht mit Sam geredet habe. Bei Mika ist das besonders bitter, weil Sam mich ja extra gebeten hat, mich um sie zu kümmern. Und jetzt kann ich ihr nicht mal erklären, was der Grund dafür ist. »*Es liegt an meinem Handy* …« Ich weiß selbst, wie lahm das klingt. »Irgendwas funktioniert nicht mehr richtig.«

Was soll ich sonst sagen? Mit welcher anderen Ausrede mich rausschummeln, wenn ich ihr nicht die Wahrheit sagen kann?

»Vielleicht solltest du jetzt besser gehen«, sagt Mika und dreht den Kopf weg. Ein klares Zeichen, dass sie nicht noch mehr Floskeln hören will. Gleich wird sie aufstehen und damit unser Gespräch beenden. Ich wünschte, ich könnte ihr alles erzählen. Damit sie mein Verhalten versteht und weiß, dass ich Sam nicht vergessen habe und nicht vergessen will. Das brauche ich auch gar nicht. *Weil er nämlich jeden Tag bei mir ist.* Aber ich will die Verbindung zwischen Sam und mir nicht aufs Spiel setzen. Meine Hände verkrampfen sich und lockern sich wieder, mehrmals, während ich auf der Couch sitze und nicht weiß, was ich machen soll … Schließlich hat Sam mir ja die Entscheidung überlassen. Und es besteht immer noch die Möglichkeit, dass nichts passiert, wenn ich es ihr erzähle. Ich kann Mika nicht weiter so herumgrübeln lassen. Ich spüre, wie sehr sie das alles verletzt. Ich muss für sie da sein, so wie ich es Sam versprochen habe. Ich kann sie in dieser Situation nicht länger allein lassen. *Und ich kann sie nicht auch noch verlieren*. Ich will die Wand niederreißen, die auf einmal zwischen uns steht. Ich habe keine Ahnung, ob sie mir glauben wird, aber ich atme einmal tief durch – und dann erzähle ich es ihr einfach.

»*Mika, hör zu* –« Ich greife nach ihren Händen, als sie aufstehen will. »Der Grund, warum deine Anrufe nicht zu mir durchgekommen sind … warum es so wirkt, als würde ich über Sams Tod nicht wirklich trauern … also, das hat damit zu tun, dass wir immer noch in Verbindung stehen. *Sam und ich*. Er ist für mich nicht wirklich gestorben.«

»Was redest du da?«

»Ich weiß, das klingt für dich jetzt seltsam …« Ich überlege sehr genau, wie ich es ihr sage. »Aber ich kann mit Sam sprechen. Auf dem Handy. Ich kann ihn anrufen, auf seiner alten Nummer, und er geht dran.«

»Unser Sam?«

»Ja.«

Mika schaut mich an. »Wie, du kannst mit ihm sprechen?«

Ich zucke mit den Schultern. »Wir reden miteinander. Ich erzähle etwas und er antwortet mir. Wie früher, wie immer. Wir reden stundenlang miteinander, fast jeden Tag. Und es ist wirklich Sam, Mika. Nicht irgendjemand anders. Oder irgendein blöder Scherz. Es ist Sam. *Unser Sam*.« Mein Herz klopft wie rasend. *Wie soll ich es ihr sonst sagen?*

Mika denkt nach. »Und du bist dir ganz sicher?«

Ich beuge mich zu ihr, drücke ihre Hände ganz fest. »Ich schwöre es dir. Es ist seine Stimme, Mika. Er ist es. *Sam*. Du musst mir glauben.«

Mika drückt meine Hände ebenfalls, nickt langsam. »Ich glaube dir. Jedenfalls versuche ich es.«

Ich wollte es ihr schon so lange sagen. Aber etwas in ihrer Stimme verhindert, dass ich einfach nur froh darüber bin, es ihr gestanden zu haben. Und auch etwas in ihrem Blick. Es ist, als würde sie mich dazu auffordern, noch einmal nachzudenken, mich selbst kritisch zu befragen.

»Und wann haben diese Gespräche mit ihm angefangen?«, fragt sie behutsam.

»In der Woche nach seinem Tod.«

»Und redet ihr nur am Handy miteinander?«

»Ja, ich kann ihn nur über mein Handy erreichen.«

»Kannst du mir mal die Anrufliste zeigen?«, fragt sie.

Ich zögere. »Das … das kann ich nicht.«

»Warum nicht?«

»Weil da keines unserer Gespräche auftaucht«, sage ich. »Ich begreife ja auch nicht, wie das alles funktioniert. Und wir können uns auch nicht schreiben – nur miteinander sprechen.«

Mika lehnt sich zurück. Sie denkt nach. Zwischen uns herrscht ein langes Schweigen. Alles in mir verkrampft sich. Vielleicht hätte ich es ihr nicht sagen sollen.

»Du glaubst, dass ich verrückt bin, oder?«, frage ich.

»Nein, *natürlich nicht*«, sagt sie. »Einen Menschen zu verlieren, ist sehr schwierig, Julie. Für uns alle. Glaubst du, dass es Anzeichen dafür gibt, und seien sie noch so winzig, dass sich das alles nur in deinem Kopf abspielt?«

»Darüber habe ich am Anfang auch viel nachgedacht. Aber das ist nicht nur in meinem Kopf. Es ist wirklich Sam. Ich spreche wirklich mit ihm. *Ich weiß es*.«

Mika holt tief Luft. »Sam ist tot«, sagt sie dann. »Das weißt du doch, oder? Die Polizei hat ihn tot am Straßenrand gefunden. Wir haben alle an seinem Grab gestanden.« Ihre Stimme klingt weich und warm.

»*Ich weiß*. Ich behaupte ja auch nicht, dass er nicht gestorben ist. Wie soll ich es dir erklären. Es ist, als ob …«

Ich rede nicht weiter, weil ich darauf selbst keine Antwort weiß. »Ich weiß, dass das alles total verrückt klingt. Aber du musst mir glauben.«

Als Mika nicht antwortet, weiß ich, dass sie mir nicht glaubt. Um mich herum dreht sich plötzlich alles. In meinem Kopf beginnt es zu hämmern. Vielleicht werde ich wirklich wahnsinnig. Ich muss es Mika beweisen. Es gibt nur einen Weg. »Warte eine Sekunde, ich rufe ihn an …«

»Julie –«, ruft Mika.

Aber ich habe seine Nummer bereits getippt. Klingeln ertönt. *Es muss ja nicht lange sein*. Ich will nur, dass Mika seine Stimme hört, vielleicht ein paar Worte mit ihm wechselt, *das wird sie überzeugen*. Es wird ihr beweisen, dass es wirklich Sam ist. Das Klingeln ertönt weiter. Mit jedem Atemzug verkrampft sich in mir alles noch mehr. Angespannt warte ich darauf, dass Sam drangeht. Zugleich bin ich über mich selbst überrascht. *Jetzt werde ich mein großes Geheimnis tatsächlich mit Mika teilen. Ich werde ihr beweisen, dass ich nicht fantasiert habe*.

Aber es klingelt weiter und weiter. Mir kommt es wie eine Ewigkeit vor. Die Sekunden verstreichen, und ich könnte nicht mehr sagen, wie viel Zeit inzwischen vergangen ist. Mika sitzt reglos da und beobachtet mich. Das Klingeln ertönt weiter. Ich kriege kaum noch Luft. Keine Ahnung, was da gerade schiefläuft. *Wo bist du, Sam?* Das passt überhaupt nicht zu ihm. Normalerweise geht er sofort dran. Auch als ich einmal außerhalb der vereinbarten Zeit angerufen habe, hat er irgendwann geantwortet. Meine Hände fangen zu zittern an, deshalb umklammere ich das Handy noch fester. Es klingelt und klingelt … *und wenn er nicht drangeht?*

Eine grauenhafte Befürchtung durchzuckt mich. Als würde ich mitten ins Herz getroffen. Auf einmal ergibt alles Sinn. Die fehlende Anrufliste, die Textnachrichten, auf die keine Antwort kommt, die Aufforderung, alles geheim zu halten, die Gespräche selbst. *Es ist wirklich so, wie Mika gesagt hat. Ich habe mir das alles nur ausgedacht. Es hat sich nur in meinem Kopf abgespielt.* Langsam lasse ich das Handy sinken. Um mich herum verschwimmt alles. Es ist, als würde die Zeit stillstehen. Eiseskälte breitet sich in mir aus, das beklemmende Gefühl in mir weicht einer riesengroßen Leere.

Niemand geht dran. Ich drücke auf Beenden.

Ich stehe abrupt von der Couch auf, weiche dabei Mikas Blick aus. »Ich … ich muss jetzt los.« Mit fahrigen Bewegungen versuche ich, das Handy zurück in die Hosentasche zu stopfen, stoße dabei fast die Teekanne um. Aber ich schaffe es nicht. Zitternd halte ich mein Handy weiter in der Hand.

»*Julie, warte* …« Mika greift nach meinem Arm, um mich aufzuhalten. Aber ich ziehe ihn fort.

Ich zwinge mich zu einem Lächeln. »War nur Spaß! Tut mir leid, dass ich so einen blöden Scherz gemacht habe. Alles Erfindung, okay?« Aber das Zittern meiner Hand und der schrille Tonfall verraten mich. Mika ist anzusehen, dass sie das alles überhaupt nicht lustig findet. Als ich zur Haustür haste, folgt sie mir. Ihr Blick und ihre besorgte Miene machen mich so verlegen, dass ich nur noch herausbringe: »Ich bin nicht verrückt geworden, glaub mir. Das war nur ein Scherz.«

»Julie, ich glaub nicht, dass du verrückt bist. Warte!«

Etwas vibriert in meiner Hand, gefolgt von einem seltsamen Geräusch, das uns beide zusammenfahren lässt. Ich erschrecke davon so sehr, dass mir das Handy aus den Fingern gleitet, von meiner Schuhspitze abprallt und über den Teppich schlittert.

Ich starre auf mein Handy. Es klingelt. Was gar nicht sein kann, weil ich es immer auf stumm stelle. Das Display zeigt eine unbekannte Nummer an.

Mika und ich wechseln einen Blick. Sie schielt zum Handy, wartet darauf, dass ich drangehe. Ich zögere. Dann hebe ich es langsam vom Boden auf. Es klingelt immer noch. Ich wische über das Display, halte das Handy ans Ohr. Das Einzige, was ich anfangs höre, ist mein eigener Herzschlag. »Hallo?«, sage ich.

Wegen des Tumults an Gefühlen wenige Sekunden zuvor und des Adrenalins, das meinen Körper flutete, habe ich keine Erinnerung mehr daran, was Sam in diesem Moment gesagt hat. Ich erinnere mich nur noch daran, dass ich danach die Hand ausgestreckt und zu Mika gesagt habe: »Es ist für dich.«

Mikas Blicke wandern zwischen mir und dem Handy hin und

her. Dann nimmt sie es und hält es ans Ohr. Eine Pause. Dann spricht sie.

»Hallo? Wer ist dran?«

Mein Herz rast. Ich kann nicht verstehen, was am anderen Ende gesagt wird.

»Sam? Welcher Sam?« Mika schaut mich mit hochgezogenen Augenbrauen an. »Verstehe ich nicht. Wie soll das möglich sein?«

Stille, während sie der Antwort lauscht.

»Wie soll ich das glauben?«, sagt sie ins Handy. Wieder eine Pause. »Keine Ahnung. Es kann einfach nicht wahr sein …« Und so geht es ungefähr eine Minute lang weiter. Mika legt die Hand über das andere Ohr, wie um ihn besser zu hören, und fängt an, im Haus umherzugehen. Das ist so ein nervöser Tick von ihr, vor allem wenn sie telefoniert. Ich folge ihr in die Küche, lasse zwischen uns aber etwas Abstand. Ich will ihr jetzt nicht zu nah auf die Pelle rücken. *Bei einem Anruf von Sam*.

»Ich weiß nicht … soll das alles ein ziemlich missglückter Scherz sein?« Wieder Schweigen. Ihr ganzes Gesicht ist ein einziges Fragezeichen. »Ich soll dich etwas fragen?«

Seltsam, bei einem Gespräch nur die eine Seite zu hören. So als würde man bei einem Buch jede zweite Seite überspringen und sich den Rest selbst zusammenreimen. Ich wüsste zu gerne, was Sam sagt.

»Was für eine Frage denn?« Mika klingt verwirrt. »Eine Frage, auf die nur der richtige Sam die Antwort weiß? Ich muss mal kurz nachdenken …« Sie sieht mich an. Blickt wieder weg. Dann flüstert sie ins Handy: »Okay. Wenn du wirklich Sam bist … Vor drei Jahren, als Julie hierhergezogen ist, nachdem ich sie das erste Mal getroffen hatte … was habe ich da über sie gesagt und dich schwören lassen, dass du es niemand weitererzählen würdest?«

Mika lauscht in den Hörer. Die Antwort muss richtig gewesen sein, denn sie bekommt riesengroße Augen, wirft mir einen verblüfften Blick zu und fragt: »Hat er dir das jemals erzählt?«

Ich schüttele den Kopf. Bin verwirrt. *Was hat sie da über mich gesagt?*

Mika dreht sich weg, spricht wieder ins Handy. »Okay. Noch was anderes? Schwierigeres? Sekunde ...« Sie denkt nach. »Okay, wie wär's damit? Als wir beide sieben waren ... als Opa schon so krank war ... da sind wir manchmal zu ihm ins Zimmer, obwohl wir das nicht durften. Weißt du noch? Er hat uns an seinem Bett spielen lassen. Auf dem Nachttisch waren vier Gegenstände. Wir haben sie nie angefasst, später auch nie darüber geredet. Aber wenn du wirklich Sam bist, dann kannst du dich an die Gegenstände in Opas Zimmer erinnern, weil ich mich auch daran erinnern kann. Also, zähl sie mir auf ...«

Ich schließe die Augen und stelle mir den Nachttisch vor, während Mika in den Hörer lauscht. Als Sam ihr antwortet, wiederholt sie jeden Gegenstand laut, einen nach dem anderen, so als würde sie ihn sich selbst in Erinnerung rufen. *Eine weiße Feder. Ein gefalteter Papierschwan. Eine Porzellanschale, bemalt mit einem Drachen und gefüllt mit Weihrauchkörnern.*

»Und der letzte Gegenstand?«, fragt sie.

Was der letzte Gegenstand war, erfahre ich nicht. Mika wiederholt ihn nicht. Stattdessen schweigt sie lange. Als sie sich danach zu mir dreht, stehen ihr Tränen in den Augen, und ich weiß, es muss der richtige Gegenstand gewesen sein.

»*Es ist Sam*«, sagt sie. »*Er ist es wirklich.*«

Mich überwältigt ein Gefühl, das ich nicht genau erklären kann, eine Mischung aus Freude und Erleichterung. Beinahe kneife ich mich selbst in den Arm, um sicherzugehen, dass ich nicht träume, dass dies alles tatsächlich geschieht und dass Mika hier vor mir steht und diesen Satz gesagt hat. Mir gerade mitteilt, dass sie mit Sam telefoniert. Mir bestätigt, dass das alles real ist und die ganze Zeit war.

Mika telefoniert noch eine Weile mit Sam, stellt ihm viele Fragen, gleichzeitig lachend und weinend. Sie blickt immer wieder lächelnd zu mir, drückt mir die Hand, legt ihren Kopf auf meine Schulter. Vielleicht um mir dadurch zu zeigen, dass sie mir glaubt, oder um sich bei mir zu bedanken. Und obwohl ich inzwischen ziemlich oft mit Sam telefoniert habe, kann ich es kaum glauben. Wir sind alle drei wieder miteinander verbunden.

Als Mika und Sam ihr Gespräch beendet haben, umarmen wir uns. Wir schluchzen beide, keine bringt ein Wort heraus. Ich spüre, wie sie sich bemüht zu verstehen, was da gerade geschehen ist. In welcher unglaublichen, unwirklichen Parallelwelt wir uns gerade befinden, wo die Zeit sich nicht mehr nur in eine Richtung bewegt, die Horizonte unendlich sind und der Boden unter unseren Füßen ins Schwanken gerät. Obwohl sich alles um mich dreht und ich nicht mehr sagen kann, wo oben und unten, rechts und links ist, ist es ein wundervolles Gefühl, jemanden neben mir zu haben. Eine Freundin wie Mika, die erkennt und hört, was ich höre und erkenne, und mir sagt, dass ich nicht träume. Oder vielleicht träumen wir ja auch gemeinsam, wer weiß. Aber das spielt im Moment keine Rolle. Keine von uns beiden möchte aus diesem Traum erwachen.

❀

Als ich am Abend nach Hause komme, rufe ich Sam noch einmal an, um mit ihm über alles zu reden. Diesmal geht er gleich dran, so als hätte er darauf gewartet. Ich bedanke mich bei ihm dafür, dass er zurückgerufen hat, dass er mit Mika gesprochen hat, dass ich mein großes Geheimnis jetzt mit ihr teilen kann.

»Ich musste es ihr einfach sagen«, erkläre ich ihm und drücke das Handy fest ans Ohr. »Aber warum hast du mir nie erzählt, dass du auch mich anrufen kannst?«

»Weil ich es besser nicht mache.«

»Wie meinst du das?«

»Wenn ich dich nämlich anrufe und du gehst nicht dran, ist unsere Verbindung sofort gekappt.«

»Du meinst, für immer?«

»Ja.«

Mich durchläuft ein Frösteln. »Woher weißt du das?«

»Ich weiß es eben.« Mehr erklärt er dazu nicht.

Allein bei dem Gedanken gerate ich in Panik. »Das macht mir Angst, Sam. Dann darfst du mich nie mehr anrufen. Es bleibt zwischen uns so wie vorher. Ich rufe immer dich an.«

»Ja, besser so«, sagt er.

Ein Windstoß fährt durch das offene Fenster ins Zimmer, bläht die Vorhänge auf. Ich stehe auf, um das Fenster zu schließen. Draußen bewegen sich die Zweige wie lange, unheimliche Finger, fast als wollten sie gegen die Scheibe klopfen.

»Ich möchte mich bei dir entschuldigen«, sagt Sam unvermittelt.

»Wofür?«

»Dass ich zuerst nicht drangegangen bin. Ich war echt nervös, weil ich nicht wusste, was passieren wird. Ich hab ja geahnt, dass du bei Mika sein würdest.«

»Aber zum Glück ist nichts passiert!«, rufe ich. »Ist alles gut gegangen. Und es ist sogar noch besser als vorher! Denn Mika weiß jetzt Bescheid und versteht alles. Und ihr habt sogar miteinander geredet! Bist du darüber nicht glücklich?«

Schweigen.

»Sam?«

»Es ist kompliziert …«

Bevor ich ihn fragen kann, was er damit meint, wird die Verbindung schlechter. Ein Knistern ist zu hören.

»Hörst du auch das Geräusch?«, frage ich.

»Ein Geräusch? Nein, ich höre nichts«, sagt Sam, aber seine Stimme hat auf einmal einen anderen Klang.

»Du klingst, als wärst du jetzt weiter weg, Sam.« Als wäre er weiter vom Hörer entfernt. »Alles okay bei dir?«

Das Knistern wird noch stärker. Ich ändere meine Position, halte das Handy schräg, um vielleicht einen besseren Empfang zu bekommen.

»Alles wird gut, Julie«, sagt er. »Versprochen. Aber ich muss jetzt los. Okay?«

»Hey, warte – wohin willst du?«

Er gibt darauf keine Antwort. »Wir telefonieren bald wieder. Ich liebe dich.«

Die Verbindung bricht abrupt ab. Ich stehe am Fenster und überlege, ob ich ihn noch einmal anrufen soll. Aber ein Gefühl von Kälte, das mir das Rückgrat entlangkriecht, sagt mir, dass ich es besser lasse. Ich lege mich auf mein Bett und drücke das Handy fest an mich. Die ganze Nacht starre ich zur Decke hoch und versuche, nicht in Panik zu verfallen.

Habe ich wieder einmal alles kaputtgemacht?

DREIZEHNTES KAPITEL

Etwas mit unserer Verbindung stimmt nicht. Etwas richtig Schlimmes. Ich weiß nicht, wie ich es wieder rückgängig machen soll, und Sam auch nicht. Es erinnert mich an einen Gewittersturm. Blitze zucken über den Himmel, es donnert, das elektrische Licht im Haus fängt zu flackern an, dann wird es stockdunkel und nichts funktioniert mehr. Ich warte darauf, dass die dunklen Wolken aufreißen und das Wetter umschlägt, aber jedes Mal, wenn ich aus dem Fenster schaue, ist der Himmel immer noch blauschwarz bis lila verfärbt. Es fällt mir schwer, mir keine Vorwürfe zu machen, denn ich bin ja selbst daran schuld. Es ist alles mein Fehler. Ich habe Sam gezwungen, mit Mika zu reden, und seither ist es nicht mehr so wie vorher. Zwischen unseren Anrufen muss mehr Zeit verstreichen und sie können auch nicht mehr so lang dauern. Davor haben wir stundenlang miteinander geredet. Ich konnte Sam anrufen, wann immer ich ihn brauchte. Jetzt muss ich mehrere Tage verstreichen lassen, und wenn ein Gespräch länger als zehn Minuten dauert, fängt das Knistern an. Das alles macht mir Angst. Es beunruhigt mich, dass ich ihn nicht mehr spontan anrufen kann, auch nicht, wenn ich ganz dringend seine Stimme hören muss. Wenn mir zumute ist, als würde ich in tausend Stücke zerbrechen, muss ich mir jetzt immer wieder vorsagen, dass ich ihn noch nicht verloren habe – *ich habe Sam nicht verloren*. Ich weiß, dass durch meine Schuld unsere Verbindung gestört ist, aber er ist immer noch bei mir. Und wenn wir unsere Gespräche vernünftig planen, nicht mehr so lange miteinander reden und die Plätze finden, an denen der Empfang am verlässlichsten funktioniert, können wir weiter in Kontakt bleiben. Wir werden damit schon zurechtkommen. Vielleicht finden wir ja noch eine Lösung.

Es ist jetzt zwei Wochen her, dass ich Mika von meinem großen Geheimnis erzählt habe. Seit Sam und sie miteinander gesprochen haben. Das hat uns allen dreien so gutgetan. Aber es scheint nun doch unerwünschte Folgen zu haben. Bei meinem letzten Anruf hat Sam mir etwas erzählt, was ich noch gar nicht glauben mag. Er hat gesagt, es könnte sein, dass wir nur noch ein paar Gespräche übrig haben, bevor unsere Verbindung gekappt wird. *Schluss, aus und vorbei.* Das Schlimmste daran ist, dass Sam mich davor gewarnt hat. Aber ich wollte davon nichts wissen. Wenigstens hat er noch einmal mit Mika reden können. Der glückliche Ausdruck in Mikas Augen nach dem Gespräch mit ihm war es auf alle Fälle wert. Zuerst war für mich nur unglaublich wichtig, dass jemand mir versichern konnte, es sei alles wirklich geschehen, und dass Sams Stimme nicht nur in meinem Kopf existiert. Aber sobald Mika und Sam sich wiedergefunden hatten, entstand daraus so viel mehr. Mika ist wieder die Mika, die ich kenne, und wir verbringen wieder mehr Zeit miteinander. Das Telefongespräch scheint ihr den inneren Frieden gebracht zu haben, den sie so dringend brauchte. Für so etwas wie einen Heilungsprozess. Jedenfalls ist ein Anfang gemacht. Und weil uns keine Geheimnisse mehr trennen, können wir auch wieder füreinander da sein.

Bis jetzt habe ich mich noch nicht von Sam verabschiedet. Und solange ich das nicht mache, bleiben wir doch miteinander verbunden, oder? Hat er mir das nicht versprochen? Ich kann ihm noch nicht endgültig Lebewohl sagen, was auch immer das für ihn in der Welt, in der er sich jetzt befindet, bedeuten mag.

Ich bin noch nicht so weit. Ich bin noch nicht bereit, ihn gehen zu lassen. Ich hasse es, mir ein Leben ohne ihn auszumalen. Ich wünschte, ich könnte ihn so lange wie möglich bei mir behalten, unsere Beziehung für immer fortsetzen. Ich weiß nicht, was ich tun werde, wenn er mich eines Tages ganz verlässt.

Daran denke ich ununterbrochen, während ich mein Handy anstarre. Ich mache das den ganzen Tag lang, wenn ich nicht gerade mit ihm rede – falls er mich anrufen sollte und ich sofort drangehen muss, damit unsere Verbindung nie abbricht …

»Erwartest du einen Anruf?«

Ich blicke vom Tisch auf, während der Raum um mich herum wieder Gestalt annimmt. Oliver sitzt mir gegenüber, wartet auf eine Antwort. Wir befinden uns an einem kleinen Tisch im Sun and Moon. Die marokkanischen Lampen sind eingeschaltet und flackern wie richtige Flammen, obwohl es mitten am Tag ist. Für Samstagvormittag ist zum Glück nicht viel los. In letzter Zeit waren wir häufiger hier. Oliver bestellt immer Chai Latte mit extraviel Milchschaum. Ich habe heute das erste Mal einen Americano anstelle meines üblichen Kaffees bestellt. Mir ist nicht ganz klar, worin der Unterschied besteht.

»Du siehst aus, als würdest du auf einen Anruf warten«, sagt Oliver. *»Erde an Julie*. Hallo?«

Ich blinzle ein paarmal, um ins Hier und Jetzt zurückzufinden. »Tut mir leid. Ich war einen Moment ganz in Gedanken. Worüber haben wir noch mal geredet?«

Von Oliver kommt ein Seufzer. »Die Abschlussfeier.«

»Ach ja, stimmt. Und was ist damit?«

»Du hast echt nicht zugehört …« Er seufzt wieder. »Bis dahin sind es nur noch ein paar Wochen, schon vergessen? Hüte und Talare? Der Vitamin-C-Song? Sag nicht, das kommt dir alles viel zu plötzlich.«

»Na, vielleicht doch. Ich hab keine Lust, mir deswegen jetzt Stress zu machen.«

»Ganz ehrlich«, sagt er, »mir geht's eigentlich auch so. Mir wäre lieber, wir hätten noch einen Monat mehr Zeit. Weißt du denn schon, was du danach machen willst?«

Bis vor Kurzem dachte ich noch, ich wüsste es. Ich dachte, ich hätte alles bis ins Detail geplant. Von der Wohnung, in der ich gern leben wollte, bis zu den Schreibkursen, die ich gern besuchen würde. Aber seit das mit der Verbindung zwischen mir und Sam nicht mehr so gut klappt, kann ich mich kaum mehr auf die Schule konzentrieren, und meine Abschlussnoten stehen in den Sternen. Aus irgendeinem Grund habe ich immer noch keinen Brief vom Reed erhalten. Außerdem habe ich den Text, den ich für den Schreibkurs einreichen müsste, noch nicht fertig. Vielleicht ist eine Karriere als Schriftstellerin ja doch nicht das Richtige für mich. Ich habe das Gefühl, sosehr ich mich auch anstrenge und an der Geschichte herumbastle, nichts will sich richtig zusammenfügen.

Ich starre in meine Kaffeetasse. »Nein, noch nicht.«

»Ich dachte, du wolltest an dieses College da gehen«, sagt Oliver. »Wie hieß es noch mal? Reed, oder? Inzwischen müsstest du von denen doch was gehört haben.«

Er hat recht. Müsste ich. Keine Ahnung, warum sie mich so im Regen stehen lassen. Vielleicht war mit meiner Bewerbung irgendetwas nicht in Ordnung. Oder vielleicht hat es einen technischen Fehler gegeben und das Formular ist nicht richtig übermittelt worden. Aber darüber würde das Reed einen doch informieren, oder? Sollte ich dort mal im Büro anrufen? Ich checke jeden Morgen meine Mails und gehe zum Briefkasten. Nichts. Oliver das zu erzählen, ist mir viel zu peinlich. Ich hätte meine Pläne für mich behalten sollen. Dann müsste ich keine Erklärungen abliefern, wenn ich gezwungen bin, sie zu ändern.

Warum sind eigentlich alle so wild darauf, ans College zu gehen? Für einen tollen Job ist ein Abschluss in englischer Literatur auch nicht gerade die beste Voraussetzung. Und warum soll ich mich bis über beide Ohren verschulden, wenn ich das mit dem Schreiben auch ganz allein schaffen kann? Unter den größten amerikanischen Schriftstellerinnen und Schriftstellern gibt es viele, die nie auf ein College gegangen sind. Hemingway, Mark Twain, Maya Angelou, um nur ein paar zu nennen. Zugegeben, da waren die Zeiten anders. Trotzdem. Wahrscheinlich werde ich meine Meinung schnell ändern, sobald sie mich genommen haben. Aber inzwischen habe ich gelernt, immer auf das Schlimmste vorbereitet zu sein. »Ach, weißt du«, sage ich, »wäre vielleicht gar nicht so schlecht, hierzubleiben.« Ich trinke einen Schluck von meinem Americano.

»Du meinst, du willst hier auf die *Central Washington?*«, fragt Oliver verblüfft. »Aber du hasst Ellensburg. Du hast immer gesagt, du willst nichts wie weg von hier. Die Central ist gar nicht schlecht, aber keiner reißt sich darum. Man geht hin, weil man da noch zu Hause bleiben kann.« Oliver blickt sich kurz um, dann beugt er sich über den Tisch und flüstert: »Oder mal ganz ehrlich, hast du es im Reed vielleicht nur auf die Warteliste geschafft?«

»Ähm, nein …«

»Haben sie dich *abgelehnt?*«

»*Nein*. Und ich finde es unhöflich, so direkt zu fragen«, sage ich. »Vielleicht hab ich ja einfach meine Meinung geändert. Ich habe von der Central vor ein paar Tagen eine Zusage gekriegt. Und du gehst doch auch dorthin, oder nicht?«

»Ja, aber ich bin von hier. Das ist was andres. Hier machen das alle.«

»Und deshalb machst du es auch?«

Oliver zuckt mit den Schultern. »Was soll's. So ist das eben in Ellensburg. Du kannst das nicht verstehen. Weil du …« Er deutet mit dem Arm weit in die Ferne. »… aus *Seattle* bist. Für uns hier bist du so etwas wie ein Alien.«

»Ja, so fühlt man sich bei euch auch leicht.«

»Also, was hält dich hier? Es ist superklar, dass es dir hier nicht gefällt. Ich werf dir das auch gar nicht vor. Du wolltest die ganze Zeit weg. Auch wenn es bedeutet, im Studium nebenher immer jobben zu müssen, als Kellnerin und so was. Mit Sam hast du dauernd Pläne geschmiedet, dass ihr beide zusammen weggehen würdet.«

Ich drehe den Kopf weg. Ich will nicht, dass er mir in die Augen sieht und erkennt, wie recht er hat. Dass Sam einer der Gründe ist, warum ich jetzt nicht wegwill. Es war unser gemeinsamer Plan gewesen. Gemeinsam nach Portland zu gehen, eine Wohnung zu finden, irgendwelche Jobs anzunehmen, um uns zu finanzieren. Er würde Musik machen. Ich würde schreiben. Aber Sam ist nicht mehr da. Ich bin jetzt ganz auf mich gestellt.

Ich starre weiter auf die Tasse. »Ich brauche einfach noch etwas mehr Zeit.«

»Ach so, verstehe«, sagt Oliver und berührt leicht meine Hand. »Hier hast du auf alle Fälle mich. Vielleicht können wir ein paar Kurse gemeinsam belegen. Ich brauche dringend jemand, bei dem ich abschreiben kann.«

»Du bist echt nie um die richtigen Worte verlegen.«

Grinsend lehnt er sich zurück. »Stimmt, ich kann mit Leuten.«

Ich trinke einen Schluck Kaffee.

Wir sitzen noch eine Weile da, dann brechen wir auf. Ich muss zu meiner Schicht in die Buchhandlung.

»Willst du mich noch ein Stück begleiten?«

Oliver checkt sein Handy. »Würde ich gern. Aber ich bin verabredet.«

Ich schaue ihn an. »Sag bloß! Wer ist es?«

Er zögert. »Jay.«

Ich schaue ihn noch einmal an.

»Was soll dieser Blick denn bedeuten?«

»Nichts.«

»Dann ist ja gut.«

Ich schnuppere. »Ach, deshalb das Parfüm!«

»Damit du's weißt, das mach ich immer«, verkündet Oliver und verschränkt dabei die Arme.

»Ich hab aber den Eindruck, in der letzten Zeit immer öfter.«

»Musst du nicht dringend in die Buchhandlung?«

Bevor ich gehe, flüstere ich ihm noch grinsend zu: »Neues T-Shirt?«

»*Ab mit dir.*«

Ich zwinkere ihm zu. »Ruf mich heute Abend an. Ich will alles darüber wissen.«

❀

Als ich in die Buchhandlung komme, steht Tristan auf einer Leiter und versucht, ein Plakat aufzuhängen, das ich noch nie gesehen habe. Es ist bereits eine Weile her, dass wir ein und dieselbe Schicht hatten. Mr Lee ist übers Wochenende verreist und hat uns beide gebeten, auf den Laden aufzupassen.

Ich betrachte das Poster. »Wer ist das denn?«

»General Griz aus den *Space Ninjas*, Band drei«, sagt Tristan. »Ein Klassiker.«

»Sieht irgendwie nach einem Osterhasen aus.«

»Ein mutiertes Kaninchen«, verbessert er mich. »Aus einem Laborexperiment.«

»Missglückt?«

»Ja. Hast du das Buch gelesen?«

»War nur so eine Vermutung.«

Tristan klettert die Leiter runter und stolpert dabei fast. Er lacht nervös, fährt sich mit der Hand durch die Haare und streicht sich die Hose glatt.

Ich lege meine Sachen auf der Theke ab. Neben der Kasse steht ein Karton mit Luftschlangen, Sammelkarten, Aufklebern und Namensschildern. Ich drehe mich zu Tristan. »Ist das alles für unseren Buchclub?«

»Nein, für das große *Space-Ninjas*-Event.« Er deutet auf die vielen anderen Poster in der Buchhandlung. »Ich mache gerade Werbung dafür. Ich habe unsere Buchhandlung als regionalen Fantreffpunkt angemeldet.«

»Wow, ist ja super! Da kommen bestimmt mengenweise Leute.«

»Na ja, bis jetzt haben sich erst acht angemeldet«, gesteht er. »Und sechs davon sind Freunde aus der Schule.«

»Für den Anfang gar nicht schlecht. Da tut sich bestimmt noch was.«

»Ich weiß, dass du kein großer Science-Fiction-Fan bist«, sagt er. »Aber wir feiern hier bald die Filmpremiere von *Space Ninjas 4*. Komm doch auch, wenn du Lust hast. Ich kann dich in den Mailverteiler aufnehmen.«

»Warum bin ich da noch nicht drin?«

Tristan wird rot. »Ich schick dir den Link.«

Ich mache mir einen Pferdeschwanz und gehe um die Theke herum. Neben der Kasse fällt mir ein Stapel mit Lesezeichen auf, die ich noch gar nicht kenne. Ich gucke sie mir an. »Wo kommen die denn plötzlich her?«

Tristan stellt sich neben mich. »Ach, die meinst du. Hab ich in der Schule gemacht. Da sind die Adresse und die Öffnungszeiten drauf. Wir geben sie jetzt allen Kundinnen und Kunden mit, die bei uns was gekauft haben.« Er deutet auf die Illustration. »Das da ist Mr Lee. Was hältst du von seiner Brille?«

»Mr Lee trägt keine Brille.«

»Ich weiß. Aber ich finde, dass er damit cooler aussieht.«

Wir lachen beide. »Du hast echt eine Menge geändert hier im Buchladen, Tristan.«

»Danke. Das bringen einem die Bücher bei. Dass man die Welt verändern soll. Sagt jedenfalls Mr Lee.«

Ich blicke mich im Laden um, registriere alle seine persönlichen Spuren. Die Plakate, die Lesezeichen, die Sammelfiguren in der Science-Fiction-Abteilung, für die Mr Lee ein Regalbrett zur Verfügung gestellt hat. Außerdem hat Tristan die Website der Buchhandlung neu gestaltet, mitsamt Links zu den Social-Media-Accounts, auf denen er regelmäßig postet. Ich muss zugeben, dass mich seine Kreativität und Tatkraft beeindrucken. Er setzt sich wirklich für den Laden ein. Vielleicht sollte ich auch mal ein paar Ideen entwickeln. Mich mehr einbringen, Mr Lee stärker unterstützen. Nachdenklich mache ich mich an die Arbeit.

Nach einer Weile drückt sich Tristan in der Nähe der Kassentheke herum, ordnet irgendwelche Bücher um. Ich erwische ihn dabei, wie er immer wieder zu mir herschielt, und habe das Gefühl, dass er etwas sagen will.

Schließlich hüstelt er, damit ich hochblicke. »Also, ähm, dann kommst du morgen?«

Ich schaue ihn an. »Was ist denn morgen?«

»Das Filmfestival?!«

»Ach, so. *Na klar*.«

»Ich hab auch ein Einlassband für dich, für den Empfang danach. Wird eher eine exklusive Veranstaltung, hat man mir gesagt. Alle haben mir deswegen getextet, aber ich hab nur eins gekriegt. Und das ist für dich!«

Ich lächle ihn an. »Das ist total süß von dir, Tristan. Aber das musst du nicht machen. Vor allem wenn so viele andere auf den Empfang mitwollen.«

»Nein … ich meine … ich würde gerne mit dir hingehen.«

»Oh …«

»Es würde mir echt viel bedeuten, wenn du mitkommen würdest«, sagt Tristan und fährt sich zum x-ten Mal nervös durch die Haare. »Es gibt was zu essen und Musik und jede Menge Leute sind da. Schon ein etwas offizielleres Event, aber du musst dich deshalb nicht in Schale werfen, wenn du nicht willst. Ich komme im Anzug, weil, na ja, Mom hat ihn schon für mich besorgt, und außerdem werden vielleicht auch ein paar andere Filmemacher und so da sein. Du kannst aber trotzdem so kommen, wie du möchtest.«

Ein Empfang danach? Davon war bisher nicht die Rede gewesen. Ich hatte gedacht, ich würde mir Tristans Film anschauen, ihm danach gratulieren und das wär's. Und jetzt gibt es da einen Empfang mit Musik und einer Kleiderordnung? So wie Tristan das beschreibt, hört es sich plötzlich an, als wäre ich auf dem Festival seine offizielle Begleitung. Vielleicht nehme ich das jetzt viel zu ernst, aber so eine Verabredung kommt für mich nicht infrage. So weit bin ich noch nicht. *Was würde Sam dazu sagen?* Ich spüre das Handy in meiner Hosentasche und versuche, mir vorzustellen, wie sich das für ihn anfühlen würde.

»Also, dann kommst du mit?«, fragt Tristan bereits zum zweiten Mal.

Ich kaue auf der Unterlippe, kann ihm nicht in die Augen schauen. Es tut mir weh, ihm abzusagen. Vielleicht ist es einfach nicht der richtige Zeitpunkt. »Tut mir leid, Tristan. Aber ich glaube … weißt du, es ist mir doch noch zu viel.«

Er schaut mich überrascht an. »Oh … ähm, in Ordnung. Verstehe.« Er zwingt sich zu einem Lächeln. »Vielleicht ein anderes Mal.«

Er dreht sich um und verschwindet zu seinen Science-Fiction-Regalen. Vielleicht nehme ich das alles ja viel zu ernst. Ich habe ein fürchterlich schlechtes Gewissen, dass ich ihm in letzter Minute abgesagt habe. Aber meine Verbindung mit Sam ist bereits brüchig geworden. Ich kann kein weiteres Risiko eingehen.

❀

Es fühlt sich wie eine Ewigkeit an, seit wir das letzte Mal miteinander gesprochen haben. Ich denke immer nur daran, wann ich seine Stimme wieder hören werde. Mich auf irgendetwas anderes zu konzentrieren, fällt mir schwer. Wenn ich aus der Schule komme, lege ich immer sofort die CD ein, die ich von ihm habe, und bilde mir ein, er wäre in meinem Zimmer, würde für mich Gitarre spielen. Das mache ich jeden Tag so. Ich lasse seine Musik mein Zimmer füllen, so als wäre er noch am Leben. Dann fühle ich mich weniger einsam. Es sind vierzehn Songs, und ich weiß gar nicht mehr, wie oft ich sie inzwischen gehört habe. Der dritte ist mein Lieblingssong. Sam hat ihn selbst komponiert, eine Rockballade im Stil der Nicks-Ära von Fleetwood Mac. Man kann hören, wie er die Melodie mitsummt. *Sams Stimme*. Aber das Lied hat keinen Text, weil es unvollendet geblieben ist. Sam hatte mich gebeten, ihm beim Schreiben zu helfen. Wir haben uns ausgemalt, dass wir eines Tages ein berühmtes Singer-Songwriter-Duo sein würden. Wie Carole King und Gerry Goffin. Einmal wollte ich von ihm wissen, was für ihn denn wichtiger sei, der Text oder die Melodie. »*Natürlich die Melodie*«, hat Sam geantwortet. »*Immer.*« Das sehe ich anders, aber vielleicht bestand darin das Geheimnis unserer Beziehung. Wir ergänzen uns wie die beiden Seiten eines Songs. Er ist die Melodie. Und ich bin der Text.

Wir sind in Sams Zimmer. Ich liege auf dem Boden und schaue zur Decke hoch, um mich herum sind Zettel verstreut. Sam hockt im Schneidersitz neben mir, die Gitarre auf dem Schoß.

»Spiel es mir noch mal vor …«, sage ich.

Sam streicht über die Saiten, füllt den Raum mit seiner Melodie.

Ich schließe die Augen und höre zu.

Plötzlich brechen die Klänge ab. »Sag mal, schläfst du?«

»Ich warte auf eine Inspiration.« Die Augen halte ich weiter geschlossen.

»Im Schlaf?«

»Ich schlafe nicht … ich denke nach!«

»Okay …« Während Sam weiterspielt, tanzen durch meinen Kopf

Bilder. Endlos weites Himmelsblau, ein Händchen haltendes Paar, Kirschblütenregen. Ich setze mich auf, kritzle etwas aufs Papier.

Fragend blicke ich Sam an. »Wovon soll der Song eigentlich handeln?«

»Verstehe ich nicht. Wir schreiben ein Lied.«

»Jeder Song erzählt eine Geschichte, Sam.«

Er zuckt mit den Schultern. »Muss es sich nicht vor allem reimen?«

»Aber ein Lied kann so viel mehr«, sage ich. »Es lässt dich etwas fühlen. Was wollen wir mit diesem Lied ausdrücken? Wovon handelt es?«

»Von der Liebe natürlich.«

»Das ist zu allgemein, Sam!«

»Aber davon handeln die meisten Songs! Ganz allgemein von der Liebe!«

»Nicht die richtig guten!«

Sam stöhnt auf, lässt sich neben mich fallen. »Dann mach doch einfach! Du bist die Dichterin, du kannst das viel besser als ich! Deshalb habe ich dich ja um Hilfe gebeten.«

Vorgestern habe ich meine Schubladen durchwühlt und schließlich mein altes Notizbuch gefunden. Vor Monaten hatte ich dort ein paar Verse aufgeschrieben. Nach unserem Gespräch während der Gewitternacht habe ich bis in den frühen Morgen an dem Lied gearbeitet.

Sam und ich sind bald verabredet. Dann will ich ihn mit meinem Text überraschen. Ich habe noch im Ohr, was er zu mir über unvollendete Vorhaben gesagt hat, über seinen Wunsch, etwas in der Welt zu hinterlassen – vielleicht könnte dieses Lied so eine Spur von ihm sein. Er hat so viel für mich getan. Das ist mein Geschenk an ihn. Als er drangeht, bin ich etwas nervös. Ich erzähle ihm davon, und er bittet mich, ihm den Text vorzulesen. Aber ich habe etwas anderes vor. Ich will dazu seinen Soundtrack spielen, damit er mir sagen kann, wie beides zusammen wirkt.

»Aber sei nicht zu streng mit meinem Gesang, ja?«

Sam lacht. »Nein, niemals.«

In meinem Zimmer erklingen seine Gitarrenklänge, eine sehnsüchtige Ballade. So gut ich kann, singe ich dazu meinen Text.

Ich seh dein Gesicht in den Sternen
Wenn ich die Augen schließe, bist du mir nah
Spürst du mich in der Ferne …
Ich denk an dich, bin für dich da

Bleibe bei mir, wohin du auch gehst
In Gold getaucht sind die Felder
Vergiss mich nicht in den Sternen
Wohin ich auch gehe, bist du mir nah

Ich denk an dich in der Ferne
Wie Regen und Wind vergeht die Zeit
…

Ich stelle den CD-Player ab und setze mich wieder auf den Boden. »Das ist alles, was ich bisher habe. Wenn du es singst, wird es bestimmt noch viel besser klingen.«

»Das war großartig, Julie!«, ruft Sam. »Unglaublich, dass du so etwas geschrieben hast. Es ist wunderschön.«

»Das sagst du aber nicht nur so, oder?«, frage ich. »Du kannst mir die Wahrheit sagen. Ich werde deswegen nicht sauer sein.«

»Das ist besser als alles, was ich hätte schreiben können«, sagt er.

»Schon klar. Aber das war nicht meine Frage.«

Sam lacht und sagt: »Ganz im Ernst, Julie. Der Text ist wunderschön. Er ist so … so *bedeutungsschwer*. Als würdest du damit noch viel mehr ausdrücken wollen.«

»Findest du irgendwelche Stellen nicht so gut? Gibt es was, woran ich noch arbeiten sollte?«

Sam denkt kurz nach. »Hmm, vielleicht noch ein kleines *Ich-liebe-dich*?«

Jetzt muss ich lachen. »Alles klar«, sage ich und überfliege die Verse noch einmal. »Ich werde noch etwas daran feilen. Aber ich glaube, das wird richtig gut, Sam. Wir werden damit einen Hit landen.«

»Wäre schön gewesen«, sagt er wehmütig. »Das war immer unser Traum.«

»*Warum kann er nicht Wirklichkeit werden?*«, flüstere ich.

Ein Schweigen, das ich bereits gut kenne. »Ach, Julie ... du weißt genau, warum ...«

Ich wechsle mit dem Handy ans andere Ohr, tue so, als hätte ich den letzten Satz nicht gehört. Male uns stattdessen aus, wie wir den Song in die Welt hinaussenden könnten. »Überleg doch mal«, sage ich. »Wir könnten ihn an einen Radiosender schicken oder ihn online stellen oder was weiß ich. Die Leute würden ihn lieben, Sam. Sie wären begeistert. Wir müssen nur einen Weg finden, wie wir den Song raus in die Welt bringen. Jemand wird ihn spielen. Wir könnten ihnen auch noch die anderen Lieder zeigen, die du geschrieben hast. Wir müssen nur –«

»Julie«, unterbricht mich Sam. »Sei mal ehrlich mit dir ...«

»Was meinst du damit?«

»Warum hast du das gemacht?«, fragt er. Seine Stimme hat sich verändert. Klingt irgendwie härter und kälter. »Warum holst du meinen Song hervor, um an ihm weiterzudichten?«

Ich schaue ratlos und verunsichert auf die Verse. »Keine Ahnung ... Ich dachte, das würde dir gefallen. Vor einer Weile hast du gesagt, du hättest gerne etwas vollendet. In der Welt eine Spur hinterlassen. Und da dachte ich ... vielleicht könnte es ja dieser Song sein. Und ich könnte dir helfen, ihn zu schreiben. Wie ich es dir versprochen habe.«

Er seufzt. »Ich hab dir doch gesagt, Jules ... Darüber will ich nicht reden. Was ich alles nicht mehr habe tun können. Das ist für mich vorbei …«

»Aber was ist denn dabei? Es ist doch nur ein Lied. Und ich mache es gerne für dich. Danach können wir weitersehen. Es gibt noch so viele andere schöne Songs von dir. Wäre doch schade drum. Ich kann dir dabei helfen, sie zu vollenden. Ich kann dir dabei helfen, sie an die Leute zu bringen, und vielleicht können wir dann –«

»Julie, hör auf damit!« Er unterbricht mich wieder. *»Bitte! Lass das sein …«*

»Was ist denn so schlimm daran?«

Sam gibt einen Seufzer von sich. »Hör zu …« Seine Stimme klingt weich. »Ich finde es schön, dass du das für mich machen willst. Wirklich. Aber du musst dich von diesem Plan verabschieden, okay? An meinen Songs weiterzuarbeiten und für sie ein Publikum zu finden … Das kommt für mich alles zu spät. Ich habe bereits akzeptiert, dass es so ist. Deshalb hör auf damit. Ich will es so, okay?«

»Aber ich möchte das so gerne für dich tun. Ich will dir helfen.«

»*Lass es*. Du musst dich auf dein eigenes Leben konzentrieren. Du musst aufhören, die ganze Zeit an mich zu denken.«

»Ich denke überhaupt nicht die ganze Zeit an dich«, erwidere ich. *Warum erzählt er mir das alles?* »Ich habe meine eigenen Ziele und Dinge, die ich auf die Reihe kriegen muss. Zum Beispiel meinen Text fürs Reed fertig schreiben. Und ob ich an mich selber denke.«

»Gut«, sagt Sam. »Dann bin ich ja beruhigt. Ich bin froh, dass es in deinem Leben auch noch andere Dinge gibt. Dass du dir über deine Zukunft Gedanken machst.«

Ich umklammere das Handy. Bin total sprachlos. Nie hätte ich gedacht, dass unser Gespräch eine solche Wendung nehmen würde. Ich dachte, ich würde etwas Schönes und Gutes tun.

Etwas, das ihn glücklich machen würde. Und wenn ich trotzdem manchmal an uns denke? Was ist so schlimm daran? Warum können wir nicht mehr so miteinander reden wie immer? *Wie vorher?* Bevor uns alles genommen wurde. Aber das spreche ich nicht laut aus. Ich weiß, das würde er von mir überhaupt nicht hören wollen.

Lange herrscht Schweigen zwischen uns. Ich spüre, wie uns die Zeit davonläuft. Bald werden wir für heute aufhören müssen, und ich weiß nicht, wie oft wir noch miteinander telefonieren können. Ich möchte, dass wir in einer anderen Stimmung auseinandergehen, falls gleich wieder das Knistern einsetzt. Lockerer, besser gelaunt. Deshalb wechsle ich das Thema. »Morgen ist das Filmfestival. Tristan hat mich noch mal eingeladen. Aber ich habe ihm abgesagt.«

»Warum?«

»Ach, ich weiß nicht. Hab keine Lust mehr. Die Art, wie er darüber geredet hat … fast so, als hätten wir ein Date.« Als Sam darauf nichts sagt, frage ich ihn: »Oder was meinst du?«

Schweigen.

»Ich finde, du solltest hingehen«, sagt er.

»Warum?«

»Klingt doch gut. Nach richtig viel Spaß. Und Tristan ist ein echt netter Kerl.«

»Aber das könnte ich nie tun, Sam. Ich meine, es gibt ja immer noch dich. Wir haben immer noch eine enge Beziehung.«

Wenn ich normalerweise so etwas sage, spüre ich immer, wie er lächelt. Ich spüre durchs Handy seine Wärme. Aber jetzt dringt Sams Stimme kalt an mein Ohr.

»Du und ich, wir sind nicht mehr zusammen, Julie. Das weißt du.«

»Ja, weiß ich.«

»Hört sich aber nicht so an.«

Ich antworte nichts.

»Ich beginne, mir Sorgen um dich zu machen«, fährt Sam fort. »Wegen unserer Gespräche und ihrer Wirkung auf dich. Du musst nach vorne schauen. Dein eigenes Leben leben. Ich habe das Gefühl, du bist nicht mehr du selbst.«

»Bei mir ist alles okay, Sam. Es geht mir gut. Wirklich.«

»Und warum willst du dann nicht einmal zur Premiere von Tristans Film gehen? Wie willst du jemals ohne mich leben?«

»Weil ich vielleicht keine Lust habe, auszugehen? Natürlich werde ich es schaffen, ohne dich zu leben.«

»Dann beweis es mir. Jetzt.«

Ich bin verwirrt. *Wie kann er das von mir verlangen?* Was wünscht er sich überhaupt? Soll ich jetzt auflegen? Ich weiß nicht, wie ich darauf reagieren soll. Ich hasse es, wenn er mich so in die Enge drängt. *Will er, dass ich mich jetzt für immer von ihm verabschiede?* Ein Schmerz durchzuckt mich. »Ich kann nicht. Nicht jetzt gleich …«

Sam gibt einen Seufzer von sich. »Und wann bist du dafür bereit?«

Ein langes Schweigen.

»Ich finde, dass du morgen auf das Festival gehen sollst«, sagt Sam. »Ich glaube, das wird uns beiden guttun.«

»Was willst du jetzt damit wieder sagen?« Ich bemühe mich, nicht zu heftig zu reagieren. »Ich kann tun, was ich will. Und wenn ich einfach keine Lust drauf habe?«

»Ich verstehe überhaupt nicht, warum das eine so große Sache ist«, sagt Sam. »Es ist doch nur für ein paar Stunden. Warum sträubst du dich so dagegen?«

»Tu ich doch gar nicht.«

»Dann geh einfach hin.«

»Okay, wie du willst!«, rufe ich. »Ich gehe hin! Und ich werde einen Riesenspaß haben.«

»Gut. Das hoffe ich.«

»Werd ich haben!«

Wütend legen wir beide auf. Danach schreibe ich Tristan sofort und sage ihm, dass ich doch mitkomme. Eine Sekunde später ist eine Antwort von ihm da. Er freut sich, klingt ganz aufgeregt. Mein schlechtes Gewissen ihm gegenüber hält sich in Grenzen. Aber wie kann Sam mich bitten, ihm das anzutun? Uns das anzutun? Ich verstehe nicht, was er mir damit beweisen will. Ich versuche, mich darüber nicht zu sehr aufzuregen, denn das würde nur beweisen, dass Sam eigentlich recht hat. Er braucht sich um mich keine Sorgen zu machen.

Mir wäre lieber, unser Gespräch hätte nicht so geendet, vor allem nicht heute Abend. Ich erhalte einen Text von Yuki, die mir mitteilt, dass sie auf dem Weg zu mir sind. Heute soll unsere Zeremonie für Sam stattfinden. Ich will mit ihnen allen zu dem Ort fahren, an den Sam mich damals geführt hat, zu den goldenen Feldern. Dort wollen wir die Laternen aufsteigen lassen. Ich überlege kurz, ob ich die anderen bitten soll, alles noch einmal zu verschieben. Aber sie haben bereits so viel Mühe in die Vorbereitung gesteckt, da will ich sie nicht enttäuschen. Jetzt gilt es, Haltung zu bewahren und mich durch das Gespräch mit Sam nicht runterziehen zu lassen. Ich denke daran, was er vorhin zu mir gesagt hat. Vielleicht sollte ich mich wirklich weniger auf ihn und mehr auf mein eigenes Leben konzentrieren.

Jay sitzt vorne neben Oliver. Unterwegs holen wir noch Mika ab. Es ist das erste Mal seit Sams Tod, dass wir alle beieinander sind. Ich sitze auf der Rückbank zwischen Yuki und Rachel. Jay hat ein paar Snacks mitgebracht und reicht sie uns nach hinten. Ich muss grinsen, als ich uns alle so vor mir sehe, wie wir uns in ein einziges Auto gezwängt haben und Schokosticks knabbern. Trotzdem fehlt in dem Bild natürlich eine wichtige Person. Jay hantiert vorne mit seinem Handy und findet über Google Maps einen anderen Weg, als der Bus ihn nimmt, sodass wir nur noch die halbe Strecke zu Fuß gehen müssen.

Die Sonne ist bereits untergegangen, als wir die Stelle erreichen, von der aus wir losmarschieren. Die ersten Sterne funkeln. Ich führe die anderen durch den Wald, genauso wie Sam mir damals die Anweisungen gegeben hatte, und bin überrascht, dass ich mich an alles genau erinnere. Mika hat sich bei mir untergehakt. Als sich die Felder wie ein wogendes Meer vor uns ausbreiten, halte ich an.

»Da sind wir.«

Gemeinsam bestaunen wir ehrfürchtig die Aussicht. Die Ährenspitzen wirken auf mich im Mondlicht wie lauter silbern schimmernde, durch die Wellen springende Fische.

»Wie bist du auf diesen Ort gekommen?«, fragt Rachel.

»Sam hat mich mal hierhergebracht«, antworte ich ihr. Wann es war, verrate ich ihr nicht.

Wir gehen noch eine Weile weiter, bis wir den perfekten Platz gefunden haben. Jay zieht seinen Rucksack auf und gemeinsam bereiten wir alles für die Zeremonie vor.

»Und wie funktionieren die Dinger noch mal?«, fragt Oliver, als Rachel an uns die Laternen verteilt.

»Die heiße Luft der Flammen lässt sie aufsteigen«, erklärt Yuki, während sie damit beginnt, die Teelichter anzuzünden. »Dann müssen wir sie einfach nur loslassen.«

Ich beobachte, wie meine Laterne warm und hell erstrahlt. Es ist, als würde ich eine kleine Sonne in der Hand halten.

»Ganz schön schwer, die Dinger.« Oliver bewegt seine Laterne auf und ab.

Ich schaue in die Gesichter der anderen, die von den Lichtern erhellt sind, ich sehe, wie sie lächeln, ich sehe die Ähren um uns herum wogen, ich sehe den endlos weiten Himmel mit den funkelnden Sternen und nehme das alles in mich auf. Den wunderschönen Moment, den wir gemeinsam erleben. Für mich ist es wie ein Wunder, an diesem Abend wieder hier zu sein, mit meinen Freundinnen und Freunden.

Ich drehe mich zu Yuki. »Und welche Symbolik ist damit traditionell verbunden? Wenn man die Laternen für jemanden aufsteigen lässt?«

»Sich von einem Menschen zu verabschieden, ihn fortgehen zu lassen«, erklärt Yuki. »Wenn wir die Laternen in den Himmel aufsteigen lassen, helfen wir ihm dabei, sich von der Erde zu lösen. Sich zu befreien. Die Laternen geleiten ihn dorthin, wo er von nun an sein wird.«

»Aber warum muss Sam denn fortgehen?«, frage ich. Die anderen schauen mich fragend an. Mir wird klar, wie merkwürdig meine Frage in ihren Ohren klingen muss. »Ich meine ... warum müssen die Menschen dorthin geleitet werden?«

»Ich glaube, sie brauchen von uns das Gefühl, dass es so in Ordnung ist«, sagt Yuki. »Manchmal ist es auch für sie schwer, fortzugehen. Sie brauchen dazu unseren Segen.« Sie dreht sich um und hält ihre Laterne zum Himmel. »Und vergiss nicht, es sind auch Laternen des Andenkens. Wenn du Sam noch ein paar letzte Dinge mitteilen willst, kannst du es jetzt tun. Flüstere deiner Laterne etwas zu! Sie wird ihm die Botschaft dann übermitteln.«

Yuki schließt die Augen, als würde sie meditieren, und flüstert dann etwas zu ihrer Laterne. Die anderen machen es ihr nach. Mika und ich wechseln einen Blick, der für die anderen unverständlich bleibt. Dann schließt Mika die Augen und flüstert ebenfalls etwas. Und ich auch, obwohl Sam ja noch bei mir ist. Für eine Weile jedenfalls. Ich überlege, was ich in diesem Augenblick zu ihm sagen würde, wenn er vor mir stehen würde.

Ich hole die Laterne ganz nah zu mir heran und flüstere: »Geh noch nicht, Sam. Bleibe noch ein bisschen länger bei mir.«

Yuki lässt ihre Laterne als Erste los. *»Für Sam«*, sagt sie, und die Laterne löst sich von ihrer Hand und steigt in die Luft. Die anderen machen es ihr nach und lassen ihre Laternen eine nach der anderen aufsteigen. »*Für Sam*«, sagen dabei alle, bis nur noch ich übrig bin.

Ich strecke die Hand mit der Laterne vor mir aus. »*Für Sam*«, sage ich. Und dann lasse ich sie ebenfalls los.

Aber meine Laterne rührt sich nicht. Sie steht still in der Luft, wenige Zentimeter über meiner Handfläche. Ihr Teelicht flackert unmerklich. Ich stupse sie von unten etwas an, woraufhin sie etwas höher steigt, nur um dann wieder nach unten zu sinken. »Meine Laterne will nicht«, sage ich, während die anderen mich neugierig beobachten. »Seht her.« Ich muss dabei unwillkürlich lächeln, denn es kommt mir so vor, als ob Sam mich gehört hätte. Er hat gehört, was ich ihm zugeflüstert habe, und will noch etwas länger bei mir bleiben. Bis ein Windstoß kommt und die Laterne vor sich hertreibt, nicht weit über dem Boden, sodass sie fast die Ähren streift. Ich mache ein paar Schritte und folge ihr, versuche weiter, meine Hände unter sie zu halten. Ohne nachzudenken. Als die Laterne schneller wird, werde ich es auch. Und dann renne ich auch schon mit ausgestreckten Händen über das Feld und jage der Laterne nach. Ich kann nicht anders, es geht mit mir durch. *Ich brauche noch mehr Zeit. Ich kann dich noch nicht gehen lassen.* Die Laterne gewinnt an Höhe, wird wie ein Schiff mit geblähtem Segel vom Wind davongetragen. Ich renne ihr weiter hinterher.

»Julie!«

Die anderen rufen meinen Namen. An ihren fernen Stimmen erkenne ich, wie weit ich inzwischen gerannt sein muss. Aber ich kann nicht aufhören. Mika muss mir noch eine Weile nachgelaufen sein, denn ihre Stimme klingt näher als die der anderen. Aber auch sie bleibt immer weiter hinter mir zurück. Keiner kann mit mir mithalten. Mein Wille, die Laterne wieder einzufangen und festzuhalten, ist übermächtig. Ich renne immer weiter in das Feld hinein, bis ich die Stimmen nicht mehr hören kann. Ich höre nur noch mein eigenes Keuchen und meinen pochenden Herzschlag in den Ohren.

Ein weiterer Windstoß kommt und trägt die Laterne noch höher in die Luft. Auf mich wirkt es, als schwebte sie bereits über der Gebirgskette am Horizont. Und wie schnell ich auch renne, ich kann sie nicht mehr einholen. Schließlich bin ich so erschöpft, dass ich nicht mehr rennen kann. Ich halte an und stehe da und schaue zum Himmel empor und schaue ihr nach, wie sie mit den anderen entschwebt und verschwindet. So lange, bis ich sie nicht mehr von den Millionen von Sternen unterscheiden kann.

Die Laterne ist fort. Ich habe sie nicht festhalten können. *Ich darf dich nicht verlieren. Nicht noch einmal.*

VIERZEHNTES KAPITEL

VORHER

Wenn ich die Augen schließe und alles dunkel wird, sehe ich ihn. Sam. Wie er dasteht. Die dunklen Haare fallen ihm schräg in die Stirn. Er trägt ein weißes Hemd und Fliege. Lehnt neben der Schwingtür zur Hotelküche, durch die Kellner mit schweren Silberplatten ein- und ausmarschieren. Er holt mehrmals tief Luft, zupft an seinem Hemdkragen, bemüht sich, ruhig zu bleiben. Und plötzlich bin ich neben ihm, halte ihm die Hand und sage: »*Es wird alles gut, Sam. Ruhig durchatmen*.«

»Ich will hier raus«, sagt er.

»Red keinen Unsinn. Du bist gleich dran.«

»Aber wenn ich es nicht schaffe?«

»Natürlich schaffst du es. Du hast bloß Lampenfieber.«

Ringsum ist das Klappern von Geschirr und Silbertabletts zu hören. Wir stehen hinter einem Vorhang, der die Küche von einem Ballsaal voller Gäste trennt. Sam soll beim 60. Geburtstag eines Onkels von seinem Freund Spencer auftreten. Sie haben ihm eine Liste mit Songs gegeben, die er spielen soll, und er hat wochenlang dafür geübt. Es ist sein erster bezahlter Auftritt, und ich werde nicht zulassen, dass er jetzt kneift.

»Aber ich kenne da niemanden«, sagt er.

»Du kennst Spencer. Und mich. *Ich bin da.*«

Sam zupft wieder an seinem Hemdkragen, und ich lockere ihm den Knoten seiner Fliege, damit er besser atmen kann. Ein erster Schweißtropfen erscheint auf seiner Stirn. Ich berühre zärtlich seine Wange.

»Und was, wenn es keinem gefällt?«

»Warum sollte es ihnen nicht gefallen? Sie freuen sich schon darauf. Du wirst großartig spielen.«

»Wir haben noch nicht mal einen richtigen Soundcheck gemacht …«

»Du hast das eine Million Mal geübt. Du wirst großartig spielen.«

Jemand mit einem Headset kommt hinter den Vorhang und reckt den Daumen hoch. »Dann mal los.«

Ich drücke Sam die Hand. »Viel Glück. Ich warte hier.«

Kaum ist er gegangen, spähe ich durch den Vorhang. In der Mitte des Saals mit dem riesigen Kronleuchter befindet sich eine Tanzfläche, umgeben von den prächtig eingedeckten Tischen mit den Geburtstagsgästen. Auf der Bühne hat eine Band ihre Instrumente aufgebaut. Sam betritt sie von der Seite, geht nach vorne zum Mikrofon und schraubt ungeschickt daran herum. Er wirkt wahnsinnig nervös. Ich kriege kaum Luft.

Die Lichter gehen aus, nur auf die Bühne ist ein Scheinwerfer gerichtet. Es wird still im Saal, alle drehen die Stühle, um besser sehen zu können. Und dann beginnt die Musik …

Ein Klavier fängt zu spielen an, ein uralter Hit. Ich brauche nur eine Sekunde, bis ich das Lied erkenne: »Your Song« von Elton John. Sam kennt den Text und die Noten in- und auswendig. Er hat es bereits Hunderte von Malen gesungen. Eine großartige Wahl für den Einstieg. Seine Stimme ist wie dafür gemacht.

Dann aber öffnet er den Mund, um zu singen. Und in seiner Stimme ist ein Zittern. Seine Hand umklammert das Mikrofon, als müsse er sich daran festhalten. Sein Begleiter am Klavier müht sich ab, ihm zu folgen.

Etwas stimmt diesmal nicht. Er singt nicht im Einklang mit der Musik. Es klingt, als wäre er immer ein, zwei Noten voraus. Nicht nur ich bemerke es, auch der Rest des Publikums. Die Leute wirken irritiert, blicken sich fragend an, tuscheln miteinander, was Sam nur noch nervöser macht. Das Zittern in seiner Stimme verstärkt sich zu einem Stottern. Er fängt an, Wörter auszulassen. In mir verkrampft sich alles. Es ist für mich unerträglich, hinter dem Vorhang zu stehen und zuzuschauen. Ich kann das nicht länger mit ansehen. Ich muss ihn aus dieser Situation retten, muss die Aufmerksamkeit von ihm ablenken, bevor es noch schlimmer wird. *Steh nicht bloß hier rum, Julie! Tu etwas!*

Und so ziehe ich meine hochhackigen Schuhe aus, in denen ich nur herumstolpere, und trete hinter dem Vorhang hervor. An einem der Tische im Saal sitzt Spencer mit seinen Brüdern. Ich steuere auf ihn zu und greife nach seiner Hand.

»Julie, was ist?«

»Komm.«

»Äh …?«

Ich ziehe Spencer hoch und führe ihn auf die leere Tanzfläche. Alle Blicke sind auf uns gerichtet.

»Was machst du da?«

»Tanzen! Mach einfach mit!«

»Bist du verrückt geworden?«

Ich lege die Hand auf Spencers Schulter, er nimmt mit mir Tanzhaltung ein, und vorsichtig machen wir die ersten Schritte. Ungefähr so, wie ich mir einen Walzer vorstelle. Ich habe keine Ahnung, was wir hier eigentlich anstellen, wie es aufs Publikum wohl wirkt und welche Figur wir dabei machen. Hauptsache, alle Blicke sind auf uns gerichtet. Ich blicke nicht in Sams Richtung, als Spencer und ich zu tanzen anfangen. Das würde ihn bestimmt noch mehr verunsichern. Stattdessen wirble ich im nächsten Augenblick um Spencer herum, lege auf dem Parkett eine Pirouette hin.

Unser gemeinsamer Tanz verläuft glatter als gedacht. Wir vollführen fantastische Bewegungen und Drehungen. An einer Stelle legt mir Spencer den Arm so hinter den Rücken, dass ich mich fast bis zum Boden runterbiegen kann. An den Tischen wird geklatscht und gejubelt. Keine Ahnung, ob es am Klavierspiel liegt, an Sams Stimme, am Adrenalinstoß oder an der Aufmerksamkeit aller Menschen hier im Saal, aber wir werden immer besser und legen schließlich eine richtig tolle Nummer hin. Spencer hüpft und wirbelt mit mir über die Tanzfläche, wir führen alle Moves vor, die wir irgendwann mal bei anderen gesehen haben. Vielleicht sind wir wirklich geborene Tanzgenies. Oder vielleicht bilde ich mir nur ein, dass wir großartig sind, und das Publikum findet uns lächerlich, aber hinreißend komisch. Spielt auch keine Rolle. Als ich zu Sam blicke, sehe ich ihn das erste Mal an diesem Abend lächeln. Sein Gesicht strahlt im Scheinwerferlicht, als er die Stufen in der Mitte der Bühne hinunterschreitet und mit großer Geste auf Spencer und mich deutet, während er selbstbewusst den Refrain des Elton-John-Lieds singt.

Über die Tanzfläche hinweg schauen wir uns an, während das Schlagzeug einsetzt, gefolgt von der Gitarre. Zwischen uns lodert eine Flamme. Ein paar Geburtstagsgäste sind aufgestanden, stehen noch unentschieden am Rand. Dann kommen auch sie auf die Tanzfläche, fangen zu tanzen an, holen nach einer Weile andere dazu. Sam und ich schauen uns immer wieder an. Weil es unser gemeinschaftliches Werk ist. Seine Stimme und mein Tanz mit Spencer haben die Energie im Saal verwandelt.

Als die Musik leiser und leiser wird, strecke ich ein letztes Mal die Arme hoch, wirble noch einmal über die Tanzfläche. Das Licht der Scheinwerfer, der Kronleuchter, die Gesichter der anderen Gäste, alles dreht sich um mich herum, bis der Ballsaal verschwindet und ich mich plötzlich in Sams Arme werfe. Wir verlieren beide das Gleichgewicht und stürzen vom Rand des Anlegestegs ins kalte Wasser.

Prustend und lachend tauchen wir wieder an der Wasseroberfläche auf. In der Ferne steigen Feuerwerkskörper in den Himmel. Es ist Sommer, die Nacht vor dem Nationalfeiertag. Sam und ich haben vereinbart, uns heimlich hier zu treffen. *Wenn meine Mutter das wüsste, würde sie mich umbringen.*

Ich fröstele in dem kalten Wasser. »Unglaublich, wir haben es wirklich gemacht!«

Sam lacht und streicht sich die nassen Haare aus dem Gesicht. Seine Haut glitzert vom Wasser. »Du hast doch gesagt, dass du spontaner sein möchtest!«

»Doch nicht gleich so was!«

Das Feuerwerk in der Ferne geht weiter, erleuchtet die Baumwipfel. Sam legt sich auf den Rücken, fängt an zu schwimmen. Ich betrachte seinen nackten Oberkörper, das Spiel seiner Muskeln. Angestrengt halte ich den Kopf über Wasser.

»Und wenn uns jemand sieht?«

»Jules, niemand ist hier! Nur du und ich.«

»Ich hab das noch nie gemacht.«

»Du meinst, nackt baden?«

»Was ich wegen dir noch alles tue!«

»Ja, überrascht mich auch. Hätte ich gar nicht von dir erwartet.«

»*Sam!*«

»He, entspann dich. Wir sind nicht mal ganz nackt.«

Das Feuerwerk geht weiter. Sam schwimmt lachend um mich herum.

»Wie bist du überhaupt drauf gekommen?«, frage ich.

»Hab ich mal in einem Film gesehen«, sagt er. »Ich fand das echt süß und romantisch und so.«

»Nicht besonders originell.«

»Aber wir werden uns immer daran erinnern. Und haben später eine Geschichte zu erzählen.«

»Das dürfen wir niemand erzählen!«

»Okay, dann bleibt es unser Geheimnis.«

Sam schwimmt auf mich zu. Wir schauen einander in die Augen. Sein Gesicht erstrahlt vom flackernden Widerschein des Feuerwerks am Himmel. Er hat recht. Ich werde mich immer daran erinnern. Ich werde nie vergessen, wie er mich in diesem Augenblick ansieht.

»Bist du jetzt sauer auf mich? Bereust du es?«, flüstert er.

»Nein. Nur etwas nervös.« Ein Schauer durchläuft mich, nicht wegen der Kälte, sondern weil ich hier gemeinsam mit ihm bin.

»Ich auch.«

Sam lächelt, streicht mir eine Haarsträhne hinters Ohr. Dann hebt er sanft mein Kinn und küsst mich. Wir schließen die Augen, lauschen der Feuerwerksmusik.

Schritte sind auf dem Kies zu hören, Stimmen. Als wir die Augen aufschlagen, sehen wir den Schein einer Taschenlampe näher kommen.

»Da sind Leute!«, rufe ich.

»Echt?«

Wir tauchen unter Wasser, um nicht bemerkt zu werden, und ich halte den Atem an, kleine Wasserbläschen umtanzen mich, während ich immer weiter in die Tiefe sinke wie ein Stein. Ich schließe die Augen.

Als ich sie aufschlage, bin ich nicht mehr im Wasser, sondern inmitten von Stein, Asphalt und Beton. Grelles Sommerlicht. Benzingestank und Essensdüfte von Straßenimbissen umgeben mich. Wolkenkratzer ragen in den Himmel. Es ist Hochsommer, vor einem Jahr. Ich stehe in einer New Yorker Straßenschlucht und warte, rücke gerade den Schultergurt der Sporttasche zurecht, als Sam an mir vorbeisaust, den Koffer ratternd hinter sich herziehend.

»Hey, warte mal kurz!«

»Keine Zeit! *Wir müssen los!*«

In einer Stunde und zweiundvierzig Minuten geht Sams Flieger nach Japan. Die nächste U-Bahn Richtung Flughafen kann jede Minute kommen, und wenn er sie verpasst, verpasst er wahrscheinlich auch seinen Flug. Sam wird den ganzen Sommer bei seinen Großeltern in Osaka sein, deshalb haben wir noch ein gemeinsames Wochenende in New York verbracht, bevor er abfliegt.

Sam hält an der nächsten Straßenkreuzung, blickt aufs Handy. »Da, in die Richtung!«

»Ich kann nicht mehr …«

Im Zickzack rasen wir über die Straße, zwischen den im Stau stehenden Autos hindurch, zwängen uns danach durch die Menge. Sogar jetzt will mich noch ein Händler aufhalten, um mir eine Handtasche zu verkaufen. Dann hasten wir eine schmale Treppe hinunter, biegen um die Ecke – und Sam prallt schmerzhaft gegen ein Metalldrehkreuz.

»Du musst deine MetroCard draufhalten.« Ich halte sie für jeden von uns kurz drauf, dann rennen wir weiter, noch einmal mehrere Treppen hinunter. Als der Bahnsteig unter meinen Füßen zu vibrieren beginnt, weiß ich, dass wir es gerade noch rechtzeitig geschafft haben. Kurz darauf sehe ich, wie die Scheinwerfer eines Zuges sich im Tunnel nähern.

Es ist Zeit, uns voneinander zu verabschieden. Ich wünschte, wir hätten noch mehr gemeinsame Tage. Ich wünschte, ich könnte mit ihm reisen.

Sam gibt mir einen Kuss auf die Wange. »Ich muss einsteigen.«

Die Zugtüren gehen hinter ihm auf, Passagiere strömen heraus.

Ich weiß nicht, was ich sagen soll. Ich hasse Abschiede. Vor allem von ihm.

»Ich schreibe dir eine Nachricht, sobald ich gelandet bin, okay?«

»Okay.«

Ich reiche ihm die Tasche. Er küsst mich ein letztes Mal und steigt ein.

»Bis du's überhaupt merkst, bin ich schon wieder da.«

»Warum muss es für so lange sein?«

»Sind doch nur sechs Wochen. Und wir telefonieren jeden Tag.«

»Warte ...« Ich packe ihn am Arm. »Nimm mich mit. *Lass mich bei dir bleiben.*«

Er lächelt. »Nächstes Jahr. Wenn die Schule vorbei ist.«

»Versprochen?«

»Hey, schau mich an. Wir haben unser ganzes Leben vor uns. Wir können jeden Sommer gemeinsam verreisen. Du und ich.«

»Okay«, sage ich. Und dann fällt mir plötzlich noch etwas ein. »Warte, deine Jacke!« Ich ziehe hastig seine Jacke aus meiner Tasche, um sie ihm zu reichen, bevor die Türen zugehen. Aber Sam schüttelt den Kopf.

»Behalte sie.«

Lächelnd drücke ich seine Jeansjacke an mich.

»Und wenn ich zurückkomme, will ich jede Menge von dir lesen. Ich bin schon ganz neugierig.«

»Aber ich hab noch gar nicht richtig angefangen!«

»Umso besser, dass ich dich jetzt nicht davon ablenke.«

»Du lenkst mich von nichts ab ...«

Die Zugtüren schließen sich zwischen uns.

Sam und ich schauen uns durchs Fenster an. Dann haucht er auf die Scheibe und schreibt etwas. Ich kann die Buchstaben gerade noch entziffern, bevor sie wieder verschwinden.

S + J

Lächelnd lege ich eine Hand gegen die Scheibe. Sam presst seine von der anderen Seite dagegen. Ein paar Sekunden schauen wir uns noch in die Augen. Ich wünschte, ich könnte diesen Moment für immer festhalten.

Eine Lautsprecherstimme ermahnt die Fahrgäste auf dem Bahnsteig, hinter der gelben Linie zu bleiben. Ich trete ein paar Schritte zurück, während der Zug sich in Bewegung setzt und Sam mit sich fortträgt. Reglos stehe ich da, die Jeansjacke an mich gepresst, und sehe die Waggons an mir vorbeiziehen, bis sie nicht mehr als verwischte Farbspuren sind. Heiße Luft wirbelt von den Gleisen auf, bläst mir die Haare aus dem Gesicht.

Und dann taucht das Licht von tausend farbigen Glühbirnen hinter meinem Rücken auf, Lichtflecken tanzen wie Glühwürmchen durch die Luft. Die Decke des unterirdischen Tunnels hebt sich und eine frische Brise weht herein. Als ich mich umsehe, ist die U-Bahn-Station verschwunden. Ein Abendhimmel wölbt sich über mir. Um mich herum herrscht Jahrmarktstreiben. Die Lichter eines Karussells blinken.

Kies knirscht unter meinen Schuhsohlen. Ich deute auf den Orbiter, ein Fahrgeschäft, das die Gäste in die Luft hebt und wie ein Stabmixer durcheinanderwirbelt.

»Wie wär's damit?«, frage ich. »Oder hast du Angst?«

Ich stehe mit James davor, Sams kleinem Bruder. Wir halten uns an der Hand. Ich bin mit ihm allein. Er antwortet mir nicht. Den ganzen Abend hat er schon nicht mit mir gesprochen.

»Oder willst du was Süßes? Vielleicht Zuckerwatte?«

James sagt nichts. Starrt auf den Boden.

Keine Ahnung, was in ihn gefahren ist. Ich gehe mit ihm zum Zuckerwattestand, vielleicht wird seine Laune dann besser. So wie jetzt ist er sonst nie. Wir sind bisher immer gut miteinander ausgekommen. Es war meine Idee, ihn heute Abend auf den Rummelplatz mitzunehmen.

Der Mann hinter dem Zuckerwattestand trommelt ungeduldig mit den Fingern.

Ich beuge mich zu James. »Welche Farbe möchtest du denn gern?«

Keine Antwort.

»Dann nehmen wir Blau«, sage ich zu dem Mann.

James zupft mit den Lippen an seiner Zuckerwatte, während wir weitergehen und nach Sam suchen, der mit ein paar Freunden losgezogen ist. Vielleicht eine gute Gelegenheit, mal was nur mit James zu machen, hatte ich gedacht. Aber er weigert sich, mit mir in ein Fahrgeschäft zu steigen. Als wir vor einer Berg- und Talbahn stehen, in der man sich wie beim Schleudergang einer Waschmaschine fühlen muss, frage ich ihn schließlich: »Sag mal, bist du sauer auf mich?«

James starrt auf die Berg- und Talbahn und sagt kein Wort.

Ich weiß nicht, wie ich zu ihm durchdringen soll. »Was auch immer es ist, James, ich entschuldige mich dafür. Es macht mich echt traurig, dass du nicht mehr mit mir redest. Willst du mir nicht wenigstens sagen, was ich falsch gemacht habe?«

Da sieht James mich zum ersten Mal an. »Du nimmst uns Sam weg.«

»Was?«

Er schaut wieder zur Berg- und Talbahn. »Ich hab gehört, wie Sam zu Mom und Dad gesagt hat, dass er nicht mehr bei uns wohnen will. Er hat gesagt, dass ihr zusammen weggehen wollt.« Er blickt wieder zu mir. »Ist das wahr?«

Ich sehe James ratlos an. Sam hat mir von dem Streit vergangene Woche mit seinen Eltern erzählt. Darüber, wie es nach dem Schulabschluss bei ihm weitergehen soll. Und dass er mit mir nach Portland ziehen und Musik machen will, statt aufs College zu gehen. Wahrscheinlich ist das der Hintergrund.

»Ich würde dir Sam niemals wegnehmen«, sage ich.

»Dann wollt ihr nicht von hier weg?«

Was soll ich darauf antworten? »Also, ich werd aufs College gehen. Und kann sein, dass Sam und ich zusammenziehen. Aber das heißt nicht, dass Sam dich dann alleinlässt. Und ich genauso wenig.«

Bevor ich noch mehr sagen kann, taucht Sam mit einem großen Plüschtier auf.

»Ein Dinosaurier. Ist doch knuffig, oder? Dafür hab ich ewig mit Bällen auf einen Eimer werfen müssen. Was da vielleicht getrickst wird.« Er reicht mir den Plüschdinosaurier. »Hier, für dich!«

»Oh, wie nett.«

Ich wende mich zu James. »Du magst doch Dinosaurier, oder? Hier …«

James blickt erst zu mir, dann auf den Dinosaurier, danach zu Sam und dann wieder zu mir. »Er hat ihn dir geschenkt«, sagt er und geht davon.

»Hey, aber nicht zu weit weg!«, ruft Sam ihm nach und dreht sich dann zu mir: »Lass ihn. In letzter Zeit hat er das öfter. Ich kümmer mich später drum.«

»*Okay* …«

»Jetzt zieh nicht so ein Gesicht. Wir sind auf dem Rummel. Schon mit was gefahren?«

Mir ist die Lust darauf vergangen. Turbulenzen kann ich keine mehr gebrauchen. »Vielleicht mit dem Riesenrad«, sage ich, als Sam mich verwundert anschaut, und deute hinter ihn.

Die Lichter des Riesenrads sind von überall in der Stadt zu sehen. Alle anderen Fahrgeschäfte und Häuser in der Stadt, den Kirchturm vielleicht ausgenommen, werden von ihm überragt.

Sam dreht sich um. Sein Blick wandert am Riesenrad empor. »Ich … ähm … bist du dir sicher, dass du nicht mit etwas anderem fahren willst?«

»Ist es dir zu langweilig? Passt irgendwas nicht?«

»Ähm, nein. Kommt mir nur sehr hoch vor, das ist alles.«

»Hast du vielleicht Höhenangst?«

»Was? Ich? Natürlich nicht.«

»Dann lass uns doch ein paar Runden drehen.«

Wenn man direkt davorsteht, wirkt das Riesenrad noch größer. Wir geben unsere Karten ab und steigen in eine der offenen Gondeln. Sam holt mehrmals tief Luft. Ihn scheint plötzlich Angst gepackt zu haben. Als das Rad sich langsam in Bewegung setzt, greift er nach meiner Hand.

»Alles okay bei dir?«, frage ich.

»Ja … alles bestens …« Er lacht nervös.

Der Boden entfernt sich allmählich unter uns und wir schweben immer höher dem Himmel entgegen. Sam holt wieder tief Luft. Ich drücke seine Hand.

»Hab ich dir schon erzählt, dass ich früher auch Höhenangst hatte?«, frage ich.

»Wirklich? Und wie hast du sie überwunden?«

Die Gondel ruckelt etwas, als wir den Scheitelpunkt überschreiten und uns langsam wieder dem Boden nähern. Bevor die zweite Runde kommt. Sam rutscht unruhig auf seinem Sitz hin und her.

»Zuerst musst du die Augen schließen«, sage ich. »Hast du sie geschlossen?«

»Ja.«

»Ich auch.«

»Okay. Und was jetzt?«

»Jetzt stellst du dir vor, dass du ganz woanders bist«, sage ich. »Irgendwo auf der Welt. Es kann überall sein. Hauptsache, du vergisst, wo du gerade bist. Der Ort muss nicht wirklich existieren. Vielleicht gibt es ihn ja nur in deiner Fantasie.«

»Wie bei einem Tagtraum?«

»Genau.«

Das Riesenrad setzt seine Fahrt fort. Mit geschlossenen Augen fühlt es sich plötzlich ganz anders an.

»Also sag, wo bist du?«, frage ich.

Sam überlegt einen Augenblick. »In einer Wohnung … in die du und ich frisch eingezogen sind … vor dem Fenster ist ein Park … im Wohnzimmer haben wir eine Schallplatte aufgelegt … überall stehen Kartons herum, die wir auspacken müssen …« Er drückt meine Hand. »Und du? Wo bist du in deiner Fantasie?«

»Ebenfalls dort«, flüstere ich.

Ich spüre das Lächeln auf seinem Gesicht.

»Am liebsten würde ich die Augen gar nicht mehr aufmachen«, sagt Sam.

Doch unsere Fahrt mit dem Riesenrad nähert sich dem Ende. Mein Gefühl trügt mich nicht. Ich schließe die Augen noch fester als vorher. Vielleicht kann ich dadurch die Zeit anhalten oder zumindest verlangsamen. Ich will die Augen nicht aufschlagen. Ich will ihn nicht verlieren. Ich will die Augen weiter vor der Wirklichkeit verschließen und für immer in der Erinnerung an uns beide leben. Ich will nicht die Augen aufmachen und eine Welt ohne Sam sehen müssen.

Aber manchmal muss man einfach aufwachen. Egal, wie sehr man sich wünscht, dass es nicht so wäre.

FÜNFZEHNTES KAPITEL

JETZT

Der Wind rüttelt immer wieder an den Fensterläden. Autos fahren auf der Straße vorbei. Ich liege auf dem Sofa im Wohnzimmer, habe den Fernseher ausgeschaltet und starre aus dem Fenster. Eine Ewigkeit liege ich nun schon so da. Den ganzen Tag über hat mein Handy gesummt. Unzählige Textnachrichten sind eingegangen. Deshalb habe ich mein Handy irgendwann ausgestellt. Es ist Sonntagabend. Einen Tag nach unserer Zeremonie mit den Laternen. Alle haben mich zu erreichen versucht. Aber ich schäme mich so sehr für das, was passiert ist. Am liebsten möchte ich nur noch in eine Decke gewickelt auf dem Sofa liegen. Ich finde das nicht zu viel verlangt. Mal etwas Ruhe vor der Welt zu haben. Meine Mutter hat eine Tasse Tee für mich auf den Couchtisch gestellt, der schon lange kalt ist. Außerdem etwas Obst und Nüsse und eine Duftkerze, die ich sofort ausgeblasen habe. Von dem Vanilleduft bekommt man Kopfschmerzen.

»Ruf mich an, wenn du etwas brauchst«, sagte Mom, bevor sie das Haus verließ. »Im Kühlschrank ist noch Käse. Ein Rest Camembert.«

Den Camembert habe ich vor ein paar Stunden aufgegessen, bin danach auf dem Sofa eingeschlafen und erst vor Kurzem wieder aufgewacht. Der Himmel draußen glüht wie ein Amethyst, der Stein, den Mom auf ihrem Nachttisch liegen hat. Ich beobachte, wie die Farbe des Himmels sich allmählich wandelt. Intensiver und dunkler wird. Ringsum springen auf den Rasen die Sprinkleranlagen an. Irgendwann klopft es an die Tür. Weil ich niemanden erwarte, stehe ich nicht auf, um zu öffnen. Aber das Klopfen dauert an. Ich drehe mich zur Seite, ziehe die Decke über den Kopf. *Lasst mich in Ruhe.* Ein Klicken, als die Tür geöffnet wird.

Ich richte mich auf. Mika erscheint im Wohnzimmer.

Sie betrachtet mich. Ihre Stimme klingt weich. »Hi. Wie geht es dir?«

Ich blinzele sie an, wundere mich, wie sie hereingekommen ist. »Seit wann hast du denn einen Schlüssel?«

»Deine Mutter hat ihn mir gebracht. Sie hat mich gebeten, heute mal bei dir vorbeizuschauen. Ich hoffe, das ist okay.«

»Puuh …«

Meine Freude hält sich in Grenzen. Können wir uns nicht ein paar Tage aus dem Weg gehen? Ich habe keine Lust, über gestern Abend zu reden. Was plötzlich in mich gefahren ist, der Laterne nachzujagen, als handle es sich dabei um Sam. *Warum können wir nicht einfach so tun, als wäre es nie geschehen? Erspar mir deinen Kommentar.*

Der Couchtisch ist mit Bonbonpapierchen übersät. Der Teppich auch. »Entschuldige das Chaos«, sage ich. »Ich hab nicht mit Besuch gerechnet.«

»Schon okay«, sagt Mika. »Ich hätte vorher anrufen sollen.« Sie wirft einen Blick auf die Uhr und sieht dann mich an. »Das Filmfestival wird bald eröffnet. Warum bist du noch nicht angezogen?«

»Weil ich nicht hingehe.«

»Warum nicht?«

»Keine Lust.« Ich lasse mich wieder aufs Sofa fallen, schließe die Augen und hoffe, dass sie geht.

»Das willst du Tristan wirklich antun?«, fragt Mika. Ich spüre, dass sie neben dem Sofa steht und auf mich herunterblickt. »Er wartet bestimmt schon auf dich. Hast du deine Nachrichten gecheckt?«

»Ist doch nicht so wichtig. Er wird mich schon verstehen.«

»Dann willst du hier auf dem Sofa liegen bleiben?«

Ich antworte nichts.

»Ich finde wirklich, du solltest hingehen. Du hast es ihm schließlich versprochen.«

»Ich habe Tristan überhaupt nichts versprochen.«

Mika schüttelt den Kopf. »Nicht Tristan«, sagt sie. »Sam.«

Wir schauen uns an. Mein letztes Gespräch mit ihm, darauf spielt sie an. Ich hab ihr davon berichtet, aber wir hatten noch keine Gelegenheit, so richtig darüber zu reden. Gestern Abend hätte Mika es gerne getan, aber da waren wir keine Sekunde miteinander allein. Als ich nicht antworte, geht Mika vor mir in die Hocke. Sie schaut mich an, berührt sanft meine Hand. »Julie … ich bin nicht bloß gekommen, um nachzusehen, wie es dir geht. Ich will, dass du auf das Festival gehst.«

»Warum liegt dir so viel daran?«

»Weil Sam recht hat. Es würde dir guttun.«

Warum glauben alle, dass sie wissen, was gut für mich ist? Wie wär's, wenn sie das mir selbst überlassen würden?

»Hab's dir doch gesagt. Keine Lust.« Ich ziehe mir die Decke über den Kopf.

Mika zieht sie sachte weg. »Julie, ich weiß, dass es für dich eine schwierige Zeit ist. Ich weiß, dass es dir nicht leichtfällt. Aber du musst Sam zeigen, dass du auch ohne ihn zurechtkommst. Du musst auf das Festival gehen. Vorher rühre ich mich nicht von der Stelle.«

Ich schaue ihr in die Augen und weiß, dass sie es ernst meint. Natürlich meint sie es ernst. Es geht um Sam.

»Und vergiss nicht, ich habe wegen dir schon zweimal jemandem eine reingeboxt«, sagt sie. »Ich hab bei dir was gut.«

Ich stöhne auf. Dagegen komme ich nicht an. Sie hat recht. Ich schulde ihr etwas. »*Okay*. Ich gehe hin.«

Eine Minute später bin ich in meinem Zimmer, und Mika hilft mir dabei, mich fertig zu machen. Weil ich es beim besten Willen nicht schaffe, mir im Schrank ein Kleid rauszusuchen, erledigt Mika das für mich und wählt das rote Kleid aus, das ich auf der Hochzeit meiner Tante getragen habe. Ich starre mein Spiegelbild an, während sie hinter mir steht und meine Haare zurückkämmt. Keine von uns beiden sagt etwas. Ich weiß nicht, was ich unter Beweis stellen soll, indem ich zu dieser Filmvorführung gehe. Aber ich beschließe, darüber jetzt nicht zu diskutieren. Und obwohl ich total sauer auf Mika bin, weil sie mich so unter Druck setzt, steigen in mir plötzlich ganz andere Erinnerungen hoch.

»Weißt du noch das letzte Mal, als du mich frisiert hast?«, frage ich.

»Na klar. Das war für diesen lahmen, langweiligen Ball.«

»Ziemlich lahm und langweilig.«

Es war der Herbstball im vergangenen Schuljahr. Ich weiß nicht mehr, warum ich Sam damals gebeten hatte, mit mir hinzugehen. Das Motto war *Berühmte Paare*, aber niemand, wirklich niemand kam verkleidet. Wir auch nicht. Eine Gruppe betrunkener älterer Schüler wollte ununterbrochen Remixes irgendwelcher oller Countrysongs hören, deshalb sind wir früh gegangen. Die einzig schöne Erinnerung, die ich daran habe, ist der Moment, in dem Mika vorher mit ihrer Make-up-Tasche und ihrem Lockenstab bei mir erschienen war und für mich die gute Fee gespielt hatte. Es endete schließlich damit, dass wir zu dritt bei mir zu Hause im Wohnzimmer hockten und Pizza aßen. Vielleicht war der Abend ja doch ziemlich lustig gewesen, wenn ich es mir jetzt so überlege.

Aber ich weiß, dass es heute anders sein wird. Weil alles anders ist. *Sam ist nicht hier.* Ich werde mit Tristan ausgehen. Ich verstehe nicht, warum Mika mich dazu zwingt. Ich schaue sie im Spiegel an. »Finde eigentlich nur ich, dass sich das seltsam anfühlt – irgendwie falsch?«, frage ich schließlich.

»Nein, nicht nur du«, sagt sie, ohne mich dabei anzuschauen. »Ich finde auch, dass es sich komisch anfühlt.«

»Warum zwingst du mich dann dazu?«

Mika bürstet meine Haare. »Weil Sam dich darum gebeten hat. Es passiert nicht oft, dass Verstorbene einen um etwas bitten, oder? Eine solche Bitte sollte man erfüllen, wenn es möglich ist.«

So hatte ich das bisher gar nicht gesehen. Vielleicht weil ich an Sam nicht gern als einen Toten denke. Schon das Wort löst bei mir einen Schauder aus. *Verstorben*. Ich weiß nicht, wie es Mika so leicht über die Lippen gehen kann. Ich muss an Sams Foto auf der Kommode bei ihr im Wohnzimmer denken. »Gehört das zu eurer Kultur? Die Toten immer zu ehren, meine ich?«

»Ja, könnte man vielleicht so sagen.« Sie denkt nach. »Aber es hat auch viel mit der Familie zu tun, zwischen Cousin und Cousine. Und wenn du ihm einen letzten Wunsch erfüllen kannst, warum solltest du das nicht tun?«

»Verstehe …«

»Natürlich ist es eine merkwürdige Bitte«, sagt sie und sieht mich dabei im Spiegel an. »Jedenfalls muss es sich für dich so anfühlen. Aber nicht schwer zu erfüllen, finde ich. Er verlangt nicht zu viel von dir.«

Ich denke kurz darüber nach. »Wahrscheinlich hast du recht.«

Mika überprüft ein letztes Mal meine Frisur. »Und weißt du, nach gestern Abend glaube ich auch, dass du es für dich selbst tun musst.« Ich blicke weg, weil ich ihr nicht in die Augen schauen will. »Du kannst dich nicht für immer an Sam klammern, Julie«, flüstert sie. »Du musst ihn ziehen lassen. Das ist nicht gut für dich. Und ich glaube, für ihn ist es auch nicht gut.«

Ich werfe einen Blick auf mein Handy. Es ist Viertel vor sieben. Wenn ich nicht sofort aufbreche, verpasse ich endgültig Tristans Film. Mika hilft mir ins Kleid, dann eilen wir nach unten.

»Bist du dir sicher, dass ich dich nicht begleiten soll?«, fragt Mika, als wir im Hausflur die Schuhe anziehen. Sie wohnt in der entgegengesetzten Richtung. Sie will ganz sicher sein, dass ich auch wirklich hingehe, das spüre ich genau. Aber sie kann mir vertrauen. Ich werde jetzt nicht mehr kneifen. Ich werde das Versprechen halten, das ich Sam gegeben habe. Es ist meine eigene, freie Entscheidung.

»Mach dir keine Sorgen«, sage ich. »Ich gehe hin.«

Ich schiebe Mika zur Tür hinaus, damit sie nicht noch auf die Idee kommt, mir zu folgen. Dann lasse ich mir noch etwas Zeit, überprüfe noch mal, ob ich die Kerze auch wirklich ausgeblasen habe, und mache mich auf den Weg. Als ich die Haustür abschließen will, kommt Dan, unser neuer Nachbar, über den Rasen auf mich zu. Er winkt und hat etwas in der Hand.

»Ist aus Versehen bei mir gelandet.« Er reicht mir mehrere Briefumschläge. »Die wollte ich schon vor ein paar Tagen abgeben, aber es war niemand da.«

»Oh … vielen Dank.«

Ich gehe noch mal rein, um die Post auf dem Küchentisch abzulegen, damit Mom die Umschläge später gleich sieht. Dann beschleicht mich eine Ahnung. Wahrscheinlich wäre es besser, wenn ich noch damit warten würde. Aber die Neugierde siegt und ich blättere hastig durch die Post. Das Herz klopft mir dabei bis zum Hals.

Da ist er. Ganz unten in dem Stapel. In roten Buchstaben prangt auf dem weißen Umschlag der Name *REED COLLEGE*. Nach so vielen Monaten habe ich ihn endlich in der Hand. Den Antwortbrief auf meine Bewerbung. Ich weiß, dass ich es jetzt nicht mehr rechtzeitig zur Filmvorführung schaffe. Aber ich muss ihn aufmachen. Ich muss wissen, ob sie mich genommen haben. Mit zitternden Händen reiße ich den Umschlag auf und fange an zu lesen.

Sehr geehrte Ms Julie Clarke,

vielen Dank für Ihr Interesse an den Studiengängen, die wir im Reed College anbieten. Das Zulassungsgremium hat Ihre Bewerbung sorgfältig geprüft. Wir müssen Ihnen leider mitteilen, dass wir Ihnen keinen Studienplatz in der von Ihnen gewünschten …

Ich lese nicht weiter, lasse das Blatt Papier sinken.

Es ist eine Absage.

Ich lese den Brief noch einmal durch, um sicher zu sein, dass ich mich nicht getäuscht habe. Aber da steht es klipp und klar. *Sie haben mich nicht genommen*. Das soll es jetzt gewesen sein? Nach so vielen Monaten des Wartens? Ich klammere mich an der Kante des Küchentischs fest. Mir ist schwindlig. Jetzt wundert mich auch nicht mehr, warum der Brief so spät eingetroffen ist. Ich hätte es wissen müssen. Alle, die genommen worden sind, wurden bereits vor Wochen benachrichtigt. Wie konnte ich nur so dumm sein? Die ganze Zeit über habe ich Pläne geschmiedet, von denen bereits klar war, dass sie nicht Wirklichkeit werden würden. Meine Essays in Englisch waren die reinste Zeitverschwendung. Und die idiotische Schreibprobe, an der ich gearbeitet habe, auch. Warum tue ich mir das an? So viel Energie in Projekte stecken, die sich dann zerschlagen. Ich weiß nicht, wohin mit mir. Ich muss unbedingt mit jemandem reden. Mir ist klar, dass ich es besser nicht tun sollte, weil wir das nächste Gespräch erst in ein paar Tagen vereinbart haben. Aber ich ziehe mein Handy heraus und rufe Sam an. Es klingelt sehr lange. Doch schließlich geht er dran.

Ich muss gar nichts sagen. Er spürt auch so, dass bei mir etwas nicht in Ordnung ist. Er hört es an meinem Atem. »Julie … was ist los?«

»*Sie haben mich nicht genommen!*«

»Wie? Wer?«

»Reed! Eine Absage! Ich habe gerade den Brief bekommen.«

»Bist du sicher?«

»Blöde Frage. Ich habe den Brief ja in der Hand.«

Sam schweigt einen Moment. »Das tut mir so leid für dich, Jules … Ich weiß gar nicht, was ich jetzt sagen soll.«

Mein Herz rast. Ich gehe im Zimmer auf und ab. »Was soll ich denn jetzt tun? Ich habe wirklich geglaubt, dass sie mich nehmen, Sam. Mit einer Absage habe ich nicht gerechnet. Ich dachte wirklich –«

»Jetzt atme erst mal tief durch«, sagt Sam. *»Alles in Ordnung.* Deshalb geht die Welt nicht unter. Es ist nur eine Absage von einem College. Vergiss Reed. Schade für sie, nicht für dich.«

»Aber ich hab wirklich gedacht, sie würden mich nehmen …«

»Ich weiß …«, sagt Sam. »Du wirst schon sehen … alles wird gut. Du brauchst keinen Stempel von Reed. Egal, wohin du gehst, du hast eine großartige Zukunft vor dir. Das weiß ich.«

Meine Finger umklammern den Brief. Ich höre, was Sam sagt, aber nichts davon erreicht mich. »Es fühlt sich alles so sinnlos an … So viel Mühe und Lernen, und das alles für nichts. Ich habe keine Ahnung, was ich jetzt machen soll. Vielleicht bin ich auch gar nicht so gut, wie ich glaube. Vielleicht sollte ich besser etwas ganz anderes machen.«

»Julie, ich kenne niemanden, der so begabt ist wie du. Ich bin fest überzeugt davon, dass aus dir eine richtig tolle Schriftstellerin wird«, sagt Sam. »Wenn Reed das nicht erkennt, dann ist das deren Problem. Du musst nur fest an dich –«

Ein Knistern ist zu hören.

»Sam … was hast du gesagt?«

Noch stärkeres Knistern.

»Julie?«

»Sam! Kannst du mich hören?«

Wieder nichts als Knistern. Dann kurz seine Stimme.

»*Alles wird gut …*«

»Sam!«

Die Verbindung ist gekappt.

Ich stehe allein in der Küche und versuche, nicht in Panik zu geraten. Denn dafür habe ich jetzt keine Zeit. Ich bin schon viel zu spät dran. Ich muss unbedingt zur Vorführung von Tristans Film auf dem Festival gehen. Ich muss dort ein fröhliches Gesicht aufsetzen und mir, Sam und allen anderen beweisen, dass alles gut wird, obwohl ich noch nie so sehr daran gezweifelt habe wie jetzt.

SECHZEHNTES KAPITEL

Als ich aus dem Haus gehe, halte ich nur mit großer Mühe die Tränen zurück. Ich darf jetzt nicht weinen. Das wird mein Make-up ruinieren. Und ich kann nicht auf das Filmfestival, wenn mir Mascara über die Wangen läuft. Auf diese Art von Aufmerksamkeit kann ich verzichten. Zum Glück habe ich mich gegen Schuhe mit hohen Absätzen entschieden, denn ich muss jetzt wirklich rennen, um es noch rechtzeitig zum Campus der Central Washington zu schaffen, wo das Festival stattfindet. Scheinwerferlichter kreuzen sich am Himmel. Man kann das Festival gar nicht übersehen. Dutzende weißer Zelte sind auf dem Gelände aufgebaut, durch Lichterketten miteinander verbunden. Das Gemurmel einer Menschenmenge und Musik sind zu hören. Vor dem Eingang ist ein rotes Samtseil gespannt. Ein Mann mit goldener Weste bittet mich um mein Ticket. Ich reiche es ihm und halte einen Moment inne, bevor ich in das Meer aus eleganten Anzügen und Cocktailkleidern eintauche.

Wie gut, dass Mika für mein passendes Outfit gesorgt hat. Ich komme mir vor, als würde ich mich plötzlich bei einer glamourösen Preisverleihung wiederfinden. Rote Teppiche sind über den Rasen gelegt und verbinden die Zelte miteinander. Eine Frau hinter einem Stehtisch reicht mir lächelnd ein Programm. Ich blättere es kurz durch. Die Hauptfilme werden in der Großen Aula der Universität gezeigt, aber die kleineren Produktionen laufen in den Zelten. Ich schreite über den roten Teppich, blicke nach rechts und nach links, bis ich die richtige Nummer gefunden habe – Zelt 23. Tristans Film müsste eigentlich schon vor zwanzig Minuten begonnen haben. Aber als ich den Zelteingang einen Spalt öffne und mich hineinschiebe, ist die Leinwand leer, und das Publikum sitzt quatschend herum. Ein paar junge Typen in schwarzen T-Shirts und mit Headsets drängen an mir vorbei. Von Tristan keine Spur. Es muss wohl technische Probleme geben. *Was für ein Glück*. Ich wische mir übers Gesicht und suche nach einem Platz. Die ersten beiden Reihen sind dicht besetzt, aber dahinter gibt es eine große Auswahl an freien Stühlen. Scheint nicht der große Publikumsmagnet zu sein. Ich bin froh, dass ich gekommen bin. Tristan kann etwas Unterstützung gut gebrauchen. Es sind kaum mehr als fünfzehn Leute da. Ein Blick ins Programmheft sagt mir, dass in der Aula gleichzeitig ein Film von einem bekannten Regisseur gezeigt wird. *Alles klar*.

In den hinteren Reihen sitzt kaum jemand. Ich will nicht, dass es so wirkt, als wäre ich ganz allein gekommen, und als ich in der Mitte der vorletzten Reihe einen älteren Mann mit grau melierten Haaren, einer dunklen Lederjacke und Sonnenbrille entdecke, setze ich mich zu ihm. Also natürlich mit einem leeren Sitz zwischen uns.

Fünf Minuten verstreichen, aber immer noch kein Film. Das Publikum wird allmählich ungeduldig. Ein paar Leute stehen auf und verlassen das Zelt. Ich wende mich zu dem Mann und frage: »Entschuldigung, ist was gesagt worden, wann der Film anfangen soll?«

»In ein paar Minuten. Aber das war vor einer halben Stunde.«

»Okay …«, sage ich und checke noch mal die Anfangszeit.

»Kein Grund zur Unruhe. Das ist in diesem Business normal. Alles fängt verspätet an. Deshalb liegen wir perfekt im Zeitplan.«

»Sind Sie vom Film?«

Der Mann lacht. »Nein, kein Interesse. Ich bin nur wegen der Musik hier.«

»Wegen der Musik?«

»Der Film, der gezeigt wird, ist eine Dokumentation über die Screaming Trees, die Grungeband.«

»Ich weiß, wer die Screaming Trees sind«, antworte ich.

Er lächelt. »Ich dachte schon, Sie hätten sich vielleicht im Zelt getäuscht. Die wenigsten jungen Menschen in Ihrem Alter haben von der Band schon mal gehört.«

Ich finde, dass das ein bisschen herablassend klingt, aber egal. »Nein, nein, stellen Sie sich vor, ich bin nur wegen dieses Films gekommen.«

»Wirklich?« Er streicht sich übers Kinn und wirkt überrascht. »Dann müssen Sie ja ein echter Fan sein.«

»Na klar.«

»Und woher kennen Sie die Band? Das würde mich wirklich interessieren.«

»Über meinen Freund. Er hat mir ihre Musik rauf und runter vorgespielt. Er weiß alles über sie.«

»Wirklich? Und Ihr Freund ist nicht da?«

»Er …« Ich weiß nicht, was ich darauf antworten soll. »Er kann leider nicht.«

»Schade.«

Ich will noch mehr über Sam sagen. Aber dazu habe ich keine Gelegenheit, denn die Lichter gehen aus, und alle drehen sich zur Leinwand. Es wird still und dann fängt der Film an.

Motorengeräusch erklingt, während die Leinwand noch schwarz ist und dann allmählich die Straßenansicht einer alten Stadt aufscheint, gefilmt durch die Windschutzscheibe eines fahrenden Autos. Eine Hand macht eine Bewegung hin zum Autoradio, stellt Musik an. Gitarrenklänge sind zu hören. Ein Schauder durchläuft mich, als ich das Lied erkenne, es ist »Dollar Bill«, ein Stück aus Sams Lieblingsalbum. Stundenlang haben wir damals nach dem Konzert im Regen gewartet, um uns von Mark Lanegan Sams Gitarre signieren zu lassen. Als der Film zur nächsten Szene wechselt, erklingt ein weiterer Song, der für mich für immer mit Sam verbunden sein wird. Und dann noch ein Song und noch ein Song. Ich weiß, dass Tristan einen Dokumentarfilm über die Screaming Trees gedreht hat, trotzdem bin ich nicht darauf vorbereitet, die Playlist der vergangenen drei Jahre zu hören. Die Playlist meiner Liebe zu Sam.

Aber die Lieder wirken zugleich merkwürdig verändert. Verlangsamt, verzerrt, wie auseinandergenommen und mit elektronischen Instrumenten neu zusammengesetzt. Vollkommen neue Versionen, wie ich sie noch nie gehört habe. Und zu dieser Musik ist ein Mix aus visuellem Material zu sehen, Konzerte der Screaming Trees, Home-Videos, Interviews mit den Bandmitgliedern, das Ganze überblendet mit Aufnahmen von Wasser und Wellen, von Verkehr und Scheinwerferlicht. Beinahe so, als würden zwei Filme gleichzeitig projiziert. Dann gibt es immer wieder Momente, in denen das Licht dramatisch wechselt, große Intensität gewinnt und traumähnliche Effekte erzeugt werden, bei denen ich unwillkürlich kurz die Augen schließen muss. Nach zwanzig Minuten weiß ich immer noch nicht, wovon der Film eigentlich handelt. Die Szenen folgen ohne erkennbare Ordnung aufeinander, sind nur durch Songs verbunden. Von alldem geht eine hypnotische Wirkung aus, die mich an einer Stelle fast in eigene Wachträume entgleiten lässt. Als die Musik schließlich verklingt und die Leinwand schwarz wird, warte ich darauf, dass es noch weitergeht. Doch dann höre ich, dass das Publikum klatscht, und begreife, dass der Film vorbei ist.

»Also, das war … *interessant*«, sagt der ältere Mann neben mir, als die Lichter angehen. Er steht auf und zieht den Reißverschluss seiner Lederjacke zu. »Hat sich jedenfalls gelohnt, dass ich gekommen bin.« Ich bin mir nicht ganz sicher, wie er das meint.

Suchend blicke ich mich nach Tristan um. Alle sind bereits aufgestanden, es herrscht ein Kommen und Gehen. Als ich aus dem Zelt ins Freie trete, treffe ich auf jemanden, mit dem ich nicht gerechnet hatte.

»Mr Lee? Sie sind auch hier?«

»Und du offensichtlich auch …« Er hält ein Glas Wein in der Hand und trägt wie üblich sein braunes Wildlederjackett. Nur dass er vorne in die Brusttasche eine dunkellila Blüte gesteckt hat. Mit denselben Blumen ist auch das Zelt geschmückt.

»Ich wusste gar nicht, dass Sie auch kommen«, sage ich.

»Selbstverständlich«, antwortet er und hebt wie zu einem Toast auf Tristan das Glas. »Ich muss doch meine Angestellten unterstützen. Wir sind schließlich eine Familie.«

Ich lächele. »Das stimmt. Wir sind wie eine Familie.«

»Tristan wird sich freuen, dass du da bist. Hast du schon mit ihm geredet?«

»Nein, ich suche ihn gerade.«

»Er ist überall und nirgendwo«, sagt Mr Lee und blickt sich mit mir um. »War für ihn vorhin bestimmt ein großer Stress. Vielleicht ist er im Zelt nebenan, beim Netzwerken.«

»Dann guck ich dort mal«, sage ich. »Sehen wir uns nachher auf dem Empfang?«

Mr Lee mustert mich. »Ein Empfang? Davon hat mir Tristan gar nichts erzählt.«

Ich presse die Lippen aufeinander. Vielleicht hätte ich das nicht erwähnen sollen. »Soweit ich weiß, nur für die Filmemacher und geladene Gäste«, sage ich.

»Ach so. Gibt es da auch was zu essen?«

»Glaube schon.«

Mr Lee schnuppert. »Ah, gebratene Ente … Ich glaube, den Empfang lasse ich mir nicht entgehen.«

»Ähm, braucht man dafür nicht eine Einladung?«

Mr Lee wirft mir einen listigen Blick zu.

Ich lächele und flüstere: »Dann bis später. Wir sehen uns.«

Mr Lee geht, um sich noch ein Glas Wein zu holen. Ich halte weiter nach Tristan Ausschau, und es dauert nicht lange, da entdecke ich ihn. Oder genauer: Er hat mich entdeckt und steuert auf mich zu.

Ich staune ihn an. »Tristan … wow!«

Stolz steht er vor mir und lässt sich von mir ausgiebig bewundern. Er trägt einen nachtblauen Anzug mit Satinrevers, darunter ein weißes Seidenhemd, die obersten Knöpfe lässig offen. Die Haare hat er zurückgekämmt, sodass seine Gesichtszüge auf einmal ganz anders zur Geltung kommen. Ich erschnuppere ein angenehm männliches Aftershave.

»Du siehst großartig aus! Wie ein Filmstar!«

»Bitte, hör auf.« Tristan wird so knallrot wie die Rose, die er in der Hand hält. »Meine Mutter wollte unbedingt, dass ich das anziehe.«

»Und sie hatte recht! Richte ihr das von mir aus!«

Tristan lächelt. »Und wie hat dir der Film gefallen?«

»Ich bin noch gar nicht wieder ganz daraus aufgetaucht. Aber hast du nicht gesagt, dass du einen Dokumentarfilm gedreht hast?«

»Hab ich doch.«

»Aber es gab nur Musik und Bilder.«

»Okay … ein *experimenteller* Dokumentarfilm«, sagt er.

»Verstehe. Aber es hat mir gefallen!«

»Das freut mich! Weißt du, ich wollte was drehen, das man öfter als einmal anschauen muss, um es wirklich zu kapieren. Experimentelle Filme sind immer so.« Er blickt auf die Uhr. »Oh … wir müssen los!«

»Zum Empfang?«

»Nein. Da ist noch ein anderer Film, den du unbedingt sehen musst.« Tristan nimmt meine Hand. »Komm! Wird dir gefallen.«

»*Space Ninjas*?«

»Wär auch was.«

»Und was ist mit der Rose?«

»Ach so, die … die ist für dich«, sagt er und errötet wieder. »Idee von meiner Mutter. Aber du musst sie nicht anstecken, wenn du nicht willst.«

Ich lächele und lasse sie mir gern von ihm überreichen.

Ein Platzanweiser erkennt Tristan und winkt uns in der Schlange vor der Großen Aula nach vorne durch. Wir nehmen in der Reihe mit den »Reserviert«-Schildern Platz. Ich fühle mich ein bisschen so, als wäre ich ein Promi. Über den Film hat Tristan mir nichts verraten, deshalb bin ich zuerst etwas schockiert, als die Schauspielerinnen und Schauspieler alle französisch reden – und ich kein Wort verstehe. Mit meinem Schulfranzösisch komme ich nicht weit. Der Film beginnt damit, dass ein Lieferwagen unterwegs zu einer Bäckerei ein Baguette verliert, ohne dass der Fahrer es merkt. Die Geschichte erzählt dann von der Reise des verlorenen Baguettes durch die Straßen von Paris. Während die anderen Weißbrote in der Bäckerei ins Regal gestellt werden und später ein Zuhause bei liebenswürdigen Familien finden, wird das einsame, verlorene Baguette überfahren, von jemandem aufgehoben, wieder fallen gelassen, von Vögeln angepickt, von Füßen herumgestoßen, in ein Tuch gewickelt und auf einer hellgrünen Vespa quer durch die Stadt befördert, bis es wundersamerweise schließlich auf den Stufen der Bäckerei landet. Doch bevor der Bäcker herauskommen und das Baguette finden kann, fängt es an zu regnen, das Weißbrot weicht durch die vielen schweren Tropfen auf, um schließlich in feuchte Krumen aufgelöst den Rinnstein entlang in einen Gully gespült zu werden.

Als der Film zu Ende ist, reicht mir Tristan ein Taschentuch, damit ich mir die Tränen wegwischen kann. »Ich hätte nicht gedacht, dass ich dabei so weinen muss!« So idiotisch das klingt, ich habe mich mit dem armen, einsamen Baguette identifiziert und wollte unbedingt, dass es nach Hause zurückkehrt und sich am Schluss sicher und geborgen fühlt. Ist diese Sehnsucht der Grund, warum ich mich so an Sam klammere? Weil ich unbedingt will, dass alles wieder so wird, wie es einmal war? Ich blicke verstohlen um mich und bemerke, dass fast alle im Publikum weinen. Ich drehe mich zu Tristan. »Warum hast du den Film für mich ausgewählt?«

Er zuckt mit den Schultern. »Ich habe drüber gelesen und dabei an dich denken müssen«, sagt er. »Hat er dir gefallen?«

»Ja. Aber es bricht einem das Herz.«

»Ich wusste, dass er dich traurig machen würde. Aber hast du nicht gesagt, das wünschst du dir von einem Film?«

»Wann hab ich das denn gesagt?«

»Kurz nachdem wir uns in der Buchhandlung kennengelernt hatten«, sagt er. »Ich habe dich gefragt, welche Filme du gerne anschaust, und du hast geantwortet, solche, bei denen du weinen musst. Du hast gesagt, du willst bei einem Film Tränen weinen, wie du sie noch nie zuvor geweint hast. Erinnerst du dich nicht mehr daran?«

Ich überlege. Klingt wie etwas, das ich gesagt haben könnte.

»Darüber habe ich viel nachgedacht«, sagt Tristan. »Ich habe mich gefragt, warum jemand bewusst eine solche Erfahrung machen möchte. Und ich glaube, ich bin drauf gekommen. Du willst etwas empfinden. Etwas Großes und Bedeutungsvolles. Du willst es in deinem Herzen spüren, in deinem Körper. Du willst berührt und bewegt werden, Anteilnahme empfinden, dich verlieben, all das. Und du willst es als etwas *Wirkliches* empfinden. Anders. Aufregend.« Tristan blickt nach vorne zum Abspann. »Und dieser Film schafft das, auf seine ganz eigene Weise. Er rührt einen zu Tränen – mit einem Stück Brot. So was hat man vorher noch nie erlebt. Das ist neu und unerhört. Dadurch fühlt man sich ... *lebendig*.« Eine Platzanweiserin kommt, um die Sitze vor der nächsten Vorführung zurechtzurücken. Tristan blickt wieder auf die Uhr. »Komm, gehen wir. Ich hab noch mehr für dich ausgesucht.«

Wir schauen uns vor der Party noch zwei Kurzfilme an. Der erste ist eine Liebeskomödie, der zweite geht in Richtung Actionfilm. Danach folgen wir dem Strom der Menschen, die es zu dem Hauptzelt zieht, in dem eine Band spielt. Tristan befestigt ein Einlassbändchen um mein Handgelenk, dann betreten wir ein Zelt mit einem Champagnerbrunnen in der Mitte. Daneben sind auf einem Büffet große Platten mit Häppchen angerichtet. Ungefähr hundert Menschen stehen herum, unterhalten sich, tauschen Informationen aus. An einem Tisch entdecke ich Mr Lee mit einem Glas Champagner und einem Teller mit Entenbrust. Er lächelt mir zu. Ich grüße mit einem Kopfnicken zurück.

Das Ambiente schüchtert mich etwas ein, aber zum Glück bin ich ja nicht allein, sondern habe Tristan neben mir. Ich halte immer noch seine Rose in der Hand, während er im Zelt eine Runde dreht, ein paar junge Filmschaffende, angehende Schriftstellerinnen und Studierende von der Central Washington begrüßt.

»Da will dich jemand kennenlernen«, sagt er und zieht mich zur anderen Seite des Zeltes.

Ich blicke ihn fragend an. »Mich?«

Ein Mann mit einer Paisleykrawatte steht mit einem Glas Weißwein in der Nähe des Eingangs.

»Das ist Professor Guilford«, stellt er ihn mir vor. »Er ist im Auswahlkomitee, das meinen Film angenommen hat. Und er unterrichtet hier an der Central Washington.«

»Freut mich sehr, Sie endlich kennenzulernen, Julie.« Er schüttelt mir die Hand.

»Gleichfalls«, sage ich höflich. »Aber woher wissen Sie, wer ich bin?«

Er lacht. »Sie sind doch die Tochter von Frau Professor Clarke, oder? Ich habe schon viel von Ihnen gehört. Ihre Mutter hat mir erzählt, dass Sie gerne schreiben und da wohl recht talentiert sind.«

»Sie ist unglaublich begabt!«, mischt Tristan sich ein.

»Na, geht so«, sage ich verlegen.

»Eine solche Bescheidenheit ist das Zeichen einer wahren Schriftstellernatur«, sagt Professor Guilford.

»Sie ist der bescheidenste Mensch, den ich kenne!«, ruft Tristan.

Ich stupse ihn in die Seite. »Tristan.«

»Tristan sagt, dass Sie in ein paar Wochen mit der Highschool fertig sind. Wissen Sie schon, an welches College Sie gehen wollen?«

Ich muss an den Absagebrief vom Reed denken. Am liebsten würde ich jetzt im Erdboden versinken. »Ich habe mich noch nicht entschieden«, sage ich. »Aber die Central Washington ist bei mir weiterhin in der engeren Wahl.« Er braucht ja nicht wissen, dass ich im Moment gar keine andere Wahl habe.

»Tatsächlich?«

»Tatsächlich?«, wiederholt Tristan.

»Na ja, es ist bezahlbar. Und meine Mutter lebt hier.« Etwas anderes fällt mir gerade nicht ein.

»Fantastisch.« Professor Guilford strahlt. »Dann bekomme ich Sie vielleicht als Studentin. Und wenn Sie gerne schreiben – haben Sie schon mal daran gedacht, fürs Kino oder Fernsehen zu schreiben?«

»Nein, noch nicht. Aber das klingt wirklich interessant.«

»Ich biete nämlich alle zwei Jahre einen Kurs in Drehbuchschreiben an. Der nächste beginnt zufällig im Herbst.«

»Tatsächlich?«

»Normalerweise nehme ich nur fortgeschrittene Studierende«, sagt er mit einem Lächeln. »Aber manchmal mache ich auch Ausnahmen.«

»Oh … das wäre ja großartig«, sage ich. »Ich hatte keine

Ahnung, dass es solche Kurse gibt. Was unterrichten Sie denn sonst noch?«

Tristan lässt uns einen Moment allein, während Professor Guilford mir von ein paar unglaublichen Projekten erzählt, an denen seine Studierenden gerade arbeiten. Allem Anschein nach machen viele von ihnen den Sommer über Praktika bei Fernsehproduktionsfirmen, zu denen er Kontakte geknüpft hat. Einmal in einem Writers' Room mitarbeiten dürfen! Ich hatte immer geglaubt, so was gibt's nur für Söhne und Töchter berühmter Produzenten. Neue Hoffnung steigt in mir auf. Vielleicht könnte ich so etwas ja auch machen. Vielleicht brauche ich das Reed gar nicht. Bevor Professor Guilford und ich uns verabschieden, lädt er mich ein, doch irgendwann in den nächsten Wochen einmal mit meiner Mutter und ihm mittagessen zu gehen und darüber zu sprechen, welche Möglichkeiten es noch gibt, mein Schreibtalent zu nutzen. Wir tauschen unsere Mailadressen aus. Dann mache ich mich wieder auf die Suche nach Tristan.

»Tristan, ich bin so froh, dass du mich ihm vorgestellt hast!«, rufe ich glücklich.

»Ja, ist er nicht der beste Professor, den es gibt?« Tristan reicht mir ein Glas mit Cider. »Wäre echt cool, wenn du auf die Central Washington gehen würdest. Dann könnten wir weiter was zusammen unternehmen. Falls es dir nicht zu uncool ist, mit einem Highschool-Schüler abzuhängen. Vielleicht können wir miteinander an einem Projekt arbeiten.«

»Super Idee! Das sollten wir unbedingt machen!«

»Du wirst bestimmt eine großartige Drehbuchautorin!«, sagt er.

»Na, hoffentlich hast du recht«, sage ich.

Der Rest des Abends vergeht wie im Flug. Ich lerne Tristans Freunde kennen, mit denen er an seinem Film gearbeitet hat, und beeindrucke sie mit meinem Wissen über Mark Lanegan und die Screaming Trees. Wir essen in Schokolade getunkte Erdbeeren und nehmen an der Lotterie teil. Tristan gewinnt sechs Kinokarten. Einer seiner Freunde eine Kamera. Alle umringen ihn, bestaunen seinen Gewinn. Plötzlich läuft ein Flüstern durch die Gruppe.

»Habt ihr ihn auch gesehen? Mann, ich fass es nicht, er ist wirklich gekommen.«

Abwechselnd reckt mal der eine, mal der andere neugierig den Hals. Ich habe keine Ahnung, von wem die Rede ist. Tristan sagt leise: »Er hat mir nach dem Film zugenickt. Ich glaube, er weiß, dass ich der Filmemacher bin.«

»Echt? Und du bist nicht zu ihm und hast ihn angesprochen?«

»Hab gehört, dass er es hasst, angesprochen zu werden«, antwortet Tristan.

Ich stecke meinen Kopf in die verschwörerische Runde. »Von wem redet ihr überhaupt?«

Alle staunen mich an. Tristan deutet mit dem Kinn hinter mich. »Der Mann da drüben. Mit der Sonnenbrille.«

Ich drehe mich kurz um. »Mit der Sonnenbrille?« Es ist der Mann, neben dem ich während der Vorführung saß. »Ach der. Mit dem habe ich mich vorhin unterhalten. Echt netter Typ.«

Tristan kriegt riesengroße Augen. »Du hast mit ihm geredet?«

»Ich hab vorhin neben ihm gesessen«, sage ich. »Wir haben ein paar Takte miteinander geredet, bevor der Film endlich losgegangen ist. War keine Riesensache oder so. Ich hab dann weiter das Programmheft studiert.«

»Julie … weißt du, wer das ist?«

»Nein, offensichtlich nicht, Tristan.«

»Das ist Marcus Graham«, flüstert Tristan. »Er war früher der Manager der Screaming Trees und ist eng befreundet mit Mark Lanegan und den Connor-Brüdern. Er ist so was wie eine Legende.«

»Und jetzt geht er!«, ruft einer seiner Freunde.

Ich drehe mich um und sehe Marcus Graham durch den

Schlitz in der Rückseite des Zelts verschwinden. Wie konnte ich nur so auf der Leitung stehen? Kein Wunder, dass er wissen wollte, warum ich mich für die Band interessiere. Während ich ihm nachblicke, kommt mir auf einmal eine Idee. Ich muss ihn unbedingt noch einmal sprechen. Dies ist meine einzige Chance.

Ich lasse Tristan und seine Freunde stehen und stürze aus dem Zelt. Plötzlich ist es um mich herum still. Ich spüre die kalte Nachtluft.

»Warten Sie!«, rufe ich.

Der Mann bleibt stehen und dreht sich nach mir um. Wir sind vor dem Zelt allein. Er fasst an seine Sonnenbrille. »Ist irgendwas?«, fragt er.

Ich zögere kurz, dann sage ich: »Entschuldigen Sie, dass ich Sie vorhin nicht erkannt habe.«

»Schon in Ordnung«, sagt er mit einem leisen Lachen. »Da bist du nicht die Erste.«

»Mein Freund. Er hätte Sie so gerne kennengelernt. Er ist ein riesengroßer Fan der Screaming Trees«, sage ich. »Er heißt Sam.«

»Das hast du bereits erwähnt. Schade, dass er nicht kommen konnte.« Er will gehen.

Ich mache einen Schritt auf ihn zu. »Er macht auch Musik«, fahre ich fort. »Er spielt Gitarre und schreibt eigene Songs. Die Screaming Trees haben ihn wahnsinnig beeinflusst.«

»Das freut mich, Mädchen.«

Ich greife in meine Tasche. »Ich habe zufällig eine seiner CDs dabei«, sage ich. »Es wäre großartig, wenn Sie die mal anhören könnten.« Ich strecke ihm die CD entgegen. »Ein paar der Songs sind unvollendet. Aber er hat wirklich viel Talent.«

Der Mann hält abwehrend die Hand hoch. »Tut mir leid, Mädchen. Aber ich habe eine eiserne Regel, und die lautet, keine unaufgefordert eingereichte Musik anzunehmen. Geschäftsprinzip.«

Ich gehe noch einen Schritt auf ihn zu. »Bitte, hören Sie die Stücke nur ein einziges Mal an. Es würde ihm so viel bedeuten.«

Er macht eine abwehrende Geste. »Ich hab gesagt, dass ich das grundsätzlich nicht mache. Tut mir leid.«

»*Bitte* –«

»Noch einen schönen Abend.« Er geht davon.

Ich stehe reglos da und halte die CD in der ausgestreckten Hand. Die kalte Nachtluft lässt mich frösteln, ein Schauder durchfährt mich, und ich fange am ganzen Körper zu zittern an.

Das darf jetzt nicht so enden. Ich muss Marcus Graham aufhalten. Ich muss es für Sam tun. Marcus Graham wird gleich für immer verschwunden sein.

»Er ist tot!«, rufe ich. Die Worte reißen meine Kehle auf. »Er ist tot!« Als mir bewusst wird, was ich da sage, gibt es für mich kein Halten mehr. »Deshalb konnte er nicht kommen. Deshalb ist er nicht hier. Weil er gestorben ist. Vor ein paar Wochen.«

Tränen steigen in mir hoch. Ich fange zu schluchzen an. Diesen Satz, dass Sam tot ist, bekomme ich nur schwer über die Lippen. Vielleicht weil ich mich weigere, ihn für wahr zu halten.

Marcus Graham bleibt stehen. Er dreht sich um und schaut mich an. Nach einem kurzen Schweigen sagt er: »Und sein Name war Sam?«

Ich nicke, wische mir die Tränen aus dem Gesicht, versuche, zu schluchzen aufzuhören.

»Und er hat Gitarre gespielt?«

»Ja«, bringe ich mit heiserer Stimme heraus.

Er macht einen Schritt auf mich zu, streckt seine Hand aus. »Okay. Ich werde mir die Songs anhören.«

»Vielen Dank.«

Als ich ihm die CD geben will, umklammere ich sie so fest, dass er sie nicht nehmen kann.

Er schaut mich fragend an. »Was ist?«

»Ich … mir ist gerade eingefallen, dass es das letzte Exemplar ist«, sage ich. »Und ich habe nicht mehr viele Erinnerungsstücke an ihn.«

Marcus Graham lässt die CD los. »Weißt du was, dann schick sie mir als Datei«, schlägt er vor. »Dann kann ich sie nicht verlieren und habe auch gleich deine Adresse, um dir zu antworten.« Er zieht seinen Geldbeutel heraus und reicht mir seine Karte. »Und pass auf dich auf, Mädchen.«

Dann verschwindet er in Richtung Parkplatz. Ich gehe nicht mehr zurück zu den anderen. Die CD halte ich fest umklammert. Ich konnte sie einfach nicht loslassen. So wie ich auch die Laterne nicht loslassen konnte. Sooft ich es mir auch vorsage, dass ich alles loslassen muss, ich bekomme es nicht hin. Wie soll ich da Sam loslassen können?

Auf dem Boden liegt etwas. Ich blicke genauer hin. Es ist Tristans Rose. Ohne dass ich es bemerkt habe, ist sie mir aus der Hand geglitten.

SIEBZEHNTES KAPITEL

Klaviermusik erfüllt den Raum, während ich den Tisch decke. Ich breite ein Tischtuch aus, stelle die Teller darauf und zünde eine Kerze an. Auf dem Boden stehen unausgepackte Kartons. Ich gehe zum Schrank und fahre mit dem Einräumen fort. Die alten Silberlöffel, die Kaffeetassen, das hölzerne Salatbesteck. Irgendwann wechselt die Musik zu »Kiss the Rain« von Yiruma, das wie weicher Frühlingsregen auf einem Verandadach klingt. Als ich die Schublade zuschieben will, spüre ich hinter mir etwas. Vertraute Arme legen sich um mich. Mir wird warm. Ein Kuss auf meinen Nacken. Ich schließe die Augen.

»Lass uns eine Pause machen …«, flüstert Sam.

Wir sind vor ein paar Tagen in unsere gemeinsame Wohnung eingezogen. Der Dielenboden knarzt und entlang der Wände verlaufen Rohre. Genau wie wir es uns vorgestellt hatten. Wir haben sie unmöbliert gemietet, sie ist etwas heruntergekommen und renovierungsbedürftig. Aber mit großem Potenzial. Genauso wie wir.

Ich lege meine Hände auf seine. »Sam, wir haben kaum angefangen. Und es gibt so viel zu tun.«

Sam küsst mich wieder auf den Nacken. »Wir haben dafür doch alle Zeit der Welt …«

Die Musik spielt weiter. Draußen vor dem Fenster sind Wolken über Wolken zu sehen, als würden wir uns mitten im Himmel befinden.

Ich drehe mich um und schaue ihn an. Nehme alles in mich auf. Seine dunklen Augen, deren Farbe unmerklich heller als die seiner Haare ist. Seine sanft geschwungenen, schmalen Lippen, die mich anlächeln. Ich kann nicht anders. Ich hebe die Hände, um sein Gesicht zu berühren, damit ich mich an jedes Detail erinnern kann. Mit meinen blassen Fingerspitzen fahre ich ihm zärtlich über die goldenen Wangen. Streiche ihm dann die weich in die Stirn fallenden Haare zurück. Er zieht mich zu sich heran und küsst mich. Auf der Welt gibt es nur noch uns beide, alles andere versinkt um mich herum.

Nachdem er sich von mir gelöst hat, ergreift Sam meine Hände. »Und was hältst du nun von unserer Wohnung?«

Ich lächle. »Sie ist perfekt.«

Sam blickt umher, seine Augen strahlen. »Finde ich auch. Ein bisschen Arbeit, das ist alles.«

Umzugskartons warten darauf, ausgepackt zu werden. In der winzigen Küche pfeift der Wasserkessel auf dem Herd. Ich bereite einen Tee zu. Der Duft von Ingwer und Zitronengras steigt mir in die Nase. In einer Stunde wollen wir gemeinsam kochen. Vorher werden wir dafür schnell noch einkaufen. Essen gehen ist uns zu teuer, und außerdem lieben wir es, neue Rezepte auszuprobieren.

Die Nadel des Schallplattenspielers springt plötzlich, was mich abrupt aus meinen Gedanken reißt. Dann verstummt sie.

Sam blickt verärgert. »Ich kümmere mich später drum …«

Ich lache. Dann zieht er mich mit sich in unser Wohnzimmer.

»Und das hier wird unser Wohnzimmer«, sagt er mit großer Geste. »Dorthin können wir ein Sofa stellen und einen kleinen Tisch, dahinter an die Wand vielleicht ein Gemälde hängen.«

Ich zeige auf die gegenüberliegende Wand. »Wäre es da nicht besser?«

Sam begutachtet die andere Wand, überlegt. »Stimmt, da wäre es noch besser«, sagt er. »Ich wusste, dass du ein gutes Auge für so was hast.«

Er geht im Zimmer umher. »Und da kommt dein Schreibtisch hin, an die Wand gerückt. Da hast du einen guten Platz zum Schreiben. Ich kann dir auch ein Regal bauen, für deine vielen Bücher, die du mitgenommen hast. Wie wär's damit hier? Und ein paar Pflanzen brauchen wir auch.«

Seine Begeisterung ist ansteckend. Ich sehe alles bereits vor mir. Die Wohnung ist wie eine leere Leinwand. Ein neuer Anfang für unsere gemeinsame Geschichte. Die Chance auf ein neues Leben. Sobald wir die Wohnung hergerichtet haben, suchen wir nach Jobs. Wir werden versuchen, etwas Geld beiseitezulegen. Ich werde mich aufs Schreiben konzentrieren und mich im Herbst noch einmal am Reed bewerben.

Sam greift nach meinen Händen und verschränkt unsere Finger ineinander. »Es gefällt dir, oder?«

»Du ahnst gar nicht, wie sehr«, sage ich lächelnd und lasse meinen Blick durch den Raum schweifen. »Ich will, dass alles perfekt wird. So wie wir es immer geplant haben.«

Sam gibt mir einen Kuss auf die Wange. »Vorsicht, Jules. Weißt du, man kann nicht immer alles planen. Es gibt immer Dinge, auf die man sich nicht vorbereiten kann. Du musst manchmal mehr im Augenblick leben. Dich vom Leben überraschen lassen.«

Ich antworte darauf nicht. Denke über das nach, was er gesagt hat.

»Weißt du was?« Sams Augen leuchten. »Wie wär's, wenn wir heute Abend ausgehen? Irgendwohin, wo Musik gespielt wird. Irgendeine Kneipe, wo wir was Kleines essen. Wir können uns ja auch ein Gericht teilen. Vielleicht haben wir Glück und das Brot dazu ist kostenlos.«

»Aber wir müssen noch so viel auspacken«, sage ich.

»Ach was. Dafür haben wir noch alle Zeit der Welt.«

Alle Zeit der Welt … seine Worte hallen in mir nach. Ein Windstoß fährt durchs Fenster herein, ich spüre die kalte Luft auf meiner Haut. Als ich zur Wanduhr über dem Türrahmen blicke, entdecke ich, dass sie keine Zeiger hat. Das war mir zuvor noch nicht aufgefallen. Auch nicht, dass dort überhaupt eine Uhr hängt. Draußen türmen sich rosa angehauchte Wolken. Ist die Sonne nicht bereits vor längerer Zeit untergegangen?

»Stimmt etwas nicht?« Sams Stimme holt mich wieder zu ihm zurück.

Ich blinzle ein paarmal. »Nein, nein ... alles in Ordnung.«

»Also, was meinst du dazu?«

Ich denke über seinen Vorschlag nach. »Ich finde, du hast recht. Es ist unser erster Abend hier. Das sollten wir feiern.«

»Großartig.«

»Nachdem wir hier noch ein bisschen eingeräumt haben«, füge ich hinzu.

»Abgemacht.« Sam küsst mich noch einmal auf die Wange und hebt einen Karton auf. »Wo kommen die Sachen hin?«

»Ins Schlafzimmer. Aber geh vorsichtig damit um.«

»Na hör mal, du kennst mich doch. Ich passe immer auf.«

Langsam geht er mit dem Karton an mir vorbei durch den Flur ins Schlafzimmer.

Ich blicke umher und überlege, womit ich weitermachen will. Da entdecke ich in einem Winkel eine kleine Schachtel, auf die durchs Fenster das Abendlicht fällt. Aus irgendeinem Grund ist sie nicht beschriftet. Das muss Sam wohl vergessen haben. Ich bücke mich und öffne sie. Drinnen sind Sachen von Sam, ein ziemliches Durcheinander. Ich nehme ein paar seiner T-Shirts heraus, falte sie ordentlich zusammen. Darunter finden sich weitere Habseligkeiten von ihm. Ein paar Schallplatten, ein Packen Fotos, Glückwunschkarten und Briefe und noch ein anderer Gegenstand, bei dessen Anblick mir fast das Herz stillsteht. Eine der Buchstützen, die Sam mir geschenkt hat. Ich schaue den Engelsflügel lange an. Dann wandert mein Blick zu den anderen Dingen, die vor mir auf dem Boden ausgebreitet sind. Irgendetwas daran kommt mir vertraut vor. Wie Puzzlestücke, die sich ineinanderfügen. Plötzlich durchfährt es mich wie ein Schock. *Das kann aber doch nicht sein, oder?* Müsste sich dann in der Schachtel nicht noch etwas anderes befinden? *Sams Jeansjacke.* Ich greife blind hinein und ziehe sie langsam heraus. Starre sie an. Alles, was da ausgebreitet vor mir liegt, habe ich vor drei Wochen in eine Schachtel geschmissen und vor dem Haus neben die Mülltonne gestellt.

Während ich mit der Hand über den Stoff streiche, setzt sich der Schallplattenspieler wieder in Bewegung. Ich zucke zusammen. Er spielt ein Lied, das ich nicht kenne. Als laute, unschöne Kratzgeräusche zu hören sind, eile ich hin und hebe den Tonarm von der Platte. Ich spüre, wie hinter mir die Kerzen auf dem Tisch ausgehen. Im Zimmer breitet sich eine unheimliche Stille aus. Von draußen dringt der letzte Widerschein der untergegangenen Sonne herein. Dämmerung senkt sich über das Zimmer. Als ich mich umdrehe, sind Sams Habseligkeiten mitsamt der Schachtel verschwunden. Die übrigen Umzugskartons auch. Die Wohnung ist leer. Was ist geschehen?

»Sam?«

Ich rufe seinen Namen ein paarmal, aber keine Antwort. Ist er noch da? Am besten sehe ich im Schlafzimmer nach. Der Flur kommt mir viel länger vor, als ich ihn in Erinnerung hatte, und erstreckt sich mit jedem Schritt weiter und weiter. Aus irgendeinem Grund gibt es rechts und links keine Türen, nur eine einzige, auf die er ganz am Ende zuführt. Sie ist mit Aufklebern bedeckt, wie die Tür von Sams Zimmer im Haus seiner Eltern. Schließlich habe ich sie erreicht, lege die Hand auf den Türknauf, atme einmal tief durch. Blätter wehen in den Flur, als ich die Tür öffne. Ich verspüre einen Windhauch, der mir vertraut vorkommt.

Bei jedem meiner Schritte trete ich Ähren nieder, als ich mich auf einmal mitten in einem Getreidefeld wiederfinde. Ich hole tief Luft. Der Geruch von Gerstenkörnern steigt mir in die Nase.

Etwas hat sich hier verändert. Der Himmel ist von schwarzen Wolken bedeckt und ich spüre unter mir ein merkwürdiges Zittern im Boden. Starke Böen fahren in das Getreide, hinterlassen eine Spur der Verwüstung. Kein Grillenzirpen ist mehr zu hören, nur das immer stärker werdende Grollen tief aus dem Innern der Erde. Noch mehr dräuende Wolken ziehen herauf und ich spüre die ersten schweren Tropfen auf der Haut. Über der Bergkette in der Ferne zucken Blitze. Ein Sturm drängt heran. Mutterseelenallein stehe ich in dem Feld.

Sam ist hier nicht mehr. Er war es vielleicht noch nie.

❀

Mein Leben war bisher ein einziger Tagtraum. Stundenlang habe ich mir im Kopf die Zukunft ausgemalt, mir vorgestellt, wie ich wohl in zehn Jahren leben würde, wie es sein würde, wenn ich mit dem Studium fertig wäre, wenn ich in einem Apartment in einer Großstadt wohnen würde, vom Schreiben leben würde. Ich habe mir bis in die letzten Kleinigkeiten mein künftiges Leben ausgemalt: die Titel der Romane, die ich schreiben würde, die Orte in der Welt, die ich gemeinsam mit Sam bereisen würde. Ja, ich habe mir sogar meine Küche eingerichtet. Und dann verlierst du den Menschen, der dir alles bedeutet. Vom College, an dem du studieren willst, kommt eine Absage. Und plötzlich bist du wieder zurück auf Start, weißt nicht, wie es weitergehen soll. Besser, ich höre mit dem Tagträumen für immer auf. Dann gaukle ich mir auch nicht länger vor, ich könnte dennoch weiter mit Sam zusammen sein, wir könnten dennoch eine gemeinsame Zukunft haben. So lange, bis die Wirklichkeit einbricht und wie ein Gewittersturm all die schönen Bilder hinwegfegt.

Sam kommt nicht mehr zurück. Trotzdem warte ich weiter auf ihn. Ich weiß nicht, wie viele Telefongespräche wir noch übrig haben. Aber viele können es nicht mehr sein. Ich bin heute früh die Liste durchgegangen, die ich über unsere Anrufe führe, habe über unsere Gespräche nachgedacht, habe mir einen Reim auf alles zu machen versucht. Seit ich das Handy an Mika weitergereicht habe, damit sie auch mit ihm reden konnte, ist jeder Anruf etwas kürzer als der vorherige, das Knistern kommt immer früher. *Wie viele Gespräche haben wir noch, Sam, bevor ich dich für immer verliere?* Dabei gibt es noch so viele Fragen, auf die ich keine Antwort weiß. *Warum haben wir diese zweite Chance erhalten? Nur um für immer voneinander Abschied nehmen zu können?* Als wären wir nur deshalb ein weiteres Mal vereint worden, um erneut auseinandergerissen zu werden. Sam sagt, wir sollten es als das würdigen, was es ist. Aber ich kann nicht glauben, dass es nicht noch einen anderen Grund gibt, warum wir noch einmal zueinandergefunden haben. Jetzt haben wir nicht mehr viel Zeit übrig. Vielleicht werde ich die Antwort nie erfahren.

Jedes Mal, wenn ich nach einem Gespräch mit Sam das Handy weglege, habe ich das Gefühl, dass das Ende näher gerückt ist. Obwohl ich von Anfang an wusste, dass es so sein wird, zerreißt es mich dabei innerlich. Es ist, als würde ich ihn noch einmal verlieren. *Was soll ich bloß tun, wenn wir für immer voneinander getrennt sind?* Ich wünschte, die Erde würde sich für uns langsamer drehen. Ich wünschte, ich könnte Münzen in einen Automaten werfen, um uns mehr Zeit zu kaufen. Ich wünschte, ich könnte diese letzten Gespräche so lange wie möglich hinauszögern, sodass wir doch noch für immer in Verbindung bleiben können. Ich wünschte, es gäbe irgendetwas, wodurch ich ihn weiter bei mir behalten könnte.

»Alles wird gut«, sagte Sam bei unserem letzten Gespräch. »Wir haben immer noch genug Zeit miteinander. Ich verlasse dich nicht, ohne dass wir uns voneinander verabschiedet haben, okay?«

»Aber wenn ich es nie schaffe, von dir Abschied zu nehmen?«

»Sag das nicht, Julie. Du hast dein ganzes Leben vor dir. Es gibt so viel, was auf dich wartet. Du wirst viel Schönes erleben. Und aus dir wird eine Schriftstellerin werden, das weiß ich.«

»Und was ist mit dir?«

»Bei mir ist alles in Ordnung. Mach dir um mich keine Sorgen.«

Seine Antworten bleiben immer so unbestimmt. Aber ich habe gelernt, ihn nicht zu bedrängen. Sicherlich hat er seine Gründe dafür.

»Versprich mir etwas«, sagte ich hastig, bevor das Gespräch wieder zu Ende sein würde.

»Was denn?«

»Egal, was passiert – dass es zwischen uns nicht für immer vorbei ist. Dass wir eines Tages wieder vereint sein werden.«

Ein Schweigen.

»*Versprich es mir, Sam*«, flehte ich ihn an.

»Tut mir leid, Jules. Das kann ich dir nicht versprechen. So gern ich es auch täte.«

Ich hatte keine andere Antwort erwartet. Trotzdem spürte ich, wie sich in mir eine Leere ausbreitete.

»Willst du damit sagen, dass nach unserem Abschied auch wirklich alles aus und vorbei ist? Dass ich danach nie mehr mit dir sprechen kann?«

»Sieh es andersherum«, sagte Sam. »Es wird ein neuer Anfang sein, vor allem für dich. Und solche Anfänge wirst du in deinem Leben noch viele erleben.«

»Und du? Wohin brichst du auf?«

»Um ehrlich zu sein … ich weiß es nicht. Aber ich bin mir sicher, es wird gut sein, so wie es kommen wird. Also mach dir um mich keine Sorgen, okay?« Und da setzte bereits wieder das Knistern ein. »Ich glaube, für heute ist unsere Zeit aufgebraucht …«

Ich umklammerte das Handy. »Wo bist du gerade?«

»Kann ich nicht sagen. Tut mir leid.«

»Kannst du mir wenigstens sagen, was du siehst?«, fragte ich.

Sam schien einen Moment nachzudenken.
»Felder. Endlose Felder.«

Regen läuft die Windschutzscheibe hinab, während wir auf der Interstate in Richtung Seattle unterwegs sind. Als wir die Lacey V. Murrow Memorial Bridge überqueren, die den Lake Washington überspannt, verschwinden die Berge allmählich hinter uns. Stattdessen fahren wir jetzt auf Berge aus Stahlbeton und Glas zu, die sich vor dem Blau des Ozeans dicht aneinanderdrängen. Ich hatte nicht vor, so bald wieder hierherzukommen. Am liebsten wäre ich das ganze Wochenende im Bett geblieben und hätte Serien geguckt. Der Ausflug ans Meer war Yukis Idee. Sie wollte noch einmal hierherkommen, bevor unsere Schulzeit vorbei ist und sie nach Japan zurückfliegen muss. Als sie mich gefragt hat, ob ich mitkommen will, habe ich zuerst dankend abgelehnt. Nach dem Filmfestival vor zwei Wochen war mein Bedarf an sozialer Interaktion erst einmal gedeckt. Ich blieb seither viel für mich. Aber als Rachel am Donnerstag eine schlimme Erkältung bekam und ich mir vorstellte, wie Yuki mit dem Bus allein nach Seattle fuhr und durch die Großstadt irrte, hatte ich ein schlechtes Gewissen. Deshalb habe ich gestern beim Mittagessen verkündet, dass ich doch mitfahren würde. Oliver hatte spontan auch Lust auf einen Ausflug und erklärte sich bereit, unser Fahrer zu sein. Er hat sogar Jay überredet, der dafür das wöchentliche Treffen seines Umweltclubs ausfallen lässt.

Während der Autofahrt behalte ich die ganze Zeit meine Ohrstöpsel drin und schaue aus dem Fenster. War vielleicht doch eine gute Idee, mal aus Ellensburg rauszukommen.

Am Samstagmorgen ist nicht viel Verkehr. Wir sind früh genug dran, dass wir uns am Pier erst einmal ein ausgiebiges Frühstück gönnen können. Als der Regen aufhört, machen wir einen Spaziergang auf der Promenade am Meer entlang, haben unseren Spaß in den Souvenirshops, suchen nach Schlüsselanhängern mit unseren Namen. Während die anderen zum Pike Place Market mit seinen Lebensmittelständen aufbrechen, mache ich eine Pause von den Touristenattraktionen und suche mir eine Bank abseits der Menge, um etwas allein zu sein.

Ich schaue aufs Wasser hinaus. Ein Containerschiff fährt gerade in den Hafen ein. Der Nachmittag ist kühl und windig. Ich atme die Salzluft tief ein. Es ist schon eine Weile her, dass ich das Meer gerochen habe. Seltsam, hier allein auf dem Pier zu sitzen, das habe ich schon lang nicht mehr gemacht. Ich habe ganz vergessen, wie einsam man sich fühlen kann, wenn man auf die Wellen starrt.

Ich wünschte, Sam wäre mit uns hier. Die Welt fühlt sich ohne ihn so still an. Es ist bereits über eine Woche her, dass wir das letzte Mal miteinander gesprochen haben. Wenn ich ihn nur für einen Augenblick anrufen könnte. Kurz seine Stimme hören könnte. Um mir sicher zu sein, dass es ihn noch gibt. Vielleicht könnte ich dann diesen Ausflug genießen, statt ununterbrochen an ihn zu denken. Ich habe das Handy rausgezogen, blicke von Zeit zu Zeit drauf. Es erinnert mich daran, dass wir immer noch miteinander verbunden sind. Ich frage mich, ob die Nummer wohl auch außerhalb von Ellensburg funktioniert. Wahrscheinlich war es doch keine gute Idee, mitzukommen und zu riskieren, dass ich möglicherweise einen Anruf von ihm verpasse. Weil aber unsere Gespräche in immer größeren Abständen stattfinden, hätte ich an diesem Wochenende sowieso nicht mit ihm telefonieren können. Handelt sich ja nur um ein paar Tage. Ich sollte versuchen, gemeinsam mit den anderen Spaß zu haben. Aber es fällt mir schwerer, als ich dachte.

Nach einer Weile nähert sich jemand meiner Bank.

»Was dagegen, wenn ich mich zu dir setze?«

Ich blicke hoch. Es ist Yuki. Sie hält zwei Kaffees in kompostierbaren Bechern in den Händen. Ich schiebe meine Jacke weg, um ihr Platz zu machen. Sie setzt sich neben mich, schiebt einen Becher zu mir rüber.

Der Kaffee wärmt mir die Hände. »Danke. Aber hättest du nicht machen müssen.«

»Ach, komm schon, das tue ich doch gern für dich«, sagt Yuki. Eine Weile schauen wir nebeneinander aufs Wasser hinaus. »Danke, dass du überhaupt mitgekommen bist.« Sie dreht sich zu mir. »Ich habe das Gefühl, dass dir der Ausflug nicht besonders viel Spaß macht.«

Ein schlechtes Gewissen befällt mich. Bestimmt ist es nicht nur ihr aufgefallen. »Tut mir leid. Ich bin zurzeit einfach nicht so gut drauf«, sage ich. »Trotzdem bin ich froh, dass ich mitgekommen bin. Ich habe den Kopf nur nicht so richtig frei dafür.«

»Was beschäftigt dich denn?«

Ich seufze auf. »Immer noch dasselbe …«

Wir schauen wieder aufs Wasser hinaus. Über uns schreien ein paar Möwen. Nach einem weiteren Schweigen fragt Yuki: »Hast du immer noch diese Albträume?«

Ich denke an ihren Kristall, den ich nach wie vor bei mir trage. Sicher in meiner Tasche verstaut. Ohne ihn gehe ich nie aus dem Haus. »Nein, hab ich nicht mehr. Ich glaube, dein Kristall hat mir echt geholfen.«

»Freut mich.«

Ich trinke einen Schluck von dem Kaffee, spüre, wie er mich von innen wärmt. Ich kann Yuki nicht erzählen, was mich beschäftigt. Dass ich mir immer noch eine Zukunft mit Sam ausmale. Obwohl ich weiß, dass es nicht ewig so weitergehen kann. Ich klammere mich weiter an unsere Gespräche, will nicht wahrhaben, wie brüchig die Verbindung bereits ist. Ich muss daran denken, was Mika zu mir gesagt hat, als sie mich zum Besuch des Filmfestivals gedrängt hat.

»Das ist nicht gut für dich … Und ich glaube, für ihn ist es auch nicht gut.«

Ich grübele nach, was sie damals gemeint hat. Verletze ich Sam, indem ich so lange wie möglich mit ihm in Kontakt bleiben will? Halte ich ihn dadurch von irgendetwas ab? Sosehr ich ihn auch liebe, ich will ihn nicht dazu zwingen, mit mir in Verbindung zu bleiben. Vor allem, wenn für ihn der Moment gekommen ist, endgültig zu gehen. Aufzubrechen, wohin auch immer das ist. Aber er will diese Gespräche zwischen uns ja auch. Als ich seine Nummer gewählt habe, ist er drangegangen. Und er geht auch jetzt jedes Mal dran. Nach einer Weile drehe ich mich zu Yuki. »Erinnerst du dich daran, was du zu meinen Träumen gesagt hast? Den Träumen von Sam. Dass ich versuchen soll, darin das Gegenteil zu erkennen, um dadurch wieder ein inneres Gleichgewicht zu finden …«

Yuki sieht mich an und nickt. »Ja, ich erinnere mich.«

»Ich habe darüber nachgedacht«, sage ich und schaue wieder auf mein Handy, halte es fest umklammert. »Ich glaube, mir ist jetzt klar geworden, was es in meinem Fall heißt. Nämlich, dass ich aufhören soll, an ihn zu denken. Dass ich ihn loslassen und mein eigenes Leben leben soll.« Ich seufze. »Ich wünschte nur, es würde mir leichterfallen.«

Yuki blickt wieder aufs Meer. Nach einer Weile sagt sie: »Weißt du, ich glaube, dass du Sam gar nicht loslassen kannst. Selbst wenn du es wirklich wolltest.«

»Wie meinst du das?«

»Ich glaube, damit will ich sagen, dass Sam weiter ein wichtiger Teil deines Lebens sein wird«, antwortet sie. »Er mag körperlich nicht mehr anwesend sein, aber du wirst für immer ein Stück von ihm in dir tragen. Ist doch so, oder? Deine Zeit mit Sam mag kürzer gewesen sein, als du es dir gewünscht hast. Aber diese Zeit mit ihm bleibt dir. Loslassen bedeutet nicht, etwas zu vergessen. Es bedeutet, sich innerlich neu auszurichten, ein neues Gleichgewicht zu finden, im Leben nach vorne zu schauen – um von Zeit zu Zeit auch zurückzublicken und sich an die Menschen, die einem viel bedeutet haben, zu erinnern.«

Ich starre wieder aufs Meer hinaus, denke darüber nach. Wenn sie nur verstehen könnte, wie kompliziert es bei mir ist. Ich werde ihn nicht nur einmal, sondern noch ein zweites Mal verloren haben. Ist so etwas jemals schon einem Menschen passiert?

Yuki berührt meine Hand. »Ich weiß, dass es immer noch schwer für dich ist. Aber ich bin froh, dass du mitgekommen bist. Ich bin froh, dass wir den Ausflug hier zusammen machen.«

Ich lächle. »Ich auch.«

Von links ist ein Pfeifen zu hören. Wir blicken auf. Jay und Oliver stehen am Geländer der Uferpromenade, halten Churros in den Händen. Die beiden scheinen seit einiger Zeit unzertrennlich. Ich spüre zwischen ihnen förmlich die Funken sprühen.

Oliver winkt zu uns herüber. »Wir haben Churros!«

»Kommt doch hoch zu uns!«, ruft Jay. »Hier sind Seelöwen.«

Yuki und ich grinsen uns an.

»Die beiden sind wirklich süß miteinander«, sagt Yuki.

»Finde ich auch.«

Weil der Himmel endlich aufreißt, verbringen wir den gesamten Rest des Tages am Wasser. Nach einem Imbiss und etwas Shopping gehen wir ins Aquarium, wo wir uns die Seeotter anschauen, Olivers Lieblingstiere. Jay schlägt vor, dass wir uns alle die gleichen Hüte kaufen, um uns später an unseren gemeinsamen Ausflug zu erinnern. Wir setzen sie bei unserem Spaziergang durch den Skulpturenpark gleich auf. Weil es zu spät für eine Rundfahrt mit der Fähre ist, machen wir uns zum Pier 57 auf und steigen ins Riesenrad. Als ich von oben auf das Meer, die Strandpromenade und die Umgebung blicke, muss ich an Sam denken. Bei der Erinnerung an unseren Jahrmarktbesuch wird mir ganz warm ums Herz.

Die anderen fahren am Abend zurück, aber ich bleibe in Seattle, um den Rest des Wochenendes bei meinem Vater zu verbringen. Nach Sams Tod hat er mehrmals gefragt, ob ich ihn nicht besuchen will. Als er aus dem Auto steigt, um mich abzuholen, kommen mir die Tränen. Mir war gar nicht bewusst, wie sehr ich ihn vermisst habe. Er hat es immer schon verstanden, mich zu trösten, ohne viel Worte darum zu machen und ohne mir viel Fragen zu stellen. Er hat sogar Mom angerufen, ob ich nicht einen Tag die Schule schwänzen kann. Wir machen gemeinsam alle meine Lieblingssachen – essen Pancakes in dem Diner in Portage Bay, wo wir früher gelebt haben, trinken Kaffee am Pioneer Square, bummeln in der 10th Avenue durch meine Lieblingsbuchhandlungen. Das war genau das Richtige für mich. Ab und zu denke ich auch jetzt an Sam, aber es sind schöne Erinnerungen. Ich habe das Gefühl, freier zu atmen. Nach wie vor sehe ich ihn an allen möglichen Plätzen vor mir. Aber zum ersten Mal finde ich darin Trost.

Am frühen Montagabend komme ich in Ellensburg am Busbahnhof an. Mom gibt gerade einen Kurs an der Uni, deshalb muss ich noch eine Weile warten, bis sie mich abholt. Ich stelle meinen Rucksack auf dem Boden ab und checke mein Handy. Jetzt in Ellensburg dürften meine Anrufe bei Sam wieder funktionieren. Es ist zehn Tage her, seit wir das letzte Mal miteinander gesprochen haben. Der bisher längste Zeitraum. Wir planen unsere Anrufe jetzt immer sorgfältig im Voraus. Der nächste ist heute Abend. Ich habe den Termin im Kalender notiert, um ja nichts durcheinanderzubringen. Eigentlich wollte ich abwarten, bis ich zu Hause in meinem Zimmer bin. Aber ich könnte es auch schon jetzt versuchen, oder?

Mein Handy meldet, dass bei mir eine Mail eingegangen ist.

Der Name kommt mir vage bekannt vor. Ich öffne sie, bevor ich Sam anrufe.

Liebe Julie,

Entschuldigung, dass ich mich so lange nicht gemeldet habe. Habe mir heute Vormittag die Songs angehört, die Du mir geschickt hast. Und ehrlich, ein paar der Stücke sind fantastisch. Sam hatte wirklich Talent. Er hatte ein echtes Händchen für Melodien. Das gibt es selten. Ich würde es nicht sagen, wenn es nicht wahr wäre. Aus ihm wäre sicherlich ein großartiger Musiker geworden. Noch einmal mein Beileid zu seinem frühen Tod. Wie traurig.
Deine Mail habe ich an Gary und die anderen Bandmitglieder weitergeleitet (weil Sam ja ein so großer Fan von ihnen war). Ich schreibe Dir, wenn von ihnen Rückmeldungen kommen. Über den Gruß aus ihrer alten Heimat werden sie sich bestimmt freuen.
Ich wünsche Dir alles Gute. Falls ich noch etwas für Dich tun kann, lass es mich wissen.

Herzlich
Marcus

Ich verschlucke mich beim Lesen fast. Dann überfliege ich die Mail noch einmal. Marcus Graham, der Manager der Screaming Trees. Mit dem ich bei der Vorführung von Tristans Film gesprochen hatte. Als ich ihm nach dem Festival die Songs schickte, habe ich nicht wirklich geglaubt, dass er mir antworten würde. *Er erinnert sich an mich! Sams Musik hat ihm gefallen! Er schreibt, dass Sam sehr begabt war!*

Ich muss Sam unbedingt anrufen. Das muss ich ihm gleich erzählen.

Vor lauter Aufregung zittern mir die Hände. Wie immer halte ich den Atem an, als es am anderen Ende klingelt. Es dauert eine Weile, aber dann geht Sam dran.

»Ich hab dich vermisst«, sagt er. »Das letzte Mal kommt mir wie vor einer Ewigkeit vor.«

Als ich seine Stimme höre, durchströmt mich Wärme. Es fühlt sich an, als würden Sonnenstrahlen in ein Zimmer scheinen.

»Ich hab dich auch vermisst«, sage ich. »Und du glaubst nicht, was gerade passiert ist. Erinnerst du dich an Marcus Graham? Den Manager der Screaming Trees?«

»Na klar, was ist mit ihm?«

»Ich hab ihn bei der Vorführung von Tristans Film kennengelernt. Und ihm danach ein paar Songs von dir geschickt. Er hat mir gerade geschrieben. Warte, ich muss es dir vorlesen ...«

Ich lese ihm die Mail vor. Besonders laut hebe ich die Sätze hervor, in denen Marcus schreibt, dass ihm die Lieder gefallen hätten, dass Sam sehr begabt gewesen sei und dass er alles an die Bandmitglieder weitergeleitet habe. »Ist das nicht unglaublich, Sam? Er hat gesagt, dass er deine Songs an Gary geschickt hat! Dann hat er sie an Mark bestimmt auch geschickt. Stell dir vor, vielleicht hören sie deine Musik gerade? Wahnsinn, oder? Vielleicht reden sie gerade über dich! Was meinst du, welches Lied ihnen wohl am besten gefällt?«

Von Sam kommt keine Antwort.

»Hat es dir die Sprache verschlagen? Sag was, Sam!«

»Warum hast du mir nicht erzählt, dass du ihm meine Stücke geschickt hast?«

»Weil ich nicht wusste, ob ich von ihm eine Antwort bekommen würde«, sage ich. »Ich war mir nicht sicher, ob er die Lieder wirklich anhören würde.«

»Aber ich hab dir doch gesagt, dass du das lassen sollst.«

Ich verstumme kurz. Damit hatte ich nicht gerechnet. »Dahinter steckte kein Plan. Es hat sich einfach so ergeben. Warum bist du deswegen sauer auf mich? Sam, es sind die *Screaming Trees*. Marcus Graham hat gesagt, dass du –«

»Spielt keine Rolle, was er gesagt hat«, unterbricht mich Sam. »Warum machst du das, Julie? Wir haben doch schon darüber geredet. Trotzdem willst du weiter meine Lieder unter die Leute bringen. Aber das ist für mich vorbei. Das bedeutet mir nichts mehr. Warum kannst du nicht akzeptieren, dass ich –«

»Dass du was? *Dass du tot bist?*«

Schweigen. Ich muss schlucken, warte nervös auf seine Antwort.

Als von ihm nichts kommt, fahre ich fort, und meine Stimme klingt schärfer: »*Ich habe es akzeptiert. Bereits vor einer ganzen Weile*.«

»Wirkt aber nicht so«, sagt Sam. »Es wirkt auf mich eher so, als würdest du hoffen, dass ich zurückkomme oder so. Seit wir das erste Mal telefoniert haben, habe ich das Gefühl, dass du mich nicht gehen lassen willst. Und ich mache mir Sorgen, dass –«

»Du musst dir um mich keine Sorgen machen«, antworte ich. Was er da gesagt hat, macht mich wütend. »Ich komme allein zurecht. Und überhaupt, warum bist du denn damals drangegangen?«

»Vielleicht hätte ich das besser nicht tun sollen.«

Ein Schock durchfährt mich. Wir verstummen beide. Wie erstarrt stehe ich da, halte das Handy umklammert. Ich kann nicht glauben, dass er das gerade gesagt hat. Als ich ihm darauf etwas erwidern will, bringe ich kein Wort heraus.

»Tut mir leid. Das habe ich nicht so gemeint«, stammelt Sam schließlich. »Bitte –«

Bevor er den Satz beenden kann, lege ich auf. Eine wortreiche Entschuldigung kann er sich jetzt sparen. Ich starre auf den Boden, kann noch kaum fassen, was da gerade zwischen uns geschehen ist. Tränen schießen mir in die Augen. Aber ich wehre mich dagegen, ich will nicht losheulen. Nicht jetzt. Nicht hier. Ich will nach Hause. Hier am Busbahnhof halte ich es keine Sekunde mehr aus.

Mit der linken Hand greife ich nach meinem Rucksack. Da beginnt plötzlich in der rechten Hand mein Handy zu vibrieren. Und kurz darauf fängt es an zu klingeln, obwohl ich es auf stumm geschaltet habe. Das letzte Mal, als es so war, hat Sam angerufen. Wir haben vereinbart, dass er das nie mehr machen würde. Wenn ich dann nämlich nicht abhebe, ist unsere Verbindung für immer gekappt.

Ich werfe einen Blick auf das Display. Eine unbekannte Nummer, genau wie beim letzten Mal. Ich gehe dran.

»Was willst du?«, frage ich.

Ein kurzes Schweigen. Dann erst sagt Sam etwas. Ich höre, wie schwer es ihm fällt. »Tut mir leid. Aber ich brauche deine Hilfe.«

»Sam, was ist los?«

Er seufzt. »Ich weiß nicht, wie ich es dir erklären soll. Es hat mit meiner Familie zu tun. Ich habe so ein komisches Gefühl. Das hatte ich noch nie. Hast du von ihnen die letzten Tage was gehört?«

Sofort macht sich wieder mein schlechtes Gewissen bemerkbar. Seit Sams Tod habe ich mich bei seinen Eltern und James noch nicht gemeldet. Ich schäme mich unendlich dafür. »Nein, schon eine ganze Weile nicht«, antworte ich. »Keine Glanzleistung von mir.«

Schweigen.

»Kannst du mir einen Gefallen tun?«, fragt Sam.

»Natürlich. Alles, was du willst.«

»Erkundige dich mal. Vielleicht kannst du ja Mika fragen, ob sie irgendwas gehört hat.«

»Glaubst du, dass etwas passiert ist?«

»Keine Ahnung. Hoffentlich nicht.«

»Warte kurz, ich frag sie gleich mal.«

Wir legen beide auf, und ich schreibe Mika sofort, frage sie, ob irgendwas mit Sams Familie ist. Sie antwortet fast im selben Augenblick.

James. Er ist nicht in der Schule aufgetaucht. Wir glauben, dass er weggelaufen ist. Alle suchen nach ihm. Ich schreib dir, wenn ich mehr weiß.

Ich rufe Sam an und erzähle es ihm.

»Haben sie irgendeine Ahnung, wo er sein könnte?«, fragt er.

»Glaub nicht«, sage ich. »Sonst hätte Mika es sicher erwähnt.«

»Verdammt, warum bin ich nicht da! Wahrscheinlich weiß keiner, wo sie suchen sollen.«

»Was glaubst du denn, wo er sein könnte?«, frage ich. »Ich kann ja bei der Suche helfen.«

»Er könnte an vielen Orten sein.«

»Ich checke alles. Sag mir, wo.«

»Lass mich mal kurz nachdenken …«

»Das wird schon, Sam. Wir finden ihn.«

Ich schreibe auf einem Zettel alle Orte auf, die Sam nennt. Dann texte ich Mika. Kurz darauf holt sie mich mit dem Auto ihres Vaters ab und wir machen uns auf die Suche nach James. Mika und ich teilen uns die Liste auf. Ich übernehme die Orte, die sich in der Nordhälfte von Ellensburg befinden, sie die Südhälfte. In der Nähe des Theaters setzt sie mich ab und ich renne sofort los. Zuerst überprüfe ich den Comicladen, dann den Hamburger-Drive-in, danach die Donutbäckerei und alles dazwischen. Als mir klar ist, dass James in der Stadtmitte nicht ist, renne ich zum See, ob er vielleicht dort ist. Fehlanzeige. Ich suche weiter. Bis zum Friedhof auf dem Memorial Hill ist es ziemlich weit, aber ich muss dort unbedingt nachsehen. Er steht zwar nicht auf Sams Liste, doch kann ich mir gut vorstellen, dass James dort an Sams Grab sitzt. Schon habe ich das große Eingangstor erreicht und laufe hastig den Hügel hoch. Doch leider habe ich mich getäuscht.

Ich werfe noch einmal einen Blick auf die Liste. Die letzten Orte, die Sam genannt hat, sind noch etwas weiter entfernt. Sie befinden sich in dem Vorort, in dem die Familie früher gewohnt hat, wo es auch einen kleinen Park gibt, in dem die Brüder gerne mit ihren Fahrrädern herumgekurvt sind. Wie groß die Chancen sind, dass James dort ist, weiß ich nicht. Aber ich muss es probieren. Ich verlasse den Friedhof und jogge zu dem Vorort.

Bis ich den Park gefunden habe, dauert es eine Weile, denn in diesem Teil von Ellensburg war ich noch nie. Ein paarmal muss ich Leute nach der Richtung fragen. Schließlich habe ich den Spielplatz erreicht, am Ende einer Sackgasse versteckt. Sofort fällt mir die grüne Jacke auf, die über einer Bank hängt. Danach entdecke ich James, der allein auf einer Schaukel sitzt und auf den Boden schaut. Ich bleibe kurz stehen, weil ich vom Rennen ganz außer Atem bin.

Seit Sams Tod habe ich nicht mehr mit James geredet. Keine Ahnung, was ich jetzt zu ihm sagen soll. Ich gehe vor ihm in die Hocke: »Hallo, James … Wir haben alle nach dir gesucht … Du hast uns einen ganz schönen Schreck eingejagt.«

James blickt mich nicht an, sondern starrt weiter auf den Boden.

»Da werden deine Eltern jetzt aber froh sein, dass dir nichts passiert ist«, fahre ich fort. »Wie kommst du denn hierher in den Park?«

James antwortet nicht. Ich muss an den Abend auf dem Jahrmarkt denken, als er auch nicht mit mir reden wollte. Es war das letzte Mal, dass wir gemeinsam etwas unternommen haben, Sam, er und ich. Erinnere ich mich da richtig? Wann habe ich Sams kleinen Bruder eigentlich das letzte Mal gesehen?. Leise sage ich zu ihm: »Was hältst du davon, wenn wir jetzt zusammen nach Hause gehen?«

»*Nein.*«

»Deine Eltern machen sich wirklich Sorgen …«

»*Ich will nicht nach Hause!*«

»Was ist denn los? Du kannst mir alles erzählen, das weißt du.«

Ich bin mir sicher, dass es mit Sam zu tun hat. Aber ich weiß nicht, wie ich das Thema anschneiden soll. Den Bruder zu verlieren, muss fürchterlich sein. Ich versuche, James' Hand zu nehmen, aber er zieht sie weg.

»*Lass mich allein*«, sagt er und verschränkt abwehrend die Arme. »Ich geh nicht nach Hause.«

Es tut mir weh, ihn so reden zu hören. Wenn ich nur wüsste, wie ich mich jetzt verhalten soll. »Kannst du mir wenigstens sagen, warum du weggerannt bist?«, frage ich.

James antwortet nicht.

»Ist es wegen Sam …«, flüstere ich. »Weil er nicht mehr da ist?«

»Nein.« James schüttelt den Kopf. »Weil er mich *hasst!*«

»Wie kommst du denn darauf? Sam hasst dich doch nicht.«

»Doch, das tut er! Hat er mir selbst gesagt!«

»Wann hat er das denn gesagt?«

James hält die Hände vors Gesicht, versucht, seine Tränen vor mir zu verbergen. »Als ich in sein Zimmer bin und sein Mikrofon kaputt gemacht habe. Da hat er gesagt, dass er mich hasst.«

Ich berühre ihn an der Schulter. »James, hör mir mal zu. Manchmal sagen Menschen etwas, weil sie wütend sind. Aber sie meinen es nicht so. Sam hasst dich doch nicht.«

»Aber er hat nicht mehr mit mir geredet!«, schluchzt er. »Ich war für ihn Luft! Und kurz danach ist er gestorben.«

Mir bricht es das Herz, als ich das höre. Ich wische mir über die Augen und greife nach seinen Händen. »Sam liebt dich, okay? Du weißt doch, dass Brüder sich immer wieder mal streiten und dabei Dinge sagen, die sie nicht so meinen. Wenn Sam noch da wäre, würde er dir sagen, wie lieb er dich hat. Das weiß ich ganz genau.«

James wischt sich mit dem Ärmel die Tränen aus dem Gesicht. »Woher willst du das wissen? Du bist nicht Sam. Und warum bist du überhaupt hier? Du magst mich doch gar nicht!«

»Natürlich mag ich dich – wie kommst du darauf, dass es nicht so ist?«

»Weil wir dir alle egal sind! Du hast nur Sam gemocht! Du bist nur wegen ihm gekommen.«

»Das ist nicht wahr«, sage ich. »Wir sind auch Freunde, du und ich. Dich und deine Eltern mag ich auch.«

»*Das ist eine Lüge!* Seit Sam tot ist, bist du kein einziges Mal mehr bei uns gewesen. Du hast nicht mehr mit uns geredet! Es ist so, als wärst du auch tot.«

Ein scharfer Schmerz durchfährt mich, als ich ihn so reden höre. Nur mühsam unterdrücke ich die Tränen. Ich öffne den Mund, bringe aber kein Wort heraus. Ich hätte ihn nach Sams Tod besuchen sollen, ich hätte auch an James denken sollen. Es muss gerade eine sehr schwere Zeit für ihn sein. »Ich ... ich ... es tut mir leid, James. Ich hätte dich nicht alleinlassen dürfen. Ich hätte euch besuchen sollen ...« Mehr bringe ich nicht heraus. Ich weiß nicht, was ich zu James sagen soll, damit er mir verzeiht. Vielleicht habe ich seine Eltern und ihn deshalb nicht besucht, weil ich es nur schwer ertragen hätte, die Familie ohne Sam zu erleben. Weil es mich daran erinnert hätte, dass er wirklich tot ist. Aber das ist keine Entschuldigung. Ich hätte für James da sein müssen. Stattdessen habe ich es für ihn nur noch schwerer gemacht. Ich habe ihn auch noch verlassen.

»Ich will nicht nach Hause«, schluchzt James.

Ich wünschte, ich könnte zu ihm durchdringen. Aber er sieht mich nicht einmal an. Ich kann es ihm nicht übel nehmen. Wenn mir nur etwas einfallen würde, um ihn da rauszuholen. Es tut mir richtig weh, ihn so zu sehen. Wie einsam er sich fühlen muss. Ich muss irgendetwas tun, aber was? Wenn Sam jetzt da wäre ... er wüsste, was er zu seinem kleinen Bruder sagen würde. Und außerdem ist er der Einzige, auf den James hören würde. Da habe ich eine Idee. Unsere Verbindung wird zwar immer schwächer, aber ich muss es versuchen. Ich kann James nicht den Rest seines Lebens glauben lassen, dass Sam ihn gehasst hat.

Ich gehe ein paar Schritte von der Schaukel weg, ziehe das

Handy raus und rufe Sam noch einmal an. Er geht nach dem ersten Klingeln dran.

»Hast du ihn gefunden? Geht es ihm gut?«

»Ja. Alles in Ordnung.«

Sams Stimme klingt erleichtert. »Wo war er?«

»In dem kleinen Park. Der auch auf deiner Liste stand.«

»Ich bin so froh, dass ihm nichts passiert ist. Warum ist er denn weggerannt?«

»Das ist etwas kompliziert«, sage ich. »Aber er glaubt, dass du ihn hasst.«

»Ich? Wie kommt er darauf?«

»Du hast es zu ihm gesagt, kurz bevor du gestorben bist, sagt er. Ich habe versucht, ihm zu erklären, dass du es nicht so gemeint hast. Aber das glaubt er mir nicht. Ich rufe jetzt gleich deine Eltern an, damit sie ihn hier abholen.«

»Danke«, sagt Sam. »Danke für deine Hilfe.«

»Gerne.« Ich blicke zur Schaukel. »Aber du musst mir noch einen Gefallen tun.«

»Welchen denn?«

»Sprich mit James.«

»Julie …«

»Ich will, dass du es für mich tust, okay? Bitte! Jetzt gleich, bevor der Empfang unterbrochen wird. Er braucht dich.«

Ein kurzes Schweigen. »Aber … es könnte sein, dass unsere Verbindung dann noch schlechter wird«, warnt er mich. »Bist du dir ganz sicher?«

Ich hole tief Luft. »Ja, ganz sicher.«

James starrt immer noch auf den Boden. Ich bücke mich zu ihm und reiche ihm das Handy.

»James! Da ist jemand, der mit dir reden will!«

Er sieht mich an. »Meine Eltern?«

Ich schüttele den Kopf. »Du wirst gleich selber hören, wer es ist. Hier …«

James hält das Handy ans Ohr. Lauscht. In dem Moment, in dem er Sams Stimme hört, werden seine Augen vor lauter Überraschung riesengroß. Nach ein paar Sätzen laufen ihm die Tränen die Wangen hinunter. Er muss begriffen haben, dass es sich wirklich um Sam handelt. Die beiden Brüder sind auf einmal wieder vereint. Ich gehe ein paar Schritte weg, weil ich sie nicht stören möchte. Dieser unerklärliche Augenblick soll nur ihnen gehören. Aus den Antworten von James schließe ich, dass sie über ihre Mutter reden, dass Sam zu James sagt, er müsse jetzt stark sein, dass sie sich als Familie jetzt gegenseitig brauchen – und wie lieb er ihn hat.

Dann reicht mir James das Handy zurück. Sam und ich haben miteinander nur noch ein paar Sekunden.

»Danke«, sagt er. »Aber wir müssen jetzt aufhören.«

»Okay«, sage ich.

Und dann ist das Gespräch zu Ende. Einfach so.

❀

Als wir den Park verlassen, nehmen James und ich uns an der Hand. Ich schreibe seiner Mutter, dass ich ihn gefunden habe und dass wir auf dem Weg zu ihnen sind. Als wir zum Haus kommen, steht seine Mutter in der Einfahrt und wartet auf uns. Sie winkt und strahlt übers ganze Gesicht, als sie uns sieht. Erst umarmt sie James und danach mich. Wir liegen uns in den Armen und weinen. Dann nehmen wir James in die Mitte und gehen mit ihm ins Haus, wo uns auch der Vater begrüßt. Sams Mutter bittet mich, zu bleiben, und ich bleibe gerne. Ich helfe ihr beim Tischdecken. Das erste Mal seit unendlich langer Zeit sitze ich wieder mit Sams Familie beim Abendessen.

ACHTZEHNTES KAPITEL

Ich habe jetzt viel Zeit für mich selbst. Zeit, um nachzudenken. Mich wieder der Welt um mich herum zuzuwenden. Mich auf den neuesten Stand zu bringen. Seit dem letzten Gespräch mit Sam klebe ich nicht mehr ununterbrochen am Handy. Stattdessen verbringe ich mehr Zeit mit meinen Freunden und konzentriere mich wieder mehr auf die Schule. Für Mr Gill beende ich den letzten Englischaufsatz und habe damit meinen Abschluss in der Tasche. Meinen Bewerbungstext für den Creative-Writing-Kurs habe ich auch fertig, obwohl ich ihn so bald nicht brauchen werde. Ist mir im Moment auch egal, ob irgendjemand ihn liest oder nicht. Es war mir für mich selbst wichtig, ihn zu schreiben. Seither fühle ich mich viel ruhiger und ausgeglichener. Es hat mir gutgetan, mich an die Augenblicke zu erinnern, die Sam und ich gemeinsam erlebt haben. Mich ihm dadurch verbunden zu fühlen, auch wenn wir nicht mehr oft miteinander telefonieren können. Diese Erinnerungen werde ich für immer in mir tragen. Auch wenn die Verbindung zwischen uns bald für immer unterbrochen sein wird. Ich wünschte mir nur, er könnte meinen Text lesen. Aber ich bemühe mich, solchen Gedanken nicht zu viel Raum zu lassen. Ich bin unendlich dankbar für den kleinen Riss im Universum, durch den wir in den vergangenen Monaten miteinander reden konnten.

Schwer vorstellbar, dass in wenigen Tagen die Schule vorbei ist.

Dann folgt nur noch die Abschlussfeier. Ich weiß immer noch nicht, was ich danach machen will. Da ich keine großen Wahlmöglichkeiten habe, kommt es mir vor, als hätte ich sowieso kein Mitspracherecht. Über meine nächste Zukunft wird ohne mich entschieden. Dieses Gefühl ist neu für mich. Normalerweise liebe ich es, Pläne zu machen und nach vorne zu schauen. Aber wenn ich es jetzt versuche, werde ich jedes Mal aus der Bahn geworfen. Jedenfalls fühlt es sich so an. Sam hat immer zu mir gesagt, ich müsse spontaner sein und mich mehr vom Leben überraschen lassen. Allerdings hat er mich nie gewarnt, dass Überraschungen nicht immer nur schön sind. Das musste ich selbst lernen.

Wir haben noch einen einzigen Anruf übrig. Es wird unser letztes Gespräch sein. Das letzte Mal, dass ich mit ihm reden kann. Dann werde ich mich für immer von ihm verabschieden. Sam sagt, nur wenn wir unsere Beziehung lösen, können wir beide danach unsere eigenen Wege gehen. Das Gespräch wird am Abend der Abschlussfeier sein und es wird nur ein paar Minuten dauern. Sam sagt, wir sollten es besser vor Mitternacht führen, sonst könnte es sein, dass wir diese letzte Gelegenheit verspielen. Etwas in mir würde diesen letzten Anruf am liebsten so lange hinausschieben wie möglich. Aber ich muss jetzt für uns beide stark sein.

Seit unserem letzten Gespräch sind mehrere Wochen vergangen. Wenn ich an Sam denke, verspüre ich immer noch denselben stechenden Schmerz. Aber mit jedem Tag, den wir länger voneinander getrennt sind, scheint Sam sich ein Stück weiter von mir zu entfernen. Gleichzeitig habe ich durch diese größere Distanz zwischen uns in die Welt zurückgefunden. Meine Mutter und ich haben wieder eine bessere Beziehung zueinander. Wir kochen jeden Abend zusammen, sitzen danach gemeinsam vor dem Fernseher, gehen shoppen, unternehmen am Wochenende Ausflüge ans Meer – lauter Dinge, die wir früher gerne miteinander gemacht haben. Sie sagt, dass sie das alles sehr vermisst hat. Mir war gar nicht bewusst gewesen, wie sehr es mir auch fehlte.

Um uns herum veranstalten Autofahrer gerade ein Hupkonzert. Mom und ich stehen schon eine ganze Weile im Stau. Fast eine Stunde. Wir sind unterwegs zum Outlet-Center, um für mich ein Kleid für die Abschlussfeier zu kaufen. Ausgiebig betrachte ich die Bäume am Straßenrand. Meine Mutter hat ihren Meditationspodcast laufen. Mein Blick wandert zu den Wolken am Himmel hoch.

Mom dreht sich zu mir. Obwohl sie heute Morgen nicht in ihrem Yogastudio war, hat sie ihre Yogaklamotten an. Angeblich helfen sie ihr dabei, beim Autofahren ruhiger und konzentrierter zu sein. »Hast du dir eigentlich schon das Kursangebot an der Central Washington angesehen?«, fragt sie. »Ist alles immer ziemlich schnell belegt.«

»Hab's mal durchgeblättert.«

»Es startet auch ein neuer Creativ-Writing-Kurs. Das passt doch gut für dich.«

»Kann's kaum erwarten.«

»Jetzt sei mal nicht so.«

Ich gebe einen Seufzer von mir. »Entschuldige. Aber es fällt mir schwer, mich so richtig auf die Central zu freuen.«

»Du musst da doch nur zwei Jahre bleiben«, sagt meine Mutter und stellt ihren Meditationspodcast aus. »Danach kannst du an eine andere Uni wechseln. Das machen viele, Julie.«

»Ja, du hast natürlich recht«, sage ich. »Ich hatte es halt anders geplant. Ich hatte so vieles anders geplant …« *Sams Tod. Die Absage vom Reed College. In Ellensburg bleiben zu müssen.*

»Pläne gehen nicht immer auf. Unsere Wünsche erfüllen sich nicht immer so, wie wir es gerne hätten.«

»Ja, das lerne ich gerade …«, sage ich und lehne den Kopf gegen das Fenster. »Investiere nicht zu viel in eine Sache. Dann ersparst du dir eine Enttäuschung.«

»Hört sich etwas arg pessimistisch an«, sagt meine Mutter, »Das Leben ist immer komplizierter als erträumt. Du wirst das schon hinkriegen.«

Ich seufze noch einmal. »Aber wenigstens eine Sache hätte doch klappen können«, sage ich. »Manchmal wünsche ich mir, ich könnte ein paar Jahre in die Zukunft zappen, um zu sehen, wie es mit mir weitergeht. Damit ich nicht so viel Zeit und Energie damit verschwenden muss, irgendwelche Dinge zu planen, aus denen dann doch nichts wird.«

»So geht es im Leben aber nicht, das ist nicht die richtige Haltung«, antwortet Mom, die Hände fest am Lenkrad. »Sich immer nur Gedanken über die Zukunft zu machen, statt im Moment zu leben. Das bemerke ich bei vielen Studierenden. Und jetzt auch bei dir …« Sie dreht sich zu mir. »Du musst lernen, in der Gegenwart zu leben, Julie. Nicht nur Entscheidungen treffen und Dinge hinter dich bringen wollen, damit irgendwann die Zukunft so ist, wie du sie dir vorstellst.«

»Was ist daran falsch?«

»Dann vergeht das Leben«, sagt sie und schaut wieder geradeaus auf den Verkehr, »und du hast nicht auf die vielen kleinen Momente geachtet. Du glaubst, die kleinen Momente zählen nicht, aber das tun sie! Die Momente, in denen du alles andere um dich herum vergisst.« Sie hält kurz inne und fährt dann fort. »Und mit dem Schreiben ist es genauso. Du schreibst nicht, um etwas fertig zu bekommen. Du schreibst, weil es dir Freude macht, zu schreiben. Du schreibst und willst nicht, dass es endet. Verstehst du, was ich meine?«

»Ja, glaub schon …« Ich denke darüber nach. *Und wenn mir der Augenblick, den ich gerade erlebe, nicht gefällt?*

Endlich sind wir angekommen, meine Mutter biegt auf den Parkplatz des Outlet-Centers ein, findet einen freien Platz, stellt den Motor ab. Sie bleibt reglos sitzen, nur ihre Finger tippen nervös auf das Lenkrad. »Vielleicht gibt es ja noch etwas anderes, worüber du mit mir reden willst«, sagt sie nach einer Weile. »Du weißt, ich bin immer für dich da.«

Ich schaue aus dem Fenster. Ich habe ihr schon lange nicht mehr mein Herz geöffnet. Erzählt, wie es mir wirklich geht. Ich zögere. »Es ist Sam …«, sage ich. »Ich denke immer noch viel an ihn. Wir wollten doch alles gemeinsam erleben, den Schulabschluss und alles danach. Und jetzt kann er das nicht mehr. Es ist so unfair, dass er sterben musste. Meine Pläne fürs College und den Rest meines Lebens sind mir ohne ihn total egal. Ich weiß, dass es nicht gut ist, wenn ich solche Gedanken habe. Aber so ist es eben. Ich wünsche mir so sehr, er wäre noch bei mir.«

Mom dreht sich zu mir und fährt mir mit der Hand durch die Haare. »Ach, mein Liebes, das würde ich dir auch wünschen«, sagt sie. »Und ich würde dir gerne die richtigen Worte sagen können, um es dir leichter zu machen. Oder dir wenigstens sagen können, wie du mit deiner Trauer gut umgehen kannst. Aber es gibt dafür kein allgemeines Rezept, jeder Mensch trauert anders. Es ist vollkommen okay, wenn du dir das wünschst. Und auch wenn du dir vorstellst, er wäre noch bei dir. Diese Momente hier drin …« Sie tippt an ihre Stirn, »… sind genauso wirklich wie alles andere. Da soll mir keiner was anderes weismachen wollen.«

Ich schaue sie von der Seite an, mustere sie neugierig, frage mich, was sie damit meint. Eine Sekunde lang glaube ich fast, dass sie von meinen Gesprächen mit Sam weiß. Aber ich hake nicht nach. »Mir ist bewusst, dass ich mich von ihm verabschieden muss«, sage ich, »Auch, dass ich ohne ihn klarkommen muss. Aber ich glaube nicht, dass ich ihn wirklich loslassen kann.«

Meine Mutter nickt wortlos. Bevor wir aussteigen, wischt sie mir eine Träne von der Wange und flüstert: »Dann zwing dich nicht dazu. Behalte ihn bei dir. Lass ihn in deinem Innern lebendig bleiben. Hilf ihm dabei, weiterzuleben.«

❀

Die Worte meiner Mutter begleiten mich den Rest der Woche. Ich versuche, mir wegen der vielen Pläne, die ich noch nicht verwirklichen kann, nicht zu viel Stress zu machen. Stattdessen versuche ich, die letzten Schultage zu genießen. Am Samstag nimmt Oliver Jay und mich zu einer Party am Seeufer mit und am Sonntag unternehmen wir zu dritt eine Wanderung. Mika hat eine Zusage von der Emory University bekommen, die sie zunächst auf die Warteliste gesetzt hatte. Ende des Sommers wird sie nach Atlanta umziehen. Obwohl ich mich unglaublich für sie freue, finde ich es schade, dass wir so weit auseinander sein werden. Aber sie sagt, dass sie an Thanksgiving und Weihnachten nach Hause kommen wird, und ich habe ihr versprechen müssen, sie zu besuchen, sobald ich genug Geld gespart habe. Wenigstens Oliver wird mit mir an der Central Washington studieren. Wir sind vorgestern miteinander das Kursangebot durchgegangen und haben überlegt, was wir gemeinsam belegen können. Vielleicht wird es gar nicht so schlecht. Vor allem nicht, wenn ich es in die Drehbuchklasse schaffe. Ich habe Professor Guilford geschrieben, und er hat mir geantwortet, dass ich am ersten Kurstag bei ihm erscheinen soll. Also gilt es jetzt, die Daumen zu drücken. Und meine Mutter hat recht. Wenn meine Noten gut genug sind, kann ich nach zwei Jahren immer noch wechseln. Ich könnte mich sogar noch einmal am Reed College bewerben. Ich kann also vorsichtig optimistisch sein.

❀

Heute Abend findet an der Schule unsere Abschlussfeier statt. Blau-weiße Luftballongirlanden schmücken die Umzäunung des Footballfeldes. Eltern, Geschwister und Verwandte strömen herbei und verteilen sich auf den Zuschauerbänken des Stadions. Auch Mom und Dad sitzen irgendwo in der Menge, gemeinsam mit Tristan und Mr Lee. Die Schulband tritt in voller Uniform auf und spielt ein Durcheinander schwer wiederzuerkennender Musikstücke, so ohrenbetäubend laut, dass man kaum sein eigenes Wort versteht. Als sie mit der Nationalhymne fertig sind – jedenfalls glaube ich, dass es sich um die Nationalhymne handeln soll –, beginnt die eigentliche Zeremonie mit einem Auftritt unseres Schulchors. Yuki singt ein wunderschönes Solo. Beim Schlussapplaus stehe ich auf und rufe laut ihren Namen. Darauf folgen ein paar Reden, die Musik spielt einen Tusch, und es ist Zeit für uns alle, zur Bühne vorzugehen. Mika und ich nehmen Oliver in unsere Mitte, dessen Partner Sam gewesen wäre. Wir haben uns alle drei untergehakt und jeder von uns trägt unter dem Talar etwas, das Sam gehört hat, als Erinnerung an ihn. Oliver hat Sams Karohemd angezogen, Mika einen seiner Pullis und ich sein Radiohead-T-Shirt. Vielleicht bilde ich mir das ja auch nur ein, aber ich habe das Gefühl, dass die Menge bei uns am lautesten jubelt.

Schnell umziehen, dann werden von uns vor der Bühne tausend Fotos gemacht. Tristan schenkt mir einen Strauß gelber Rosen, der wunderbar zu meinem neuen gelben Kleid passt. Meine Mutter macht Gruppenfotos von mir mit allen um uns herum, einschließlich David aus dem Geschichtskurs, mit dem ich die ganze Schulzeit nie mehr als drei Worte gewechselt habe. Yuki stellt mich ihren Eltern vor, die Rachel, Jay und mich für nächsten Sommer nach Japan einladen. »Ein großes Wiedersehen!«, ruft Rachel strahlend. Als die Schulband irgendwann zu spielen aufhört, blicke ich auf die Uhr. *Ich muss los*. Die Grüppchen lösen sich allmählich auf. Ich mache mich auf die Suche nach den anderen, um mich von ihnen zu verabschieden.

Bald werde ich das letzte Mal mit Sam sprechen. Ich muss nach Hause, hoch in mein Zimmer, die Tür hinter mir abschließen, mich innerlich auf den endgültigen Abschied von ihm vorbereiten. Bestimmt wird er alles über die Abschlussfeier erfahren wollen. *Ach, wenn er nur dabei gewesen wäre …*

»Kommst du nicht mit auf die Party?«, fragt Oliver. »Darfst du doch nicht verpassen, das Highlight der ganzen Schulzeit.«

»Ich muss noch dringend was erledigen.«

»Bist du dir sicher?«, fragt Mika. Ich nicke ihr zu, sie ist eingeweiht. »Vielleicht kannst du ja nachkommen. Schreib mir kurz, okay?«

»Mach ich«, sage ich und umarme beide.

Ich drehe mich um und stürme los, wie immer das Handy in der Hand, als einer der Riesenkerle aus dem Footballteam in mich hineinrumpelt. Mit solcher Kraft und so unglücklich, dass mir das Handy aus der Hand fällt. Das Display zerbricht auf dem Beton in tausend Splitter. Die gemurmelte Entschuldigung höre ich schon nicht mehr. Plötzlich dreht sich um mich alles.

Mir wird eiskalt. Mit pochendem Herzen bücke ich mich zu meinem Handy, nehme es in die Hand, will es einschalten. Aber es reagiert nicht. Egal, was ich probiere, es geht nicht an. Das zersplitterte Display bleibt schwarz, und ich weiß nicht, was ich tun soll. Reglos stehe ich da und kann nicht fassen, was da gerade passiert ist.

Mika muss in meine Richtung gesehen und bemerkt haben, dass etwas nicht stimmt, denn sie taucht auf einmal neben mir auf.

»Was ist los?«, fragt sie.

»Mein Handy, ich habe es fallen lassen! Es ist kaputt, Mika, es ist kaputt!« Ich wiederhole immer wieder dieselben Worte, während sie mich zu beruhigen versucht. Mir sagt, dass alles okay ist, was natürlich nicht stimmt. Nichts funktioniert mehr. Das Display bleibt schwarz.

»Lass mich mal dein Handy probieren«, sage ich dann und tippe darauf Sams Nummer ein. Aber kein Klingeln ertönt. Ich versuche es noch ein paarmal, ohne Erfolg.

Oliver kommt auf uns zu. »Was ist los?«, fragt er.

»Julie hat ihr Handy kaputt gemacht«, sagt Mika.

»Oh, Mist. Aber wir finden bestimmt morgen jemand, der es reparieren kann.«

»Nein. Ich brauche es heute noch … lass mich mal kurz bei deinem probieren …«

Schon habe ich nach Olivers Handy gegriffen und tippe dort Sams Nummer ein. Nichts. Auch beim nächsten Versuch: nichts.

»Wen ruft sie denn an?«, höre ich Oliver fragen, während ich verzweifelt auf und ab gehe, verzweifelt immer noch mal die Nummer eingebe, das Handy in alle Richtungen halte, um vielleicht doch noch Empfang zu haben, eine Verbindung zu bekommen, die mich zu Sam führt. Ich muss wirken, als hätte ich den Verstand verloren, um mich herum hat sich ein Kreis gebildet. *Verdammt, warum funktioniert es nicht?*

Dann fällt mir plötzlich ein Satz ein, den Sam mal zu mir gesagt hat. Er hallt in meinem Kopf nach.

Nur unsere Handys habe eine Verbindung.

Ich gebe Oliver sein Handy zurück. Meine Mutter taucht auf und fragt mich, was passiert ist. Aber ich habe keine Zeit für eine ausführliche Antwort. Ich schnappe mir ihr Handy und probiere es noch einmal bei Sam, obwohl ich bereits weiß, dass es nicht funktionieren wird. *Nichts hilft mehr.* Aber mir fällt nichts anderes ein. Die Anrufe klappten nur über mein Handy, und das ist kaputt, das Display ist in tausend Splitter zerbrochen, weil ich so blöd war und nicht aufgepasst habe und in jemand hineingerannt bin. Ich muss eine Lösung finden. Ich muss mir etwas einfallen lassen.

Sam will von mir, dass ich ihn noch heute Abend anrufe. Unser letztes Gespräch. Ich kann ihn nicht ewig warten lassen. *Was, wenn er glaubt, dass ich ihn vergessen habe? Was, wenn er glaubt, dass etwas Schlimmes passiert ist?* Mein Herz rast. Ich bekomme fast keine Luft mehr. Ich muss ihn finden. Es muss einen Ort geben, an dem ich Sam finden kann. Ich werde den allerletzten Anruf, den ich noch übrig habe, nicht verschenken. Ich will ihn nicht ohne Abschied verlieren. Nicht noch einmal.

Ich wende mich zu meiner Mutter. »Mom, bitte, ich brauche deine Autoschlüssel.« Reiße sie ihr aus der Hand, ohne ihre Fragen zu beantworten. »Sag Dad, dass er dich heimfahren soll!«

Und dann sitze ich auch schon in ihrem Auto und fahre los, ohne zu wissen, wohin. Fahre durch die Stadt, kreuz und quer durch die Straßen, suche in Läden und Cafés, in denen wir oft gemeinsam waren, ob Sam dort vielleicht ist – aber natürlich ist er es nicht. Parke am Straßenrand und renne ins Sun and Moon, kümmere mich nicht um die Blicke der Gäste, stürme zu dem Tisch, an dem wir so oft gemeinsam gesessen haben.

»Sam? Sam!«, rufe ich nach ihm.

Aber dort ist er nicht. Natürlich nicht.

Dann erinnere ich mich daran, dass er damals ja auf der Straße nach mir Ausschau gehalten hat. Ich steige wieder ins Auto, und als Nächstes fahre ich auch schon mit aufgeblendeten Scheinwerfern die Landstraße entlang, auf der er damals den Unfall hatte, blicke immer wieder zur Böschung, ob er dort vielleicht ist und nach mir sucht. Aber da ist Sam auch nicht. Wieder durchfährt mich ein Frösteln. Ich schaue auf die Uhr. Zehn nach elf. Mir bleibt nicht mehr viel Zeit. Wenn Sam nicht hier die Straße entlanggeht, wo könnte er dann noch sein? *Wo ist er? Wohin ist er unterwegs?*

Dann erinnere ich mich noch an etwas anderes, das er gesagt hat. Als ich ihn gefragt habe, was er dort, wo er ist, sehen kann.

Felder. Endlose Felder.

Aber natürlich! Ich kehre mit dem Auto sofort um und biege bei der nächsten Kreuzung ab, in Richtung der Felder, zu denen Sam mich vor Wochen geführt hatte. Wo wir die Laternen hatten aufsteigen lassen. Ich nehme Jays Abkürzung, bin kurz darauf an Ort und Stelle. Dunkelheit umhüllt mich, sobald ich aus dem Auto steige. Ich sehe kaum ein paar Schritte weit. Als ich auf dem Trampelpfad durch den Wald renne, streichen die Zweige über mir wie gespenstische Finger durch die Luft. Einen Augenblick lang überlege ich, ob ich nicht zum Auto zurücksoll. Aber ich laufe weiter. Sam wartet irgendwo da draußen auf mich. Ich darf ihn nicht enttäuschen.

Wo bist du, Sam? Warum kann ich dich nicht finden?

In meiner Hosentasche pulsiert etwas und strahlt Wärme aus. Der Selenit. Der Kristall, den Yuki mir geschenkt hat und den ich immer bei mir habe. Er leuchtet! Ich ziehe ihn heraus und halte ihn vor mich, sodass er mir den Pfad erleuchtet und die Dunkelheit bannt. Seine Energie durchströmt mich. Ich halte ihn zum Himmel empor und sehe, wie der Mond sich zu mir herunterneigt, um mir seinen Lichtschein zu spenden. *Ich sehe jetzt alles*. Vor mir weitet sich der Blick. Die Felder sind noch nie heller erstrahlt als in diesem Augenblick. Und dann fängt es zu schneien an. *Mitten im Mai?* Erstaunt blicke ich mich um. Während die Flocken auf meine Haare und Schultern herabrieseln, erkenne ich, dass es sich gar nicht um Schneeflocken handelt. *Sondern um Blütenblätter. Regnet es hier Kirschblüten?*

Das muss bedeuten, dass er in der Nähe ist.

Ich weiß, dass du da bist, Sam. Ich kann dich spüren. Du bist überall. Ich habe dich im Coffeeshop gespürt, am See, bei meinem nächtlichen Ausflug hierher in die Felder. Überall wartest du auf mich. Die ganze Zeit habe ich mich gefragt, warum wir diese zweite Chance erhalten haben. Aber vielleicht bleiben wir ja für immer miteinander verbunden, auch wenn wir uns jetzt endgültig voneinander verabschieden müssen. Obwohl du tot bist. Denn ich kann dich nie ganz verlieren. Du bist ein Teil von mir. Du bist überall, wohin ich sehe. Du regnest auf mich vom Himmel herab wie die Blütenblätter.

Ich schreite zwischen den Ähren hindurch, rufe seinen Namen, suche nach ihm. Einmal glaube ich, seinen Haarschopf zu sehen, und renne darauf zu, aber da ist nichts. Ich glaube, seinen Duft riechen zu können, nach Wald, Zitrone und Leder. Aber er entschwindet immer wieder. Ich renne weiter, laufe kreuz und quer durch die Felder, bis meine Beine zu zittern anfangen. Ich renne so lange, bis ich erschöpft zusammenbreche, zwischen den Ähren liege und verzweifelt nach Luft ringe.

Wie habe ich nur glauben können, dass Sam hier ist? Wahrscheinlich war er das nie. Was ist mit mir los? Warum bin ich hierhergekommen? Ich blicke wieder auf die Uhr. Halb eins. Mitternacht bereits überschritten. Mein Herz hört einen Moment zu schlagen auf. Es ist zu spät. Ich habe ihn noch einmal verloren. Ohne mich von ihm zu verabschieden. Die Blütenblätter sind verschwunden.

Ich habe mein Versprechen nicht gehalten. Er hatte mich gebeten, ihn ein letztes Mal anzurufen, um mich von ihm zu verabschieden, und ich habe das Versprechen nicht gehalten. *Und wenn er jetzt für alle Ewigkeit auf mich wartet?* Wenn er diesen letzten Anruf braucht, um gehen zu können? Um zu neuen Horizonten aufbrechen zu können? Ich ziehe mein kaputtes Handy heraus und versuche noch einmal, es anzustellen. Nichts. Bin so verzweifelt, dass ich es hochhalte und trotzdem mit ihm rede. Wenn wir immer und überall miteinander in Verbindung stehen, besteht ja vielleicht eine kleine Chance …

»Sam«, rufe ich. »Ich kann dich nicht hören … aber vielleicht kannst du mich hören. Es tut mir so unendlich leid! Ich habe es nicht mehr rechtzeitig geschafft. Ich weiß, du wolltest, dass wir uns voneinander verabschieden. Tut mir leid, dass ich das jetzt ruiniert habe. Bitte warte nicht mehr auf mich, okay? Du kannst gehen! Du musst nicht mehr länger auf mich warten. Geh, wohin auch immer du gehen willst!« Die Stimme versagt mir beinahe. »Ich werde dich immer vermissen. Aber etwas muss ich dir noch sagen, eine allerletzte Sache …« Ich hole tief Luft, kämpfe mit den Tränen. »In einem hast du nicht recht. Du hast in der Welt eine Spur hinterlassen. Du hast in mir eine Spur hinterlassen, Sam. Du hast mein Leben verändert. Und das werde ich nie vergessen. Hörst du, Sam? Niemals. Hörst du mich? Sam …«

Warum kann ich ihn nicht von einem anderen Handy anrufen? Warum klappt es nur mit meinem?

Ich höre wieder seine Stimme. Sie hallt in meinem Kopf.

Nur unsere Handys haben eine Verbindung.

Ich denke darüber nach. Denke über unsere Verbindung nach. Die besondere Beziehung zwischen uns beiden. *Nur unsere Handys.* Ich wiederhole die Worte wieder und wieder in meinem Kopf, bis es mich plötzlich wie der Blitz trifft. Mein Herz macht einen Riesenhüpfer. Natürlich. Warum habe ich nicht früher daran gedacht?

Ich springe auf und renne zum Auto zurück. Die Fahrt vergeht blitzschnell und dann parke ich auch schon vor Sams Haus und stürme zur Haustür. Der Schlüssel ist wie immer unter dem Briefkasten. Ich schließe die Tür auf und sause nach drinnen. Zum Glück ist niemand zu Hause. Die Familie verbringt die Woche bei Sams Großeltern, das weiß ich, deshalb kann ich ungestört in sein Zimmer hoch, um seine Sachen zu durchwühlen. Mehrere Kartons habe ich bereits hinter mir und eine Reihe von Plastiktüten ausgeschüttet, bis ich endlich darauf stoße. Die Schachtel mit den Gegenständen, die Sam bei dem tödlichen Unfall damals bei sich trug. Von der Polizei an seine Eltern übergeben.

Drinnen befinden sich sein Geldbeutel, sein Personalausweis, seine Schlüssel und sein Handy. Genau, wonach ich gesucht habe. Ich nehme sein Handy, tausche unsere SIM-Karten aus und stelle es an. Das Licht des Displays blendet mich einen Augenblick. Es ist Viertel vor zwei. Der Akku scheint gerade noch genug Saft für einen Anruf zu haben. Ich wähle seine Nummer.

Nur unsere Handys haben eine Verbindung. Vielleicht ist damit auch sein Handy gemeint. Ich halte die Luft an.

Das Klingeln sendet mir Schauder durch den Körper. Ich setze mich auf Sams Bett und bemühe mich, nicht auszuflippen. Es klingelt eine Weile weiter, dann ist eine Stimme zu hören.

»*Julie* –«

»*Sam!*«, keuche ich. Vor Erleichterung fange ich zu weinen an. »Ich hatte nicht geglaubt, dass du drangehen würdest!«

»Wir haben nicht mehr viel Zeit«, sagt er.

»Alles gut«, schluchze ich. »Hauptsache, du weißt, dass ich dich nicht vergessen habe.«

»Warum rufst du erst jetzt an?«

»Mein Handy ist kaputt. Tut mir leid, wenn du –«

»Ich bin froh, dass es dir gut geht. Ich habe schon angefangen, mir Sorgen zu machen.«

»Aber hier bin ich«, schluchze ich. »Ich bin so überglücklich, deine Stimme zu hören. Ich hatte schon Angst, unser allerletztes Mal zu verpassen.«

»Ich freue mich auch wahnsinnig, dich zu hören. Danke, dass du angerufen hast. Aber es ist schon spät. Wir müssen uns bald voneinander verabschieden … das weißt du, oder?«

Ich verspüre einen unendlichen Schmerz. Aber ich muss jetzt stark sein. Ich schlucke meine Tränen hinunter. »Das weiß ich, Sam.«

»*Ich liebe dich, Julie.*«

»*Ich liebe dich auch.*«

Ein leises Knistern ist zu hören. Was ich ihm noch sagen will, muss ich jetzt ganz schnell sagen.

»Danke, Sam. Danke für alles. Danke, dass du bei meinen Anrufen drangegangen bist. Danke, dass du immer für mich da warst. Ich bin dir so unendlich dankbar dafür, dass ich immer mit dir reden konnte, wenn ich dich gebraucht habe.«

Schweigen.

»Bist du noch da?«

»Ja. Aber wir müssen jetzt voneinander Abschied nehmen. Sag mir einen letzten Gruß! Bitte!«

Ich verschlucke mich fast. Die Wörter kommen stockend und rau aus meiner Kehle.

»Alles Gute, Sam! Ja, ich will dich jetzt gehen lassen. Das ist das letzte Mal, dass wir miteinander telefonieren.«

»Alles Gute, Julie.«

Kurz darauf fügt er hinzu: »Eine Bitte habe ich noch an dich.«

»Welche?«

»Wenn wir aufgelegt haben, werde ich dich noch einmal anrufen. Du darfst dann nicht mehr drangehen. Versprichst du mir das?«

Er will, dass unsere Verbindung für immer unterbrochen ist. Er will, dass ich in meinem Leben nach vorne schaue.

»Versprochen«, flüstere ich, obwohl es mich beinahe umbringt.

»Danke. Also, dann lege ich jetzt auf. Okay?«

»Okay.«

»Ich bin so froh, dass wir noch ein letztes Mal miteinander gesprochen haben«, sagt er. »Auch wenn es nur ganz kurz war.«

»Ich auch«, sage ich. Aber da hat er bereits aufgelegt.

Wie gelähmt sitze ich auf Sams Bett und warte auf den Anruf. Und dann klingelt sein Handy. Es ist eine unbekannte Nummer, aber ich weiß, dass er es ist. Ich drücke das Handy fest an mich und würde am liebsten drangehen, würde seine Stimme so gerne noch einmal hören. Aber das kann ich nicht. Ich habe ihm versprochen, nicht dranzugehen. Deshalb lasse ich es klingeln. Ich lasse es klingeln, bis das Klingeln von selbst aufhört, das Display schwarz wird und es im Zimmer wieder still ist. Ich bin allein. Mein Herz zerbricht in tausend Splitter. Ich lege das Handy weg, rolle mich auf Sams Bett zusammen und fange zu schluchzen an.

Unsere Verbindung ist für immer beendet. Aus und vorbei. Ich werde nie mehr mit Sam reden. Ich sollte aufstehen und nach Hause fahren, aber ich kann mich nicht rühren. Ich liege im Dunkeln in seinem Bett, allein im leeren Haus seiner Eltern, und wünsche mir, es wäre alles anders. Auf einmal wird um mich herum alles lebendig.

Ein Gewirr von Summtönen erfüllt den Raum, gefolgt von

einem aufgeregten Blinken. Ich richte mich auf, um zu sehen, woher das alles kommt. *Sams Handy*. Ich greife danach.

Hunderte von Nachrichten gehen ein. Ich scrolle mich hastig durch und finde Textnachrichten und verpasste Anrufe von Mika, von meiner Mutter und vielen anderen, die mich in den vergangenen Monaten während meiner langen Gespräche mit Sam zu erreichen versucht haben. Jetzt treffen sie alle ein, nach meinem endgültig letzten Gespräch mit ihm. Als wäre das Handy, genauer meine SIM-Karte, wieder mit der Welt verbunden. Als würde sich das Leben nach langem Stillstand wieder in Bewegung setzen.

Ein Spruch auf die Mailbox ist ganz frisch eingetroffen. Von heute Abend. Vor wenigen Minuten. Von einer unbekannten Nummer.

Ich höre mir die Nachricht sofort an.

Sams Stimme erklingt aus dem Handy. »Hi, ähm, also ich bin mir nicht sicher, ob ich das wirklich tun sollte … und auch nicht, ob es funktioniert. Wahrscheinlich hätte ich es dir vorhin direkt sagen sollen, aber wir hatten nicht mehr viel Zeit. Vielleicht hatte ich auch Angst, dass du auf einmal ein völlig anderes Bild von mir hast … wenn ich dir sage, warum ich damals bei deinem ersten Anruf drangegangen bin.« Er macht eine Pause. »Bevor wir vorhin aufgelegt haben, hast du gesagt, dass du damals meine Nummer gewählt hast, weil du mich gebraucht hast. Aber weißt du, was der Grund ist, warum ich drangegangen bin?« Schweigen. »Meine Hälfte der Wahrheit ist … Ich bin drangegangen, weil ich *dich* gebraucht habe. Ich musste unbedingt deine Stimme hören, Julie. Ich wollte, dass du mich nie vergisst. Ich habe dich an all diese Orte geführt, zu den Kirschblüten, zu den goldenen Feldern, und habe mit dir in den Nachthimmel geschaut, damit du dich immer an mich erinnerst. Ich wollte, dass du immer, wenn du nachts zum Himmel hochschaust, an mich denkst. Weil ich dich noch nicht verlassen wollte. Ich wollte mich noch nicht von dir verabschieden, Jules. Deshalb bin ich so lange wie möglich mit dir in Verbindung geblieben. Ich habe dich davon abgehalten, in deinem Leben nach vorne zu blicken. Das war egoistisch von mir, aber ich hatte solche Angst, dass du mich vergessen könntest. Erst jetzt merke ich, dass es für dich dadurch viel schwieriger war, dein eigenes Leben weiterzuleben. Ich hoffe, du verzeihst mir.«

Sam hält inne. »Erinnerst du dich, damals in den Feldern, als ich gefragt habe, was du dir wünschen würdest ... wenn du alles haben könntest? Ach, Jules, ich möchte das so gerne alles auch!. Ich möchte mit dir zusammen sein, aus Ellensburg fortziehen, mit dir leben und mit dir alt werden. Ich möchte das alles so gerne gemeinsam mit dir erleben. Ich kann es aber nicht. Wir sind jetzt für immer getrennt.« Erneut eine Pause. »Aber du, Julie, du kannst es. Du kannst das alles erleben. Du hast dein ganzes Leben vor dir. Und du verdienst alle diese Sachen. Und bestimmt kannst du dich irgendwann auch wieder neu verlieben. Ich würde mich jedenfalls sofort in dich verlieben! Etwas Besseres als du hätte mir gar nicht passieren können. Wenn ich an mein Leben zurückdenke, dann denke ich immer an dich. Du bist für mich meine Welt, Julie! Und auch wenn ich eines Tages nur noch ein kleiner Teil deines Lebens gewesen sein werde, bitte bewahre ihn dir auf.«

Ein Knistern ist zu hören.

»Ich liebe dich mehr, als du ahnen kannst. Ich werde nie die Jahre vergessen, in denen wir zusammen waren. Bitte vergiss mich auch nicht, okay? Denk von Zeit zu Zeit an mich. Selbst wenn es nur für einen Augenblick ist. Das bedeutet mir so unendlich viel, Julie. Du kannst dir gar nicht vorstellen, wie viel.« Eine lange Pause, gefolgt von einem Knistern. »Ich glaube, ich muss jetzt aufhören. Danke ... danke, dass du diesmal nicht drangegangen bist. Leb wohl, Julie.«

Ende der Nachricht.

Ich höre sie gleich noch einmal an. Und auf dem Weg nach Hause gleich wieder und wieder und noch mehrere Male im Bett, bevor ich einschlafe. Ich höre sie am nächsten Vormittag an, als Mika zu mir kommt und ich sie ihr vorspiele. Ich höre sie am Abend an und am Morgen darauf. Ich höre sie mir an den Tagen an, an denen ich Sam am meisten vermisse. An denen ich froh und glücklich bin, wenigstens seine Stimme noch zu hören. Ich höre seine Nachricht an, bis ich jedes Wort, jede Silbe, jeden Ton auswendig kann und ich sie mir nicht mehr vorzuspielen brauche.

EPILOG

Ich denke immer noch an ihn. Ich denke an ihn, als im nächsten Frühjahr auf dem Campus die Kirschbäume blühen. Ich denke an ihn, wenn ich in der Stadt bin und im Sun and Moon einen Kaffee trinke. Ich denke an ihn, wenn ich stundenlang mit Mika telefoniere. Ich denke an ihn bei dem verunglückten Blind Date, das Oliver für mich organisiert hat. Ich denke an ihn bei der geglückteren ersten Verabredung mit einem Jungen aus meinem Englischkurs. Ich denke an ihn, als ich den Text fertig schreibe, in dem ich unsere Geschichte erzähle. Ich denke an ihn, als ich es bei einem Schreibwettbewerb in die letzte Runde schaffe und unsere Geschichte online veröffentlicht wird. Ich denke an ihn, wenn ich sonntags zum Abendessen bei seinen Eltern und seinem Bruder bin. Ich denke an ihn an meinem letzten Tag in Ellensburg, als ich meine Sachen packe, um in die Stadt zu ziehen, in der wir gemeinsam leben wollten. Und ich denke an ihn, wann immer ich die Augen schließe und uns beide vor mir sehe, wie wir draußen in den goldenen Feldern liegen und zum Nachthimmel hochschauen.

DANKSAGUNG

Man vergisst ganz, wie die Zeit vergeht – und plötzlich ist es so weit, und ich muss eine Danksagung an alle schreiben, die mich bei der Entstehung dieses Buches begleitet haben. In der Verlagswelt lernt man schnell, dass alles sofort passieren muss oder sich überhaupt nichts tut. Und lange Zeit tat sich bei mir nichts. Wie auch immer, es gibt eine Menge Leute, die mich bis zu diesem Punkt in meinem Leben begleitet haben und denen ich hier von ganzem Herzen danken will. Der erste Mensch, dem mein Dank gilt, ist meine Schwester Vivian. Was für ein langer Weg … und du warst von Anfang an dabei, als dieses Buch noch nicht mehr war als eine Idee in meinem Kopf. Du warst meine erste Kritikerin. Von dir stammen die besten und kritischsten Anmerkungen, die ich dazu erhalten habe. In diesem Buch stecken so viele Ideen und Gedanken von dir, dass ich sie oft kaum mehr von meinen eigenen unterscheiden kann. Aber was noch viel wichtiger ist: Du hast meine Geschichten schon immer mit Begeisterung gelesen.

Ein großes Dankeschön an meine Agentin Thao Le. Du weißt gar nicht, wie aufgeregt ich war, als ich von dir die Mail bekommen habe, in der stand, dass du das Buch bereits zur Hälfte durchgelesen hast – und dass es dir gefällt! Nach unserem ersten Telefongespräch wusste ich, dass du die richtige Person für mein Buch bist. Danke, dass du mir dabei geholfen hast, ihm die richtige Gestalt zu geben. Und danke für all deine Unterstützung und deinen Einsatz. Du bist einfach die Beste, und es ist unglaublich toll, mit dir zusammenzuarbeiten. Ein großes Dankeschön auch an alle anderen in der Sandra Dijkstra Literary Agency, mit einem besonderen Gruß an Andrea Cavallaro, die mein Buch in andere Länder gebracht hat. Auch bei meiner wunderbaren Filmagentin Olivia Fanaro bei UTA möchte ich mich bedanken.

Ein weiteres großes Dankeschön an meine Lektorin Eileen Rothschild. Du hast mir dabei geholfen, dem Buch noch einmal eine unerwartete, andere Qualität zu geben, was vermutlich damit zu tun hat, dass du es tiefer und besser verstanden hast als alle anderen. Du hast Sam lebendig werden lassen, und ich bin unglaublich dankbar, dass ich die Chance hatte, mit dir zusammenzuarbeiten. Danke an alle bei Wednesday Books. Mary Moates und Alexis Neuville, durch euch wird alles besser und macht mehr Spaß! Danke für alles, was ihr hinter den Kulissen zum Gelingen beitragt. Danke an Kerri Resnick für ihren Einfallsreichtum und ihre Nettigkeit. Danke dafür, Zipcy als Illustratorin gefunden zu haben, die das beste Cover entworfen hat, das ich mir vorstellen kann. Danke an Tiffany Shelton. Und danke an Lisa Bonvissuto. Es war eine solche Freude, mit euch zusammenzuarbeiten!

Und natürlich ein großer Dank an meine Freunde und meine Familie. Danke an Jolie Christine, meine Freundin und CP, für deine unschätzbare Hilfe beim Überarbeiten. Danke an Julian Winters und Roshani Chokshi für eure freundliche Unterstützung. Danke an Judith Frank in Amherst, die mir die Möglichkeit gegeben hat, an diesem Buch zu arbeiten, als dies keineswegs selbstverständlich war. Danke an meine Freundin Ariella Goldberg für ihre Hilfe, als ich beim Prolog nicht mehr weiterkam. Danke an Alvin, meinen Bruder, dass du immer für mich da warst und mein Schreiben unterstützt hast. Danke an euch, Mom und Dad. Von Anfang an habt ihr immer an mich geglaubt.

AUTOR

Dustin Thao ist ein amerikanischer Autor mit vietnamesischen Wurzeln. Er hat Politikwissenschaften studiert und promoviert nun an der Northwestern University. Sein Debüt »Bleib bei mir, Sam« stürmte auf Anhieb die New-York-Times-Bestsellerliste und entwickelte sich zur TikTok-Sensation. Inzwischen hat der Roman Millionen Leser auf der ganzen Welt zu Tränen gerührt.

ÜBERSETZERIN

Bernadette Ott begeistern die Wortspiele und der Drive in Jugendromanen, aber auch die Erzählfantasie und poetische Verwandlung der Wirklichkeit in Kinderbüchern. Ihr Dank gilt allen Autor*innen, in deren Sprache, Gedanken, Gefühle und Lebenswelten sie als Übersetzerin eintauchen darf.

Mehr zu unseren Büchern auch auf Instagram

Loslassen bedeutet nicht,
etwas zu vergessen.

Es bedeutet, sich in
ein neues Gleichgew
nach vorne zu scha

um von Zei
und sich a
bedeutet ha